유리 거탑

소설 방송국

이마이 아키라 • 지음 | 김호진 • 옮김

AK
STORY

목차

등장인물 소개

니시 사토루西悟

전일본TV에서 지방 방송국을 전전하며 고군분투하다 결국 도쿄 본부의 삼류 부서까지 오게 된 디렉터. 하지만 대담함과 뛰어난 지력을 발휘하여 걸프전 특집 다큐멘터리로 두각을 나타내고 '챌린지X' 프로그램으로 최고의 찬사를 받으면서 출세가도를 달리게 된다. 그러다 그를 전폭 지원하던 도도 회장이 물러나면서 상황은 급변한다. 니시의 성공을 시기하며 못마땅하게 여기던 이들이 온갖 방해공작을 펼치기 시작한 것이다.

기쿠미네 사유리菊峰さゆり

니시 사토루의 부인. 새하얀 얼굴과 따뜻한 눈빛의 소유자. 언제나 니시를 배려하고 걱정하며 격려해주는 존재. 아무리 괴로운 일이 있어도 가슴에 담아둘 수 있는 씩씩한 성격으로 점점 흔들리는 니시의 강한 버팀목이 되어준다.

도도 류타藤堂竜太

전일본TV협회의 회장. 텔레비전 방송계의 거대기업 전일본TV에 군림하는 그는 천황이라고까지 불린다. 취미를 전일본TV라고 말할 정도로, 회사에 대한 애정이 깊다. 강인한 행동력과 기개, 엄청난 인맥을 지닌 인물. 적대관계에 있는 인간에게는 일말의 자비도 없지만 한번 자기 사람이라고 생각하면 관용과 배려를 아끼지 않는다. 니시 사토루를 전폭적으로 지원한다.

나카야시키中屋敷

전일본TV의 관련회사인 전일본TV 이벤트의 사장. 도도가 드러난 권력자라면, 나카야시키는 관련회사 위에 군림하는 숨은 제왕이라고 불린다. 도도가 터놓고 이야기할 수 있는 단 한 사람으로, 인사를 포함해 폭넓은 분야에 숨은 권력을 휘두르고 있다는 소문이 있다. 항상 도도를 걱정하고 도와주는 맹우.

쓰키자와月澤

인자하고 기품 있는 용모를 지닌 미디어 개발국 국장. 니시를 적극 추천하여 프로듀서로 승진시킨다. 니시를 수렁에서 구해준 은인으로, 니시가 회사의 부정부패에 회의를 느낄 때마다 너그러운 성품으로 위로해준다. 니시가 전일본TV에서 마음 깊이 존경하는 유일한 사람이다.

신교지 요시무네真行寺義宗

특집제작팀의 책임 프로듀서를 거쳐 프로그램국 기획실 부장의 지위에 오른 인물. 보도국과의 끈끈한 커넥션을 무기로, 이례적인 고속 승진을 했다. 방송 제작에 대한 열정은 없어도, 빈틈없이 완벽한 지휘력과 함께 비평가로서는 일류라는 자부심이 있다. 무엇보다 사람을 자유자재로 부리는 일에 큰 기쁨을 느낀다.

히카와日川

윗사람에게는 비굴하게 굴지만 아랫사람에게는 엄격하다는 평가를 받는 인물. 프로그램 국장이 되면서 구로하라와 한통속이 되어 니시를 집요하게 괴롭힌다. 니시에 대한 질투와 증오가 극에 달한 남자. 니시를 파멸시키기 위해 갖은 수단을 동원하며 파렴치한 모습을 보여준다.

구로하라 히로야黑原弘也

프로그램 제작이 서툴러 종종 편집실에서 내빼는 바람에 '나약한 도망자'라는 별명을 얻은 인물. 방송 제작 능력은 형편없지만, 눈치가 빠르고 인사에 관심이 많은 기회주의자. 니시를 향한 불타는 시기심으로 '챌린지X'를 방해하기 위해 온갖 계략을 꾸민다.

일러두기

1. 이 책의 일본어 표기는 국립국어원 외래어 표기법을 따르되, 최대한 본래 발음에 가깝게 표기하였다.

2. 인명, 지명, 상호명은 일본어로 읽어주는 것을 원칙으로 하되, 극중에 처음 등장할 시에만 한자를 병기하였으며, 필요한 경우 옆에 주석을 달았다.
   *인명
     예) 니시 사토루西悟, 도도 류타藤堂竜太, 기쿠미네 사유리菊峰さゆり
   *지명
     예) 도쿄東京, 나고야名古屋, 오사카大阪
   *상호명
     예) 전일본全日本TV협회, 아사마이朝毎 신문

3. 본문의 이해를 돕기 위해 필요한 경우 용어 옆에 주석을 달았으며, 어려운 한자성어는 한자를 병기하였다.
   *용어
     예) 안보투쟁미일안전보장조약의 개정을 반대하여 일본에서 일어난 사회운동
   *한자성어
     예) 일희일비一喜一悲, 일이관지一以貫之

4. 일본 고유의 단어는 일본어 발음으로 표기하였으며, 필요한 경우 독자의 이해를 돕기 위해 한자와 주석을 병기하였다.
   *일본 고유의 단어
     예) 게타下駄-일본의 나무신, 고가쓰 인형五月人形-오월 단오에 어린아이의 건강한 성장을 기원하며 장식하는 일본 전통인형

5. 서적 제목은 겹낫표(『』), 영화 제목은 홑낫표(「」)로 표시하였으며, 나머지 인용, 강조, 생각 등은 작은따옴표('')를 사용했다.
   *서적 제목
     예) 『챌린지X의 도전자들』, 『하얀 거탑』
   *영화 제목
     예) 「구로베의 태양」

6. 모든 주석은 내용 이해를 돕기 위해 역자와 편집자가 붙인 것이다.

텔레비전 방송계의 끝없는 비대와 퇴폐의 바다에 빠진 아시아의 괴물. 공포와 야유의 대상으로 군림하는 방송국이 있었다. 전일본全日本 TV협회 통칭, 전일본TV였다.

도쿄東京 도심 2만 6천 평의 광대한 대지에 우뚝 솟은 23층 빌딩은 전면을 뒤덮은 유리로 그 위용을 과시했다. 여러 각도로 난반사해 안이 들여다보이지 않는 유리 외관은 제 몸을 굳게 지키려는 얼음 갑옷처럼 보였다. '여러분의 전일본TV'로 유명한 공영방송국. 그 거대한 위세를 드러내는 숫자가 한둘이 아니었다.

사원만 해도 1만 명이 넘었다. 구소련의 모스크바 국영TV가 해체된 이래, 사원수로만 따지면 세계 최대 규모였다. 전국의 현청 소재지를 중심으로 설치된 지국이 54곳, 해외지국은 28곳에 이르렀다. 또 전일본TV의 별동대 격인 출판사와 비디오 판매회사를 비롯해 실태조차 불분명한 회사까지 30여 곳을 거느리고 있었다.

다이쇼大正-1912~1926년 말기 국영 라디오 전문 방송국으로 개국한 후 80년 남짓 방송이라는 보이지 않는 먹이를 탐하며 몸집을 불려왔다. 전후戰後-1945년 일본의 패전 이후 특수법인이 된 전일본TV는 방송 규정법에 명시된 '텔레비전 수상기를 소지한 국민은 방송 수신료를 납부할 의무가 있다'는 조항에 따라 가만히 앉아서 국민 1세대당 연간 3만 엔이 넘는 수신료 수입을 거둬들였다. 매년 사업수입이 7천억 엔에 육박했다. 텔레비전 방송계의 거대 기업으로, 그 정점에 있는 회장은 '천황'이라고 불렸다.

제1장 불굴의 의지

1

　1991년 7월, 계엄령하의 이라크.

　사우디아라비아의 국경을 향해, 수도 바그다드에서 한참 멀리 떨어진 사막지대를 헤매는 차가 한 대 있었다. 사막의 기온은 60도에 육박하며, 차에 탄 남자들의 살갗을 무자비하게 태웠다. 대지에는 아지랑이가 일렁이고 바람에 섞인 모래가 날카로운 돌조각처럼 피부를 할퀴었다. 에어컨도 나오지 않는, 사우나나 다름없는 차 안에서 온몸이 땀에 흠뻑 젖은 네 남자는 들이치는 열풍에 얼굴을 찌푸렸다.

　전일본TV협회 디렉터, 니시 사토루西悟는 끝이 보이지 않는 사막 저편을 하염없이 바라보았다. 요르단의 암만에서 이라크로 들어온 지 두 달, 물이 맞지 않아 몇 번이나 심한 복통을 앓았다. 보통 키에, 보통 체격이었던 니시는 체중이 9킬로그램이나 빠지면서 딴 사람이 되었다. 뺨은 홀쭉했지만, 니시의 또렷한 두 눈은 무언가에 홀린 듯 날카로운 빛을 뿜어냈다.

　현지에서는 이라크의 사막을 '토막土漠'이라고 불렀다. 햇빛에 단단히 다져진 길은 콘크리트를 쏟아부은 듯 울퉁불퉁하고 위태로웠다. 니시 일행이 탄 차는 그 길에 발목이 잡혀 수차례 크게 요동쳤다. 운전수를 제외한 세 사람은 몇 번이나 천장에 머리를 부딪쳤다.

곳곳에 대인용 지뢰가 묻혀 있어 자칫하면 다리가 날아갈 수 있다고, 사막에 들어오기 전 현지 보안부대에게 귀에 딱지가 앉도록 주의를 들었다. 조수석에 앉은 니시는 겁을 먹고 처음 한동안은 불편한 자세로 다리를 글러브 박스 위에 올려놓았지만 이내 귀찮아졌다. 오히려 몸이 튀어 오르지 않도록 두 발을 바닥에 딱 붙이고 버텼다.

핸들을 쥔 것은 바그다드에서 고용한 이라크인이었다. 니시는 국경 수비대의 지프 차량이 지나간 것으로 보이는 바퀴 자국이 보일 때마다 서툰 아랍어로 운전수에게 말했다.

"제발, 저 바퀴 자국을 따라가 주게."

그것이 지뢰를 밟을 위험성을 줄이는 사소하지만 유일한 방편이었다.

뒷좌석에는 카메라맨 가쓰키勝月와 이집트에서 데려온 아랍어 통역으로, 카이로 주재 20년의 스즈타鈴田가 앉아 있었다.

50대 중반의 가쓰키는 정년이 얼마 남지 않은 카메라맨이었다. 니시와 팀을 이룬 것은 처음이었지만 사실상 마지못해 팀에 합류했다. 이마가 훤하게 벗겨지고 얼굴은 삶은 계란을 까놓은 듯 매끈했다. 레바논 내전 때 베이루트를 누볐다는 소문이 있었지만, 맥없는 얼굴로 금방이라도 쓰러질 듯 시트에 기대앉은 모습을 보면 도무지 믿어지지 않았다. 꼴사나운 자세로, 훌렁 벗겨진 머리를 차 천장에 쉴 새 없이 부딪혔다.

그와 대조적으로, 스즈타는 기세등등했다. 스즈타의 애칭은 스 씨,

나이는 마흔 안팎이며 아랍인으로 착각할 만큼 검게 그을린 피부에 작은 체구와 어울리지 않게 멋들어진 콧수염을 길렀다. 아랍에서는 수염이 없으면 어린애 취급을 받기 때문에 일하기 힘들다며, 자랑스럽게 콧수염을 어루만졌다. 스 씨는 1970년 안보투쟁_{미일안전보장조약의 개정을} _{반대하여 일본에서 일어난 사회운동} 당시 신주쿠_{新宿} 소란사건이 벌어졌을 때 역사에 불을 지르고 일본을 탈출했다고 한다. 진위는 확실치 않지만 가끔 살벌한 눈빛을 드러냈다.

사막에 들어가기 전날 밤, 니시 일행이 머물던 곳은 이라크 남부에 위치한 도시 사마와였다. 이라크의 중요한 군사적 거점으로, 미군의 주요 공격목표가 된 사마와는 공습으로 철저히 파괴된 상태였다.

도시 중앙부를 가로지르는 다리는 두 동강 나고, 건물들은 도미노처럼 힘없이 옆으로 쓰러져 있었다. 어깻죽지 아래로 한쪽 팔을 잃은 소년의 눈동자와 목발도 짚지 않은 외다리로 걷기 위해 안간힘을 쓰는 젊은 여성의 모습을 목격한 니시는 가슴이 미어졌다.

그날 밤 묵은 사마와의 숙소는 공습으로 반파된 상태였다. 니시 일행이 묵을 방은 지붕의 3분의 1이 무너져 하늘이 보였다. 방 안에는 침대 2개와 소파가 있었지만, 모래로 꺼끌꺼끌했다. 화장실에는 오물이 넘쳐 용변을 보는 것도 쉽지 않았다. 코를 찌르는 고약한 냄새가 온 방 안에 진동했다.

니시가 느닷없이 웃음을 터트렸다.

언제 또 이런 경험을 할 수 있을까, 이제껏 살아온 인생보다 훨씬 낫군.

35세의 젊음 때문일까, 기력이 넘쳤다. 니시는 고난에 직면하면 오히려 활력이 솟았다. 두 사람에게 침대를 양보하고 니시는 소파에 누웠다. 마침 소파 위 천장에 구멍이 뻥 뚫려 있었다. 밤하늘의 별이 반짝였다.

내일부터는 사막이다, 체력을 아끼자.

니시는 위스키를 한 잔 꿀꺽 들이켜고 잠자리에 들었다.

시간이 얼마나 흘렀을까. 떠들썩한 소리에 어렴풋이 잠을 깬 니시의 눈앞에 괴상한 물체가 나타났다. 금방 찜통에서 꺼낸 듯한 문어가 흐느적거리고 있었다. 한동안 어리둥절했지만, 이내 카메라맨 가쓰키가 몸을 배배 꼬고 양팔을 휘저으며 춤을 추고 있는 모습이란 것을 깨달았다. 술기운에 얼굴이 시뻘건 데다 입술까지 삐죽 내밀고 있으니, 영락없는 문어였다. 가쓰키는 이따금 알 수 없는 기성을 지르며 니시가 누워 있는 소파 쪽으로 다가왔다. 니시의 어깨를 흔들어 깨우며 어린애처럼 투정을 부렸다.

"니시 군, 더는 못 참겠어. 이런 데 있지 말고 그냥 집에 가면 안 돼? 부탁이야, 나 좀 살려주라. 응? 정말 싫단 말이야!"

니시가 왈칵 성을 냈다.

"가쓰키 씨는 레바논 내전을 취재한 카메라맨 아닙니까? 이 정도로 우는 소리를 하면 어떡합니까?"

"그때는 호텔도 훨씬 좋고, 지붕도 있었단 말이야. 부탁이야, 집에 보내줘!"

가쓰키는 잔뜩 취해서 한참 떼를 썼다. 기가 막힌 니시는 무시하기로 했다. 그러자 이번에는 스즈타가 자고 있는 침대로 가서 애원했다.

"스 씨, 스즈타 씨, 스 선생님. 부탁이야, 집에 가고 싶어."

스즈타가 벌떡 일어나 이마에 핏대를 세우며 고함쳤다.

"시끄러 죽겠네, 이 대머리 할배!"

말이 끝나기 무섭게 가쓰키의 훌렁 벗겨진 머리를 손바닥으로 찰싹 때렸다.

"윽, 너무해. 아고고, 나 죽네!"

가쓰키가 비명을 지르며 자기 침대로 돌아갔다. 한참 기이한 소리를 내더니 이내 코를 골기 시작했다.

니시는 자기보다 스무 살이나 많은 남자의 볼썽사나운 취태를 보며, 남자의 진가는 늘 막다른 대목에서 드러나는 법이라고 생각했다. 주사를 부리던 가쓰키의 모습이 눈앞에 아른거리면서 잠이 확 달아났다. 그 후로도 니시는 한동안 잠을 이루지 못했다.

다음 날 아침, 니시가 1층에서 돌덩이처럼 딱딱한 빵을 차와 함께 씹어 삼키고 있는데 가쓰키가 일어났다. 어젯밤 일은 전혀 기억하지 못하는 듯했다. 가쓰키는 빵을 집어 들었지만 너무 딱딱하다고 불평하며 더는 입에 대지 않았다.

그때 사마와의 보안부대에 치안 정보를 물으러 나갔던 스즈타가 돌아왔다. 스즈타가 살기가 넘치는 눈으로 느닷없이 언성을 높였다.

"보안부대에서 말도 안 되는 얘길 들었어. 미군이 하늘에서 사막 여기저귀에 지뢰를 뿌렸다는 거야. 소련이나 중국에서 만든 형편없는 지뢰가 아니라, 모래 속에 묻혀서 소리에 민감하게 반응하는 무시무시한 물건이라는 얘기야. 얼마 전에도 마을 트럭이 날아가면서 운전수가 두 다리를 잃었다고 하네. 나 원 참, 기가 막혀서. 난 더 이상 못 가. 지뢰가 무서워서가 아냐. 난 프리라고. 당신들 같은 대기업 인간이랑은 달라서 변변한 보험 하나 없어. 다리가 날아가면 난 뭘 해서 먹고 사나."

그 순간, 니시는 피가 거꾸로 솟았다. 자리에서 벌떡 일어나 작은 체구의 스즈타에게 달려들며 고함을 질렀다.

"날아가 봤자 다리 두 개 아냐! 중동에서 20년이나 살았으면서 쫄기는. 죽는 것도 아니잖아. 나도 보험 같은 거 없어. 회사에서는 이런 데 온 줄 꿈에도 모른다고. 안전할 것 같았으면 허가를 받았겠지, 이건 비밀리에 진행하는 촬영이야. 무슨 일이 생기면 처분도 달게 받을 각오로 왔어. 당신도 그 정도는 알고 있었잖아, 재미있을 거라고 할 땐 언제고. 남자가 이 정도 일에 위축되면 어쩌겠단 거야!"

니시의 눈이 광기와 같은 정념으로 불탔다. 스즈타의 양팔을 힘껏 붙잡았다.

"스 씨, 부탁합니다. 나 좀 도와주십시오. 당신이 꼭 필요합니다. 이번에 찍지 못하면 평생 후회할 만한 게 사막 저편에 있습니다!"

2

6개월 전 1991년 1월 도쿄. 전일본TV협회 보도국.

걸프 전쟁이 발발한 지 나흘째. 총동원체제에 돌입한 보도국에는 남자들이 득시글거렸다. 큰 사건이 일어나면, 보도국 소속 기자와 디렉터들은 저마다 자신의 존재 가치를 드러내기 위해 필요 이상으로 시끄럽게 떠들었다. 여기저기에서 고함소리가 들려오는 소란한 분위기였다.

정규방송이 잇달아 중단되고 전쟁 관련 특집방송으로 교체되었다. 보도국 인력만으로 충당할 수 없었기 때문에, 평소에는 정시 방송을 제작하는 프로그램국에서도 수십 명의 디렉터가 급파되었다.

"자네들은 미군의 전력 분석, 특히 전투기와 미사일을 담당하게. 뭐든 좋으니까 방송 소재가 될 만한 건 다 모아 와. 자네들은 앞으로 벌어질지도 모를 지상전을 상정해서 이라크군과 미군의 전차를 맡게. 거기 다섯 명은 국내 지식인들의 반응을 수집하게."

보도 책임자가 일꾼을 부리듯 일사불란하게 프로그램국 디렉터들에게 업무 지시를 내렸다. 보도국의 방식을 몰라 허둥대는 디렉터들. 그들을 통솔하는 형태로, 각 그룹마다 보도국 기자가 책임자가 되어 다음 지시를 내렸다.

현장에서의 역학 관계로 말하자면, 기자 그룹이 압도적 우위를 점하고 있다. 얼굴 표정이며 말 한마디 한마디에서 자신들이 최전선에서 활약하고 있다는 자부심이 엿보였다. 그 다음이 기자들과 함께 일하는 보도국 디렉터, 제일 마지막이 한가한 프로그램이나 만들고 있다는 야유를 듣는 프로그램국 디렉터였다.

프로그램국이 보도국의 동원요청을 거부하는 것은 있을 수 없는 일이었다. 하물며 큰 사건이라도 생기면 보도국이 요구하는 족족 인력을 지원해야만 했다. 하지만 프로그램국도 만만찮았다. 실력 있는 디렉터는 놔두고 아직 미숙한 신참이나 삼류 부서 디렉터를 파견하는 식이었다.

"왜 이렇게 굼떠? 이런 소재를 가져와서 어떻게 코멘트를 쓰라는 거야. 자막은 아직 멀었어? 답답해 죽겠네."

서른이 넘을까 말까 한 기자가 투덜거리는 소리가 들렸다. 핀잔을 듣고 있는 사람은 프로그램국에서 파견된 디렉터, 니시 사토루였다. 니시는 그 나이 어린 기자 밑에서 전차 담당을 맡고 있었다. 니시는 이를 악물었다. 자기보다 한참 아래인 기자가 쓴 형편없는 코멘트에 맞게 영상을 편집하는 일에 신물이 났다.

하지만 프로그램국으로 돌아간들 만족하며 일할 수 있는 것은 아니었다.

니시가 소속된 팀은 짧은 기행 프로그램이나 어학 강좌 등의 교양프로 혹은 깊은 밤이나 이른 아침 아무도 TV를 보지 않는 시간 즉, 시청률 0%의 삼류 부서였다.

전일본TV협회는 보도국, 프로그램국, 편성국, 기술국, 영업국, 총무국 등의 국(局)제와 회장 직할의 인사부, 국회 대책실 등의 부서로 나뉜다. 1만 명이 넘는 사원들 가운데 기자와 디렉터 등의 현장직이 3천명, 사무관리직은 7천 명이 넘는다. 방송이나 뉴스와 같은 '물건'을 만드는 회사임에도 사무관리 부문이 유난히 많았다. 자유로운 표현활동이 보장된 방송사라기보다 통제 시스템이 작동하는 관료기관이었다.

디렉터 채용 후, 가장 우수한 평가를 받은 사람이 본부와 오사카, 나고야 등의 지국에 배속된다. 그 외에는 지역방송국으로 발령이 난다. 지역방송국에서 최소 4, 5년 정도 근무한 후, 도쿄에 있는 8개 부서로 이동한다. 교양부, 과학부 등의 엘리트 부서에 들어가면 견고한 파벌 세력의 비호를 받으며 디렉터, 데스크로 승진한다. 그 다음은 프로듀서, 부장으로 출세가도가 열린다. 중요 부서로 배속된 디렉터의 표정에는 '선택받은 자'의 여유가 배어났다. 파벌주의가 깊이 뿌리 내리고 있었다.

니시는 그 밖의 대다수 아니, 그 이하의 디렉터였다. 학창시절부터 다큐멘터리 방송을 만드는 것이 꿈이었지만, 현실은 프랜차이즈 요원이었다.

프랜차이즈 요원이란, 지역방송국의 로컬방송에만 참여하는 방송요원으로 특별한 경우가 아니면 도쿄로 상경할 일이 없다. 대개 정년까지 그 지역에서 근무한다.

규슈九州 지역방송국으로 발령이 난 니시의 업무는 5분 남짓한 지역방송에 일기예보 송출, 중계 담당 따위였다. 본부에서 보내는 뉴스와 프로그램으로 거의 모든 방송을 편성하는 지방지국은 예산은 물론이고 인력, 기자재 등의 자원이 빈약했다.

방송을 향한 넘치는 열정과 아이디어를 증명할 유일한 기회가 있다면, 전국방송 기획을 내는 것이었다. 니시는 지방지국 업무에 쫓기면서도 시간을 쪼개 기획서를 썼다. 운 좋게도 그중 몇 편이 채택되었고 니시는 온 힘을 다해 프로그램을 만들었다. 이윽고 '규슈에는 니시 사토루가 있다'는 입소문이 나기까지 실력을 길렀다. 다큐멘터리스트를 꿈꾸는 니시는 도쿄의 교양부 발령을 열망했지만, 그의 실력을 눈여겨본 지역방송국 국장은 니시의 희망을 묵살하고 자신의 출신부서로 보냈다. 결국 10년 가까이 지방 방송국 두 곳을 전전하며 고군분투하던 니시가 다다른 곳은, 도쿄 본부에서도 '디렉터의 무덤'으로 불리는 삼류 부서였다. 니시는 또다시 이를 악물고 실의에 찬 나날을 보냈다.

걸프 전쟁이 발발한 지 엿새째 되는 날이었다. CNN을 비롯한 외국 방송국들이 흡사 불꽃놀이처럼 명멸하는 바그다드의 공습 영상을 내보낸 것을 시작으로, 파괴의 참상을 생중계로 방송하기 시작했다.

마치 게임 같은 전쟁이었다.

보도국에 있던 니시는 진저리를 쳤다. 주위를 둘러보았다. 분주하게 움직이는 기자들 모두 넥타이를 매고 있었다. 방송에 출연하는 리포터는 당장이라도 카메라 앞에 설 수 있게 만반의 준비를 갖춘 상태였다. 옷차림에 크게 신경 쓰지 않는 니시는 평소와 다를 바 없이 검은색 체크무늬 재킷에 무늬가 들어간 셔츠 차림으로, 기자들의 양복 품평 따위를 하며 시간을 때우고 있었다.

무심코 텔레비전 화면에 눈을 돌린 순간이었다.

니시는 충격적인 영상에 숨이 멎었다.

고문으로 끔찍하게 부어오른 남자들의 얼굴이 눈에 들어왔다.

그것은 이라크 국영TV에 보도된, 미군 포로 4명의 처참한 모습이었다.

무수히 많은 찰과상과 끔찍한 상처를 입은 포로들은 한 명씩 화면에 등장해 자신의 계급과 소속부대 그리고 미국의 극악무도함을 초점 잃은 눈으로 로봇처럼 되풀이했다.

"우리는 평화롭게 살아가는 무고한 이라크를 침공했습니다. 미국이 큰 실수를 저질렀습니다. 죄송합니다."

총으로 협박한 것일까? 아니면 약물 때문에 의식이 흐려진 것일까? 혹 끔찍한 고문에 정신분열을 일으킨 것일까? 아무리 봐도 정상적인 상태는 아니었다. 훗날 인간 방패라 불리며, 전 세계를 뒤흔든 선정적인 뉴스였다.

니시는 영상에 비친 한 남자를 뚫어지게 응시했다.

제임스 더든 소령, 이라크의 미사일 공격으로 격추된 미 공군 전투기의 조종사였다. 그는 F16 전투기를 조종한 탑 건이었다. 다른 포로들의 시선은 허공을 맴돌았지만 그는 가까스로 정신을 놓지 않고 있는 듯 보였다.

나이는 35세, 니시와 동갑이었다.

니시는 시골에 있는 부모님이 떠올랐다.

'내가 보도국 말단으로 잡일이나 하고 있는 이때, 나와 동갑인 이 남자는 이라크에서 고문을 받고 있다. 과연 저 남자의 부모는 지금 이 순간 어떤 심정으로 아들의 참혹한 모습을 보고 있을까.'

디렉터의 본능이 꿈틀거렸다. 전쟁의 잔혹하고 무자비한 참상을 파헤치고 싶다. 니시는 그런 충동을 억누를 수 없었다.

다음 날, 상황이 변하고 있었다. 보도국에 파견된 20명의 프로그램국 디렉터들이 제1회의실에 소집되었다. 그들의 눈앞에는 머지않아 중역이 될 것이라는 소문이 무성한 프로그램국 기획실 부장 신교지 요시무네真行寺義宗가 팔짱을 낀 채 입을 꾹 다물고 서 있었다.

나이는 40대 후반이었지만, 머리가 온통 백발이었다. 보도국과의 끈끈한 커넥션을 무기로, 이례적인 고속 승진을 했다. 마른 체형에, 차가워 보이기도 하는 단정한 생김새의 신교지는 침묵을 즐기듯 한동안 잠자코 있더니 천천히 입을 열었다.

"우리 전일본TV는 중요한 국면을 맞고 있네. 개전 후 벌써 일주일이 지났지만 독자영상은 손에 꼽을 정도야. 수신료를 3만 엔이나 받아가면서 고작 이거냐는 비난도 들려오기 시작했어. 해외영상과 프리랜서들이 찍은 자투리 영상에 의존하고 있는 상황이네. 그러니 뭐든 자네들이 직접 나가서 전일본TV가 아니면 못 찍는 그런 영상을 찍어 오게. 뭐든 상관없어, 난민 캠프든 낮잠 자는 미군 병사든 말이야. 희망하는 사람 있나?"

개전 후 일주일이 지났지만 CNN이나 ABC에서 보내오는, 사실상 돈을 주고 사오는 전쟁 관련 영상을 그대로 내보내는 것도 한계에 다다른 상황이었다.

아시아 최대 방송국, 전 세계 28개 네트워크를 소유하고 있다고 자부하는 전일본TV협회는 전쟁 발발 직후 이라크의 인접국 요르단에 전선 기지를 설치했다. 호화로운 인터콘티넨털 호텔의 2개 층을 차지하고 수십 명의 기자와 디렉터를 파견했지만, 누구도 계엄령이 내려진 이라크에 들어가려고 하지 않았다. 그뿐이 아니었다. 그들은 많은 사무직 사원들을 물자 보급부대로 파견해 일본산 쌀을 공수하고 삼시 세끼를 확보하는 것이 최우선 사항이었다. 같은 시기에 암만에 들어간 신문, 텔레비전 기자들이 음식을 나눠 달라고 부탁해도 거절하는 등 빈축을 사고 있었다.

상충부에서는 전선에 기대할 수 없게 된 이상, 뭐든 독자영상부터 확보하려고 혈안이 되어 있었다. 프로그램 한 편을 온전히 만들 능력이 없는 디렉터라도 뉴스에 내보낼 만한 자투리 영상 정도는 찍어올 수 있을 것이다. 상충부의 의도가 빤히 들여다보였다.

신교지가 묻자 디렉터들은 눈치를 살피며 주위를 둘러보았다.

니시는 주저 없이 손을 번쩍 들었다.

"전쟁포로의 가족을 찍고 싶습니다. 미국에 보내주십시오."

신교지는 무슨 생각을 한 것인지 목젖이 울리도록 껄껄 웃더니 고개를 크게 끄덕였다.

다음 날 저녁, 니시는 나리타成田발 미국행 마지막 비행기에 타고 있었다. 이 비행이 훗날 니시 사토루의 운명을 극적으로 바꿔놓을 것이라는 사실을, 니시 자신도 물론 알지 못했다.

3

걸프전이 발발한 지 한 달 반, 전쟁은 최종 국면을 맞았다.

미국이 중심이 된 다국적군의 병력은 압도적인 우위를 점하고 있었다. 미 해군의 순항 미사일 토마호크와 B52전략폭격기의 공습으로 이라크 병력은 괴멸에 가까운 타격을 입었다. 수일 전부터 개시된 지상전에서도, 다국적군의 최첨단 무기 공격에 이라크군은 속수무책으로 패했다. 한편, 소련의 개입으로 정전 합의가 초읽기에 들어갔다는 등의 정보가 난무했다.

전일본TV 보도국 제1편집실, 신교지 기획부장을 비롯한 4명의 프로듀서가 모여 있었다. 그들의 눈앞에는 40일 가량의 미국 촬영을 마치고 3일 전에 귀국한 니시 사토루가 앉아 있었다.

일본에 돌아온 니시를 기다리고 있던 것은, 성난 프로듀서들의 호통이었다.

"이제야 오다니, 자네 제정신이야? 전쟁은 벌써 끝날 판이야."

"촬영비는 펑펑 잘 쓰고 오셨나, 이젠 방송을 내보낼 곳도 없어."

아닌 게 아니라 니시보다 늦게 해외 파견을 나간 디렉터들은 저마다 뉴스 영상을 모은 선물 꾸러미를 들고 귀국한 지 오래였다. 니시는 영상을 보내지도 않았을 뿐더러 귀국 명령까지 거역했다.

니시로서는 타당한 이유가 있었지만, 설명한다 해도 이해해줄 사람들이 아니었다. 니시는 사흘만 시간을 달라고 사정한 뒤 꼬박 편집에 매달렸다. 오늘 바로 그 첫 번째 시사가 있는 날이었다.

편집기의 재생버튼을 누르자 화면에 첫 장면이 나타났다. 한가로운 미국의 전원 풍경이었다.

황당한 듯 "뭐야, 저게……"라며 중얼거리는 소리가 들렸다.

시사가 시작됐다.

5분, 10분, 20분.

니시는 큰 목소리로 내레이션 원고를 읽었다.

모니터에 바짝 붙어 있었기 때문에 니시는 프로듀서들의 안색을 살필 수 없었다. 중간에 꿀꺽하고 마른침 삼키는 소리가 들렸다. 니시는 고작 사흘 만에 끝낸 조잡한 편집을 지적당할까 봐 조마조마했다. 내심 이 시간이 무사히 지나가기만을 빌며 애써 아무렇지 않은 척 원고를 읽어 내려갔다.

50분 후, 시사가 끝났다.

아무도 입을 열지 않았다. 니시는 눈앞에 검은 막이 내려오는 듯한 절망감에 휩싸였다. 뒤를 돌아볼 수가 없었다. 그때 한 프로듀서가 상기된 목소리로 말했다.

"굉장하군!"

또 다른 프로듀서도 입을 열었다.

"이런 걸 찍어오다니, 믿을 수 없어!"

그 소리를 듣고 뒤를 돌아본 니시의 눈에 천장을 뚫어져라 노려보는 신교지 기획부장의 모습이 들어왔다. 신교지의 얼굴빛이 점차 변하더니 길게 찢어진 눈에 순간 빛이 번득였다. 신교지가 중얼거렸다.

"10년에 한 번 나올까 말까 한 방송이야."

그 영상에는 미국 펜실베니아 주 작은 마을에서 이라크군 포로로 잡혀 있는 아들이 무사히 돌아오기를 기다리는 노부부의 일상이 절절히 그려져 있었다.

아들 제임스 더든 소령의 참혹한 모습을 보는 것이 두려워 텔레비전을 보지 않게 된 아버지 로버트는 창고에서 꺼내 온 낡은 라디오에 귀를 기울이며, 괴로운 얼굴로 포로 석방 소식을 기다렸다. 때때로 울분을 참지 못한 로버트는 사담 후세인을 향한 증오와 복수의 말을 내뱉었다.

"사담은 인간이 아니야. 미친개지. 만약 전범재판이 열린다면, 내가 제일 먼저 사형 집행인으로 지원할 겁니다."

더든 소령의 어머니 재클린은 언제 끝날지 모르는 기다림의 시간 속에서, 깊은 한숨을 지었다. 아들에 대한 애정이 절절히 배어났다. 재클린은 취재를 하는 니시 사토루에게 물었다.

"난 정말 모르겠어요. 왜 미국은 언제나 다른 나라 일에 간섭을 하는 거죠? 왜 대통령이나 상원의원의 아들들은 전쟁터에 나가지 않나요, 왜죠? 대답해봐요."

비현실적인 영상이 이어졌다.

끊임없이 더든 소령의 부모를 찾아오는 방송국이며 신문사, 그들을 현관문 앞에서 매정하게 내쫓는 로버트. 니시의 취재팀만이 자연스럽게 집 안에서 그런 장면들을 촬영했다.

거실에서 텔레비전을 켜는 부부. 이라크가 포로 석방에 합의하고, 바레인 현지에서 열 명의 미국인 포로가 버스에서 내리는 모습이 텔레비전에 생중계되었다. 그 속에서 필사적으로 아들 제임스 더든 소령의 모습을 찾고 있는 부부의 모습을 취재팀 카메라가 쫓는다. 그들의 아들은 거기 없었다.

갑자기 중계 화면이 바뀌더니 더든 부부의 집이 텔레비전에 나왔다. 아나운서가 비정한 말을 내뱉었다.

"더든 소령의 생사를 확인할 길이 없는 가운데 그의 집은 적막하기 그지없습니다."

흐느껴 우는 재클린의 어깨를 니시가 무심결에 쓸어내렸다.

조용하지만 생생한 광경이 드라마의 한 장면처럼 흘러갔다. 니시는 미국의 작은 집 안에서 전쟁의 비극을 그려내고 있었다.

신교지 기획부장은 닷새 후인 3월 10일에 방송하기로 결정했다. 그 날은 두 번째 포로 석방이 이루어지는 날로 45일 만에 풀려난 더든 소령이 미국 앤드류 공군 기지로 귀환하는 날이었다. 절묘한 타이밍이었다. 방송시간은 60분으로 결정되었다.

통상적으로 편집은 프로그램 한 편당 5, 6회 정도 영상을 돌려보며 재구성하는 과정을 거친다. 60분짜리 방송이라면, 이 작업만으로 최소한 열흘은 걸린다. 또 내레이션을 쓰는 데 사나흘, 영상을 방송용 테이프로 옮겨 색 보정 등을 하는 ECS 작업에 이틀, 내레이션이나 효과음을 넣는 더빙 작업에 사흘, 인터뷰 번역과 지명 등의 자막 작업에 최소 하루는 걸리기 때문에 전부 합하면 빨라도 20일은 걸린다. 그런 작업을 닷새 만에 끝낸다는 것은 무모하기 짝이 없는 도전이었다.

"아무리 그래도 닷새는 무리가 아닐까요?"

프로듀서들이 난색을 표했지만 신교지는 눈 하나 꿈쩍하지 않았다. 니시는 이 방송이 빛을 볼 수만 있다면 무슨 일이든 하겠다는 각오를 다졌다.

신교지의 냉기 어린 얼굴이 붉게 상기되었다.

"총지휘는 내가 맡는다."

1시간 후, 신교지는 8명 정도의 사람들을 데려왔다. 프로그램국의 교양부 특집제작팀 소속 디렉터와 데스크들이었다.

신교지는 특집제작팀의 책임 프로듀서를 거쳐 지금의 지위에 올랐다. 교양부 특집제작팀은 프로그램국의 엘리트 중의 엘리트가 모여 있는 곳으로 디렉터들에게는 꿈의 부서였다. 니시는 감히 쳐다보지도 못할 부서였다.

그런 그룹을 지휘하는 프로듀서의 권한은 절대적이었으며, 편당 수천만 엔의 특집방송 예산도 쉽게 따냈다. 신교지는 지금의 자리에서도 특집제작팀을 자유자재로 다룰 수 있는 힘을 가지고 있었다.

편집실에 들어오자마자 신교지는 차례로 디렉터들에게 명령을 내렸다.

"이나바稲葉는 번역과 자막을 맡는다. 서둘러, 분량이 많으니까. 안조安城는 전쟁 자료를 완벽하게 모아오도록. 다나하시棚橋는 내레이션 스튜디오를 확보하고 음향 기사를 수배해. 데라사와寺沢는 이곳과 다른 작업실을 잇는 연락책을 맡게."

특집제작팀 디렉터들은 순식간에 흩어졌다. 니시는 빈틈없이 완벽한 신교지의 지휘력에 압도당했다.

일련의 지시를 마친 신교지는 마지막까지 남아 있던 데스크 구로하라黒原에게 말했다.

"자넨 도시락 담당이야. 모두의 식사를 확보해주게."

구로하라는 노골적으로 불만스러운 표정을 지었다. 구로하라에 관한 소문은 니시도 익히 들어서 알고 있었다. 교양부 소속이지만, 프로그램 제작이 서툴러 종종 편집실에서 내빼는 바람에 '나약한 도망자'라는 달갑지 않은 별명을 얻었다. 인사이동 때면 인사부장의 심복을 자처하며 경마처럼 인사 예상도 따위를 만들어서 호사가들의 환심을 사는 도구로 삼았다고 한다. 니시는 두툼한 눈두덩에 흐리멍덩한 눈으로 무시하듯 자신을 바라보는 구로하라가 내심 불쾌했다. 디렉터의 자질이 부족한 구로하라를 어째서 신교지처럼 냉철한 인간이 특집팀 데스크로 뽑았을까. 태연하게 도시락 담당을 명하는 신교지를 보며 니시는 신교지의 복잡한 속내를 가늠해보았다.

모두 나가고 편집실에는 신교지와 니시만 남았다. 신교지는 마주 앉은 니시에게 천천히 다가가더니 니시가 앉은 의자를 돌렸다. 니시를 편집 책상을 향해 돌려 앉힌 신교지는 등 뒤에서 니시의 양어깨에 손을 얹으며 말했다.

"자넨 지금 이 순간부터 이곳을 떠나선 안 되네. 화장실 갈 때도 방심하지 마. 자료, 테이프 등은 전부 운반 담당에게 맡기게. 식사는 뭐든 먹고 싶은 게 있으면 시켜. 오로지 편집하고 내레이션을 쓰는 것이 자네의 임무네."

니시는 자신의 양어깨에 놓인 손이 천근만근 무겁게 느껴졌다.

4

숨 쉬는 것조차 아까웠다. 이대로 시간이 멈춘다면 얼마나 좋을까.

20일은 걸리는 작업을 고작 닷새 만에, 그것도 완벽하게 해내야만 했다. 니시는 신음하면서도 작업을 멈추지 않았다.

영상을 몇 번씩 돌려볼 여유가 없었다. 한두 차례 편집으로 60분짜리 방송을 만들어야 했다. 편집을 맡은 도요카와豊川는 아직 20대의 젊은 나이였다. 영상의 인부터 아웃까지 필요한 부분을 세세하게 지시했다. 영상 속 한 커트를 수술 집도의처럼 신중히 떼어내 정성껏 내레이션을 썼다. 니시의 눈에는 생기가 넘쳤다.

특집제작팀의 엘리트들이 자신의 손발이 되어 움직여주었다. 평생에 한 번 있을까 말까 한 경험이었다.

기분이 한껏 고양되었다.

때때로 디렉터들이 용건이 있거나 작업 진행상황을 살피러 왔지만 별말 없이 사라졌다.

신교지는 전혀 모습을 보이지 않았다. 모두들 니시가 편집에 집중할 수 있도록 배려해주고 있었다. 딱 한 사람 데스크 구로하라만 제외한다면. 구로하라는 하루에 두 번, 점심과 저녁에 도시락을 가져와서는 자리를 지키고 앉아 수다를 떨었다.

"정말 못 해먹겠네, 신교지 부장이 또 일식이냐며 불평을 하더라니까. 나도 애쓰고 있는데 말이야. 햄버그 도시락에 샌드위치까지 넣었으면 됐지 뭘 더 바래. 자넨 모르겠지만, 도시락을 고를 때도 센스가 필요한 법이지."

1분 1초라도 빨리 나가줬으면 하는 마음으로 니시는 대답 대신 구로하라에게 물었다.

"신교지 부장은 어디 있습니까?"

구로하라가 기다렸다는 듯이 대답했다.

"실은, 일이 커졌어. 상층부를 돌면서 광고를 하고 있거든. 보도국이 변변찮다 보니 이 방송이 잘 되면 윗분들도 기뻐하실 것 아니겠어? 자기 출세가 걸린 문제라 신교지 부장도 필사적이야."

구로하라는 주위를 흘끔거리더니 몸을 일으켜 니시에게 속삭였다.

"그 사람, 여간 무서운 사람이 아니니까 조심해. 자네도 힘들겠지만, 힘내라고."

니시는 구로하라가 가져오는 도시락을 거의 손도 대지 않았다.

속이 부대끼고 식욕도 없었다. 방송일까지 사흘을 남겨둔 상황이었다. 이틀 내내 잠 한숨 자지 않았지만 등에 말뚝을 박은 듯 꼿꼿이 앉아 날카롭게 화면을 응시했다.

함께 작업하는 도요카와의 얼굴에 피로한 기색이 역력했다. 니시가 말을 건넸다.

"도요카와, 잠깐 눈 좀 붙이고 와. 그러다 쓰러져. 팀원들이 회사 앞에 호텔을 잡아두었을 거야."

니시는 망설이는 도요카와에게 거듭 말했다.

"3시간 후에 깨울 테니, 자고 와."

도요카와가 나가자 편집실이 텅 비어 살풍경스럽기 그지없었다. 편집기, 코멘트를 적는 작은 책상, 시사를 하거나 쪽잠을 잘 때 쓰는 소파 그 밖에는 철제의자가 몇 개 놓여 있을 뿐이다. 이 소파가 요주의 물건이었다. 종종 한숨 자고 가라며 니시를 유혹했다.

니시는 모니터에 영상을 띄웠다. 미국의 한적한 시골 마을이 보였다. 그 광경을 볼 때마다 미국에서 지낸 날들이 떠올랐다. 아무에게도 말하지 않았지만, 결코 쉬운 촬영은 아니었다.

펜실베니아 주 이스트 록힐, 더든 부부가 사는 마을은, 언덕 위에서 내려다보면 나무숲 사이로 드문드문 민가가 있는 전형적인 미국의 시골이었다. 마을 곳곳에 감시탑을 등지고 서 있는 남자의 실루엣이 그려진 깃발이 세워져 있었다. POWPrisoner Of War 즉, 전쟁포로의 무사 석방을 기원하는 깃발이었다. 인구 3600명의 작은 마을에서 한 남자의 귀환을 애타게 기다리고 있었다.

니시는 이스트 록힐에 도착한 지 몇 분 지나지 않아 전쟁포로의 가족을 취재하는 것이 불가능하다는 사실을 알고 눈앞이 캄캄했다. 미국의 국방총성 펜타곤은 베트남 전쟁 때 포로 가족들이 정보전과 반전 활동에 이용된 뼈아픈 경험을 한 이후, 철저한 보도 규제 방침을 정했다. 이제까지 이라크군에 포로로 잡힌 사람은 30명 안팎, 취재진으로부터 가족을 격리하기 위해 군인이 보초를 서는 곳도 있었다. 그 밖에도 펜타곤은 가족들이 취재에 응하지 못하도록 정기적으로 연락을 취했다. CNN이나 ABC와 같은 3대 방송사에서도 취재할 수 없는 사안을 동양에서 온 단출한 촬영팀이 찍는다는 것은 불가능에 가까웠다.

아니나 다를까, 더든 부부의 집을 처음 방문했을 때 니시는 문전박대를 당했다.

다음 날, 니시는 노란색 리본을 묶은 꽃다발을 들고 다시 부부의 집을 찾았다. 미국에서는 노란색 리본이 병사의 무사귀환을 기원하는 의미라고 들었기 때문이다. 현관문에 꽃다발과 진심을 담은 편지 한 통을 가만히 올려 두었다.

저는 일본의 텔레비전 방송국에서 온 니시 사토루라고 합니다. 아드님의 일을 진심으로 걱정하고 있습니다. 저는 올해 서른다섯으로, 아드님과 나이가 같습니다. 저도 고향에 두 분과 같은 부모님이 계십니다. 만약 제가 아드님과 같은 상황이었다면 저희 부모님께서도 몹시 걱정하셨을 것입니다. 물론, 제가 두 분의 아픔을 전부 이해할 수는 없을 것입니다. 하지만 그 아픔을 조금이라도 함께 나누고 싶습니다. 꼭 한 번 만나뵙고 싶습니다. 촬영은 하지 않겠습니다. 일본에 돌아가기 전에 만나뵙고 싶을 뿐입니다.

다음 날, 더든 부부의 집 문이 열렸다.

더든의 아버지 로버트는 체구가 크고 이목구비가 뚜렷한 노인이었다. 올해로 71세라고 했다. 아들의 어릴 적 사진을 보여주며 미안한 표정으로 말했다.

"군 당국에서 절대 취재에 응하지 말라고 신신당부를 했네. 이 사진으로 이해해주게."

감사인사를 하는 니시를 부부는 아담한 거실로 안내했다. 더든 부부와 잠시 이야기를 나누었지만, 포로로 잡혀 있는 아들의 이야기는 한마디도 하지 않았다.

더든의 어머니 재클린은 침통한 표정이었다. 폴란드 이민 가정에서 태어난 그녀는 전쟁이 일어나기 전에는 날마다 TV로 프로레슬링 경기를 보는 것이 취미였다고 말했다.

"딱 한 번뿐이었지만, 뉴욕 매디슨 스퀘어가든에 레슬링 시합을 보러 간 적이 있었어요, 정말 좋은 추억이었죠."

매디슨 스퀘어가든은 세계 레슬링연맹 WWWF의 시합이 열리는 장소였다. 미국이라는 나라의 특성 때문인지 이민자 출신 레슬러의 인기가 높았다.

니시도 어릴 적 프로레슬링에 푹 빠져 있었다.

"부르노 사마티노의 캐네디언 백 브레이커_{상대를 들어 매고 등뼈를 흔들거나 무릎에 내려치는 레슬링 기술}는 정말 대단했습니다. 페드로 모랄레스의 연속 드롭킥도 흥미진진했죠. 전 빅터 리베라도 좋아했어요."

니시가 말한 레슬러들도 이탈리아, 멕시코, 콜롬비아 출신의 챔피언들이었다. 폴란드 이민가정에서 태어난 재클린도 그들의 팬이었던 것 같았다. 연신 웃음을 지으며 즐거워했다.

다음 날 다시 부부의 집을 방문했다.

이야기를 나누는 도중, 재클린이 자신의 어깨를 손으로 감쌌다. 니시가 가만히 손을 올렸다. 혹처럼 딱딱하게 굳은 농부의 어깨였다. 50년 가까이 농사를 지어서인지 가끔 쑤신다고 했다. 니시가 재클린의 어깨를 부드럽게 주물렀다. 손끝에 신경을 집중해 뭉친 곳을 풀어주었다. 어릴 때 할아버지나 부모님께 안마를 해주고 용돈을 받았던 기억이 났다. 재클린이 나지막이 한숨을 쉬었다.

"휴, 보통 솜씨가 아니에요. 묵은 피로가 씻은 듯이 사라지는 것 같네. 동양의 마술사로군요. 매일매일 받고 싶을 정도예요."

니시는 꼼짝 없이 집 안에 갇혀 지내게 된 노부부의 고독한 생활에 자신이 녹아들어 가는 것을 느꼈다.

다음 날, 부부와 이런저런 잡담을 나누고 재클린의 어깨를 주무른 뒤 셋이 함께 정원으로 나갔다. 낙엽이 쌓여 있었다. 부부가 낙엽을 쓸기 시작하자 니시도 빗자루를 들고 도왔다.

낙엽이 바스락거리는 소리를 듣고 니시는 문득 생각했다. 이런 모습이라면 촬영해도 괜찮지 않을까.

차에서 대기하고 있던 카메라맨에게 촬영을 부탁했다.

카메라맨이 허둥지둥 준비를 마치고 비질을 하는 부부의 모습을 찍기 시작했다. 카메라를 본 부부가 잠시 안타까운 표정으로 니시를 보았다. 잠시 침묵이 흘렀지만 부부는 아무 말도 하지 않았다.

그날부터 촬영이 시작되었다.

아마 세계 어느 곳에서도, 이 순간 이런 촬영을 하고 있는 것은 자신밖에 없을 것이다. 이 작은 집을 방문하는 일이 이토록 자신에게 만족감을 안겨줄 줄은 몰랐다.

이번 취재가 어떤 결실을 맺을 것인지 아직은 짐작도 할 수 없지만 니시는 디렉터로서 더없이 행복한 시간을 맛보았다.

하루에 하나면 된다.

니시는 초초해하지 않기로 했다. 천천히 흐르는 부부의 시간에 동화되지 않으면 촬영을 할 수 없을 것 같았다. 카메라맨이 벽에 바짝 붙어서 부부의 일상을 풀쇼트로 담았다. 라디오에서 흘러나오는 전쟁 뉴스에 얼굴을 찌푸리는 로버트의 얼굴, 이렇다 할 뉴스가 없자 애가 탄 나머지 이마에 깊은 주름을 모으고 눈이 내리기 시작한 정원을 바라보는 재클린. 때때로 두 사람의 깊은 한숨 소리가 들려왔다.

그 정적에 녹아들며 니시는 조용히 두 사람의 이야기에 귀 기울였다. 전쟁의 허망함, 사담 후세인을 향한 원망 그리고 아들의 무사귀환을 바라는 간절한 마음이 하나하나 기록되었다.

며칠에 한 번씩 펜타곤에서 연락이 왔다. 별다른 일은 없는지, 취재진이 찾아오지는 않았는지 등을 확인하기 위해서였다. 그때마다 부부는 당황한 기색으로 그런 일 없다면서 전화를 끊었다.

그들의 애처로운 뒷모습을 볼 때마다 니시는 감정이 북받쳤다.

매일같이 찾아오는 니시는 어느새 부부의 일상에 소중한 존재가 되어 있었다. 노부부는 느닷없이 찾아온 동양의 이방인을 가족처럼 받아들이고 감싸주었다.

펜타곤이 경계하는 것은 당연했다. 미국은 베트남전 당시 가족의 모습이나 그들의 절절한 사연이 정보전이나 반전활동에 이용된 역사가 있었기 때문이다.

그것 말고도 부부는 모르는, 니시의 걱정이 있었다.

걸프전은 미디어 전쟁이라고도 불리었다. 이라크 측에서도 당연히 미국을 비롯한 전 세계 미디어의 보도를 주시하며 전략을 세우고 있을 것이 틀림없었다. 그 증거가 다국적군의 압도적인 우위를 전하는 보도에 대항해, 이라크 국영TV를 통해 제임스 더든을 비롯한 전쟁포로들의 참혹한 모습을 내보낸 것이다. 이란·이라크 전쟁 당시 포로로 잡힌 사람의 손발을 잘라 전장에 던짐으로써 상대의 전의를 꺾으려고 했던 끔찍한 수법과 다를 바 없었다.

만약 부부의 모습이 미디어에 공개되고 사담 후세인을 강하게 비난하는 부친 로버트의 목소리가 이라크에 전해진다면, 포로로 잡혀 있는 제임스가 어떤 처지에 놓일지 생각만 해도 몸서리가 쳐졌다.

어느 날, 니시가 부부에게 말했다.

"저희를 따뜻하게 받아주셔서 고맙습니다. 이 한 가지는 꼭 약속드리겠습니다. 제가 여기서 찍은 영상은 아드님이 무사히 돌아오실 때까지 절대 방송에 내보내지 않겠습니다."

부부는 느닷없는 이야기에 어리둥절한 표정이었다. 하지만 이내 펜타곤에서 온 전화 때문에 그런 것이라면 신경 쓰지 말라며 오히려 니시를 안심시켰다. 그 약속이 얼마 뒤 커다란 문제를 일으켰다.

니시가 부부의 집을 드나들기 시작한 지 20일 남짓 지났을 때였다.

니시 일행은 이웃 마을의 모텔에 묵고 있었다. 부부의 집까지 차로 30분, 베스트웨스턴이라는 미국에서 흔히 볼 수 있는 모텔 체인이었다.

그날의 취재를 마치고 모텔 침대에 눕는 순간, 전화벨이 요란하게 울렸다. 전일본TV 프로그램국 교양부의 가네자키金崎 프로듀서였다. 한두 마디 나눈 것이 전부인 니시의 취재 책임자로, 강마른 얼굴에 수염을 기른 남자였다.

니시는 사흘에 한 번씩 전일본TV의 걸프전 사무국에 취재상황을 보고하도록 되어 있었다. 포로 가족을 찍고 있다는 것은 이미 말해두었다.

가네자키가 용건을 꺼냈다.

"포로 가족을 취재하고 있다더군. 잘 돼가나? 수고가 많네. 일단 지금까지 찍은 영상 전부 캡션을 달아서 보내주게. 거긴 워싱턴과 뉴욕 지국의 중간 정도지? 차로 가면 6, 7시간이면 도착할 거네. 어느 지국이든 상관없으니까 지금 당장 출발해서 영상을 전송하게."

니시는 그 자리에 얼어붙었다.

부드럽지만 강압적인 목소리였다. 전쟁이 시작된 지 1개월 남짓, 뉴스 소재가 바닥난 것이 분명했다. 그러던 차에 니시의 취재 보고가 눈에 띄었던 것이다. 하지만 영상을 보냈다가는 돌이킬 수 없는 사태가 벌어질 것이다.

"정말 죄송하지만, 지금은 영상을 보낼 수 없는 사정이 있습니다."

니시는 필사적으로 설명했다. 이란·이라크 전쟁 당시 벌어진 잔혹한 행위, 더든 소령이 포로로 잡혀 있는 상황과 사담 후세인을 증오하는 부친의 발언, 더든이 석방되기 전에는 방송을 내보낼 수 없는 상황이라는 것…….

하지만 돌아온 것은 가네자키의 귀청을 찢을 듯한 노성이었다.

"쓸데없는 소리 말고 보내라면 보내, 시답잖은 프로나 만드는 주제에! 지금이 어떤 상황인지 알기나 해! 여태 해외 촬영에서 돌아오지 않은 건 자네뿐이야. 정신 못 차리는군. 그래봤자 늙은이들이나 찍고 있으면서! 여러 말 말고 당장 보내. 방송을 내보내든 말든 판단은 우리가 해! 알아들었나!"

전화가 끊어졌다.

니시가 정신없이 방 안을 빙글빙글 돌았다. 고민할 때마다 나타나는 버릇이었다. 겨울인데도 땀이 줄줄 흘렀다. 가네자키의 목소리가 여전히 귓가에 쟁쟁했다. 마음이 흔들렸다.

나 같은 말단 디렉터가 명령에 따르지 않으면 어떻게 될까.

가네자키와 다른 프로듀서들 그리고 신교지 기획부장의 노기 띤 얼굴이 떠올랐다가 사라졌다.

아마 지역방송국으로 되돌아가야 할 것이다. 어쩌면 두 번 다시 도쿄로 돌아오지 못할 수도 있다. 평생 삼류 디렉터 소리나 들으며 늙어 죽는 것은 아닐까.

10년 넘게 일한 작은 방송국과 제대로 실력 한 번 보이지 못했던 억울한 날들을 떠올리며 니시는 절망적인 기분에 빠졌다.

침대에 털썩 주저앉아 촬영 테이프가 들어 있는 두랄루민 케이스를 바라보았다.

저들도 바보가 아닌 이상 그만큼 이유를 설명했으면 알아서 잘 판단하지 않을까? 당장 테이프를 지국에 가져가면 될 일이었다.

니시가 머리를 세차게 흔들었다. 몸이 부르르 떨렸다.

대체 내가 무슨 생각을 한 것일까? 절대 안 될 일이다. 저들은 분명 방송을 내보낼 것이다. 잠깐 저들의 칭찬을 듣겠지만, 그 후에는 평생 돌이킬 수 없는 후회의 나날을 보내게 될 것이다. 저 선량한 부부와 나눈 약속을 저버리는 짓은 절대 할 수 없었다.

무엇보다 자신은 디렉터였다. 방송국의 꼭두각시가 아니다. 프로그램을 만들기 위해 이곳까지 왔다.

다음 날 아침, 니시는 묵고 있던 모텔을 떠났다. 다른 숙소를 잡고 기자재와 테이프도 옮겼다. 그리고 도쿄의 전일본TV와 연락을 끊었다.

5

3월 8일 전일본TV 프로그램국 제1기획실.

밤 9시가 지난 시각에도 불구하고 기획실 소속 사원 30여 명은 한 사람도 퇴근하지 않고 바쁘게 움직였다. 한가한 사람도 있었지만 눈치를 살피며 다른 사원들이 일하는 것을 보면 누가 볼세라 다시 일을 시작했다.

기획실은 프로그램국 국장이 직접 관할하는 관리간접 부문으로, 인사와 총무는 물론이고 각 부의 의견을 조정하는 중추 부서이다. 일반적인 방송 제작현장처럼 늦은 밤까지 잔업을 하는 일은 드물었지만, 걸프전이 시작된 이래 보도국으로 보낼 요원의 배정과 예산 배부, 또 거듭되는 프로그램 변경 통보 등의 산적한 업무에 쫓겨 퇴근하는 것도 눈치가 보이는 분위기였다.

대회의실 중앙에 놓인 의자에 몸을 깊숙이 파묻은 신교지 기획부장이 자신의 은발을 연신 쓸어 올렸다. 그런 행동이 자신을 더욱 지적으로 보이게 한다는 것을 잘 알고 있었다.

도쿄대학교 경제학부를 졸업한 신교지는 입사 후 런던 유학을 희망했다. 그의 바람이 이루어지고, 런던지국에는 일주일에 한 번 얼굴을 내밀면 되는 파격적인 대우를 받았다. 2년간 회사 돈으로 유럽 전역을 오가며 자신의 취미인 클래식 콘서트와 미술관 순례 등의 한량 생활을 만끽하고 돌아왔다.

런던 유학 경험이 출세에도 유리하게 작용했다. 방송 제작에 대한 열정은 없었지만, 비평가로서는 일류라는 자부심이 있었고 무엇보다 사람을 자유자재로 부리는 일에 큰 기쁨을 느꼈다.

전일본TV협회는 어느 정도 나이까지는 대개 비슷한 속도로 승진했다. 모난 돌이 정 맞는다고, 섣불리 능력을 과시하면 질투에 눈먼 이들의 괴문서가 날아들었다. 신교지도 한때 도박을 하는 자를 등용할 것이냐는 괴문서가 돈 이후 행동을 더욱 조심하게 되었다. 그렇다고 가만히 있으면 무능의 딱지가 붙게 마련이다.

조직 내에서 능력을 인정받고, 방송국 내에서 그를 지켜줄 후원자를 만들어, 결국은 후원자를 뛰어넘는 것이 전일본TV에서 출세하는 가장 빠른 길이라는 것을 신교지는 절실히 느꼈다. 신교지는 30대 중반에 데스크로 승진해 특집제작팀 프로듀서에서 지금의 지위에 오르기까지 전력질주했다.

원래 최종 책임자는 방송국의 오타와라太田原 국장이었다. 하지만 대범한 성격에 관리 업무가 맞지 않는 것인지, 아니면 수완가로 알려진 신교지를 배려한 것인지 오타와라는 자신의 업무 대부분을 신교지에게 일임하고 지시만 내렸다. 그것은 국장으로서 결코 놓을 수 없는 인사권을 방기하는 것이나 다름없었다. 신교지는 방송국 내 전 프로듀서와 디렉터를 조종하는 전권을 쥔 존재로 위력을 떨쳤다.

대회의실 벽에 걸린 시계 바늘이 9시를 가리키고 있었다. 이제 이틀 후 밤 9시부터 전쟁포로 가족의 특집방송이 방영될 예정이다. 신교지에게는 비장의 카드가 될 것이 분명한, 꼭 그렇게 되어야만 할 프로그램이었다.

신교지는 자신이 던진 승부수에 빈틈은 없었는지 반추해보았다.

중요한 작업에는 신교지의 정예요원이라고도 불리는 특집제작팀의 디렉터들을 배치했다. 그 면면을 떠올리니 마음이 놓였다. 기술진도 준비를 마쳤다. 회사 상층부에도 자연스럽게 광고했다. 성공하면 자신의 공으로, 실패해도 자신에게 해가 미칠 일은 없다. 나머지는 이번 프로그램을 제작한 장본인, 니시에게 달려 있었다.

신교지는 전화를 들어 프로듀서 가네자키와 데스크 구로하라를 잇달아 호출했다. 5분도 채 되지 않아 두 사람이 황급히 달려왔다. 그 모습을 만족스럽게 지켜본 신교지는 두 사람을 기획실에 인접한 별실로 불러들인 뒤 먼저 구로하라에게 물었다.

"현재 상황을 보고하게."

구로하라는 서둘러 바지 주머니에서 종이를 꺼냈다.

"아, 예. 조금 전 도시락을 가져다주면서 책상을 봤더니 41분 23초 17프레임에서 편집이 멈춰 있었습니다. 실은 제가 매일 오후 1시, 저녁 7시에 도시락을 가져다주는데 그때마다 이렇게 시간을 적어 두었습니다. 오늘 밤까지는 어떻게든 마무리하게끔 재촉할 생각이었는데,

좀 더 상황을 지켜봐야 할 것 같아서 일단 격려하고 나왔습니다."

구로하라는 주인의 눈치를 살피는 개처럼 연신 고개를 조아렸다. 자신의 공을 치하해달라는 듯 신교지를 올려다보았다. 도시락 담당을 지시한 것은, 정찰을 맡기기 위해서였다.

구로하라는 디렉터로서 방송 제작 능력은 형편없었지만, 눈치가 빠르고 선견지명이 있다는 점만큼은 신교지도 인정했다. 그래서 데스크로도 발탁했다. 인사에 관심이 많은 구로하라가 자기가 만든 인사 예상도를 가지고 맞혔느니 틀렸느니 하며 법석을 피우는 것도 의외로 흥미로웠다. 실은 구로하라 본인의 승진에 대한 열망이 엿보였지만 신교지는 크게 개의치 않았다.

어차피 방송을 만드는 재주가 있는 사람이 있는가 하면, 구로하라 같은 사람도 있다. 또 자신과 같이 지휘를 하는 사람도 있는 법이다. 조직의 시스템으로서 기능한다면 아무 문제없다는 것이, 신교지의 사고방식이었다.

"가네자키, 자네는 지금 상황을 어떻게 생각하나?"

신교지의 물음에 가네자키는 수염에 뒤덮인 강마른 얼굴로 눈을 희번덕거렸다. 가네자키는 니시에게 앙심을 품고 있었다. 니시가 자신의 귀국 명령을 어긴 일을 생각하면, 아직도 울화가 치밀었다.

"어디서 굴러먹던 자인지도 모르는데, 실력을 따질 수나 있겠습니까? 저는 무엇보다 그 점이 제일 불안합니다. 이쯤에서 특집팀 디렉터들을 대량 투입해서 편집을 배분하고 서둘러 끝내버리는 편이 나을 것 같습니다."

신교지가 희미하게 웃더니 입을 다물었다. 항상 이 잠깐의 침묵이 신교지가 무언가 결정을 내릴 때의 습관이라는 것을 가네자키와 구로하라 둘 다 잘 알고 있었다.

이때 신교지는 탁월한 비평 감각을 지닌 자신과 가네자키, 구로하라와의 수준 차이에 내심 우월감을 만끽하는 중이었다.

"가네자키, 자네 말에도 일리가 있네. 하지만 니시가 찍어온 영상은 어떤 계산이 들어갔다거나 구성된 것이 아니었네. 불쑥 튀어나온 소재야. 첫 시사 때, 난 그게 감성이 아닐까 생각했네. 아무리 베테랑 디렉터라 해도 감성을 나눈다는 것은 무리가 아닐까? 이대로 진행하기로 하지."

신교지는 니시의 영상을 본 순간, 섬광이 번쩍이는 듯한 느낌이었다. 근래에 보기 드문 재능을 지닌 인물이 나타난 것일까? 신교지가 거느린 우수한 디렉터들도 따라가지 못할 범상치 않은 역량을 느꼈다.

두 사람이 나간 후 신교지는 가네자키가 말한 '어디서 굴러먹던 자인지도 모른다'는 말이 마음에 걸렸다. 어째서 방송국 내 인사권을 장악하고, 우수한 인재는 모두 자신의 휘하에 두고 있는 자신이 니시 사토루의 이름조차 몰랐을까. 신교지는 방송국 인사파일을 꺼내 디렉터의 경력과 고과를 기록한 페이지를 넘기며 니시의 이름을 찾기 시작했다.

6

3월 8일 밤 10시 전일본TV 보도국 제1편집실.

니시 사토루는 고군분투 중이었다. 방송 이틀 전이었다. 시간은 시

시각각 흘러갔다. 온몸이 바짝바짝 타들어 가는 느낌이었다. 벌써 사흘째 한숨도 자지 않았다. 이따금 아득해지는 의식과 쓰러질 듯한 몸을 간신히 붙잡고 있었다.

단순히 60분의 방송 시간에 맞춰 편집하는 것이라면 이렇게까지 힘들게 씨름할 필요가 없었다. 니시는 현장감을 재현하는 데 집중했다.

아들이 적지에서 사로잡혀 구출은커녕 목소리조차 듣지 못하는 노부부의 애끓는 나날을 오롯이 그려내지 못한다면, 이 방송은 죽은 것이나 마찬가지다.

그렇게 믿고 편집에 더욱 몰입했다.

모니터를 응시하던 니시가 이상한 기척을 느끼고 고개를 돌려 옆을 보았다. 함께 편집을 하던 도요카와의 손이 멈춰 있었다. 몇 차례 토막잠을 자기는 했지만 한계에 다다른 것 같았다. 자신도 기력과 체력이 바닥나 몽롱한 상태였다. 이틀이면 된다, 딱 이틀만 도요카와와 자신이 버틸 수 있는 방법은 없을까?

"도요카와, 자네나 나나 고비가 온 것 같아. 이렇게 된 이상 최후의 방법을 쓰는 수밖에."

니시는 내선전화를 들어 연락 담당을 맡아 대기 중이던 특집팀 디렉터 데라사와에게 부탁했다.

"부탁입니다. 최대한 빨리 융커일본 사토 제약에서 만든 자양강장 드링크제 20병만 사다주십시오."

2시간 후, 데라사와가 융커를 가득 안고 나타났다. 데라사와의 얼굴에 동정의 빛이 역력했다.

"늦어서 죄송합니다. 문을 연 약국을 찾느라 시간이 걸렸습니다. 제일 비싼 걸로 사왔습니다."

니시가 공손히 인사를 하고 도요카와에게 먼저 한 병 건넸다. 그러고는 자신도 병뚜껑을 따서 그 자리에서 2병을 거푸 마셨다. 밥도 들어가지 않게 된 위가 뒤틀리는 느낌이 들더니 서서히 몸이 뜨거워졌다.

3월 9일 밤 11시. 방송 시간은 22시간 후로 다가왔다. 내일 점심때까지 편집을 마치고 오후 3시까지 최종 시사와 수정 작업을 마친 후 바로 내레이션 작업에 들어가 저녁 9시 방송 시간에 맞추는 살인적인 일정이었다.

이미 모든 신문사에 방송 정보가 전해졌다. 무슨 일이라도 생기면 급히 다른 방송으로 대체할 수밖에 없었다. 심각한 문제로 발전할 위험을 안고 있었다. 긴장이 극에 달한 니시는 신경이 곤두서는 것을 느꼈다.

51분까지 편집을 마쳤다. 이제 남은 건 9분.

그때 쿵하고 둔탁한 소리가 들렸다. 옆에서 편집을 하던 도요카와가 머리를 책상에 처박았다. 그대로 꿈쩍도 하지 않았다.

"도요카와, 정신 차려! 괜찮아?"

니시는 남은 힘을 그러모아 큰소리로 외쳤지만 도요카와는 미동도 없었다. 급히 수화기를 들고 대기 중이던 데라사와에게 소리쳤다.

"도요카와가 쓰러졌습니다. 구급차를 불러주십시오!"

방재관리실의 야간 경비와 데라사와가 달려왔다. 10분도 안 돼 구급차가 도착하고 도요카와가 들것에 실려 갔다. 니시가 나흘간 철야를 했다고 사정을 설명하자 구급대원이 기가 막히다는 표정을 지었다.

니시는 암담했다.

도요카와가 쓰러졌다. 무슨 일이라도 생기면 전적으로 자신의 탓이
다, 어떻게 보상할 수 있을까…….

2시간쯤 지나 구급차를 타고 함께 병원에 간 데라사와한테서 전화
가 왔다.

"의사 말로는 극도의 피로에 빈혈이 겹친 것 같다고 합니다. 링거를
맞으면서 죽은 사람처럼 자고 있습니다. 다행히 맥박이나 혈압은 괜
찮다는데, 회사로 돌아가기는 힘들 것 같습니다. 전선이탈입니다."

완벽한 위기였다. 꺼져가는 체력과 무자비하게 흘러가는 시간. 소
중한 동료도 곁을 떠났다. 대체 어쩌란 말인가!

데라사와의 불안한 목소리가 들려왔다.

"벌써 새벽 1시가 넘었습니다. 이 시간에 다른 편집자를 구하기는
힘들 것 같은데."

홀로 남은 편집실은 유독 휑했다. 창밖의 어둠을 응시하며 니시는
각오를 다졌다.

니시가 퇴로를 끊는 심정으로, 힘겹게 입을 열었다.

"아뇨, 이제 와서 새로운 사람이 와봤자 영상이 어느 테이프에 있는
지도 모르고 오히려 작업이 더딜 겁니다. 제 손으로 끝내겠습니다. 한
가지 부탁이 있습니다. 내일 오후에 있을 시사는 취소해주십시오. 기
필코 완벽하게 끝낼 테니 오후 3시까지 편집할 시간을 달라고 신교지

부장님과 프로듀서 분들께 전해주십시오."

데라사와가 목소리를 높였다.

"그럼 최종 시사도 없이 내레이션 녹음 후 바로 본방입니다. 전대미문의 일입니다. 과연 윗분들께서 허락하실까요?"

"납득하지 못하신대도 상관없습니다. 책임은 제가 지겠습니다. 너따위가 무슨 책임이냐고 하시겠지만, 달리 방법이 없습니다."

전화를 끊었다. 손목시계를 보며 마감까지 남은 시간과 필요한 작업속도를 머릿속에 집어넣었다. 조금 전까지 도요카와가 앉아 있던 의자에 앉아 편집기를 바라보았다.

도망칠 곳은 없다. 앞만 보고 가자!

마음을 다잡은 니시는 모니터를 노려보며 묵묵히 편집 작업에 몰입했다.

한 장면을 잇고 내레이션을 수정했다. 언제 끝날지 모를 지난한 작업이 계속되었다.

창밖의 어둠이 서서히 흐려져 갔다. 편집실에 아침 해가 비치기 시작하더니 이내 쏟아져 들어왔다. 시간은 시시각각 흘러갔다.

7

3월 10일 방송 당일 오후 2시 54분.

니시의 오른손이 높이 올라갔다.

혼신의 힘을 모아 편집기 버튼을 두드렸다. 최종 컷이었다. 카운터가 멈췄다. 니시는 간절한 마음으로 시간을 확인했다. 카운터에 표시된 시간은 60분 00초 04프레임. 방송 시간에 정확히 맞췄다.

방송국 남관 5층에 있는 MA_{Music · Audio} 작업실은 그야말로 아수라장이었다. 음향효과 스태프, 기술사원, 디렉터들이 정신없이 드나들었다. 다들 뛰다시피 빠른 걸음으로 움직이는 모습에서 긴박감이 느껴졌다.

신교지 기획부장의 지휘하에 작업 일정이 대폭 조정되었다.

원래대로라면, 먼저 편집이 끝난 테이프의 타임 데이터를 판독해한 컷 한 컷 재수정하고 화질이 선명한 영상 본을 만든다. 그 테이프를 복사해 잡음을 제거하는 작업이 이루어진다. 각각의 배경 음악과 효과음을 만들고 내레이션을 녹음한다. 이 배경 음악, 효과음, 내레이션을 합쳐 음원 본을 만들고 마지막으로 테이프에 녹음한다. 이런 작업을 거쳐 비로소 최종 방송용 테이프가 완성된다.

이 작업 과정을 얼마나 단축할 수 있을까? 니시가 편집에 몰두하는 동안, 신교지는 프로듀서들과 시간을 단축할 방법을 궁리했다. 신교지답지 않게 미간에 주름을 모으고 목소리를 높여가며 프로듀서들의 제안을 물리치거나 수긍하는 과정을 거듭했다.

신교지가 내린 결론은 작업 과정을 3단계로 나누는 것이었다. 먼저, 니시가 편집한 60분짜리 테이프를 20분씩 세 부분으로 나눈다. 다음으로, 세 곳의 MA실을 동시에 가동해 잡음을 제거한다. 배경음악과 효과음을 넣고 편집 과정에서 손상된 부분의 영상을 보정한다.

마지막으로, 20분씩 나눈 테이프에 순서대로 내레이션을 녹음하고 다시 하나로 이어 60분 분량의 최종 방송용으로 완성한다.

짧은 뉴스라면 몰라도 60분짜리 특집방송에서는 있을 수 없는 전대미문의 작전이었다.

신교지는 30명 넘는 사람들이 일제히 움직이는 것을 지켜보며 자신의 놀라운 재량에 도취되었다.

오후 5시 10분, 방송까지 4시간이 남아 있었다.

니시 사토루는 화장실 세면대에서 흐트러진 옷매무새를 바로잡고 세수를 한 다음 뺨을 여러 번 세차게 두드렸다. 더빙실로 들어가자 입추의 여지도 없다는 말 그대로 많은 사람들이 기다리고 있었다.

소파 중앙에는 팔짱을 낀 신교지가 앉아 있었다. 프로그램국이나 보도국 간부일까, 정장 차림의 중년 남자들이 주위를 둘러싸고 있었다. 프로듀서 가네자키와 데스크 구로하라는 벽에 붙어 서 있었다. 디렉터, 기술 담당, 음향효과 스태프 거기에 만일의 사고에 대비해 간부로 보이는 이들까지 있었다.

니시는 순간 멈칫했지만 조용히 인사를 하고 천천히 디렉터석으로 가서 앉았다. 내레이션 삽입의 지시를 내리는 큐 버튼에 손가락을 올려놓고 몇 차례 반복해서 연습했다.

그때 바로 옆 더빙실에서 처음 20분 분량의 테이프가 도착했다. 편집 과정에서 몇 번씩 신세를 졌던 디렉터 데라사와가 운반 담당이었다. 이식수술을 앞둔 환자에게 장기를 운반하는 간호사처럼 데라사와는 잔뜩 긴장한 얼굴이었다.

테이프가 준비되고 기술 담당 직원의 상기된 목소리가 들려왔다.

"5, 4, 3 잠시 후 본방, 테이프 돌았습니다."

니시는 허리를 곧게 세우고 손끝에 온 신경을 집중했다.

"큐!"

니시의 목소리가 더빙실에 울려 퍼졌다.

흐르는 영상에 한 번씩 최후의 일격을 가하듯 큐 버튼을 두드렸다. 미국의 작은 시골 마을의 풍경에 아나운서의 낭랑한 목소리가 빨려 들어갔다.

*

모든 작업을 마치고 테이프를 기술국 송출실로 넘긴 시각은 8시 45분, 방송 15분 전이었다.

이제 니시가 할 수 있는 일은 아무것도 없었다.

프로그램국 기획실 구석에서 신교지 일행과 함께 방송 시작을 기다렸다.

밤 9시, 특집방송의 제목이 나오고 니시가 취재한 영상이 흘러나왔다. 모두 숨을 죽이고 화면을 주시했다. 교환 직원이 저녁 9시에 퇴근하기 때문에 전화 한 통 걸려오지 않았다. 텔레비전에서 흘러나오는 소리 이외에는 아무 소리도 들리지 않았다.

정말 이 프로그램이 방송되고 있는 것일까. 이 정적은 뭐지. 아무도 보지 않으면 어쩌지. 모든 것이 환상이나 허구 속 연극일 뿐이라면? 나를 포함한 모든 사람이 각자의 역을 연기하고 있었던 것은 아닐까.

니시는 불안이 밀려왔다.

화면에는 노부부의 모습이 나오고 있었다. 꿈이 아니었다. 펜실베니아 주 이스트 록힐에서 부부가 문을 열어주었을 때부터 이 순간까지 오직 꿈을 이루기 위해 전력질주했다. 불안을 떨치기 위해 니시는 감개무량한 심정으로 다시 텔레비전 화면에 빠져들었다.

8

시부야渋谷 구 쇼토松濤는 과거 기슈 도쿠가와紀州德川 가문의 별장이 있었던 지역으로, 도쿄 도내에서도 손꼽는 고급 주택가로 유명하다. 수백 평은 족히 될 법한 호화 저택이 늘어서 있지만 남쪽으로 내려가면 완전히 다른 세상이 펼쳐진다. 러브호텔이 줄지어 들어선 마루야마円山 초에 인접한 도로가에 건폐율建蔽率을 효율적으로 이용한 높은 잡거빌딩들이 모습을 드러냈다.

좁은 대지에 무리하게 지어진 그 맨션은, 지번은 쇼토에 속하지만 위치상 집세가 쌌다. 한 집당 6평 남짓, 방 하나에 주방과 거실이 겨우 들어가는 구조로 대부분 사무실로 사용되고 있었다. 젊은 여성들이 수시로 드나드는 수상한 집도 있고, 조폭처럼 보이는 남자들이 탄 벤츠가 맨션 앞에 서 있는 일도 종종 있었다.

주민들은 저마다 사연이 많아 보였다. 마지막으로 옷을 갈아입은 것이 언제였는지 의심스러울 정도로 고약한 냄새가 진동하는 행색에 퀭한 눈으로 주문이라도 외우듯 이상한 말을 중얼거리는 노파. 누군가의 정부일까, 거의 문밖출입을 하지 않고 희한한 옷차림에 짙은 화장을 한 중년 여자. 늦은 밤이면 맨션 입구에서 고주망태가 되도록 취해서 울부짖는 듯한 괴성을 지르다 사람이 지나가면 설교를 시작하는 초로의 남자…….

그 맨션 6층 복도를 한 남자가 걷고 있었다. 터벅터벅 왼쪽 다리를 약간 끌면서 걷는 발소리는, 니시였다.

열쇠로 문을 따고 현관문을 힘껏 열어젖혔다. 가구 하나 없는 집안은 휑하기 그지없었다. 물론 사람도 없었다. 니시는 현관 앞에서 슬로모션처럼 비틀거리다 그대로 주저앉았다. 등을 구부린 채 거친 숨을 몰아쉬었다. 입에서는 아아, 하고 의미를 알 수 없는 소리가 새어 나왔다. 포복 자세로 안쪽 방까지 기어갔다. 잔뜩 구겨지고 흐트러진 옷을 벗어 던지고 방바닥에 대자로 누웠다.

고약한 땀 냄새가 진동했다. 겨우 몸을 일으켜 샤워를 하고 강하게 비틀어 짠 타월로 얼굴과 몸을 닦는데 문득 허벅지 안쪽이 벌겋게 부어 있는 것이 보였다. 이유는 금방 깨달았다. 벌써 며칠째 갈아입지 못한 속옷에 살갗이 쓸리면서 상처가 난 것이었다. 편집 중에는 아픈 줄도 몰랐던 찰과상이 쓰라렸다. 소독약을 찾아 병째로 들이부었다. 윽, 니시는 저도 모르게 신음했다.

짐승이나 다름없다는 생각이 들었다.

이 맨션에 몸을 숨기듯 독신 생활을 시작한 지 9개월이 흘렀다. 니시에게는 별거 중인 아내가 있었다.

결혼생활은 이미 오래전에 파경을 맞았다. 가정을 돌보지 않고 일에만 몰두하는 니시는 방랑자에 가까웠다. 성미가 드센 아내는 수없이 부딪치고 때로는 죽겠다며 부엌칼까지 꺼내 들었다. 힘겨운 하루하루를 보내던 어느 날, 아내에게 다른 남자가 생겼다는 느낌이 들었다. 니시가 아내를 추궁하자 '자기도 여자가 있는 주제에'라며 광분하더니 터무니없는 위자료를 요구했다. 니시는 아내를 사택에 남겨둔 채 도망치듯 나와 이 집을 구했다.

니시는 소형 냉장고에서 맥주를 꺼내 벌컥벌컥 들이켰다. 오랜만에 알코올이 몸속으로 스며들었다. 텅 빈 방 안, 고독감이 밀려왔다.

"여보세요, 늦은 시간에 미안해. 자고 있었던 것 아냐?"

들뜬 여자의 목소리가 들려왔다.

"니시 씨? 니시 씨예요? 내가 얼마나 걱정했는지 알아요? 연락 한 번 안 하고 대체 어떻게 된 거예요. 벌써 열흘째 연락불통이었다고요. 전일본TV에도 전화했었는데, 누구냐고 묻기에 머뭇거렸더니 당신 바쁘다고 연결해주지 않더라고요."

기쿠미네 사유리菊峰さゆり의 새하얀 얼굴과 따뜻한 눈빛이 떠올랐다. 코끝을 스치는 옅은 우유 향이 그리웠다. 손이 닿지 않는다는 것을 알면서도 검고 부드러운 머리칼을 매만지고 가녀린 몸을 힘껏 껴안고 싶은 유혹이 밀려왔다.

"미안, 정말 미안해. 꼼짝도 할 수 없는 상황이었어. 시간도 없고 날짜 감각도 전혀 없었어."

"목소리에 힘이 하나도 없어요, 너무 무리한 것 아녜요?"

"난 불사신이야. 사유리도 그랬잖아, 내가 보통 체력이 아니라고."

"가까이 있었다면 당장이라도 달려갔을 텐데."

"나도 보고 싶어, 당신이 견딜 수 없게 보고 싶어……."

힘없이 전화를 끊고 얼마 안 있어 수마가 덮쳤다. 지쳐 쓰러진 니시의 얼굴에는 수염이 제멋대로 자라고 두 뺨은 핼쑥해서 다크 서클이 짙게 내려와 있었다. 사람들의 눈을 피해 상처를 치유하는 짐승의 모습이었다.

9

1991년 3월 11일 월요일 전일본TV 전화상담 센터.

담당 직원들은 아침부터 쉴 새 없이 울려대는 전화를 받느라 애를 먹고 있었다. 오전 중에만 시청자 전화가 천통이 넘었다. 심지어 전화를 늦게 받는다고 불평하는 사람까지 있었다.

'감동적이었어요. 아직까지도 떨림이 멈추질 않습니다!'

'그동안 비싼 시청료를 낸 보람이 있군요.'

'더 많은 사람이 봤으면 좋겠습니다, 재방송을 꼭 해야 합니다.'

'훌륭한 프로그램을 만들어주셔서 감사합니다.'

개중에는 수화기를 붙들고 울먹이는 사람까지 있었다. 내선전화는 거의 마비 상태로, 오후가 되어서도 열기는 사그라지지 않았다. 전날 밤 방송된 특집방송 '더든 부부의 전쟁~포로가족의 기억~'에 갖가지

상찬의 말들이 쏟아졌다.

 겨우 눈을 뜬 니시 사토루는 오후가 한참 지나서야 출근했다. 원래 담당 디렉터는 방송 다음 날 아침부터 방송국으로 걸려오는 전화에 대응하고 매뉴얼을 작성해 프로그램국과 편성국에 배포해야 하지만 도저히 여력이 없었다. 몽유병자처럼 휘청휘청 방송국 복도를 걸으며 자신이 어디로 가야 하는지 망설였다. 방송은 이미 끝났고 편집실도 정리되었다. 원래 자신이 소속된 부서로 갈 수밖에 없었다. 쇠퇴라고 해야 할지, 포기라고 해야 할지 모를 공기가 충만한 부서로.

 문을 열자 평소와는 사뭇 다른 분위기였다.

 니시를 보자마자 자리에 있던 모든 직원들이 자리에서 일어나며 함성을 터뜨렸다. 일제히 박수가 터져 나왔다. 기립박수였다.

 만면에 웃음을 띤 디렉터와 데스크들이 니시를 맞으며 저마다 칭찬을 아끼지 않았다. 니시의 상사로, 정년이 얼마 남지 않은 온화한 성품의 나카타니(仲谷) 프로듀서가 다가왔다.

 "니시 군, 정말 잘했어. 전일본TV에 입사한 지 30년 된 나도 그런 프로는 처음 봤네. 훌륭한 미국 영화를 보는 듯한 기분이었어. 흥분이 가라앉지 않아서 좀처럼 잠을 이루지 못했을 정도야. 고맙네. 정말 좋은 프로였어."

 주위를 둘러보자 다들 자기 일처럼 자랑스러워했다.

 모두의 진정어린 축복을 받으며 니시는 이곳을 삼류 부서라고 우습게 보았던 자신이 부끄러웠다.

'다들 나처럼 울분을 삼키며 애쓰고 있구나, 동료의 성공을 이토록 진심으로 기뻐해주다니.'

그저 고맙다는 말과 함께 거듭 고개를 숙였다.

다음 날부터 여러 신문에 니시의 프로그램을 격찬하는 기사가 잇달아 실렸다.

'전쟁의 참혹함과 가족의 간절한 마음을 전한 훌륭한 작품이었다.'

'걸프전 보도 중 가장 빛나는 작품. 십 년에 한 번 나올까 말까 한 걸작.'

'반향 속출, 전일본TV 전화상담 센터를 마비시킨 방송.'

그중에서도 니시의 시선을 끄는 기사가 있었다. 문화면 대부분을 차지한 '시대에 도전하다'라는 칼럼이었다.

우리는 이번 전쟁을 어떻게 바라보고 있었는가. 일본은 많은 전쟁비용을 부담하고 홍수처럼 넘쳐나는 전쟁 관련 영상을 방관자의 눈으로 지켜보았다. 바그다드에 쏟아지는 불꽃놀이처럼 화려한 공습을 감탄하며 바라보고 흥분한 기자와 군사평론가들의 해설을 물리도록 들었다. 과연 우리는 진짜 전쟁을 본 것일까, 생각한 것일까. 전일본TV에서 방영된 '더든 부부의 전쟁'은 전쟁이 낳는 필연적인 비극과 참상을 환기시킨다. 전쟁은 무기와 무기가 부딪치는 것이 아니라 사람들의 인생을 빼앗는 무서운 일이라는 것을 가르쳐주었다. 과묵하지만 심오한 메시지가 담긴 이 프로그램을 보고난 후, 나는 몸이 떨려서 움직일

수조차 없었다. 영혼을 울리는 음악을 만났을 때, 문학의 묘미에 깊이 매료되었던 젊은 시절처럼 도취감이 밀려왔다.

더없는 찬사에 니시는 몸 둘 바를 모를 정도였다. 처음으로 세상에 인정을 받은 니시는 환희로 가슴이 벅차올랐다.

*

방송국 13층 식당에서 허겁지겁 늦은 점심을 먹고 담배를 피우는데 누군가 부르는 소리가 들렸다. 데스크 구로하라였다.

"굉장하더군. 자네도 아는지 모르겠지만, 우리 특집팀은 프로그램국의 연합함대라고 불리네. 비상시에 출동해 아군을 보호하고 적군을 격파하지. 뭐, 개중에는 범선도 있긴 하지만. 자네도 애썼네만, 전적으로 자네 공이 아니라는 건 알고 있겠지? 겸손할 줄 알아야지."

뻔뻔한 눈빛을 보내는 구로하라에게 신세를 진 것이라고는, 도시락 외에는 딱히 떠오르지 않았다. 어떻게든 생색을 내려는 구로하라가 마음에 들지 않았지만, 니시는 정중하게 감사인사를 했다.

니시는 자리로 돌아와 잔무 정리에 몰두했다. 로케이션에 쓴 비용 정산, 발주한 텔롭 전표, 편집기사 급여, 테이프 정리와 보관 장소를 물색하는 등 할 일이 태산이었다. 생각해보면, 3개월 가까이 하루도 쉰 적이 없었다. 온몸 구석구석 피로가 쌓이는 느낌이었다.

인기척이 느껴져 돌아보니 편집기사 도요카와가 겸연쩍은 듯 서 있었다.

"죄송합니다. 골문 앞에서 쓰러지다니."

"당치도 않네. 자네가 마지막까지 애써준 덕분에 해낼 수 있었어. 몸까지 상하게 해서, 오히려 내가 더 미안하네. 그래, 몸은 좀 괜찮아 졌나?"

"보시다시피 멀쩡합니다. 이틀이나 푹 자서 그런지 팔팔합니다. 엔 딩 크레디트에 제 이름까지 넣어주시고, 정말 감사합니다."

도요카와는 혈색이 좋아 보였다.

"이제 다시는 나랑 일하고 싶지 않겠지?"

"그럴 리가요. 정말 많이 배웠습니다. 니시 씨처럼 실력과 근성을 모두 갖춘 사람도 없을 겁니다. 꼭 다시 함께 일하고 싶습니다."

"그렇게까지 칭찬해주다니 몸 둘 바를 모르겠군. 아하하하."

마주보며 한바탕 웃고 난 후 도요카와가 진지한 얼굴로 말했다.

"윗분들은 물론이고 일반 직원들까지 온통 이번 방송 이야기뿐입니다. 저도 칭찬 많이 들었고요. 그나저나 니시 씨는 앞으로 어떻게 되는 겁니까?"

니시는 고개를 갸웃하며 잠시 생각에 잠겼다.

"나? 글쎄. 기력을 다 쏟았으니 온천이라도 다녀올까."

10

정산을 마치고 책상 정리를 한 뒤 퇴근하려던 참이었다. 상사인 나카타니 프로듀서가 헐레벌떡 달려왔다.

"신교지 부장이 찾네. 얼른 기획실로 가봐."

무슨 일인가 싶어 서둘러 기획실로 갔다. 조용한 방 안에는 직원들도 거의 보이지 않았다. 커다란 방 가운데에서 머리 뒤로 깍지를 낀 신교지가 앉아 있었다. 신교지의 맞은편으로 석양이 지고 있었다. 쏟아지는 저녁 해가 그늘을 만들어 신교지의 단정한 얼굴이 더욱 차가워 보였다.

니시가 들어오는 소리에 돌아본 신교지가 다른 방을 가리켰다. 방을 옮겨 마주앉자 신교지는 늘 그렇듯 잠시 뜸을 들이다가 입을 열었다.

"니시, 먼저 이번 방송은 정말 훌륭했네. 나도 무척 만족했고. 그런데 말이야. 자네 고과를 찾아봤더니 별로 좋지 않더군, 아니 최저 수준이었어. 여태 3등급이 뭔가? 솔직히 깜짝 놀랐네. 어떻게 했으면 좋겠나."

디렉터는 방송국에 입사해서 관리직이 될 때까지 등급이 매겨진다. 1~6까지의 6단계가 있다. 입사하면 1등급부터 시작하는데, 3~4년에 한 번씩 다음 단계로 올라간다. 니시의 나이라면 적어도 4등급, 빠른 사람은 5등급도 있었다. 6등급이 되면 대개 구로하라처럼 데스크가 된다. 프로듀서는 곧 관리직을 의미하며, 6등급을 거쳐 승진한다.

"자네, 그간 고생이 많았나 보군. 다음 인사이동 때 자네를 교양부로 발탁할 생각이네. 내가 움직이면 어려운 일도 아니지. 결코 자네에게 해가 되지는 않을 거야."

니시는 대꾸할 말이 없었다. 그토록 선망하던 부서였는데, 막상 아무 말도 나오지 않았다.

"뭐야, 별로 기쁘지 않은가 보군. 뭐, 아무래도 좋네. 그 일과 별개로 들어주게. 이번 프로그램을 마무리 지어야 하지 않나?"

"마무리라고 하셨습니까?"

"그러네, 마무리 말일세. 반응이 좋아도 너무 좋아. 이대로 끝낼 수는 없네. 자네가 해줬으면 하는 일이 있어. 걸프전 특집방송을 만들어주게. 크게 어려울 것 없어. 자네 프로그램을 몇 부분으로 나누고 그 사이사이에 전쟁이 시작된 1월 17일부터의 상황을 집어넣으면 돼. 내용 전개가 힘들면 스튜디오에 아나운서와 해설위원을 출연시켜서 적당히 이어가면 돼. 어때, 어렵지 않지? 이번 일까지 끝내놓고 천천히 쉬면서 다음 계획을 세우면 되지 않겠나."

니시는 자신이 신교지의 눈에 들었고, 이제 그의 수하로 들어가게 되었다는 것을 알았다. 하지만 무슨 이유에서일까. 이 조직에서 살아남을 수 있는 티켓을 손에 넣을 수 있는 절호의 기회였는데, 신교지의 말이 하나같이 공허하게 들렸다.

다음 날 아침, 출근한 니시의 책상 위에 국제우편이 도착해 있었다. 깜짝 놀라 보낸 이부터 확인했더니 스페인의 토레혼 공군기지 홍보부였다. 니시는 급하게 봉투를 찢었다. 봉투 안에는 테이프가 들어 있었다. 니시가 손꼽아 기다리던 물건이었다.

당장이라도 틀어보고 싶었지만 PAL방식Phase Alternation by Line system─독일 텔레푼켄사가 개발한 컬러텔레비전 송출 방식으로 주로 유럽에서 채용으로 녹화되어 있어 주위에 있는 일반 수상기로는 재생할 수 없다. 기술국에 전화를 걸어 송출 방식을 변환해줄 것을 부탁했다. 일이 밀려서 저녁때나 되어야 한다고 했다. 니시는 직접 기술국으로 달려가 최대한 빨리 부탁한다며 테이프를 건넸다.

미국은 일본과 비교도 안 될 정도로 기록을 중시하는 사회이다. 미국인들은 업무는 물론이고 일상생활에서도 필름이나 비디오를 통해 방대한 기록을 남긴다. 그것이 자신들의 업적을 증명하는 방법이자 상품이 된다는 것을 잘 알고 있다. 전쟁도 마찬가지였다. 제1차 세계대전부터 오늘에 이르기까지 전장에 카메라를 동행해 모든 것을 극명하게 기록한 뒤 군 보관고에 간수하고 있었다.

니시는 걸프전이 발발하고 8일 후에 미국으로 건너갔다. 취재를 시작하고 얼마 지나지 않았을 무렵, 거의 모든 미국 공군기에 고정 카메라가 장착되어 있다는 사실을 알았다.

이라크군에 포로로 잡힌 더든 소령은 1월 19일 F16전투기에 올라 카타르 도하 기지에서 16기편대의 팀 리더로 바그다드 공습에 참전했다. 다른 기지에서 출격한 편대까지 바그다드 상공에서 합류해 100기의 대규모 편대가 되었다. 한낮에 이루어진 첫 공습에서는 상대편 이라크의 병력도 건재했다. 격전이 예상되었다.

공습 개시 후, 더든이 조종하는 F16전투기와 다른 전투기 1대가 이라크의 지대공 미사일에 격추되었다. 그 두 대의 전투기에 탑재된 고정 카메라는 불가능하지만, 다른 14대의 아군기 카메라에 더든과의 교신 내용이며 레이더 영상이 기록되어 있을 가능성이 매우 높다고 생각했다. 니시는 2개월 전쯤 펜타곤의 홍보부, 플로리다 주 탐파에 거점을 둔 미 공군의 호너 중앙군사사령관, 그리고 더든이 소속되어 있던 스페인의 토레혼 공군기지 3곳에 영상 공개신청을 해두었다. 그 영상 테이프가 도착한 것이었다.

기술국에서 송출 방식 변환을 마쳤다는 전화가 왔다. 테이프를 받아들고 니시는 기도하는 마음으로 재생 버튼을 눌렀다.

니시는 너무 놀라 마른침을 삼켰다. 1월 19일에 일어난 전투가 생생하게 기록되어 있었다.

먼저 흑백의 레이더 영상 위에 총지휘관의 우렁찬 목소리가 겹쳐졌다.

(총지휘관)—본 편대의 공격목표는 공군 본부, 대통령 경호대 그리고 정유소다. 모든 목표물은 바그다드에 있다.

그리고 아군기 카메라에는 파일럿의 거친 숨소리와 함께, 교신하는 더든 소령의 목소리가 분명하게 기록되어 있었다.

(더든 소령)—목표물 확인. 편대에서 떨어지지 마라. 따라오고 있나.

레이더 영상에 더든이 발사한 폭탄이 투하되는 흰색 점이 보였다.

다음 순간, 이라크의 지대공 미사일에 쫓기는 더든과 아군기 파일럿들의 절박한 목소리가 들려왔다.

(더든 소령)—지대공 미사일이 온다!
(아군기A)—벌써 한 발 왔어!

(아군기B)—기수를 낮춰!

미사일의 광풍을 피하기 위해 갈팡질팡하는 파일럿들의 외침이 난무했다. 오후 4시 42분, 더든 소령의 편대 중 1기가 격추되고 전투기를 나타내는 레이더의 흰색 점들이 흩어졌다. 비명이 들려왔다.

(아군기C)—누군가 당했어!

몇 분 뒤, 미사일의 작렬음이 나고 더든의 비통한 목소리가 들려왔다.

(더든 소령)—당했다! 기체에 불이 붙었어! 현재 위치는 포인트 7의
　　　　　　남쪽, 계속 남쪽으로 향하고 있다, 상황이 심각하다!
　　　　　　엔진도 먹통이야! 좌측으로 선회하는 F16기가 보인
　　　　　　다, 아무것도 남아 있지 않아, 으윽!

거기서 교신이 끊겼다.

레이더 영상에는 기체를 재정비하며 바그다드 상공에서 이라크 영외, 남쪽으로 피하려는 더든의 F16전투기를 나타내는 흰색 점이 비치고 있었다. 흰색 점이 깜빡거리며 강하하더니 마침내 화면에서 완전히 사라졌다.

오후 4시 45분, 더든 소령은 격추당했다.

니시는 한동안 꼼짝할 수 없었다. 아무 소리도 들리지 않았다. 온몸

이 마비된 느낌에 머릿속은 혼란스러웠다. 전에 보도국에서 본 전쟁 포로 제임스 더든의 끔찍하게 부어오른 얼굴과 지금 본 영상의 흥분이 뒤섞였다.

과분한 칭찬을 받았지만, 결국 자신은 전쟁을 그려내지 못한 것이다. 자신과 같은 35세의 남자가 격추당하고, 적에게 사로잡혀, 고문을 받아 굴욕적인 모습으로 텔레비전에 나왔다. 그것이 전쟁이다.

아직 한 번도 만난 적 없는 남자의 마음 안쪽을 들여다보고 싶었다. 자신의 귀로 진짜 목소리를 듣고, 이 전쟁을 추체험하고 싶었다.

니시는 다큐멘터리로 만들고 싶다는 욕망에 사로잡혔다. 흥분에 몸을 떨며 자리에서 일어났다.

니시가 향한 곳은 신교지의 사무실이었다. 니시는 자리에 앉을 시간도 아깝다는 듯 말했다.

"스페셜 방송 말입니다만, 거절하고 싶습니다. 아무래도 꼭 만들어야 할 프로그램이 있습니다. 스페인에 보내주십시오."

니시가 굳은 어조로 말했다. 고개를 들자 신교지가 히죽 웃었다. 그의 눈빛은 먹이를 발견한 사냥꾼처럼 날카롭게 빛났다.

11

전일본TV 빌딩의 20층은 다른 층과 분위기가 사뭇 달랐다. 엘리베이터에서 내리면 복도 전체에 털이 긴 카펫이 깔려 있었다. 임원 10명의 집무실이 나란히 늘어서 있고 그 앞을 경비가 지키고 있었다. 방문객은 찾아온 상대와 자신의 부서, 이름을 말하고 그 자리에서 기다렸다.

사원 1만 명을 자랑하는 전일본TV협회는 회장을 포함해 불과 11명의 임원으로 구성되어 있다. 전무 2명과 상무 8명이 있으며, 인사, 영업, 기술, 보도, 프로그램, 경리, 경영계획, 국회대응, 홍보 등으로 각각 담당 업무가 나뉘어져 있다. 임원 임기는 2년이었지만, 보통 재임 기간은 2기 4년 정도이다. 임원이 되는 것은 2천 명에 1명, 0.05%의 확률이다.

30평 가까운 집무실에 2명의 수행비서가 보좌한다. 출퇴근은 물론 외출할 때에도 전용차가 준비된다. 임원은 신주쿠 부도심이 한눈에 내려다보이는 장대한 전경을 바라보며, 권력과 2천 분의 1의 우월감에 도취되었다.

매일같이 이곳을 방문하는 신교지는 안내데스크에서 기다리는 사람들을 흘깃 보고 경비에게 가벼운 인사를 건네며 무사통과했다. 복도 첫 번째 집무실의 주인인 고야노小谷野 상무의 호출이다. 고야노는 정치부 기자 출신으로, 보도국 담당 임원이었다.

임원은 출신 모체의 이익대표이기도 하다. 기술국이나 영업국 출신 임원의 권한은 크지 않지만 아무래도 방송국이다 보니 방송 분야 출신에게 권력이 치우쳐 있었다. 그중에서도 중참 양원 위원회의 예산 승인을 거쳐야 하는 회사의 성격상, 평소 국회의원들과 친분이 있는 정치부 기자 출신 임원에게 힘이 집중되었다. 역대 회장의 절반 이상이 정치부 기자 출신이었다.

고야노는 재임 2기째로, 고집스러운 성미에 현 회장과 나이 차이도 많지 않아서 차기 회장이 될 가능성은 거의 없었다. 하지만 그는 걸프전 보도의 총책임자였다. 신교지로서는 꼭 자기편으로 확보해야 할 상대였다.

원숭이처럼 생긴 외모에 작은 키가 신경이 쓰였던지 굽이 높은 구두를 신고 한 사이즈 커 보이는 정장을 헐렁하게 입고 있었다.

고야노는 기분 좋은 얼굴로 신교지를 맞았다.

"신교지, 정말 잘했네. 자네에게 프로그램국을 맡긴 내 판단이 틀리지 않았어. 으하하하."

웃는 모습도 원숭이를 닮았다는 생각을 하던 신교지는 고야노가 담배 케이스를 내밀자 공손히 담배를 집어 들었다.

"그나저나 신교지, '더든 부부의 전쟁'이 굉장한 호평을 받고 있지 않나. 회장님도 칭찬이 이만저만이 아니셨네. 국회 출입 기자들한테도 테이프를 달라는 부탁이 끊이지 않는다더군. 나중에 따로 준비해 주게. 그건 그렇고, 사회부며 국제부 기자 녀석들은 말만 번드르르하지 도무지 도움이 안 되네. 보도 디렉터들도 소심한 작자들만 모여서 돈만 펑펑 쓰고. 역시 믿을 사람은 자네밖에 없다니까. 자네 공이 크네, 으하하하."

정치부 출신인 고야노는 사내에서 끊임없이 갈등을 빚어온 사회부와 국제부를 몹시 싫어했다. 사회부와 함께 일할 기회가 많은 보도국 디렉터들도 눈엣가시로 여기고 프로그램국에는 관대했다.

신교지는 평소의 도도한 태도는 전혀 드러내지 않았다.

"감사합니다, 상무님. 그렇게 말씀해주시니 저도 뿌듯합니다. 하지만 이게 끝이 아닙니다. 회사의 이미지 향상과 민영방송과의 실력 차이를 분명히 보여주기 위해 더욱 수준 높은 방송을 만들 생각입니다."

신교지가 공손하지만 강한 어조로 말했다.

12

니시가 제출한 특집방송 제안서에 모두 할 말을 잃었다.

보통, 1천만 엔 단위로 예산이 편성되는 특집방송 제안서는 촬영 일정 등을 여백이 없을 정도로 빽빽이 채운다. 그런데 니시의 제안서 내용은 달랑 4줄이었다.

전쟁은 비정하다.

이것은 이라크의 지대공 미사일에 격추된 미군 장교의 '증언' 방송이다. 그의 적나라한 증언에 오롯이 귀를 기울일 것이다.

전쟁이 지닌 비정함을 끄집어내 폭로하고 싶다.

누구도 어떤 프로그램이 될 것인지 짐작할 수 없었다. 보통 프로그램국과 스페셜방송 사무국이 심의를 하지만 신교지의 전폭적인 지지와 기대가 반영되어 니시의 제안서는 까다로운 심사 없이 통과되었다.

니시는 7시간의 시차가 있는 스페인 토레혼 공군기지 홍보부와 더든 소령의 인터뷰 출연교섭을 거듭했다. 촬영을 개시하려면 본인의 동의와 군의 허가가 필요했다. 정중한 의뢰서와 함께 '더든 부부의 전쟁' 방송 테이프를 보내 협력을 요청했다.

한 달 후, 더든 소령이 촬영에 동의했다고 군 홍보관이 알려왔다. 하지만 군에서는 현역 장교라는 이유로 선뜻 동의해주지 않았다.

교섭을 시작한 지 두 달째, 정치적인 질문은 하지 않을 것이며 군 홍보관이 동석한다는 조건으로 인터뷰 요청이 받아들여졌다.

*

니시가 스페인으로 떠날 날이 다가왔다.

후쿠오카福岡 시 덴진天神 역에서 밤길을 10분 정도 걸어 국도 변에 있는 레스토랑 '잇신一心'에 도착했다. 20석 정도의 작은 가게였다. 새하얀 테이블보가 조명을 받아 더욱 깨끗한 인상을 주었다. 이 근처에서 늦게까지 문을 여는 유일한 가게였다. 손님도 많지 않아 남의 눈을 신경 쓰지 않을 수 있었다.

하늘색 원피스를 입은 기쿠미네 사유리는 안절부절못하고 몇 번이나 시계를 보고 있었다. 어릴 때는 통통한 볼과 오목조목한 이목구비로 고가쓰 인형五月人形-오월 단오에 어린아이의 건강한 성장을 기원하며 장식하는 일본 전통인형을 닮았다며 놀림을 받기도 했지만 29세의 그녀의 옆모습은 청아했다.

약속 시간이 30분이나 지났지만 니시는 나타나지 않았다.

사유리가 니시 사토루를 만난 것은 2년 전 전일본TV 산하의 규슈 방송국에서였다. 오디션에 합격한 사유리는 1년간 계약직으로 뉴스

프로에 보조 진행으로 출연했다.

연출팀에 속한 사유리의 옆자리가 니시의 책상이었다. 1개월 가까이 공석이라 의아하게 여긴 사유리가 아나운서 책임자에게 묻자 규슈 본부가 있는 후쿠오카에 장기출장 중이라고 했다. 노골적으로 인상을 쓰며 가까이 하지 않는 편이 좋다고 했다.

실력은 있지만 상사와 불협화음이 잦고 협조성이라고는 없는 꽉 막힌 타입.

들려오는 것은 나쁜 소문뿐이라, 사유리는 신경 쓰지 않기로 결정했다.

지방방송의 독자적인 편성비율은 지극히 낮은 수준에 머무르고 있었다. 대부분 도쿄에서 제작하고, 유일한 독자방송이라고 할 수 있는 것이 오후 6시 30분부터 30분간 방송되는 지역뉴스였다. 진행을 맡은 아나운서와 보조 진행자 콤비가 3분가량의 '기획물'이라고 불리는 뉴스 네다섯 꼭지를 소개한다.

오후 5시 이후 취재를 마친 기자들이 돌아오면 방송국은 가장 바쁜 시간대를 맞는다. 도쿄와 마찬가지로 지방 방송국에서도 기자가 압도적인 권한을 쥐고 있다. 카메라 앞에 서서 보도를 하고 인터뷰도 하며 편집 지시를 내리고 논평을 쓴다. 취재 기자의 소위 '발'이 되어 동행하고 취재 준비를 하며 때로는 편집도 겸하는 것이 지방 방송국 디렉터였다.

기자는 원고를 수정하는 직원을 코멘트 씨, 편집을 전문으로 하는 직원은 편집 씨라고 불렀다. 코멘트와 편집을 담당하는 직원 대부분이 지방에서 채용되어 정년까지 몇 군데 지국을 돌면서 근무한다. '씨' 자를 붙여서 부르는 데에는 경멸의 의미가 담겨 있었다.

어느 날 기획물 하나가 도무지 진척이 없었다. 담당은 도쿄에서 막 이동해온 하시구치橋口 기자와 입사 2년차 디렉터인 야시로矢城였다. 30 대인 하시구치는 게타下駄-일본의 나무신처럼 각진 얼굴에 원고 쓰는 속도가 몹시 느렸다. 끙끙거리기만 하고 좀처럼 펜이 나아가질 않았다. 그러다 자기보다 어린 야시로에게 엉뚱하게 화풀이를 시작했다.

"편집이 이게 뭐야. 이딴 걸 가져와서 코멘트를 쓰라고!"

야시로는 우왕좌왕하면서 하시구치가 시키는 대로 다시 편집했지만 잘 되지 않았다. 하시구치의 구박이 이어졌다.

"내가 생각했던 이미지랑 다르잖아. 자네 센스가 영 없군. 디렉터들은 좋겠어, 코멘트며 취재며 기자들한테 다 맡기고 꼬박꼬박 월급을 받아가니까."

일부러 주위에 들으라는 듯 하시구치의 목소리가 점점 높아졌다. 기자 눈치를 보느라 코멘트, 편집기사 등의 나이 많은 직원들은 물론이고 진행자인 아나운서까지 누구 하나 입을 열지 않았다.

기분 나쁜 남자다, 사유리가 미간을 찌푸렸다.

하시구치의 갖은 악담이 정점에 달했다.

"에잇, 못 해먹겠네. 누가 이따위랑 엮은 거야."

그때 후쿠오카 지국에서 막 돌아온 니시가 뉴스팀 쪽으로 성큼성큼 걸어왔다. 그리고 사무실이 쩌렁쩌렁 울릴 정도의 큰소리로 하시구치를 나무랐다.

"뭐라는 거야, 이 멍청한 자식이! 본인이 원고를 못 써서 늦는 걸 다른 사람 탓이나 하고. 그러고도 기자야, 이따위라니, 그건 너 따위 인간한테나 하는 말이지!"

니시가 무시무시한 얼굴로 다그치더니 하시구치가 앉아 있는 의자를 걷어찼다. 우당탕 소리를 내며 의자가 쓰러졌다. 돌풍이 휘몰아치듯 눈 깜짝할 새 벌어진 일이었다.

니시는 널브러져 있는 하시구치와 아연실색한 뉴스팀 직원들을 돌아보며 냉정한 목소리로 말했다.

"당신들도 이런 한심한 기자 녀석의 비위를 맞추는 짓은 그만하시죠? 야시로는 도움이 안 되는 것 같으니 제가 데려가겠습니다."

니시의 뜨거운 시선이 한순간 사유리 앞에서 멈췄다. 사유리는 속이 후련했지만 이런 짓을 하고도 괜찮을지 처음 본 남자를 걱정하는 자신이 당황스러웠다.

소문대로 니시는 협조성이라고는 없는 꽉 막힌 남자였다. 상사에게 대들고도 아무렇지 않게 자기 할 일을 했다. 하지만 둘이 있을 때는 유독 정에 굶주린 맨얼굴을 보여주었다. 언제부터인가 사유리는 이 남자의 모든 것을 안아주고 이해해주고 싶었다.

*

레스토랑에서 기다린 지 1시간이 지났다. 미안한 마음에 커피를 주문했다.

특색 있는 발소리가 들려왔다. 틀림없었다. 돌아보자 니시가 어색한 표정으로 서 있었다.

사유리가 눈을 빛내며 "오랜만이예요"라고 한숨을 내쉬듯 말했다.

니시는 미안한 듯 머리를 긁적였다.

"늦어서 미안, 하네다羽田에서 비행기가 지연되는 바람에. 이제야 왔네."

"아니에요, 그보다 왜 이렇게 살이 빠졌어요?"

"엘리베이터 같은 몸이지? 살이 쪘다 빠졌다, 오르락내리락. 하하하."

니시가 후련한 표정으로 대답했다.

레스토랑의 간판 메뉴인 푸아그라 만두가 나왔다. 만두피에 싼 푸아그라를 뜨거운 스프에 넣어서 먹는 요리였다. 니시는 푸아그라를 먹어본 적이 없었지만 입에 넣자 깊고 진한 맛이 느껴졌다. 저도 모르게 '맛있다'는 말이 새어나왔다.

사유리가 토라진 듯 물었다.

"사토루 씨, 미국에 놀러갔다 온 건 아니죠?"

"그럴 리가, 뉴욕이나 로스앤젤레스도 아니고. 정말 아무것도 없는 시골 마을이었어."

사유리가 와인 잔을 돌리며 장난기 가득한 눈으로 되물었다.

"대도시였으면 놀 생각이었어요?"

"앗, 이거. 실수했군."

두 사람이 함께 웃었다.

가랑비가 내리고 있었다. 창 끝에 고인 빗방울이 주르륵주르륵 흘러내렸다.

니시는 정신없이 방송에 관한 이야기를 풀어놓기 시작했다. 촬영, 편집 과정…… 눈을 빛내며, 시선은 어딘가 먼 곳을 헤매는 듯했다.

사유리는 가슴이 먹먹했다.

이 사람은 늘 방송만 시작되면 자기 자신을 잊는다, 당연히 내 존재도 잊어버린다. 그만큼 방송에 푹 빠져 있었다. 부럽기도 하고 한편으로는 쓸쓸하기도 했다.

니시가 미안한 표정으로 말했다.

"실은, 이번 출장도 언제 돌아올 수 있을지 모르겠어. 너무 길어지지 않도록 노력할게."

사유리가 눈물이 그렁그렁한 눈으로 니시를 노려보았다.

"이젠 안 믿어요, 지난번에도 일주일이면 온다고 해놓고 한 달 넘게 걸리더니 나중에는 소식도 끊겼었잖아요. 당신한테 무슨 일이 생겨도 나한테는 절대 연락이 오지 않을 텐데."

두 사람 사이에 침묵이 흘렀다. 만남이 계속될수록 환희와 이별의 징후가 엇갈렸다. 니시에게는 아내가 있었다. 애초에 허락되지 않은 사랑이었다.

"당신 마음은 잘 알고 있어. 이번 일이 끝나는 대로 결론을 지을게."

13

스페인 마드리드.

번화가 한가운데 있는 작지만 고풍스러운 호텔에서 하룻밤 묵었다.

다음 날 아침, 니시는 일본에서 동행한 카메라맨 가쓰키와 함께 더든 소령이 소속된 토레혼 공군기지로 향했다. 기지까지 차로 2시간가량 걸리는 거리를 내처 달렸다.

16세기 후반의 스페인은 황금의 세기라고 불리며 세계를 재패했지만 동시에 이슬람 세력의 거듭되는 침략을 경험한 나라였다. 마드리드 주변에는 아랍 양식 건축물이 다수 남아 있었다. 조금 더 가자 그런 마을 풍경도 보이지 않게 되었다. 오고가는 차도 거의 없는 살풍경한 도로를 한참 달리자 흰색 철책이 둘러진 토레혼 공군기지가 눈에 들어왔다.

정문을 통과해, 입구에서 몸수색과 기자재 검사를 받고 평소에는 브리핑실로 쓴다는 넓은 방으로 안내를 받아 들어갔다. 인터뷰에 동석하는 존 홍보관이 먼저 등장했다. 존은 풍뚱한 중년 여성으로, 붙임성이 좋았다. 니시는 카메라를 준비하고 숨죽여 기다렸다.

10분 후, 군복 차림의 더든 소령이 모습을 드러냈다.

애타게 기다렸던 상대였다. 니시는 더든과 굳은 악수를 나누었다.

"더든 소령, 영상으로는 수없이 당신을 만났습니다. 이렇게 직접 만나게 되어 감격스럽습니다."

"저도 니시 씨가 만든 훌륭한 방송 덕분에 고향에 계신 부모님 모습을 볼 수 있었습니다."

더든은 큰 키에 구릿빛으로 그을린 잘생긴 청년이었다. 제복 아래로 탄탄한 근육이 느껴지는 체형이었다. 환하게 웃는 입가에 새하얀 이가 눈부시게 빛났다.

최신예 F16전투기의 조종사가 되는 조건은 매우 까다로웠다. 초음속 마하2의 세계를 사는 사람이었다. 맹렬한 스피드와 압력을 견디며, 컴퓨터가 내장된 복잡한 계기판을 조작해야 하고, 적을 공격하려면 뛰어난 동체시력과 운동신경 그리고 지능이 요구된다고 한다. 탑건 · F16전투기 조종사를 꿈꿔도 대부분 낙오하고 운송기 등을 조종하게 된다. 선택 받은 사람만이 F16이라는 최첨단 전투기를 조종할 수 있다.

잡담을 나누던 중, 더든이 대학 시절 육상부에서 100미터를 10초대로 주파하고 올림픽 출전을 꿈꾸던 시절이 있었다는 이야기를 들려주었다.

군은 이틀간의 촬영을 허락했다. 한정된 시간 속에서 듣고 싶은 말은 태산 같았다. 더든이 자리에 앉자 니시는 카메라맨에게 신호를 주고 인터뷰를 시작했다. 첫 질문은 격추되었던 1월 19일에 일어난 일련의 사건이었다.

더든은 침착하게 이야기를 시작했다.

"그날 저희 16기편대의 임무는 정오에 시작될 첫 바그다드 공습이었습니다. 카타르 도하 기지에서 출격을 기다리고 있었습니다. 상당한 위험이 예상되는 공격이었기 때문에, 요주의 포인트를 체크했지만 너무 많아서 지도에 표시하는 것조차 무리였습니다. 출격 지시와 함께 제 F16전투기에 올라 시동을 거는데 무선이 고장 나 있었습니다.

전투가 코앞에 닥친 상황이었습니다. 일단 시동을 걸면 곧장 활주로로 뛰어들 기세가 필요합니다. 저는 같은 폭탄을 실은 옆 전투기로 갈아탔습니다. 출격할 때면, 늘 미신처럼 엔진 입구에 침을 뱉는데 그럴 시간도 없었습니다.

우리는 사우디아라비아에서 이라크 사막을 지나 곧장 바그다드로 향했습니다. 저희 편대의 임무는 도라 정유소에 급강하폭격을 가하는 것이었습니다. 구름 사이로 3킬로미터 전방에 공격목표가 보였습니다. 부하들에게 나를 따라 기수를 낮추라고 명령했습니다. 그때 적군의 지대공 미사일이 날아든 것입니다. 급히 기수를 돌려 폭탄을 투하했습니다. 그 뒤로는 저희를 향해 발사된 미사일을 피하느라 필사적이었습니다. 그때 희고 커다란 연기 기둥이 보였습니다. 전투기 1기가 당했다는 것을 알았습니다. 아니나 다를까, 동료 조종사 로버트 대위의 전투기가 화염에 휩싸여 있었습니다.

밑에서 또다시 미사일이 날아들었습니다. 제가 기수를 낮춰 피하려고 하면 미사일도 똑같이 각도를 낮추며 저를 정확히 쫓아왔습니다. 저를 노린 유도미사일이었던 겁니다.

미사일은 직각으로는 꺾이지 않습니다. 저는 불과 2초면 직격을 맞을 수 있는 아슬아슬한 상황에서, 기체를 후방으로 휙 뒤집어 급선회했습니다. 미사일이 제 전투기 밑을 통과하는 굉음이 들리고 이제 됐다고 생각한 순간 돌연 미사일이 작렬했습니다. 유압계통에 맞았는지 기체가 수직방향으로 위를 향했습니다. 기수를 내리려고 몇 번이나 시도했지만 이미 제어불능이었습니다."

더든은 열띤 어조로, 손짓발짓을 섞어가며 상황을 극명하게 전하고자 애썼다.

"전투기가 활강하면서 저는 탈출 장치를 작동했습니다. 의자째로 몸이 전투기를 벗어나 공중에 떴습니다. 모든 순간이 슬로모션처럼, 몸이 레일 위를 미끄러지는 느낌이었습니다. 저는 허리를 다치지 않도록 의자에 몸을 딱 붙였습니다. 겨우 머리를 아래로 숙이자 전투기가 떨어지는 것이 보였습니다. 지도 따위가 공중에 흩날리고 있었습니다. 고도 2만 피트였습니다. 영하 50도의. 거기서 낙하산을 펴면 얼어 죽습니다.

저는 참고 또 참다 여기다 싶은 지점에서 수동으로 좌석을 분리하는 탈출용 끈을 힘껏 잡아당겼습니다. 그 순간, 의자에서 몸이 쑥 빠지며 낙하산이 펴졌습니다. 이제 살았구나, 하는 생각이 들었습니다.

구명조끼 속에서 무전기를 꺼내 스위치를 켜고 이렇게 말했습니다. 난 여기 있다, 지금 낙하산을 펼치고 낙하 중이다, 구해달라. 하지만 반응이 없었습니다. 이미 해는 저물고 석양이 비치기 시작했습니다. 구름을 빠져나오자 지상의 사막이 보였습니다. 그때, 섬광이 번쩍이더니 총탄이 제 뺨을 스쳤습니다. 어지간히 운이 없는 날이라는 생각이 들었습니다. 착지하자 제 발밑에 있는 진흙탕에 총알이 수없이 박혔습니다. 이런 곳에서는 죽고 싶지 않다는 생각뿐이었습니다. 저는 총을 든 남자들에게 둘러싸였습니다. 사막의 유목민, 베두인족이었습니다."

현역 병사, 그것도 끔찍한 체험을 한 사람이 아니면 절대 표현할 수 없는 현장감 넘치는 이야기를 니시는 한마디도 놓치지 않기 위해 귀를 기울였다.

"저는 20명 정도의 남자들에게 붙들려 로프로 결박당했습니다. 그들의 천막으로 끌려가 바닥에 던져졌습니다. 가지고 있던 크로스 볼펜도 빼앗겼습니다. 목에는 군인에게 가장 중요한 인식표를 걸고 있었습니다. 얼굴을 알아볼 수 없는 상태로 죽더라도 누구인지 알 수 있도록 하기 위해서입니다. 인식표에 결혼반지를 걸어두었는데 함께 빼앗겼습니다. 누군가 칼을 꺼내들었습니다. 프루스, 프루스 아랍어로 돈, 돈이라고 외치며 옷을 찢으려고 하는 것이었습니다. 이러다 살갗까지 찢기겠단 생각에 스스로 옷을 벗었습니다.

새벽 2시쯤이었을까, 머리 위에서 미군 구조기 C-130 소리가 들렸습니다. 저를 구하려고 온 것이었겠죠. 서글픈 심정이었습니다. 구조기는 부근 상공을 맴돌다 아무런 무전 연락도 없이 돌아갔습니다. 전사자가 1명 더 늘었다고 기록하는 것뿐이겠죠. 그게 전쟁입니다."

*

그날 밤, 첫 번째 인터뷰를 마치고 마드리드로 돌아온 니시는 선술집에서 술을 몇 잔 마셨다. 알코올의 힘을 빌리지 않으면 심리적인 충격에서 벗어날 수 없을 것 같았다. 호텔에 돌아온 니시는 방 안을 빙글빙글 맴돌았다.

현역 장교의 생생한 증언 방송이 될 것이다. 방송으로는 충분했다. 회사에서도 만족할 것이다. 하지만 정말 그걸로 만족할 수 있을까. 더든의 증언은 일본에서 숨죽여 본 교신 테이프와 마찬가지로, 아니 오히려 더욱 자세했다. 하지만 나머지는 어떨까?

망상처럼 이라크의 사막이 떠올랐다. 파괴된 전투기, 더든을 사로잡은 베두인족의 모습이 떠올랐다 사라졌다.

그리고 목소리가 명령했다.

'바그다드로 가라, 그 사막으로 가서 진짜 다큐멘터리를 보여주는 거다.'

계엄령하의 이라크. 일본 땅이 다 들어가고도 남을 만큼 광대한 사막에서 단 1대의, 그것도 무참히 파괴된 전투기를 찾기 위해 정주지도 없고 이름조차 모르는 베두인족의 흔적을 쫓는다? 불가능하다고 니시는 망상을 떨쳐냈다.

14

다음 날, 두 번째 인터뷰가 시작되었다. 더든은 계속해서 자신이 걸어온 운명의 길을 이야기했다. 뜬눈으로 지새운 불안한 밤, 이라크군에 넘겨져 가축처럼 트럭 뒤 칸에 던져진 굴욕, 바그다드로 연행되었을 때 느낀 끔찍한 공포, 자신이 폭탄을 투하한 도라 정유소가 불타는 모습.

그리고 가장 중요한 부분, 전 세계를 충격에 빠뜨린 포로 영상의 배후에서 무슨 일이 일어났었는지, 더든은 괴로운 표정으로 증언했다.

"저는 바그다드에 있는 시설로 연행되었습니다. 천장이 낮고 어둑어둑한 콘크리트 방이었습니다. 여러 명의 남자들이 들어와 저를 바라봤습니다. 구경거리였던 것이죠. 이내 심문이 시작되었는데 제가 얼버무리자 거칠게 대하기 시작하더니 어깨와 가슴, 다리 등을 주먹으로 때렸습니다. 30분 정도 구타가 이어졌어요. 이런 심문을 10번쯤 더 받았습니다. 24시간쯤 지났을까, 카메라가 설치되었습니다. 소니 제품이더군요. 대본을 건네받고 카메라 앞에서 말하라고 요구했습니다. 굴욕적인 내용으로 정치적인 선전도구로 이용하려는 의도가 분명했습니다. 물론, 절대 할 수 없다고 거부했습니다.

그러자 그들은 제 얼굴을 무지막지하게 구타했습니다. 고막이 찢어지고 턱이 탈골되었습니다. 마이크 타이슨에게 펀치를 맞은 것처럼 강렬했습니다. 고문은 점점 심해지더니 급기야 전기고문까지 했습니다. 그들은 제 귀에 전선을 감고 전기를 흘렸습니다. 충격으로 몸이 새우처럼 말리면서 머리와 무릎이 부딪히고, 온몸이 튕겨 오르며 이리저리 휘었습니다. 10시간가량 간헐적으로 전기고문을 당하면서 점점 쇠약해졌습니다. 그래도 계속 거부하자 장전된 총을 미간에 들이대며 말했습니다. 넌 쓸모없는 짐짝이니 처분하겠다고. 처격하고 방아쇠에 손가락을 거는 소리가 났습니다. 더 이상 버틸 수 없게 된 저는 결국 촬영에 응하고 말았습니다."

인터뷰를 마쳤다.

끔찍한 기억을 되새긴 탓인지 더든은 미간에 깊은 주름을 잡으며 지친 표정을 보였다. 니시는 미안함과 고마움에 이제부터 해야 할 말을 어떻게 꺼내야 할지 망설였다.

니시는 마음을 굳히고 더든의 얼굴을 바라보며 말했다.

"더든 소령, 이렇게 성심성의껏 협력해주셔서 진심으로 감사합니다. 진지하고 성실하게 말씀해주신 증언, 소중히 다루겠다고 맹세합니다. 마지막으로 한 가지, 말씀드리고 싶은 것이 있습니다.

당신의 증언을 보다 가치 있는 것으로 만들기 위해 저는 이제 바그다드로, 당신이 격추되었던 사막으로 갈 생각입니다."

더든은 니시를 뚫어지게 응시했다.

"미스터 니시, 정말 갈 생각입니까? 저는 아직도 그곳을 떠올리면 악몽이 되살아나는 것 같습니다. 솔직히 가지 않았으면 하는 심정입니다. 저는 불의의 사고로, 어쩔 수 없이 끌려갔지만 당신들 같은 민간인이 가기에는 무리입니다. 절대 갈 곳이 못 됩니다. 그러다 저와 같은 운명을 맞닥뜨려도 괜찮습니까?"

니시가 조용히 작별인사를 건넸다. 더든의 손을 꼭 잡고 깊이 고개를 숙였다.

15

닷새 후, 니시와 카메라맨 가쓰키는 마드리드에서 요르단의 수도 암만으로 떠났다. 이라크 공항은 전쟁 이후로 폐쇄된 상황이었다. 암만에서 이라크 입국 비자가 나오기를 기다리는 동안, 전일본TV의 보도기자들이 전선기지로 삼고 있는 인터콘티넨털 호텔에 인사차 들렀다. 책임자인 오카미쓰岡光 총괄기자를 찾아갔다. 프런트에 묻자, 보도

기자들은 가장 비싼 스위트룸에 장기체류 중이라고 했다. 방으로 찾아가자 반바지에 샌들, 하와이안 셔츠를 입은 둥근 얼굴의 남자가 나타났다. 방 3개가 이어진 호화로운 스위트룸으로 안내받았다. 탁자에는 마시다 만 마르가리타가 놓여 있었다. 리조트에 와 있는 느낌이었다. 바그다드로 간다고 하자 오카미쓰는 미심쩍은 눈초리로 니시를 보았다.

"뭐? 프로그램국에서 왔다고? 여긴 뭐 하러 온 건데? 바그다드? 그건 안 돼지. 여긴 기자들이 목숨 걸고 취재하는 현장이야. 괜히 어슬렁거리면서 방해하지 말라고."

오만불손하기 짝이 없는 자였다.

니시는 기가 막혔다. 전장에서 취재를 하는 것도 아니고 한참 멀리 떨어진 인접국에서 회사 돈을 물 쓰듯 써가며 희희낙락하고 있는 주제에 기자 운운하다니.

전시체제인 중동에서 취재를 하려면 대담한 아랍어 통역이 필요했다. 이집트 카이로에서 스즈타 노보루鈴田昇를 불렀다. 스즈타는 카이로 주재 20년, 일본 신문지국에 출입하면서 취재의 기본을 배웠다고 했다. 걸프전이 발발하고 요르단 국경의 아즈락 난민캠프에서 취재보조로 일하고 있었다. 당시 그 프로그램의 통역으로 일본에 왔을 때, 함께 술을 마신 적이 있었다.

암만에서 바그다드까지는 육로로 20시간 넘게 걸린다. 운전기사를 고용해 간선도로를 내달렸다. 검문소를 지나 이라크 영내로 들어서자

도로변 곳곳에 부서진 차량이 여러 대 방치되어 있었다. 미군의 공격을 피해 달아나던 중이었을까, 상태가 꽤 양호한 장갑차 한 대가 버려져 있었다. 스즈타에게 장갑차를 배경으로 사진을 찍어달라고 부탁했다. 만약 자신에게 무슨 일이 생기면, 사유리에게 보내달라고 할 생각이었다.

바그다드에 진입하자 뜻밖에 마을에는 활기가 돌았다. 경제봉쇄 조치가 내려진 상황이었지만, 군사 침공을 감행한 쿠웨이트에서 약탈한 옷이며 보석이 가게에 진열되어 있었다. 이슬람 국가였지만 레바논에서 수입한 맥주도 마실 수 있었다.

이라크 정보국 한 구석에 기자실이 준비되어 있었다. 각 나라에서 온 취재진이 모여 있었다. 놀라운 것은 전일본TV에 대한 악평이었다. 독일 기자들이 대뜸 니시에게 물었다.

"당신도 전일본TV 소속입니까? 당신들 그러면 안 됩니다."

니시는 영문을 몰라 이유를 물었다.

걸프전이 발발한 후, 처음 바그다드에 들어간 전일본TV 기자와 디렉터가 자신들의 편의를 봐달라며 정보국 직원에게 거액의 달러를 뿌렸다는 것이다. 그 결과, 다른 나라의 취재진에게도 돈을 요구하게 되었다고 한다. 니시는 부끄러워서 차마 고개를 들 수가 없었다. 한시라도 빨리 사막으로 떠나고 싶었다.

하지만 이라크 정보국은 바그다드 주변의 피해상황에 관한 취재만 허락했다. 또 취재에는 반드시 이라크 정보국 직원이 동행해야 했다. 400킬로미터 넘게 떨어진 사막에서 이라크가 파괴한 미군 비행기를 찾는 것을 정보국이 허락할 리 없었다.

　이러지도 저러지도 못하고 시간만 흘렀다. 니시는 여기까지 와서 그냥 돌아갈 수는 없다고 생각했다. 어느 날, 통역을 맡은 스즈타가 대담한 아이디어를 냈다. 사담 후세인의 아들이자 정보국 국장인 우다이 후세인의 이름을 이용해 가짜 취재허가증을 만들자는 것이었다.

　　　　　　　　　　　*

　그로부터 1주일 후, 1991년 7월.
　이라크의 광대한 사막은 염열지옥炎熱地獄으로 바뀌었다.
　수도 바그다드에서 400킬로미터 떨어진 사막에 고물 쉐보레 차량 한 대가 달리고 있었다. 기온은 60도에 달하고, 문명사회에서는 체감할 수 없는 열기가 차에 탄 이들의 체력을 앗아갔다. 느닷없이 모래바람이 덮쳤다. 시야가 가려져 몇 미터 앞도 보이지 않았다. 급히 창을 닫으면, 차 안이 열기로 가득 차 숨이 막혔다. 에어컨은 아무 도움도 되지 않았다. 후텁지근한 바람만 내뱉을 뿐이었다. 뜨겁게 달궈진 차체는 자칫 잘못 만지면 화상을 입었다. 사막의 달리 쇼트Dolly Shot를 찍기 위해 5분 남짓 카메라를 돌렸는데, 테이프가 열에 견디지 못해 영상이 엉망이 되었다. 7월은 건기라 풀 한 포기, 물 한 방울 찾기 힘들었다. 눈앞에 펼쳐진 것은 바짝 마른 비정한 대지뿐이었다.
　굽이굽이 이어진 사막을 위아래로 출렁이며 달리는 차 안에서 온몸의 근육과 허리가 뻐근할 정도의 고통을 견뎌야 했다. 뒷좌석에 앉은 카메라맨 가쓰키는 인상을 쓰며 종종 신음했다. 통역을 맡은 스즈타, 스 씨는 연신 수염을 쓰다듬으며 기묘한 지도 한 장을 펼쳐 들고 있었다. 지명 위에 아랍문자와 수십 개의 화살표가 어지럽게 표시되어 있었다. 그것은 고대 베두인족의 이동지도로, 미군 포로 제임스 더든 소령이 지나온 궤도를 찾는 유일한 단서였다.

니시가 줄줄 흐르는 이마의 땀을 닦으며 물었다.

"스 씨, 맞게 가고 있는 것이겠죠? 벌써 20시간 넘게 달리고 있는데."

"그렇게 생각하는 수밖에 없지. 여기서부터는 도박이나 다름없으니까."

그렇게 말하고 스즈타는 다시 지도로 눈을 돌렸다.

더든을 붙잡은 베두인족은 유목민족으로 계절마다 부족 전체가 기르는 양, 낙타, 염소를 데리고 물과 초목을 찾아 사막을 이동한다. 베두인들은 수십 개의 부족이 있지만 기본적인 이동 경로는 천 년 이상 변하지 않았다.

더든의 증언과 지역 경찰의 정보 그리고 고대 지도를 보며 스즈타와 니시가 유추해낸 것은 호세인족이라는 부족이었다. 남부 도시 사마와를 출발해 이틀 내내 호세인족을 찾아 사막을 헤맸다.

대인용 지뢰가 곳곳에 묻혀 있다는 경고를 받고 처음에는 국경수비대의 지프가 지나간 자국을 따라 달렸지만 그마저도 없어져 그야말로 길도 나지 않은 길을 달리게 되었다. 도중에 이동하는 온통 검은 옷을 입은 베두인 여성을 만나 호세인족이 있는 곳을 묻자 남쪽을 가리켰다. 그 말을 믿고 남쪽으로 향했다.

사막지대로 들어간 지 이틀이 지나고 있었다. 사막의 열기에 체력을 빼앗긴 일행은 피곤한 기색이 역력했다. 가지고 온 음식과 물을 생각하면 버틸 수 있는 시간은 고작 하루 정도였다.

사막의 밤은 급속도로 추워진다. 한낮의 맹렬한 열기가 거짓말처럼 물러나고 추위가 찾아온다. 니시는 쪽잠이라도 자두려고 모포를 덮으며 생각했다. 이라크인들의 평균 수명은 50대 중반이라고 들었는데 이란·이라크 전쟁이나 걸프전에 의한 사망자를 포함해도 수명이 지극히 짧은 것은 이런 기온차로 몸이 망가지기 때문이 아닐까.

조수석에서 하늘을 올려다보자 그야말로 별천지였다. 니시는 넋을 잃고 바라보면서도 이 모험담에 허락된 시간이 하루밖에 남지 않았다는 생각에 한숨이 흘러나왔다.

*

사막에서의 마지막 하루가 시작되었다.

새벽 5시에 출발해 3시간 남짓 사막을 달렸다. 벌써 인접국인 사우디아라비아 국경 근처까지 와 있었다. 모래바람 탓에 여전히 시야는 좋지 않았다.

뒷좌석에 앉은 스즈타가 문득 탄성을 지르더니 "잠깐, 멈춰"라고 하며 손가락으로 앞쪽을 가리켰다. 니시가 급히 쌍안경으로 보자 검은색 텐트 무리가 보였다. 베두인족이 틀림없었다. 혹시나 하는 마음으로 가까이 다가갔다. 모래바람에 펄럭이는 텐트 안에 남자들이 둥글게 둘러앉아 있었다. 쉐보레를 보고 한 남자가 밖으로 나왔다. 두건을 두르고 금실로 자수를 놓은 흰색 아랍 의상을 입고 있었다. 멋진 수염을 기른 뚱뚱한 남자였다. 다른 남자들에 비해 훨씬 화려한 옷을 입고 있었다.

스 씨가 차창 밖으로 몸을 내밀며 물었다.

"혹시 당신 호세인족입니까?"

남자는 가슴을 쫙 펴며 대답했다.

"나는 호세인의 족장, 영예로운 용사 압둘 아밀이다."

니시는 눈앞이 번쩍하는 느낌에 저도 모르게 크게 외쳤다.

"가쓰키 씨, 카메라 돌려주십시오!"

"하지만 아직 허락을……."

주춤하는 가쓰키에게 니시가 소리쳤다.

"일단 돌려!"

니시가 구르듯이 차에서 뛰어내렸다.

아밀 족장은 카메라를 보고도 태연했다. 스 씨에게 통역을 부탁하고 질문을 던졌다.

"미군 전투기가 추락한 것을 알고 있습니까?"

아밀 족장이 손가락으로 하늘을 가리키더니 빙글빙글 돌리며 맹렬한 기세로 말했다.

"아아, 그날 불에 탄 비행기가 추락했지. 낙하산이 펴지면서 조종사가 내려왔어. 우리가 붙잡아서 텐트로 데려왔지. 제 발로 우리 수중에 들어온 거야. 포로를 붙잡으면 정부에서 1만 디나르를 준다고 했거든. 다들 신이 났었지, 사막의 선물이라고 말이야. 그를 대통령에게 바쳤어. 아하하하."

좋은 것을 보여주겠다며 안내를 받아 간 곳에는 양떼가 있었다. 아밀은 신이 나서 말했다.

"상금으로 양 15마리를 샀지. 이 금실로 지은 옷도 말이야. 아하하하."

양은 모래와 먼지로 검게 때가 타 있었다. 카메라를 비추자 놀랐는지 도망쳤다. 니시는 할 말을 잃었다.

'이것이 전쟁이다. 한 인간의 목숨 값이 양으로 탈바꿈하는, 한심하기 이를 데 없는 것이 바로 전쟁이다.'

아밀이 식사를 대접하겠다며 끈질기게 청했다. 하는 수 없이 텐트로 들어가자, 냄비에서 양의 내장을 손으로 집어 내밀었다. 코를 찌르는 강렬한 냄새가 났다.

"니시 씨, 억지로라도 먹어야 해요. 족장이 베푸는 최고의 대접이니까."

스 씨가 말했다.

니시가 받아서 입에 넣었다. 미끄덩거리는 식감이 입 안에 퍼지며 토할 것 같았지만 아무렇지 않은 척했다. 스 씨는 짐짓 모르는 척 먹지 않으려고 했다. 그러자 아밀이 다시 내장을 내밀었다.

텐트에 베두인족 남자가 한 명 들어왔다. 체크무늬 두건에 쥐색 숄을 걸친 30대 후반으로 보이는 남자였다. 하나같이 피부색이 검어서 나이를 짐작하기 어려웠다. 아밀이 니시에게 말했다.

"파힘이라고 해. 제일 처음 조종사를 붙잡은 녀석이지."

니시 일행은 텐트 안에서 벌떡 일어나 카메라를 들었다.

"파힘 씨, 조종사를 발견했을 당시의 일을 기억하고 있습니까?"

"물론이지. 내가 그 자를 사정없이 두들겨 팼는걸. 무기를 가지고 있어서 내 목숨이 위험할 것 같더라고."

파힘은 목에서 슥 하고 무언가를 꺼냈다. 가느다란 사슬에 달린 3센티미터 정도의 금속판이었다. 작은 글씨와 숫자가 새겨져 있었다. 혹시 인식표가 아닐까. 니시는 놀라서 할 말을 잃었다. 피가 거꾸로 솟는 느낌이었다. 기록으로 남기기 위해 파힘에게 가까이 다가간 니시는 금속판에 쓰인 글씨를 읽었다.

"제임스 더든, 인식번호 170383365."

틀림없는 더든 소령의 인식표였다.

"파힘 씨, 이건 어디서 났습니까?"

"조종사에게 받았지."

"이상하군요. 이건 군인에게 가장 중요한 인식표라는 것입니다. 절대 남에게 줄 물건이 아닙니다, 혹시 뺏은 것 아닌가요?"

파힘이 히죽 웃었다. 입이 크게 찢어진 것처럼 보였다.

"무슨 소리야. 조종사에게 잘해주었더니 기념으로 준 거야. 그와 나는 친구가 됐다고, 후후후."

사로잡힌 미군 병사와 사로잡은 베두인족 남자. 전쟁이라는, 정체가 묘연한 괴물의 일부가 보였다. 니시의 머릿속에서 더든과 파힘, 대립하는 두 남자의 얼굴이 어렴풋이 연결되었다.

니시는 심장이 두근대는 흥분을 억누르며 파힘에게 가장 궁금했던 것을 물었다.

"한 가지 궁금한 게 있습니다. 전투기가 추락한 장소가 어디인지 혹시 알고 계십니까?"

파힘은 말이 없었다. 모르는 것인지 생각 중인 것인지 표정만 보면 전혀 짐작할 수 없어 답답할 지경이었다. 파힘이 손가락으로 먼 곳을 가리켰다.

"알지, 그럼. 몇 날 며칠 연기가 솟아올랐으니까. 저 멀리에 떨어졌어."

니시는 저도 모르게 파힘의 팔뚝을 잡아당겼다. 사막 민족의 체온과 강인한 근육의 감촉이 느껴졌다.

"파힘 씨, 부탁입니다. 안내해주십시오."

니시는 막무가내로 파힘을 차에 밀어 넣으며 외쳤다.

"전속력으로 달려! 카메라는 스탠바이 상태로!"

쉐보레 차량이 사막의 울퉁불퉁한 길을 튀어 오르듯 달렸다. 파힘이 이쪽, 저쪽하고 길을 알려주었다. 니시의 눈에는 다 똑같은 사막으로밖에 보이지 않았다. 파힘이 다시 손가락을 가리켰다. 자세히 보자 한참 멀리 떨어진 곳에 검은색 점이 보였다. 차는 검은 물체를 향해 점점 다가갔다. 이제 100미터. 섬광이, 니시의 몸을 꿰뚫고 지나갔다.

일렁이는 사막의 아지랑이 저편에, 파괴된 전투기 잔해가 널려 있었다.

차에서 내려 잔해 사이로 걸어갔다.

원래 모습을 알아볼 수 없을 정도로 산산조각 난 기체, 새카맣게 타버린 엔진, 부러진 꼬리 날개, 깨진 계기판, 수많은 부품이 수십 미터에 걸쳐 흩어져 있었다. 더든의 운명을 쥐고 흔든 F16전투폭격기를, 미국이 자랑하는 최첨단 무기의 몰락상을 사막 한가운데에서 찾아냈다.

"우오오오."

니시는 양 주먹을 꼭 쥐고 우렁차게 외쳤다.

이 장면을 찍어서 돌아갈 일만 남았다고 생각한 순간,

"니시 씨, 큰일 났어!"

스 씨의 목소리에 뒤를 돌아보자 잔해 저편에서 카메라맨 가쓰키가 주저앉아 있었다.

"가쓰키 씨, 무슨 일입니까! 괜찮아요?"

급히 달려가 말을 걸었지만 가쓰키의 눈동자는 초점을 잃고 헤매고 있었다. 얼굴 한가운데가 이상하게 붉었다.

"더는 안 되겠어."

힘없이 말했다. 60도를 넘나드는 불볕더위에 계속된 촬영으로 몸이 버텨내지 못한 것이었다.

"열사병인 것 같아, 더 이상은 무리야."

스 씨가 냉정하게 말했다.

니시가 상체를, 스 씨가 양다리를 들어 가쓰키를 차로 옮겼다. 축 늘어진 몸은 팔이 떨어져 나갈 정도로 무거웠다. 이를 악물자 땀이 줄 줄 흘렀다.

가쓰키를 차에 눕혀 놓고 니시가 힘차게 말했다.

"스 씨, 내가 찍겠습니다. 도와주십시오."

니시는 수건에 물을 적셔 머리에 둘렀다. 스 씨도 수건을 둘러 몸을 식혔지만 이 정도 기온에서는 테이프도 위험했다. 시간이 많지 않았다. 카메라를 켜자 모니터에 영상이 나왔다.

"스 씨, 여기서부터 저쪽 잔해까지 달리 쇼트를 찍을 겁니다. 몸이 흔들리지 않도록 허리를 잡아주십시오!"

카메라맨이 하는 것처럼 허리를 낮추고 안짱걸음으로 한발 한발 걸으면서 달리 쇼트를 찍기 시작했다. 모니터에 잔해가 하나둘 들어왔다. 니시의 몸을 고정하듯 스 씨가 벨트를 붙잡고 함께 수십 미터에 이르는 잔해더미 사이를 걸었다. 니시는 몸이 휘청대는 것을 간신히 참았다. 머리에 두른 물수건은 금세 말라 점점 뜨거워지고 몸이 한계에 다다르고 있는 것이 느껴졌다. 달리 쇼트를 다 찍은 두 사람은 모랫바닥에 주저앉았다.

스 씨가 거친 숨을 몰아쉬며 말했다.

"니시 씨, 이런 바보 같은 짓을 하는 건 일본인밖에 없을 거야."

턱짓을 하자 베두인족 파힘이 차 안에서 기가 차다는 듯 눈을 동그랗게 뜨고 이쪽을 바라보고 있었다.

"이제 한 컷씩 찍겠습니다. 얼른 해치웁시다."

니시는 그렇게 말하고 모래범벅이 된 몸을 일으켰다. 스 씨의 도움을 받아 삼각대를 세웠다.

"오른쪽에서 왼쪽으로 패닝합니다."

"이건 줌이 좋겠군. 당겨 찍겠습니다."

마지막 남은 힘을 짜내 니시는 부서진 부품을 한 컷씩 찍었다.

작열하는 사막의 태양이 두 남자를 태워버릴 듯한 기세로 타올랐다.

이라크 사막을 빠져나온 니시 일행은 남부 도시 사마와에서 가쓰키의 회복을 위해 하룻밤 묵었다. 다행이 심각한 상태는 아니었는지 이튿날에는 꽤 많이 회복되어 기운을 되찾았다.

바그다드로 돌아오는 쉐보레 뒷좌석에서 니시는 멍한 얼굴로 기대앉아 있었다. 더는 조수석에 앉아 몸을 내밀고 찾아야 할 것은 없었다. 갈 때는 그토록 고양된 감정으로 지났던 길이 점묘點描처럼 스쳐지나갈 뿐이었다.

바그다드에 도착했다. 시내는 꽉 막혀 있었다.

"호텔에 도착하면, 시원한 에어컨 바람을 쐬며 한숨 자야지."

니시의 말에 스 씨가 대꾸했다.

"난 이가 시릴 정도로 차가운 맥주 10병은 마실 수 있을 것 같아."

정체가 점점 심해지면서 슬슬 짜증이 밀려왔다. 문득 옆을 보자 가쓰키가 카메라를 돌리고 있었다. 길을 오가는 사람들의 모습, 이른바 잡감雜感을 찍고 있었다. 이라크에서는 도시의 한 장면을 찍을 때에도 허가가 필요하다.

딱히 쓸 데도 없지만 잡감으로 찍는 것이니 상관없겠지, 니시는 크게 개의치 않았다.

그때 눈앞에 검은 물체가 불쑥 나타났다.

경기관총이었다. 군복 차림의 남자가 창문 밖에서 들이민 것이었다. 총구가 가슴을 세게 눌렀다. 니시는 흠칫 놀라 몸이 굳어졌다.

눈 깜짝할 새에 이번에는 반대쪽 창에서 권총을 겨누었다. 가쓰키가 비명을 질렀다. 사복 차림의 이라크인이 험악한 눈으로 노려보고 있었다.

"비밀경찰이다! 누군가 밀고한 것 같아."

스 씨의 목소리가 떨렸다.

권총을 든 비밀경찰이 카메라를 가리키며 무슨 말인가를 했다. 손짓으로 보아 테이프를 넘기라는 말 같았다.

니시는 온몸에 식은땀이 흘렀다. 테이프에는 정보국의 허가를 받지 않고 무단으로 촬영한 F16전투기의 잔해가 찍혀 있었다. 자국의 피해 보도만을 허락하는 이 나라에서 적국의 피해영상을 찍은 이유를 설명할 길이 없었다. 심지어 무단으로 찍은 것을 알면 스파이 혐의를 받게 될 것이다. 투옥되거나 사형이었다. 공포에 휩싸였다. 테이프를 넘겨서는 안 된다.

다음 순간, 찰칵하는 소리가 났다. 가쓰키가 카메라의 꺼냄 버튼을 누르며 떨리는 손으로 테이프를 꺼내려고 했다. 니시는 간담이 서늘했다. 온 힘을 다해 무릎으로 가쓰키의 가슴을 걷어찼다. 그리고 소리쳤다.

"스 씨, 막아!"

조수석에서 돌아본 스 씨가 무시무시한 얼굴로 남자에게 맹렬한 기세로 쏘아붙였다. 사복 차림의 이라크인도 몸을 들이대며 소리를 질렀다. 둘 다 격앙된 어조로 아랍어를 주고받았지만 비밀경찰은 전혀 굽히는 기색이 없었다. 몇 번이나 세차게 고개를 저었다. 가슴이 쿡쿡

쑤시는 듯한 통증이 찾아왔다. 스 씨가 웃옷 주머니에서 위조한 취재 허가증을 꺼냈다. 니시의 얼굴이 일그러졌다. 스 씨는 허가증을 상대에게 내밀었다.

"우다이, 우다이. 정보국 국장 우다이 후세인의 허가를 받았다고."

순간 움찔한 비밀경찰이 미심쩍은 얼굴로 허가증을 훑어보더니 말했다.

"무단으로 촬영을 하고 돌아다니는 동양인이 있다는 제보를 받았다. 왜 정보국 직원과 같이 다니지 않는 것이지?"

양쪽에서 총을 겨눈 상태였다. 제발 빨리 사라져주었으면, 니시는 간절히 기도했다. 이라크인은 잠시 생각하는 듯하더니 이내 입을 열었다.

"상황 설명을 들어야겠으니 내일 아침, 정보국으로 출두하시오."

그리고는 여권을 요구해 세 사람의 이름과 묵고 있는 호텔을 수첩에 적었다. 그러고는 몇 번이나 고개를 갸웃거리며 차에서 멀어졌다.

총구를 벗어난 니시는 스 씨와 가쓰키에게 말했다.

국경을 넘어 탈출하려면 바그다드에서 일하는 요르단인 운전수가 필요했다. 스 씨가 운전사를 수배하러 다녔다. 니시는 호텔에 돌아와 급히 짐을 챙겼다. 여행가방에 테이프와 자료를 넣자 옷가지가 다 들어가지 않았다. 들어가지 않는 것은 욕실에 던져 놓았다. 서둘러 프런트에서 정산을 하고 로비에서 기다리는데, 스 씨가 왜건 차량을 타고 돌아왔다. 가쓰키와 함께 차에 탔다. 시계를 보니 오후 3시가 넘은 시각이었다. 내일 아침까지 이라크를 벗어날 수 있을까. 시간이 촉박했다. 스 씨가 속도를 올리라며 계속해서 요르단인 운전수를 재촉했다.

2시간 후, 바그다드를 떠난 왜건은 요르단을 향해 곧장 달렸다. 가쓰키가 말했다.

"아름다운 석양이야, 한 컷 찍어야지."

어이없게 카메라를 꺼내 들었다. 두 손 두 발 다 들었다.

"제발 부탁이니, 그만두십시오. 죽고 싶습니까!"

니시가 발끈해서 말하자 가쓰키는 멋쩍은 듯 고개를 주억거렸다. 창밖을 보자 아닌 게 아니라 석양이 눈부시게 빛났다.

거대한 아치가 바그다드를 붉게 물들이고 있었다.

왜건 안에도 석양이 쏟아지며 모두를 같은 색으로 물들였다. 석양이 저무는 환상적인 광경을 바라보며 니시가 중얼거렸다.

'바그다드여 안녕. 이라크여 안녕히.'

17

40일 후, 1991년 9월.

이례적으로 기존 방송시간을 연장한 75분 특집방송이 방영되었다.

제목은 '더든 소령의 증언·전쟁포로의 모든 기록'이었다. 걸프전 포로로 잡힌 현역 미군 장교 더든 소령이 직접 등장해 끔찍했던 시간들을 증언했다. 격추당한 순간을 이야기할 때에는 당시 교신 테이프에 기록되었던 '생생한 목소리'가 흘러나왔다. 사막에서 붙잡혔을 당시의 굴욕적인 상황을 이야기하자 곧이어 그를 붙잡은 베두인족 남자가 인식표를 손에 들고 '친구에게 받았다'며 태연하게 말하는 영상이 이어졌다. 한 사람의 목숨 값으로 산 양떼와 사막에 무참하게 흩어져 있는 전투기의 잔해가 비추어졌다.

모든 것이 담담하게 그려져 있었다. 그래서인지 전쟁의 무자비함과 농락당한 개인의 불행이 더욱 가슴에 와 닿는 느낌이었다. 말로는 설명할 수 없는, 묘한 다큐멘터리였다.

방영된 후 얼마 지나지 않아 휴가 중인 니시 사토루에게 전화가 한 통 걸려왔다. 신교지 기획 부장이었다. 평소에는 얼음장처럼 차갑기만 한 신교지의 목소리가 상기되어 있었다.

"큰일 났네, 니시. 조금 전 연락이 왔네. 놀라지 말고 듣게. 자네가 올해 문부성에서 주최하는 예술제 대상을 수상했어."

얼떨떨한 니시에게 다시 한 번 신교지가 말했다.

"금메달이야. 자네는 10년에 한 번 나올까 말까 한 예술제 수상 디렉터가 된 거야."

*

수상식은 일본 예술회관에서 열렸다. 다른 부문에서는 다카라즈카 宝塚-여성으로 구성된 일본의 가극단 출신의 거물급 스타와 가부키 명배우가 수상했다. 당당한 예술제의 주역이었지만, 니시는 혼자 뚝 떨어져 있는 기분이었다. 멋쩍은 심정으로 주위를 둘러보았다. 오랜만에 입은 양복 가슴께에 장미꽃이 달려 있었다. 문부대신이 표창장을 수여하며 '일본

예술 활동의 중추로서 활발한 활동을 부탁한다'는 축사를 했다.

파티는 우에노上野의 고급 레스토랑 세이요켄精養軒에서 성대하게 열렸다. 천장이 높고 중후한 분위기를 풍겼다. 어딘지 모르게 고풍스러운 멋과 여유가 감돌았다. 전일본TV 간부들도 빠짐없이 참석했다. 임원들도 보였다. 축하인사가 쏟아지는 가운데 득의만면한 얼굴로 담소를 나누는 신교지 옆에서 니시가 꾸벅 인사를 했다. 저마다 술잔을 손에 들고 웃음 짓는 소리. 잇달아 다가오는 이름 모를 사람들.

'여긴 내가 있을 곳이 아냐, 난 이제 어떻게 되는 걸까.'

밀려드는 인파 속에서 니시는 식은땀을 흘리고 있었다. 도망치고 싶은 마음을 꾹 참으며 어색하게 연신 고개를 숙였다.

제2장 야망의 사나이

1

9년 후, 2000년.

세기말의 일본은 삐걱거리며 신음했다.

거품 경기가 붕괴된 지 10년, 사람들은 전후 최장기간에 이르는 불황의 늪에서 허우적거렸다. 생명보험사, 백화점, 호텔의 대형 도산이 줄을 잇고 불길한 징조인지 미야케지마三宅島의 화산도 분화했다. 항간에는 성과주의라는 말이 만연하고, 구조조정의 도구로서 사람이고 설비고 할 것 없이 무자비하게 잘려나갔다.

개발 현장에서는 연구 자금이 모조리 삭감되고, 기술자들의 어깨는 축 늘어졌다. 판매 현장에서는 물건이 팔리지 않아 영업사원들의 발걸음을 더욱 무겁게 했다. 급여가 동결되고 수많은 이들이 생활고에 시달렸다. 미디어에서는 직장인들을 사축社畜이라고 부르며 야유했고 일본인의 긍지에 먹칠을 하는 사건들이 신문 지면은 물론 텔레비전 화면을 통해 낱낱이 까발려졌다.

신세기를 향한 꿈과 희망은 없었다. 밀레니엄 2000년은 그런 시대였다.

*

　일본을 고통에 빠뜨린 불황과 무관하게 나날이 몸집을 불려가는 회사가 있었다. 전국 각지에 소유한 막대한 부동산에 1만 명 이상의 인간들이 우글거리는, 도시라고 해도 좋을 전일본TV협회가 바로 그것이다. 기존의 지상파 텔레비전 시청료와 새롭게 시작된 위성방송 3사의 시청료 수입이 메이저리그 중계나 월드컵 방송으로 급격히 늘면서 앉은 자리에서 7천억 엔을 벌어들였다. 세상을 휩쓸고 있는 칼바람도 미치지 못하는 곳이었다.

　전일본TV의 본관 중앙현관 앞이 술렁거렸다. 경비들이 직립부동자세로 서 있었다. 사원들은 도망치듯 흩어졌다. 방송국 안쪽 복도에서 검은색 양복을 입은 무리가 나타나 중앙현관 쪽으로 걸어 나왔다. 귀빈이라도 맞이하는 것인지 국장급들이 정렬해 있었다. 검은 무리들 사이에 머리 하나는 더 큰 거대한 남자가 있었다. 190센티미터는 되어 보였다. 커다란 눈에 코와 입도 큼직큼직하고 훤하게 벗겨진 머리는 바다거북을 닮았다. 기골이 장대한 그 남자가 바로 전일본TV협회의 도도 류타藤堂竜太 회장이었다.

　본사 1만 명, 관련 그룹 3천여 명을 휘하에 거느린 텔레비전 방송계의 거대기업 전일본TV에 군림하는 도도는 천황이라고 불리었다.

　도도는 정치부 기자 출신으로, 그의 아내는 전 총리대신의 친척이었다. 젊은 시절, 평의원이 될 바에 전일본TV의 수장이 되겠다고 큰소리치던 도도는 실제로도 그 길을 걸었다. 같은 정치부 기자 출신인 전 회장과의 권력 다툼에 패해 한때 전일본TV에서 추방된 적도 있지만 도도와 그의 파벌이 반격에 나서면서 전 회장을 추문으로 실각시켰다. 회장으로 취임하면서 적대관계에 있는 사회부 기자들을 자료실이며 영업현장 등으로 쫓아내는 숙청을 단행했다. 기자들의 펜을 빼앗고, 두 번 다시 재기하지 못하게 철저한 소탕전을 벌임으로써 자신의 지위를 확고히 했다. 취임 5년, 68세의 나이에도 혈색 좋고 건강한 얼굴에는 권력자의 여유가 배어났다.

도도는 여행 중에도 관리직 전원의 인사고과표를 손에서 놓지 않는다는 소문이 있었다. 거슬리는 사람의 기록은 가차 없이 뒤로 넘겨버리고 재고의 여지도 없는 염라대왕의 수첩이라며 두려움을 사고 있었다. 도도에 관해서는 사소한 험담조차 꺼릴 정도로 압도적인 지배력을 행사했다.

도도는 중앙현관 앞에 선 센추리 차량에서 내린 정치인들을 반갑게 맞이했다. 정치토론 프로그램에 출연하기 위해 방문한 각료들의 어깨를 친근하게 감싸 안았다. 다음 순간, 무슨 일인지 도도가 뒤를 돌아 마중 나온 간부들에게 눈을 흘겼다. 부리부리한 눈을 좌우로 굴렸다. 경련을 일으킬 듯한 억지웃음을 짓고 있던 전일본TV 간부들은 당황한 기색이 역력했다.

도도는 다시 금배지를 단 살찐 남자들에게 얼굴을 돌렸다. 도도 일행은 고지를 점령한 군대처럼 성큼성큼 방송국 복도를 걸어갔다.

2

남관 5층 구석에 있는 F523 편집실은 남자들로 꽉 차 있었다. 디렉터, 데스크, 편집기사, 음향기사가 의자를 바싹 붙여 놓고 앉아 있었다. 2주 뒤 새롭게 시작하는 프로그램 '챌린지X'의 시사를 막 마치고 방 안은 열기로 가득했다.

황금 시간대에 방송되는 프로그램임에도 연예인이나 평론가 등 유명인은 한 명도 나오지 않는 전대미문의 방송이었다. 기술개발, 건설 현장. 영업 최전선 등 전후 일본의 이면에서 고군분투한 무명無名의 일본인들이 주역인 방송이었다.

담당 이외의 디렉터들은 복도에 선 채 편집실 쪽으로 몸을 기울이고 초조하게 시사 결과를 기다렸다. 모두 책임 프로듀서의 입이 떨어지기만을 기다리고 있었다. 호랑이 피디라고 소문난 44세의 니시 사토루였다.

첫 방송은, 1965년 세계표준규격을 지향하며 비디오 개발전쟁에 과감히 도전한 업계 8위의 약소 기업을 조명했다. 현장 감독과 한직으로 밀려나면서도 운명을 함께한 동료들의 장렬한 삶과 끈끈한 정을 그려내고자 했다.

니시는 탐구심에 넘치는 젊은이들의 얼굴을 둘러보았다. 팀원이라고 해봤자 고작 7명뿐이었다. 프로듀서, 데스크 그리고 5명의 디렉터로 구성된 소규모 팀이었다. 니시는 이런 분위기가 좋았다. 연구실처럼 학구적이고 무예 도장처럼 엄격하지만 활기가 넘쳤다. 모두의 시선을 느끼며 니시가 입을 열었다.

"다들 아이드카의 법칙이라는 것을 알고 있나?"

"아이드카 말입니까? 처음 듣는데요."

데스크 나미토並斗가 총명해 보이는 눈빛을 빛냈다.

"아이드카AIDCA는 주목attention, 흥미interest, 욕망desire, 확신conviction, 행동 action의 머리글자를 딴 말로, 원래 광고계에서 쓰는 용어지. 소비자가 광고를 접하고 상품을 사기까지의 과정을 말하는 건데, 텔레비전 방송을 선택하는 과정과도 유사하네. 마지막 '행동'은, 광고에서는 손님이 실제로 물건을 구입하지만, 방송의 경우에는 시청하는 것이라 볼 수 있지."

그러고 나서 니시는 미간을 찡그린 채 허공을 노려보며 무언가를 찾 듯이 생각에 잠겼다. 니시의 표정이 점점 험악해졌다.

긴 침묵의 시간이 찾아왔다.

진지하게 메모하던 디렉터 야마지山路가 펜을 멈추고 잔뜩 불안한 표정을 지었다.

팔짱을 낀 채 생각에 잠긴 니시가 뿜어내는 불온한 공기를 느낀 것일까, 분위기가 급격히 무거워졌다.

니시가 침묵을 깨고 천천히 입을 열었다.

"괜히 어려운 이야기를 했네만, 분명히 말하지. 야마지, 자넨 살인 자야."

야마지가 멈칫하며 떨리는 목소리로 물었다.

"제가 말입니까? 무슨 뜻인지 말씀해주십시오……."

니시의 눈에 살기가 번득였다.

"모르겠나? 자넨 프로그램의 도입부밖에 만들지 않았어. 주인공은 일본 비디오 산업의 여명기에 몸 바친 남자야. 부하 직원들과 '자나 깨나' 침식을 아껴가며 싸웠네. 이 방송의 중추라고 할 수 있는, 그 부분이 전혀 드러나지 않았어! 아까 예를 든 아이드카의 '행동' 부분이 말이야. 전혀 보고 싶은 생각이 들지 않잖아. 그것뿐만이 아냐, 본질은 이거지. 자넨 여기 등장하는 사람들을 경시했어. 그들의 인간성이 나타나 있지 않잖아. 자넨 이 사람들의 진짜 인생을 죽인 거야."

방 안이 조용해졌다. 다른 디렉터들이 자기 차례가 돌아오는 것을 두려워하고 있었다.

데스크 나미토가 분위기를 바꾸려고 헛기침을 했다. 하지만 니시는 아랑곳하지 않았다.

"다음은 독후감이 문제야. 주인공인 기술자는 돌연 암으로 세상을 떠났네. 비록 생명은 꺼졌지만, 그 열정만은 동료와 부하직원들에게 이어졌을 거야. 그런데 그런 정신이 독후감에는 전혀 나타나지 않아. 5분이 됐든 10분이 됐든 상관없어. 난 말이야, 방송을 본 시청자가 여운에 잠겨 스스로에게 질문을 던지거나 가족과 이야기를 나누고 싶어지는 독후감이야말로 방송에 꼭 필요하다고 생각하네."

문제점을 한 번에 쏟아낸 니시는 세부적인 편집과 내레이션 지시를 내렸다. 하나하나 빠른 속도로 문제점을 지적했다. 니시의 지시에 따라 관련 스태프가 일제히 움직였다. 데스크 나미토는 칠판에 붙여놓은 수십 장의 포스트잇을 전부 떼어내고 새로운 구성 내용을 빠르게 적기 시작했다. 데스크의 실력은 프로듀서의 의사를 방송용어로 번역해 디렉터에게 얼마나 정확하게 전달하느냐에 달려 있다. 나미토는 3년 전에 딱 한 번, 니시 밑에서 특집방송 디렉터를 한 적이 있었다. 테마 지상주의자이자 현실주의자인 니시가 쏟아내는 구체적이고 치밀한 지적에 고양감을 느꼈다.

담당 디렉터 야마지는 갈팡질팡하고 있었다. 1965년대 이야기라서 소프트 포커스로 촬영한 부분이 있었는데, 그 부분이 뭉텅 잘려나간 것이다. 오늘날에도 악전고투하고 있는 샐러리맨들이 공감할 수 있는 방송을 만들어야 하는데, 어쩌자고 고색창연한 포커스로 표현한 것이냐는 니시의 추궁에 말문이 막혔다.

야마지는 작업속도를 맞추기 위해 땀을 뻘뻘 흘리며 인터뷰 노트를 펼쳐 니시에게 확인을 받았다. 그때마다 '바보! 그게 아니잖아'라는 질타가 이어졌다. 그 모습에 편집기사는 정신없이 들어낼 영상 테이프의 순서를 바꾸었다.

니시는 팀원들의 활기찬 움직임을 만족스럽게 지켜본 후 저녁 10시에 다음 시사를 하겠다고 말하고는 자리를 떠났다. 밖으로 나가는데 한순간 모두의 시선이 등에 꽂히는 것을 느꼈지만 니시는 냉정하게 문을 닫았다.

니시가 나간 후, 상황을 숨죽여 보고 있던 디렉터 하나가 야마지에게 말했다.

"장난이 아니던데. 등골이 오싹했을 정도야. 귀신이 따로 없더군."

데스크 나미토가 대답했다.

"아직 시작에 불과해. 자네들은 아직 저 사람의 진짜 무서움을 몰라."

*

전일본TV 본사는 3개의 건물로 이루어져 있다. 편집실과 기술진들의 일터가 모여 있는 남관, 더빙실과 7개의 스튜디오가 있는 북관 그리고 그 사이에 우뚝 솟은 23층 건물이 본관이다. 각각 다른 시기에 세워진 건물로, 천장의 높이도 건물마다 다르다. 세 건물은 5층 위치에 무리하게 증설한 복도로 이어져 있었다. 둥글게 한 바퀴 돌 수 있는 회랑식 복도였다.

편집실을 나온 니시는 남관 창문으로 쏟아지는 햇빛을 못마땅하게 쳐다본 후 본관 뒤쪽의 어둑어둑한 복도로 향했다. 천천히 걸었다. 구부정한 새우등에 바지 뒤쪽으로 와이셔츠가 삐져나와 있었다. 무언가에 열중할 때면 늘 그랬다.

"니시 씨, 셔츠가⋯⋯."

간혹 조심스럽게 말을 거는 사람도 있었지만 젊은 디렉터들은 대개 니시가 나타나면 슬그머니 꽁무니를 뺐다.

'더든 부부의 전쟁'과 '더든 소령의 증언' 연작으로 이름을 알리고 예술제 대상 수상의 쾌거를 이룬 디렉터 니시를 기다리고 있던 것은 쟁쟁한 프로듀서들의 쟁탈전이었다. 프로그램의 완성도를 결정하는 요소의 절반은 디렉터의 역량에 달려 있다고 한다. 상을 노려볼 만한 디렉터를 배출해내기란 하늘에 별 따기나 마찬가지였다. 애초에 자질,

감성, 지력, 집념 등의 다양하고도 종합적인 요소를 갖추고 있는지가 관건이다. 다큐멘터리 디렉터의 경우에는 촬영현장에서 어떤 영상을 뽑아내는지가 중요하다. 니시의 '수확물'은 훌륭했다. 힘 있는 프로듀서들이 니시를 탐냈다. 개중에는 '니시의 작업실'까지 준비해 포섭하려는 자도 있었다.

여러 프로듀서들 밑에서 니시는 다양한 프로그램을 만들고 상도 많이 받았다. 약해藥害 에이즈의 감염실태를 밝힌 '사라진 에이즈 보고서', 불량채권의 배후를 파헤친 '사상최대의 채권회수' 그 밖에도 수많은 사회파 다큐멘터리를 만들었다.

4년 전 책임 프로듀서로 승진한 니시를 신의 아들, 천재, 희대의 방송꾼이라고 평하는 사람이 있는가 하면, 메달 수집에 빠진 돌연변이라며 헐뜯는 사람도 있었다.

3

'챌린지X'의 방송 시간이 화요일 저녁 9시로 결정되었다. 니시는 까다로운 시간대가 내키지 않는 듯 입을 꾹 다물었다.

화요일 저녁 9시는 역전경주장거리를 몇 개의 구간으로 나누어 달리는 릴레이 경기에 비유해 화려한 2구역최장거리 구간으로, 가장 실력이 뛰어난 선수가 출전하는 경우가 많다 혹은 마魔의 시간대라고 불렸다. 민영방송국에서는 전력을 기울인 간판 프로그램을 투입하고 인기 연예인이나 배우를 출연시켜 시청률 경쟁을 벌이고 있었다. 화요일 9시 다른 방송국의 편성표를 본 데스크 나미토는 힘든 싸움이 될 것이라고 분석했다.

"채널4는 2시간짜리 서스펜스 드라마입니다. 가끔 20%대 시청률을 기록할 정도로 인기 있는 방송입니다. 채널6의 버라이어티 방송은 워낙 스펙터클해서 젊은 층의 압도적인 지지를 얻고 있습니다. 채널8은 요즘 최고 인기 아이돌 이쓰미 에리카逸見エリカ 주연의 3번째 드라마 스페셜, 여성 시청자들을 꽉 잡고 있죠. 그리고 평소 시청률이 높지 않은 간토関東TV도 하필 이날은 간판 프로인 보물찾기가 방영됩니다. 사회는 거물급 연예인⋯⋯"

"그만하면 됐네, 버리는 패라는 거군."

니시가 인상을 찌푸렸다.

전일본TV는 도도 회장의 지휘하에 7년 만에 대규모 방송개정 작업이 이루어졌다. 기존의 저조한 프로를 폐지하고 새 프로그램으로 교체했으며 뉴스를 저녁 10시로 옮겨 시청률을 끌어올린다는 계획이었다. 그럼에도 민영방송의 강력한 라인업에 눌려 차마 입에 올리기도 민망할 정도의 시청률을 기록하고 있는 것이 화요일 저녁 9시대였다.

'챌린지X'는 결코 축복 속에 탄생한 방송이 아니었다.

명색이 공영방송인 만큼 기업명이나 제품명이 공개되는 것에는 당초부터 난색을 표했다. 일반인이 주인공인 콘셉트가 시청률에 도움이 되겠냐는 회의 섞인 반응은 물론이고 니시가 속한 정보문화부는 새 프로를 맡을 능력이 없다며 니시의 제안을 떨어뜨리려고 획책한 간부도 있었다. 그런 와중에 어떻게든 새로운 프로를 만들고자 고심하는 편성국의 후원으로 겨우 통과된 기획이었다. 하지만 인력도 충분치 않고 비좁은 프로젝트실 하나 제공받았을 뿐이다. 그런데 이제는 제일 까다로운 시간대에 편성된 것이다.

못마땅한 얼굴의 나미토와 불안한 기색이 역력한 디렉터들이 텔레비전 편성표를 들여다보고 있었다. 연일 계속된 심야작업으로 다들 핼쑥해져 있었다.

니시가 사뭇 시원스럽게 말했다.

"이왕 이렇게 됐으니 상황을 즐겨보자고. 오히려 잘 됐어. 우린 텔레비전 방송계의 혁명아로 남게 될 걸세."

*

2000년 4월, 첫 방송일이 다가왔다.

니시는 흥분하고 있었다. 이제껏 다양한 다큐멘터리를 만들었지만 황금 시간대에 정규방송으로 편성되기는 처음이었다. 장기전을 앞두고 흥분과 떨림이 멈추지 않았다.

첫 방송 타이틀은 '시련의 역전극 · 가정용 비디오에 운명을 건 남자들'이었다. 7명의 팀원들은 잔뜩 긴장한 얼굴로 방송을 지켜보았다.

첫 장면은 늦은 밤 훤하게 불을 밝힌 개발현장에서 머리를 맞대고 있는 기술자들. 그때 마음을 울리는 깊고 청명한 목소리의 내레이션이 흐른다. 다음으로 제목 그리고 빛이 반사하며 역광을 맞고 서 있는 인물의 실루엣과 겹쳐진다. 그림자가 길게 뻗는 순간, 일본을 대표하는 여가수 아키시마 미도리秋嶋みどり의 장엄한 목소리가 울려 퍼진다.

배경은 흑백 사진, 일하는 남자들의 얼굴이 차례로 비쳐지며 노래와 상승효과로 점점 눈앞으로 다가온다.

진행자의 소개로 본방이 시작되었다.

정리해고가 내정된 부서로 전출되면서 상실감과 술에 빠져 지내던 한 기술자가 있었다. 어느 날 그는 신제품 개발을 꿈꾸며 재기를 다짐한다. 동료들을 모아서 어떤 처분도 무릅쓸 각오로 몰래 연구를 시작한다. 인원 삭감을 꾀하는 회사와의 싸움, 무능하다는 야유도 참고 견디며 잇따른 고난 속에서 진짜 리더로 성장한다. 온갖 고생 끝에 개발한 제품을 경쟁업체에 무상으로 공개해 업계를 하나로 결집하고 결국 세계 표준규격으로 키워냈다.

'모험이 없으면 얻는 것도 없다'는 남자의 말이 가슴을 파고들었다. 꾸밈없고 소탈한 인품에 마음이 정화되는 느낌이었다. 성공의 기쁨을 VTR의 세 글자로 나타낸 사원들. 회사를 떠나는 남자의 미학. 그로부터 불과 2년 후, 그는 돌연 세상을 떠난다. 남자의 관을 실은 영구차가 이전 직장인 생산 공장을 지날 때, 그곳에는 '고맙습니다. 미스터 VTR. 부디 편안히 잠드시길 기원합니다'라는 현수막이 걸려 있었다.

역경에서 구해준 그를 배웅하는 사람들은 직립부동 자세로, 목이 부러져라 깊이 고개를 숙였다.

"이런 분 밑에서 일할 수 있어서 행복했다. 정말 좋은 시절을 함께 했다. 후회 없는 샐러리맨 생활을 했다."

스튜디오에 초대된 그의 부하직원은 주름진 얼굴에 하염없이 눈물을 쏟으며 이렇게 말했다.

방송은 애수를 자아내는 노래와 함께 끝이 났다. 기업의 틀을 벗어난 구성이 돋보이는 깊은 감동과 여운을 주는 프로그램이었다. 디렉터 야마지는 달성감과 허탈감에 눈물이 쏟아졌다. 옆에 앉은 데스크 나미토의 눈가도 촉촉이 젖어 있었다.

그때 니시가 성큼성큼 다가왔다. 야마지는 칭찬을 기대하고 있었다.

니시는 태연하게 말했다.

"야마지, 반성문 써와. 촬영 과정에서의 과오를 적어서 모두에게 돌리게. 오늘의 실패가 팀의 피와 살이 될 거야."

4

도쿄에 성급한 첫눈이 내렸다. 뜻밖의 커다란 눈송이가 꽃잎처럼 흩날리며 창에 부딪히더니 이내 이슬이 되어 떨어졌다. 오후 4시가 지난 시각, 어스름해진 편집실 창을 통해 내려다보자 우산을 쓴 사람들이 빠른 걸음으로 걷는 모습이 점경點景이 되어 덧없는 계절의 변화를 느끼게 했다.

방송이 시작된 지 7개월이 흘렀다.

니시는 시사 후 곤두선 신경을 가라앉히듯 멍하니 창밖을 바라보았다. 회전의자 팔걸이에 양 팔꿈치를 얹으며 이제껏 방송에 등장한 인물들을 떠올려보았다.

일본의 북쪽 끝 사람도 살 수 없다고들 하는 불모의 땅, 아오모리靑森현 닷피竜飛에서 4반세기에 걸친 세이칸靑函 터널 건설 현장을 지휘해온 남자가 있었다. 혼슈本州에서 홋카이도北海道를 잇는 해저터널 공사는 거듭되는 곤란과 습도 90%라는 열악한 환경에서 부하 직원 6명을 잃었다. 20년이 흘러 터널이 개통되던 날, 남자는 목숨을 잃은 부하 직원의 초상을 가슴에 안고 아오모리에서 홋카이도를 향해 걸으며 감격에 겨워 외쳤다. '여기가 홋카이도네, 꼭 데려오겠다고 약속했었지!' 스튜디오에서 몸을 들썩이며 오열하는 남자의 모습에 가슴이 미어졌다.

전후 허허벌판이 된 일본에서, 암에 걸린 사람들을 구하고 싶은 소망을 품은 도쿄대학의 젊은 의사가 있었다. 조기발견을 열망하며 위 카메라 개발에 청춘을 바쳤다. 패전으로 끼니를 잇기도 힘든 시절, 하물며 대학이라는 폐쇄된 사회 속에서 조교에 불과했던 남자의 무모한 도전이었다. 고난 끝에 세계 최초로 위 카메라 개발에 성공함으로써 의학계의 찬사가 쏟아지고 탄탄대로가 보장되었지만 '개업의로 남겠다'는 말을 남기고 대학을 떠나 임상의로서 지역민들과 함께 살아가는 길을 택했다.

끝이 보이지 않는 불황의 터널에서, 돈벌이로만 인간의 가치를 판단하는 요즘 같은 시대에 열심히 살아가는 사람들을 조명한다면 반드시 지지해줄 것이라고 니시는 믿고 있었다.

하지만 시청률은 요지부동이었다. 방송 다음 날 도착한 시청률 조사표를 받아본 니시는 '또 한 자리 수인가' 하고 낙담했다. 방송 시작 이래, 시청자 모니터링이나 전화로는 반응이 느껴졌지만 시청률은 저공비행할 뿐이었다. 7.8%, 8.2%. 오르기 시작하나 싶으면 또다시 6.5%. 늘 아쉽기만 한 성적이 반복되었다.

니시가 자리로 돌아오자 사내 우편이 도착해 있었다. 미디어 개발국의 쓰키자와月澤 국장이 보낸 것이었다. 봉투를 열자 종이 2장이 들어 있었다. 1장은 쓰키자와 국장의 유려한 필체가 돋보이는 메모였다.

히로시마広島의 한 영화관 주인이 자네 프로에 대해 쓴 편지를 받았네. 편지 쓰기를 좋아하는 분이신지 영화관 창구에 두고 손님들에게 나눠 주고 있다더군. 미약하나마 도움이 될까 싶어 동봉하네.

쓰키자와

나머지 종이 1장을 손에 들었다. 제목은 '영화관 주인의 혼잣말'이었다.

영화 산업이 사양길에 접어든 것은 어제오늘 일이 아닙니다. 덕분에 저도 마음고생에 폭삭 늙었지 뭡니까. 사실 요즘 나오는 영화들이 관객들을 사로잡지 못하는 이유도 있을 겁니다. 이런 때에 라이벌을 칭찬하는 것이 내키지는 않지만, 이유야 어쨌든 굉장히 재미있는 텔레비전 프로가 있습니다. 전일본TV의 '챌린지X' 이 프로, 대단합니다. 따분하기만 한 전일본TV의 방송이라고는 믿을 수 없을 정도로 말입니다.
일단 첫 내레이션부터 울컥합니다. 당당하고 격조 높은 목소리가 가슴을 울리죠. 그 후 등장하는 주인공들의 고생을 생각하면, 이젠 그 목소리만 들어도 눈물이 납니다. 파블로프의 개나 다름없다니까요.

제목도 세련되고 노래는 또 어찌나 잘 맞는지! 탁월한 감각에 감탄 또 감탄! 그런데 방송 중에 기업명이 줄줄이 나옵니다, 생각해보면 당연한 일이죠. 샐러리맨 이야기에 회사 이름이 나오지 않을 수 없지 않습니까. 참으로 용기 있는 결단을 내렸단 생각에 고개가 절로 숙여집니다. 마지막으로 제가 놀란 것은, 이 방송이 전일본TV의 젊은 피 7명이 만든 프로라는 것입니다. 고생이 많습니다. 앞으로도 좋은 방송 부탁드리겠습니다.

히로시마의 어느 영화관 주인이 니시 팀이 만든 방송에 감동을 받았다. 그 모습을 상상하면 뿌듯했다.

인사를 하려고 쓰키자와를 찾아갔다. 니시를 보자 인자한 얼굴의 쓰키자와가 반갑게 맞았다.

"늘 걱정 반 기대 반으로 보고 있네. 훌륭한 프로야."

"그렇게 말씀해주시니 영광입니다."

니시는 쓰키자와를 깊이 존경했다.

"정말 좋은 프로지만, 보고 있으면 얼마나 힘들었을지 안타깝기 그지없네. 건강 잘 챙기게. 자네야 무리하고 있을 것이 뻔하니까."

니시는 쓰키자와를 만나면 마음이 편안해졌다. 니시가 이 회사에서 단 한 사람 마음 깊이 존경하는 사람이었다.

오로지 방송에만 전념했던 30대 후반의 니시는 끊임없이 결과물을 내놓기를 강요받으며 디렉터로서 한계를 느낄 만큼 몹시 지쳐 있었다. 니시는 교양부서를 떠나기로 마음먹고 부서이동을 희망했다. 어느 날, 부장의 책상 위에 니시와 면접할 때 기록한 것으로 보이는 노트가 놓여 있었다. 거기에는 '방송제작 기계, 쓰든 버리든 알아서 처분'이라고 쓰여 있었다. 치가 떨리는 순간이었다.

그 후, 새로 부임한 부장이 쓰키자와였다. 젊은 시절, 역사 프로그램으로 이름을 날렸던 쓰키자와는 34세에 인사부로 이동했다. 보통 3년이면 이전 현장으로 돌아가는데, 인사부에서 그를 놓아주지 않았다. 기품 있는 용모와 공정한 업무처리로 인사부의 귀공자라는 별명까지 붙었다. 10년 가까이 인사부에서 근무하다 프로듀서도 건너뛰고 느닷없이 부장이 되어 프로그램국에 돌아온 것이다. 방송 제작의 길을 중도에 그만둘 수밖에 없었던 아쉬움 때문인지 니시에 대한 마음이 각별했다. 어느 날, 니시를 찾아와 이렇게 말했다.

"자넨 디렉터로서도 흠잡을 데 없지만, 프로듀서가 되어도 젊은 친구들을 잘 이끌 수 있을 걸세."

방송국 간부들은 니시가 프로듀서감이 아니라며 맹렬히 반대했지만 쓰키자와가 적극 추천해 니시를 프로듀서로 승진시켰다. 니시를 수렁에서 구해준 은인이었다. 니시는 쓰키자와의 기대만큼은 저버리고 싶지 않았다.

니시는 감사인사를 했다.

"늘 걱정만 끼쳐드려서 송구스럽습니다. 덕분에 좋은 팀을 꾸렸습니다. 젊은 친구들이 일에 열중하는 모습처럼 보기 좋은 것도 없는 것 같습니다. 지난번에는 프로그램 성공을 기원할 겸 다 같이 메이지신궁明治神宮에 다녀왔습니다."

"허허, 재미있는 팀이로군."

"예, 철야작업을 한 친구도 있었지만 아침 일찍 경내에 깔린 자갈을 밟으며 숲길을 걸어 가구라덴神楽殿이라는 전각에 다녀왔습니다. 정좌하고 기원을 드리는 팀원들의 옆모습을 보고 깜짝 놀랐습니다. 살이 빠져 볼은 홀쭉하게 패여 있었지만, 너무나 순수하고 맑은 표정에 그만 감동하고 말았습니다. 이 친구들을 위해서라도 죽을힘을 다해 노력하겠다고 마음먹었습니다."

가쓰자와가 눈을 가늘게 뜨며 온화한 미소를 지었다.

"부럽군. 난 말이지, 출세에만 골몰하는 팍팍한 사람보다 방송제작에 몰두하는 사람이 훨씬 가치 있다고 생각하네. 좋은 디렉터로 키우게. 자네의 기술이나 경험만이 아니라 자네의 그런 마음가짐이 오롯이 전해졌으면 좋겠어. 그리고 가급적이면 말썽에 휘말리지 않도록 조심하게. 곤란한 일이 생기면 제일 먼저 내게 상의하는 것 잊지 말고."

진심어린 충고였다.

쓰키자와의 방을 나온 니시는 편집실로 걸음을 옮기며 생각했다.

전일본TV의 프로그램은 메인인 지상파 방송을 비롯해 위성방송 3사, 국제방송, 라디오 등 연간 4만 편에 이른다. 대량 배출된 디렉터, 프로듀서들이 방송사의 한 축이 되어 프로그램을 만들고, 나이를 먹으면, 관리직이 되어 현장을 떠난다. 그런 과정을 겪으며 대다수는 방송에 대한 열정을 잃는다. 결국에는 지위를 갈구하고 고액연봉에 목숨을 건다. 과연 그들은 무엇 때문에 텔레비전 방송계에 존재하는 것일까? 시청자에게 감동을 주는 방송을 만드는 것이 자신의 기쁨이 되어야 하는 것이 아닐까?

이날 시사는 난항을 거듭했다.

심각한 인력 부족을 보충하기 위해 시코쿠四國 쪽에 지원을 요청했다. 시코쿠에서는 아직 2년차 젊은 디렉터를 보냈다. 30분짜리 방송을 제대로 만들 수 있으려면, 어느 정도 감각이 있는 연출자라도 4~5년은 걸린다. 입사 2년차라면 아직 4~5분 분량의 미니 프로그램이 고작이었다. 미운 털이라도 박혔는지 중견 디렉터는 지원해주지 않았다. 그가 편집한 80분의 영상은 형편없었다. 데스크 나미토의 눈빛도 험악했다.

주인공은 세토瀬戸대교 건설 현장의 총지휘관. '남자가 반하는 남자'라고 불리며, 5천 명의 부하 직원을 이끈 일본 제일의 기술자였다. 세토대교의 필요성이 절실해진 것은 1955년 일어난 국철 연락선, 시운마루紫雲丸호의 전복 사고였다. 수학여행을 가던 초등학생과 중학생 100명이 목숨을 잃은 안타까운 이 사고는 시코쿠 출신 지휘관의 가슴을 무겁게 짓눌렀다. 세토대교는 도로뿐 아니라 기존의 철도 노선과 신칸센新幹線의 두 철도가 통과하는, 병용교倂用橋로는 세계에서 가장 긴 다리가 될 것이었다. 하지만 세토 내해의 조류 때문에 공사는 난항의

연속이었다.

공사가 한창일 무렵, 주인공은 사랑하는 아내를 잃고 홀로 어린 딸 셋을 키우게 되었다. 모든 공사를 마친 후에도 그는 출세나 영달을 바라지 않았다. 재혼도 거절하고 딸들의 건강한 성장을 지켜보며 여생을 보냈다.

'인생에는 다리를 짓는 것보다 어려운 일이 있다.'

남자의 말이 심금을 울렸다.

하지만 시사 영상에는 시운마루호 사고도, 희생자 가족의 눈물도, 주인공의 인품과 가족에 대한 사랑 그리고 그 후의 삶 어느 것 하나 그려지지 않았다. 장황하게 공사 과정을 보여주고 여러 사람의 인터뷰를 이어 붙였을 뿐이었다. 프로그램의 주제가 전혀 느껴지지 않았다.

니시에게도 책임은 있었다. 일손이 부족한 상황에 지난주 방송을 신경 쓰느라 시코쿠에서 온 젊은 디렉터를 살필 시간이 없었다.

니시는 그동안 숱한 역경을 겪으며 나름대로 분노를 억누르는 훈련이 되었다고 생각했다. 지방 지국에 부탁해 지원받은 디렉터이고 자신은 직속상관도 아니었다. 온당하게 처리해야 한다고 생각했다. 그렇지만 해도 너무했다. 참는다고 참아도 화가 치밀었다. 결국 참지 못한 니시는 선고하듯 내뱉었다.

"안 돼, 이건."

젊은 디렉터는 잔뜩 겁먹은 얼굴로 고개를 움츠리며 니시의 안색을 살폈다. 니시는 그 눈빛을 무시하고 말했다.

"먼저 말해보게. 왜 분량은 45분인데 80분짜리를 보여주는 거지?

나머지는 알아서 하란 말이야? 도저히 이해할 수 없는 정신상태로군. 컷은 너덜너덜하게 이어놓고, 서툴기 짝이 없는 코멘트는 구역질이 날 정도야. 이런 건 중학교 방송부 애들도 만들겠어. 우린 프로야! 자넨 디렉터로서 프로의식이라는 게 없어!"

고개를 홱 돌려 나미토에게 말했다.

"추가촬영이다! 누가 당장 시코쿠로 날아가."

나미토가 재빨리 재원 관리표를 펼쳤다.

"3일 정도면 야마지가 시간이 될 것 같습니다. 카메라를 긴급수배해서 내일 아침 바로 보내겠습니다."

"우린 이 답 안 나오는 영상을 뜯어고쳐야 해."

니시가 소매를 걷어붙이며 말했다. 눈빛이 날카롭게 빛났다. 어떻게든 이 상황을 돌파하고자 하는 의지와 열정이 담겨 있었다.

5

편집실을 나오자 시계는 새벽 2시를 지나고 있었다. 니시는 소파에 몸을 묻고 눈을 감았다. '챌린지X' 팀은 고작 7명이었다. 보통 이 정도 규모의 프로그램이라면 적어도 20명 정도는 필요하다. 디렉터와 데스크들은 무리한 업무를 소화하고 있었다. 아무리 격려하고 할당량을 나눠도 한계가 있었다. 새 프로그램에 신이 나서 동분서주하는 모습을 볼 때마다 미안한 마음이 앞섰다.

니시의 프로듀서 업무도 살인적인 수준이었다. 항시 5~6팀이 움직이며 촬영 및 취재를 하는 팀이 있으면 편집을 하는 사람, 더빙 작업이나 스튜디오 업무를 담당하는 사람도 있었다.

편집에 들어가면 니시는 최소한 1편당 3번의 시사를 거쳤다. 일주일에 4, 5일은 편집에 매여 있었다. 그 사이 틈틈이 원고 손질, 내레이션 녹음을 하고 스튜디오 녹화에 하루가 걸린다. 방송 준비 단계부터 9개월간, 하루도 쉬지 못했다.

아무리 지치고 힘들어도 매주 화요일에는 반드시 방송이 나가야 했다.

문득 인기척을 느낀 니시가 고개를 들자 데스크 나미토가 난처한 얼굴로 서 있었다.

"왜 그래, 무슨 일 있나?"

"아뇨. 무슨 일은 아니지만, 인력을 충원할 수 없을까요? 다들 한계에 다다른 것 같습니다. 아직 미숙한 디렉터까지 섞여 들어오는 판이니."

"오타니大谷 부장과 협의하고 있긴 한데, 기획실에서는 어쩔 도리가 없다는 말만 거듭하고 있네. 간부들은 제작에 관해 전혀 감이 없어. 내가 정치력이 없어서 자네들을 고생시키는 것 같아 미안하네."

니시가 소속된 정보문화부 부장인 오타니는 사람은 좋지만 추진력이 부족했다. 몇 번이나 교섭을 부탁했지만, 인력 배치 권한을 지닌 프로그램국 기획실에서 퇴짜를 맞고 돌아왔다.

"이대로는 누구 하나 쓰러진대도 이상한 일이 아닙니다."

나미토가 자못 심각하게 말했다.

"그런 일만은 막아야지."

니시를 포함한 7명, 단 한 명이라도 낙오되는 사람이 있어서는 안 된다.

"이제는 피디님이 기획실 사무 쪽에 직접 상황을 호소하는 수밖에 없지 않습니까?"

무슨 생각을 했는지, 문득 니시가 얼굴을 찌푸렸다.

다음 날 아침, 니시와 나미토는 방송국 기획실을 찾아갔다. 인력 배치업무를 주로 하는 기획실 담당부장과 직접 담판을 짓기 위해서였다. 기획실은 기획부장 밑으로 3명의 담당부장이 있었다. 경리, 총무, 인력계획 등 업무가 나뉘어 있었다.

교섭 상대인 담당부장은 구로하라였다.

9년 전 '더든 부부의 전쟁'을 만들 때 지원부대를 맡았던 자였다. 도시락을 가져와서 쓸데없는 잡담을 늘어놓으며 귀중한 시간을 방해했던 기억이 났다.

구로하라는 기획실 구석 자리에서 컴퓨터를 두드리고 있었다. 바지 위로 불룩한 배가 삐져나와 있었다. 가만히 보니 컴퓨터로 카드게임을 하고 있었다. 나미토가 한심한 표정을 짓고 있는 니시의 소매를 끌어당겼다. 니시가 융통성이 없고 어린아이처럼 감정을 있는 그대로 드러낸다는 것을 보좌역인 나미토는 잘 알고 있었다.

인사를 하자 구로하라가 모니터를 돌리며 두 사람을 보았다. 검은색 안경 너머로 두툼한 눈두덩과 흐리멍덩한 눈이 보였다.

"인력 충원에 관한 얘기라면 도리가 없다고 그쪽 부장에게 말했을 텐데?"

구로하라가 매몰차게 말했다.

"오늘은 정확한 재원 관리표를 만들어 왔으니, 이야기를 좀 들어주십시오."

니시가 짐짓 거친 어조로 말했다.

회의실에서 마주앉자 구로하라가 따분한 듯 손으로 턱을 괴었다. 살이 쪄서 두 겹으로 겹친 목은 보기만 해도 더웠다.

나미토가 설명을 시작했다.

"데스크와 프로듀서를 제외하면 고작 5명의 디렉터로 돌아가고 있습니다. 이 표를 봐주십시오. 취재에 2주, 촬영에 3주, 편집에 10일, 더빙에 3일 몹시 타이트한 스케줄입니다, 물리적으로 6명도 모자랍니다. 이대로라면 디렉터는 쉬는 날이 단 하루도 없습니다. 최소한 8명은 더 필요합니다."

구로하라는 나미토가 펼쳐 놓은 재원 관리표를 보는 둥 마는 둥 하고는 말했다.

"으음, 고생이 많은가 보군. 하지만 말이야, 자네들만 방송을 하는 게 아니잖나. 안 그래?"

그렇게 말하더니 크게 하품을 했다.

"이거 실례했네, 매일 밤늦게까지 일이 많아서 말이야. 힛히히."

니시가 발끈했다.

"아무리 그래도 전일본TV의 새 프로 아닙니까! 회사의 의지로 출발한 방송입니다. 최소한의 인력은 확보해주는 것이 방송국의 책임 아닙니까!"

구로하라가 느물거렸다.

"니시 군, 괜히 기운 빼지 말게. 좋은 방법을 알려줄까? 어려울 것 없어. 적당히 하면 돼. 뭐 대단한 걸 만들겠다고 그렇게까지 용을 쓰나. 2주짜리 취재를 일주일로 줄인다든지, 편집을 닷새 만에 끝낸다든지 말이야. 머리를 써야지."

니시가 붉으락푸르락하며 쏘아붙였다.

"황금 시간대 방송을 적당히 만들라니요? 챌린지X는 모두가 혼신의 힘을 기울여 만드는 방송입니다. 마구잡이 방송을 내보내란 말입니까!"

구로하라가 불쾌한 듯 두꺼운 입술을 일그러뜨렸다.

"정 그러시다면 남은 건 돈밖에 없군. 돈을 주고 고용하면 될 것 아닌가. 널리고 널린 게 프리랜서 디렉터 아닌가? 왜, 겁나나? 이 회사는 돈이 넘쳐나고 있어. 난 아쓰기厚木에 산다고, 아쓰기! 불쌍하지 않나? 업무라고는 해도 높으신 분들 술자리에 따라다니느라 만날 택시로 퇴근하고 있어. 지난번에 계산해보니 한 번 탈 때마다 1만 5천 엔, 연 250일로 계산하면 얼만 줄 알아? 대략 400만 엔이야. 10년을 그랬으니 대강 4천만 엔은 쓴 셈이지. 아무도 뭐라 하는 사람 없으니, 디렉터가 필요하면 돈 주고 사서 쓰란 말이야."

더 이상 할 이야기가 없다는 듯 자리에서 일어나는 구로하라를 니시가 불러 세웠다.

"잠깐 기다리십시오. 방송은 돈만 있다고 만들 수 있는 것이 아닙니다. 인재를 키우면서 더욱 훌륭한 방송으로 만들어가는 것입니다."

구로하라는 노골적으로 싫은 표정을 지으며 막말을 했다.

"그럼 이렇게 묻고 싶군. 시청률은 한 자리 수, 1년이나 버틸지 어떨지도 모를 프로에 인력을 충원해줄 것 같나? 정신 차리지!"

구로하라가 나가자 니시는 나미토와 얼굴을 마주보았다. 고개를 가로저으며 니시는 분한 마음에 이를 악물었다. 무력감만이 남았다.

구로하라 같은 인간이 권력의 일부를 쥐고 순수하게 일에 전념하는 이들의 열정을 짓밟고 천직으로 전락시킨다. 그런 일들이 버젓이 이루어지는 전일본TV라는 조직에 염증을 느꼈다. 또 지칠 대로 지친 부하직원조차 구해주지 못하는 무기력한 자신이 한심하기 짝이 없었다.

'힘이 필요하다, 사악한 무리들을 처단할 힘을 갖고 싶다.'

니시는 참담한 심정을 억누를 길이 없었다.

6

시부야 구 도미가야富ヶ谷는 과거 고보네河骨 강과 우다宇田 강이 합류하는 저지대를 콘크리트로 막아서 만든 마을이다. 지면 아래에는 도랑이 지나고 일 년 내내 습기가 차올라 눅눅했다. 꼬불꼬불한 골목에 3층짜리 주택이 있었다. 집 주인은 2, 3층에서 살고 1층은 세를 놓았다. 북향인 1층은 햇빛이 전혀 들지 않아 어두웠다.

사유리는 조금 전부터 소리가 들릴 때마다 현관으로 달려가 걸쇠 너머로 밖을 살폈다. 아무도 없는 것을 확인하고는 후하고 한숨을 내쉬었다. 약간 비탈진 아스팔트 도로 가장자리로 빗물이 세차게 흘렀다.

한밤중에 내리기 시작한 빗줄기가 점점 거세지는 것이 신경 쓰였다. 우산도 없이 나간 남편 니시가 돌아오기를 기다리고 있었다.

두 사람은 정식 부부가 되었다.

이 집 1층을 빌려 가정을 꾸린 지 어느덧 3년이 흘렀다.

새벽 2시, 멀리서 익숙한 발소리가 들렸다. 왼쪽 다리를 끄는 버릇이 있는 니시의 발소리였다. 걸쇠를 풀고 문을 벌컥 열자 비에 흠뻑 젖은 니시가 서 있었다.

"어머, 마중 나가려고 했는데."

사유리가 눈을 동그랗게 떴다.

니시가 젖은 머리칼을 쓸어 올리며 말했다.

"휴대전화가 먹통이더라고, 비가 와서 그런가."

"그랬어요? 잠깐 거기 있어봐요."

사유리는 니시의 웃옷을 재빨리 벗기고 수건을 가지러 욕실로 갔지만 소리를 지르며 되돌아왔다.

"꺄악, 또 나왔어요! 어떡해!"

욕실 배수관을 통해 들어왔는지 번데기처럼 생긴 쥐며느리가 기어가고 있었다.

"이건 좀 심한데."

"비만 오면 늘 이래요."

일단 빗자루로 쓸어 담아 처분했지만 어두운 구멍 안쪽에서 우글거리고 있을 것을 생각하면 여전히 꺼림칙했다.

"비가 오면 하수구 냄새까지 올라와요."

사유리가 미간을 찌푸렸다.

"어떻게든 수를 써야겠군."

니시도 얼굴을 찡그렸다.

문제는 한두 가지가 아니었다. 현관문을 잘못 달았는지 아래쪽이 뜨는 바람에 외풍이 들어왔다. 박스테이프로 겨우 막아놓은 상태였다. 무슨 이유에서인지 규격보다 크게 만들어진 방문은 낡아서 그런지 열고 닫기도 쉽지 않았다.

니시는 전처와 이혼하고 위자료를 지불했기 때문에 돈이 없었다. 조건은 최악이었지만, 그나마 수중에 있는 돈으로 겨우 이 집을 빌릴 수 있었다.

방에 들어오자 사유리가 몸을 떨며 말했다.

"오늘은 유독 춥죠?"

"나야 편집에 정신이 없어서 못 느꼈나 봐."

사유리가 걱정스럽게 말했다.

"이 집은 4월까지 난로가 필요하다고요. 밤에 잘 때 한기가 느껴지잖아요."

니시는 벽에 손을 대고 냉기를 느꼈다.

"내 생각에는 분명 설계 실수로 단열재를 깜박한 것 같아."

사유리가 맞장구를 쳤다.

한동안 둘이서 집에 관한 불평을 주고받다 보니 조금은 마음이 풀어졌다. 새벽 2시에 사유리는 저녁식사 준비를 시작했다. 니시는 중고로 산 안마의자에 누워 아내의 가냘픈 등을 바라보았다. 처음 만났을 때처럼 눈길을 사로잡는 미모는 옅어졌지만 차분하고 성숙미가 느껴졌다. 바지런히 식사 준비를 하고 있었다. 가난하지만 좋아하는 일이 있고 사랑하는 여자가 곁에 있었다. 짐승처럼 살아온 날들을 생각하면 천국이나 다름없다며 니시는 스스로를 납득시켰다.

"이번 방송 내용을 책으로 엮어볼까 하는데 당신 생각은 어때? 등장인물들의 말이 하나같이 주옥같아. 시집 같은 느낌으로 만들면 좋겠는데."

"잠 잘 시간도 없는 사람이 무슨 소리예요."

"잡지나 신문사 쪽에서는 아예 관심도 없고 말이야. 1천부든 2천부든, 안 하는 것보다야 낫지 않겠어?"

식사를 하며 두서없는 이야기를 나누었다.

매일 새벽녘에나 들어왔지만 잇단 시사에 극도로 신경을 쓴 탓인지 쉽게 잠을 이룰 수 없었다.

식사를 마친 니시는 가방에서 인사고과표를 꺼내 탁자 위에 펼쳐 놓았다. 인사고과표는 디렉터의 근무상황, 능력, 희망사항 등을 기록해 승진이나 상여의 기초자료로 쓰인다. 인사부에 제출할 기한이 다가왔던 것이다. 개인에 대한 평가는 프로듀서의 재량에 달려 있다. 예컨대 프로듀서가 금전적인 개념이 허술하다고 쓰면, 인사부에서는 금전관계가 좋지 않은 사람이라고 판단한다. 취재력을 키워야 한다고 쓰면, 방송제작에 맞지 않는 사람으로 해석한다. 인사고과표는 디렉터의 약점을 찾아내는 의미도 포함되어 있다. 프로듀서 중에는 냉정하게 평가하는 사람이 있는가 하면 자신의 감정에 치우친 판단을 하는 사람도 있다.

니시는 인사에 관한 신조가 있었다. 1만 명 규모의 조직 내에서 함께 일할 확률은 우연이나 다름없다. 디렉터의 입장에서 보면 상사인 프로듀서를 고를 수 없다. 과거 자신을 '쓰든 버리든 알아서 처분'하겠다고 쓴 상사의 글을 보고 느낀 고통을 니시는 잊지 않고 있었다. 사람과 사람이 만나는 것은 운명이다. 적어도 함께 일한 디렉터는 좋은 쪽으로 평가하고 싶었다. 니시의 인사고과는 평소의 엄한 모습과는 정반대였다. 눈부신 재능, 장래 유망한 인재, 뛰어난 인간성……. 사전을 찾아가며 온갖 상찬의 말로 가득 채웠다.

문득 시계를 보자 벌써 새벽 5시였다. 니시는 조간신문을 읽으며 꾸벅꾸벅 졸다가 이윽고 깊은 잠에 빠져들었다.

7

그 무렵, 잔물결이 일듯 사람들의 입에 오르내리는 화제가 있었다.

시부야 역에서 어느 직장인이 동료에게 말했다.

"어제 그거 봤어?"

"당연하지. 어찌나 울었는지."

남자는 자꾸만 시계를 확인하며 술집 주인에게 계산을 부탁했다.

"벌써 시간이 이렇게 됐네. 얼른 들어가서 그거 봐야지."

택시 운전수가 손님에게 이야기했다.

"요즘 푹 빠진 방송이 있는데 말이죠."

일주일에 한 번, 일이 끝나자마자 곧장 퇴근해 텔레비전부터 켜는 직장여성이 있었다. 가족과 떨어진 방에서 텔레비전 화면을 보며 닭 똥 같은 눈물을 뚝뚝 흘리는 아버지가 있었다. 단신 부임한 남편에게 전화를 걸어 서로 감상을 주고받는 부부도 있었다.

모두 제목이 아닌 '그 방송'으로 불렸다. 입소문으로 퍼지고 있는 그 방송의 제목은 '챌린지X'였다.

*

전일본TV의 프로젝트실에서 환호성이 터져 나왔다. 데스크 나미토 와 디렉터들의 얼굴에 웃음이 가득했다. '챌린지X'의 시청률이 처음 으로 10%를 넘은 것이다. 1%는 120만 명이라고 한다. 단순계산으로 1200만 명이 방송을 보았다는 것이다.

편성국 직원으로부터 축하 전화가 걸려왔다.

"두 자리 수 돌파! 축하합니다. 신교지 국장님도 무척 기뻐하고 계 십니다!"

신교지의 이름을 듣고 니시는 인사를 하러 가야 할지 고민했다. 걸 프전 당시, 신교지의 지휘 아래 만들었던 두 편의 방송을 계기로 세상 에 나왔다. 그 은혜를 잊지 않고 있었다. 그 후, 신교지는 출세가도를 달리며 국장급 중에서도 가장 지위가 높다는 편성국장의 요직에 앉아 차기 인사이동에서는 유력한 임원후보 물망에 올랐다. 자신과는 다른 세계에 사는 사람이란 생각에 그만두기로 했다. 지금은 누구보다 부하 직원들과 이 기쁨을 누리고 싶었다.

시청자들의 편지와 엽서가 급증했다. 니시는 바쁜 와중에도 하나하나 읽고 살펴보았다.

'볼 때마다 눈물이 나옵니다. 역경에 맞서는 불굴의 정신, 신념이 지닌 힘을 불어넣어 주네요. 저한테는 최고의 방송입니다.'

'근래에 보기 드문 빼어난 기획. 오늘날에 있어 챌린지X는 말라버린 모래땅을 적시는 시원한 물줄기와도 같은 명방송입니다.'

'병에 걸려 회사도 잘리고, 가족하고도 헤어져 살게 된 저는 챌린지X를 매일 보며 다시 일어설 것을 결심했습니다.'

텔레비전 너머로 우리들의 방송을 보고 눈물을 흘리며 살아갈 힘을 얻는 사람들이 있다, 그것을 느낄 수 있다는 것이 방송 제작의 묘미다. 니시는 매우 보람을 느꼈다.

그 후에도 '챌린지X'의 기세는 멈출 줄을 몰랐다. 다음 주에 11.7%, 또 그 다음 주에는 13%까지 올랐다. 그렇게 부탁해도 미동조차 하지 않던 신문, 잡지들의 취재가 줄을 이었다.

그날, 홍보실에서 대형 신문사 중 하나인 아사마이朝毎 신문에서 인터뷰를 하겠다고 찾아왔다. 니시는 당황스러울 정도의 플래시 세례를 받았다.

은테 안경을 낀 기자가 비스듬히 앉아 니시에게 질문을 했다.

"니시 씨, 챌린지X가 크게 화제가 되고 있는데 어떤 점이 인기를 끌었다고 보십니까?"

첫 인터뷰에 다소 긴장한 니시가 대답했다.

"아마 방송을 보시는 분들은 자신의 인생을 중첩시키며 본 것이 아닐까요? 그리고 등장인물의 한결같은 모습에 공명했으리라고 생각합니다."

"조금 더 구체적으로 말하면 등장인물의 어떤 부분이죠?"

"일에 대한 열정이 대단합니다. 오랜 세월 일에 대한 진지한 태도가 훌륭한 인격을 완성했다고 생각합니다. 챌린지X에 등장하는 사람들은 하나같이 인상이 좋습니다. 자연히 몸에 밴 교양이라는 걸 느낄 수 있습니다."

"그렇군요, 다들 리더십이 있군요. 그건 그렇고, 이 방송을 이끌고 계신 니시 씨는 어떤 타입의 리더입니까?"

"저희 방송에 나오는 분들처럼 훌륭한 사람이 아닙니다, 아하하하."

기자는 방송보다 제작자에 흥미를 보였다. 방송을 보기는 했는지 의문이었지만 니시는 자신의 생각을 솔직히 말했다.

"늘 제작진에게 하는 말은, 무엇이 가장 중요한지를 잊지 말라는 것입니다. 다시 말해, 45분 분량의 방송으로 우리가 취재한 것을 전부 전달할 수는 없지 않습니까? 인생의 아주 작은 부분, 단면밖에 보여줄 수 없는 것이죠. 항상 힘든 취사선택을 할 수밖에 없습니다. 가장 중요한 것이 무엇인지를 생각해서 확실히 찾아내야 한다고 말하죠."

달갑지 않은 질문이 나왔다.

"시청자들의 눈물을 쥐어짜는 억지 방송이라는 의견도 있는데, 피디님은 어떻게 생각하십니까?"

니시가 정색하며 대답했다.

"당치도 않습니다. 어디에 그런 부분이 있다는 말인가요? 쓸데없는 감상을 배제하기 위해 내레이션도 일부러 건조한 목소리를 골랐습니다. 시청자들은 자신의 인생과 비교하며 눈물을 흘리는 것입니다. 눈물이 나면, 억지 방송인가요?"

할 말을 잊은 기자에게 니시가 말을 이었다.

"굳이 말하자면, 인생을 좌우할 만한 장대한 과제와 그 속에서 싸우는 분들이 살아가는 모습을 다루고 있습니다. 그것은 개개인에게 있어 과정이나 억지가 아닙니다. 둘도 없는 소중한 정신이라는 것을 미디어에서도 알아주셨으면 합니다.

또 한 가지, 지금처럼 힘든 시절에는 몸을 낮추고 닥쳐오는 바람에 맞서야 합니다. 열심히 노력하십시오, 우리는 이런 메시지를 담고 싶었습니다."

이틀 후, 조간신문을 펼쳐보던 니시는 뒤로 넘어갈 뻔했다. 자신의 얼굴이 크게 실려 있었기 때문이다. 기사는 글자보다 니시의 사진이 더 큰 분량을 차지하고 있었다. 친절하게 '직장인들 사이에 퍼지는 인기, 챌린지X의 젊은 리더'라고 소개되어 있었다.

그것이 신호가 되어 프로그램의 인기에 불이 붙기 시작했다.

저명인들이 앞 다퉈 '챌린지X'의 팬임을 자처했다. 인기 여성각본가, 유명 역사소설 작가, 인기 아이돌 그룹의 멤버이자 안기고 싶은 남자 1위로 뽑힌 탤런트, 음반 판매율 1위 기록을 가지고 있는 여성 가수…… 모두들 텔레비전, 라디오, 잡지에서 '챌린지X'에 관해 이야기했다.

둑이 터진 듯 취재요청이 쇄도했다. 일반 잡지, 스포츠 신문, 주간지, 경제지…… 니시는 하루에도 몇 번씩 인터뷰를 했다. 홈페이지에 메일이 폭주하고 하루 종일 문의전화가 빗발쳤다. 스태프들은 매주 쏟아지는 편지와 엽서에 대응하느라 정신없이 바빴다. 시청률도 13.9, 14.5%로 오르더니 얼마 안 가 15%를 돌파했다.

8

매주 수요일은 내레이션 녹음이 있는 날이었다. 프로그램에 마지막으로 생명력을 불어넣는 작업이다. 고생 끝에 촬영, 편집한 영상은 내레이션의 완성도에 크게 좌우된다.

니시는 이날만큼은 아무런 일정도 잡지 않고 원고를 쓰는 데만 집중했다.

'챌린지X'의 내레이션은 쓸모없는 부분을 철저히 쳐내는 것이 특징이다. 어미는 '~였다'로 끝내고 행간을 비웠다. 그 간극을 시청자들이 자신의 인생으로 치환해 해석하고 느끼기를 바랐다. 항상 내레이터의 위엄찬 목소리를 들으며 한 줄 한 줄에 온 마음을 담았다.

프로젝트실에서 데스크, 디렉터와 함께 내레이션 시간 조정하던 때였다.

오타니 부장이 커다란 발소리를 내며 헐레벌떡 들어왔다.

"비서실의 우라카미浦上 실장 전화야! 니시, 지금 당장 23층으로 가봐!"

"무슨 일입니까?"

"그걸 내가 어떻게 알아, 물어볼 수도 없고. 아무튼 빨리, 서둘러."

전일본TV 23층, 그곳에는 비서실과 회장실뿐이었다. 부장급은 물론, 국장들도 임원을 통해 허락을 받아야만 방문할 수 있는 장소였다.

니시는 14층에서 엘리베이터를 갈아탔다. 그 위는 정보통제실이나 국회대책실 등 니시와 무관한 의문의 방들이 늘어서 있었다. 20층은 10명의 임원실, 그 위로는 임원식당, 대형 회의실, 대강당이 있으며 23층으로 이어진다.

엘리베이터에서 내리자 바닥 전체에 옅은 자주색 카펫이 깔려 있었다. 다른 세계에 발을 내딛은 느낌이었다. 여비서가 서서 기다리고 있는 것을 보고 깜짝 놀랐다. 안내를 받아 비서실로 들어가자 우라카미 비서실장이 니시를 가까이 불렀다.

우라카미는 몸집은 작지만 다부진 체격에 눈매가 날카로웠다. 정치부 기자 출신으로 회장의 심복으로 알려져 있으며 국장급을 능가하는 권력이 있었다.

전일본TV에는 우라카미 정보라는 말이 있다. 우라카미가 간접적으로 회장의 발언을 전하고 그 말에 국장들은 일희일비-喜-悲했다. 그것이 진짜 회장이 한 말인지 우라카미의 정보조작인지는 어느 누구도 확인할 수 없었다. 개중에는 호랑이 없는 골에 토끼가 왕 노릇 한다며 욕하는 사람도 있었다.

우라카미가 위압감이 느껴지는 저음으로 말했다.

"니시로군. 거기 앉아서 5분만 기다리게. 회장님이 자넬 만나고 싶어 하셔."

회장이라는 말을 듣고 무슨 일인지 불안해진 니시에게는 5분이 유독 길게 느껴졌다.

우라카미가 전화를 걸어 누군가와 이야기를 나누고 끝나자마자 표범과 같이 민첩하게 일어나 니시를 회장실로 데려갔다. 나뭇결이 선명한 문을 열며 우라카미가 말했다.

"자, 들어가게."

강당이라고 해도 좋을 만큼 넓은 방이었다. 60평은 족히 돼 보였다.

그 방 안쪽에 흑단 책상에 앉아 집무를 보는 도도 회장의 모습이 보였다.

"실례하겠습니다."

니시는 인사를 하고 방 안으로 걸어 들어갔다. 그 간격이 꽤 길게 느껴졌다.

니시의 모습을 본 도도가 "흠" 하고 눈을 부릅뜨며 일어났다.

올려다보아야 할 정도의 거구였다. 키도 크고 체격도 좋았다. 스모 선수 같은 몸에 큼직큼직한 이목구비. 전일본TV의 직원 1만 명과 관련회사 직원 3천여 명을 지배하는 남자의 카리스마가 느껴졌다. 68세로는 보이지 않는 기개가 있었다.

도도는 니시에게 소파에 앉으라며 손짓하고 자신은 늘 앉는 자리인지 가죽의자에 털썩 앉았다.

도도는 잠시 아무 말이 없다 몇 번인지 입가를 우물우물하더니 마침내 입을 열었다.

"자네가 니시 군이로군. 지난 번 신문에서 얼굴은 봤네. 생각보다 젊군."

심한 기타간토北関東 지방 사투리에 이상하리만치 과묵했다. 드문드문 말을 이어서 잘 들리지 않기에 니시는 저도 모르게 귀를 가까이 댔다.

"난, 그게 제일 좋네. 정말 좋은 프로야. 챌린지X 말이야."

도도의 발음이 '찰린지'로 들렸지만 니시는 곧장 "감사합니다"라고 대답했다.

"지난 번 경영위원회에서도 입을 모아 칭찬하더군."

도도의 목소리가 한층 높아졌다.

"난 어두운 건 질색이야. 프로그램국이든 보도국이든 다큐멘터리 어쩌고 하면서 암울한 프로만 만들고 있잖아. 크게 착각하고 있는 거야, 누가 그런 어두운 프로를 보고 싶어 한다고. 다 때려치우라고 해!"

왈칵하고 무시무시한 기세로 쏟아내더니, 다시 입을 다물었다. 권력자의 냄새가 물씬 풍겼다.

사내 구석구석 도도의 권위가 미치는 것은 정치인 중심의 인맥을 바탕으로 대적하는 라이벌을 섬멸하고 인사권까지 완전히 장악했기 때문이었다. 거기에 강직한 성격이 더해져 누구도 범접할 수 없는 존재감을 과시했다.

오직 다큐멘터리에만 매달려온 니시 자신을 두고 하는 말 같아 움찔했다.

도도가 용건을 꺼냈다.

"내가 자네를 지명했네. 내 대신 은행협회 모임에 나가 행장들 앞에서 연설을 하게. 자세한 이야기는 우라카미가 해줄 걸세."

도도의 묵직한 한마디에 니시는 당황했다.

은행장이라니 자신과는 무관한 세계의 사람들이었다. 자신의 부족한 식견을 발휘할 만한 자리가 아니라고 사양하고 싶었다. 하지만 도도는 니시가 자리에 있는 것조차 잊어버린 듯 자리에서 일어나 책상으로 돌아갔다.

니시가 회장실에서 나오자 우라카미가 기다리고 있었다. 우라카미가 비서실에서 종이를 건넸다.

"전국행장협회에서 자네에게 강연을 의뢰했네. 전국 제일의 시중은행 행장들이 모두 모이는 자리야. 작년에는 회장님이 연설을 했네. 올해는 저쪽 분들의 희망으로 자네에게 연설을 맡기기로 했네. 전국 47개 지국을 둔 우리 협회에 지방경제의 수장인 행장들이야말로 중요한 고객이지. 모쪼록 잘 부탁하네."

니시는 곤혹스러운 표정으로 대답했다.

"저 같은 사람이 어떻게, 무리입니다. 더 훌륭한 사람한테……."

우라카미는 주저하는 니시를 무시하며 일방적으로 말했다.

"이미 결정된 일이야. 저쪽에도 다 알린 상태이고. 은행장 50명이 수십억 엔에 이르는 예금을 가지고 있단 말이지, 알잖나? 자네도 사귀어두면 분명 도움이 될 걸세."

정보문화부 방으로 돌아오자 오타니 부장이 안절부절못하고 자리를 맴돌고 있었다. 니시를 보자마자 덮칠 듯한 기세로 달려와 연거푸 질문을 퍼부었다.

"어땠어? 무슨 일로 부른 거래? 회장은 만났나?"

니시는 행장협회 강연을 부탁받은 일을 이야기했다.

"뭐? 그래? 그거 굉장하군. 당연히 해야지. 설마 거절한 건 아니지? 그래서 회장을 만났군. 난 회장과 말 한마디 해본 적 없다고. 잘됐네, 잘됐어."

부장은 어이없을 정도로 신이 나 있었다.

다음 날, 니시가 회장에게 불려가 직접 강연을 부탁받았다는 이야기가 방송국 내에 일파만파로 퍼졌다.

9

강연회장은 고쿄皇居 앞에 있는 팔레스 호텔이었다. 일본을 대표하는 명문호텔이다. 협회 측에서 준비해준 택시를 타고 호텔 앞에 내린 니시는 말쑥한 양복 차림의 은행원들의 영접을 받았다.

"니시 선생님, 오시느라 수고 많으셨습니다. 가방은 제게 주십시오."

니시는 선생님 소리에 괜히 얼굴이 붉어졌다. 안내받은 대기실에서 기다리는데 잠시 뒤 석고상처럼 뚜렷한 이목구비에 키가 큰 남자가 들어왔다. 보석 알갱이를 박아 넣은 것처럼 빛나는 원단으로 지은 양복이 눈부셨다. 일본 최대 은행그룹의 미즈무라水村 행장이었다.

대충 인사를 나눈 뒤 당당한 걸음걸이의 미즈무라 행장을 따라 강연

회장으로 들어갔다. 스포트라이트를 받아 눈이 부셨다. 눈을 가늘게 뜨고 주위를 둘러보자 금빛 부조로 장식된 천장과 주홍빛 벽면이 아름다웠다. 호화로운 회장 곳곳에 원형탁자가 놓여 있고 전국 47개 도도부현都道府県 제일의 시중은행 행장들이 죽 앉아 있었다.

사회자의 부름으로 단상에 올라섰다. 심호흡을 하고 니시가 입을 열었다.

"저는 전일본TV 챌린지X의 프로듀서를 맡고 있는 니시 사토루입니다. 오늘 이렇게 귀중한 자리에 불러주셔서 정말 감사합니다. 또한 이렇게 힘든 시기에 지역경제의 최전선에서 그야말로 리더로서 고군분투하고 계신 여러분들 앞에서 이야기할 기회를 주셔서 영광입니다."

참석자들의 살피는 듯한 시선이 꽂혔다. 니시는 스스럼없는 태도로 과감하게 이야기를 시작했다.

"그런데 여러분, 딱 한 가지 부탁드리고 싶은 것이 있는데 들어주시겠습니까?"

행장들은 무슨 일인지 관심을 나타냈다.

"제가 은행 창구는 가보았지만 아직까지 은행장을 만나본 적은 없었습니다. 그런데 오늘 여기 와서 정말 놀랐습니다, 우를 봐도 좌를 봐도 은행장뿐이더란 말입니다. 이렇게 한 자리에 모인 은행장을 보는 것은 제 생전 처음입니다. 도무지 긴장이 돼서 입이 떨어지지 않습니다. 그러니 제발 저를 그렇게 무서운 눈으로 쏘아보지는 말아주십시오."

와하고 폭소가 터졌다. 마음이 편해진 니시는 자신의 신념을 이야기하며 본론에 들어갔다.

"챌린지X를 시작하고 더욱 확신을 갖게 된 생각이 있습니다. 그것은 우리가 태어나 살아가는 이곳 일본에 대한 생각입니다. 일본이라는 나라는 결코 중앙에 등장한 국가적 지도자나 정치 스타가 만든 나라가 아니라는 것입니다.

1945년 8월 15일, 일본은 과학, 기술, 문화 무엇 하나 남아 있지 않은 참상의 한가운데에 있었습니다. 도쿄, 나고야名古屋, 오사카大阪, 고베神戸, 히로시마 그리고 전국 각 지방 도시는 황량한 폐허에 불과했습니다. 아무것도 남지 않은 이 땅에서 나라를 일으키고 발전을 이루어낸 것은 누구였을까? 그것은 전국 각 지역에 살고 있는 사람들이었습니다. 쑥대밭이 된 고향을 되살리자. 엉망이 된 자기 회사를 재건하자. 그런 마음으로 싸워온 것은 이름 없는 일본인들이었습니다."

회장은 고요했다. 니시는 진심을 다해 말했다.

"기업사회를 예로 들어보죠. 최소한 1955년대까지 일본에서 미래가 보장된 회사, 너희는 끄떡없다고 인정받은 기업은 한 곳도 없었다고 단언합니다. 지금, 대기업이라고 불리는 회사들도 그랬습니다. 예컨대 소니는 고작 사원 20명의 작은 공장이었습니다. 도요타 역시 자금융통에 어려움을 겪으며 종업원 월급날도 맞추지 못하는 지방 회사였습니다. 그렇게 아무것도 없는 지점에서부터 싸움은 시작된 것입니다.

소니로 말할 것 같으면, 외화 반출도 제한되어 있던 시대에 자기들이 만든 트랜지스터라디오를 들고 과감히 해외시장에 뛰어들었던 영업사원이 있었습니다. 도요타는 생산현장에서부터 올라온 책임자에

게 전권을 맡기고 하필 난항이 예상되는 국산 자동차 개발로 방향전
환을 꾀했습니다.

이것은 모든 회사에 말할 수 있는 것이며 이름도 모르는 샐러리맨들
이 피땀 흘려 일구어온 것입니다. 일본인은 그런 나날 속에서 자신들
에게 잠재되어 있던 장인 정신, 도전하는 용기를 우리 자신, 우리 조
직에 아로새기면서 오늘에 이른 것이라고 생각합니다."

숨소리조차 들리지 않았다. 니시의 열변이 이어졌다.

"그러나 버블이 붕괴된 지 10년 남짓, 일본인들은 매스컴의 뭇매를
맞습니다. 기술이 없다느니 국제 경쟁력이 20위 이하라느니 급기야
용기 없고 나약한 민족이라고까지. 마치 일본인의 긍지를, 땀 흘려 일
군 역사를 부정하는 듯한 보도가 쏟아졌습니다.

챌린지X에 담은 바람이 있습니다. 일본인들이 잠시나마 자신이 걸
어온 길을 떠올려보고 용기를 되찾았으면 좋겠다. 할 수만 있다면, 무
명의 일본인에게 한 줄기 빛이라도 비춰주고 싶다는 생각이었습니다."

스포트라이트 속에서 니시는 무언가에 홀린 듯 간절히 말했다. 방
송에 등장하는 사람들의 고군분투의 나날과 니시 팀이 쏟는 열정에
관해 이야기했다. 어디선가 울음소리가 새어 나왔다. 손수건으로 눈
물을 닦는 사람도 있었다.

"훌륭한 리더는 자신이 피땀 흘린 전장을 떠날 때 감동이라는 말을
남기고 갑니다. 새로운 일에 도전할 때 순풍에 돛 달 듯 순조롭게 진
행되는 일은 거의 없습니다. 사람도 쉽게 모이지 않고 자금은 없는 데
다 경기까지 좋지 않다, 그럴 때 리더로서 최고의 조건, 가장 중요한

것이 무엇이냐고 묻는다면 그것은 적어도 거기 모인 멤버들의 정신을 뒤흔들 정도의 감동을 줄 수 있는가 입니다. 그럴 수 있다면 아무리 힘든 일이라도 반드시 성공한다는 것을, 수라장을 살아온 훌륭한 리더들이 후배에게 전하고 싶었다고 생각합니다.

생각해보면, 감동이라는 말은 깊은 의미를 담고 있죠. 비즈니스 세계에서 소비자의 웃는 얼굴에 기쁨을 느끼지 못하는 영업사원이 무슨 물건을 팔겠습니까? 사람들의 편리하고 풍요로운 생활을 꿈꾸지 않는 기술자가 무슨 물건을 만들겠습니까?

그리고 사람들이 모이는 회사를 꾸려가는 리더의 마음이 시들어버리면 그 회사는 어떤 조직이 될 것인가. 감동이라는 말의 의미를 다시 한 번 되새겨보는 시간이 되길 바랍니다."

니시는 크게 숨을 내쉬고 마지막 말을 꺼내놓았다.

"마지막 메시지를 전하고 싶습니다. 방송에 그리고 사람들에게 전하고 싶은 말입니다. 꿈은 이루어집니다. 운명은 노력하는 인간을 배신하지 않습니다. 길은 반드시 열립니다."

우레와 같은 박수가 터져 나왔다. 니시는 깊이 고개 숙여 인사를 하고 단상을 내려왔다.

10

사흘 후, 목요일은 스튜디오 녹화가 있는 날이었다. 챌린지X의 스튜디오는 108A 스튜디오, 전일본TV의 12개 스튜디오 중에서 세 번

째로 크다. 총면적은 100평 정도이다. 스튜디오 녹화 날에는 우선 기
술회의부터 시작해 진행자의 동선을 체크하는 드라이 리허설과 카메
라를 갖추고 실시하는 카메라 리허설 마지막으로 출연자가 등장하는
본방으로 진행된다.

니시는 카메라 리허설부터 참여한다. 부조정실에서 진행자의 동선
과 코멘트를 모니터로 확인한 뒤 스튜디오로 내려갔다. 부조정실과
스튜디오는 긴 철 계단으로 연결되어 있다. 니시는 이 철 계단을 오르
내릴 때마다 방송국에서 일하는 실감이 들었다.

니시가 스튜디오에 들어오자 기술 스태프가 일제히 인사를 하며 주
위로 모였다. 카메라 4대에 음향, 조명, 기술진을 통솔하는 책임자로
카메라 위치를 계획하는 기술감독, 디렉터와 조연출을 포함해 20명이
넘는 스태프의 한가운데에서 지시를 내렸다. 카메라 움직임을 조정하
고 진행자의 코멘트를 수정했다.

"A카메라, 처음 들어갈 때 좀 더 타이트하게 잡아줄 수 없을까? 그리
고 크레인 카메라, 스튜디오로 돌아갈 때 확실하게 크레인 다운해줘도
상관없어. 조연출, 한 박자씩 느리잖아. 정신 바짝 차려. 진행자 두 분,
죄송하지만 코멘트가 너무 질질 끄는 감이 있으니 조금 줄여봅시다."

모두 니시의 지시를 대본에 적고 일제히 다음 작업에 들어갔다. 챌
린지X는 니시의 방침에 따라 출연자와 사전회의를 하지 않는다. 스
튜디오 녹화 부분을 생생한 다큐멘터리로 만들고자 그런 방식을 취한
것이다. 그 방식이 성공하면서 스튜디오에 초대된 출연자가 VTR을
보고 눈물을 흘리는 모습이 화제가 되었다. 사전에 입을 맞추지 않는

만큼 카메라 리허설 후의 수정은 중요한 작업이었다.

이날의 내용은 천재 피아니스트, 리히터의 피아노 제작에 뛰어든 장인과 조율사 이야기였다. 조명감독 니시타니西谷가 골머리를 앓았다. 조명이라고 하면 전기적 장치로 생각하기 쉽지만 텔레비전 조명의 경우에는 빛을 이용해 그 장소의 분위기를 만들어내는 측면이 강하다. 오프닝은 전문 피아니스트에게 연주를 맡길 예정이었는데 니시타니가 제안을 냈다.

"연주곡 '혁명'을 이미지해서 스튜디오 전체를 붉은색 안개로 감싼 조명으로 연출하고 싶습니다. 다만, 밝게 하는 것보다 그림자와 빛의 방향성을 잘만 사용하면 장엄한 분위기가 될 것입니다."

"음, 그거 좋은 생각이로군. 괜찮은데?"

니시는 고개를 끄덕였다. 디렉터뿐 아니라 챌린지X에 열정을 쏟는 기술진의 창의적 연구가 큰 힘이 되었다.

일련의 지시를 마친 니시가 부조정실로 돌아오자 오타니 부장이 기다리고 있었다.

"니시, 또 호출이야. 지금 바로 회장실로 가봐!"

스튜디오 작업은 니시의 지시가 없으면 진행이 되지 않는다. 니시가 인상을 쓰며 대답했다.

"이제부터 코멘트 수정입니다. 시간이 빠듯하단 말입니다. 나중에 가면 안 됩니까?"

오타니가 난처한 표정을 지었다.

"부탁이니 얼른 가봐, 벌써 10분이나 기다리시게 했어. 내 속이 다

타들어가네."

오타니가 양손을 비비며 부탁했다.

"그런 말이 통할 상대가 아니야. 나 좀 살려주게. 내 목이 날아갈 지도 몰라."

니시는 우울한 기분으로 서둘러 23층으로 갔다. 도도 회장의 거구와 부리부리한 눈이 떠올랐다. 온 몸을 짓누르는 위압감에 도망치고 싶은 마음이었다.

엘리베이터에서 내리자 우라카미 비서실장이 기다리고 있었다.

"한참 기다리셨네. 왜 이렇게 늦나."

소매를 잡아끄는 바람에 숨도 고르지 못한 채 회장실로 들어가자 도도 회장과 전에 만난 미즈무라 행장이 담소를 나누고 있었다. 일본 텔레비전 방송계의 패자와 거대은행 수장이라는 두 사람이 마주 앉은 장면에 저도 모르게 주눅이 들었다.

도도 회장이 니시를 소파로 불러 앉혔다. 조각상 같은 얼굴의 미즈무라 행장이 웃음을 지으며 말했다.

"니시 씨, 훌륭했습니다. 좋은 이야기였습니다. 평소 돈 이야기 말고는 안중에도 없던 행장들을 그렇게 울리다니, 대단하십니다. 그 날 이후로 행장들이 자기네 은행에도 와서 강연을 해달라는 요청이 쇄도했습니다. 제 어깨가 다 으쓱했지 뭡니까."

미즈무라가 웃음 띤 얼굴로 악수를 청하자 니시는 긴장한 탓인지 뻣뻣해진 몸을 일으켜 고개를 숙였다.

"아닙니다, 오히려 제가 신세를 졌습니다."

미즈무라가 도도 회장 쪽을 보며 말했다.

"도도 회장님은 좋은 부하 직원을 두셨군요. 역시 전일본TV입니다. 재능 있는 인재가 많군요."

도도 회장이 만면에 웃음을 지었다.

"아하하하, 도움이 되셨다니 다행입니다. 니시 군은 걱정 마시고 언제든 말씀만 하십시오."

마음이 심란했다. 자신을 두고 캐치볼을 하는 것처럼 묘하게 불안한 기분이었다. 니시의 이런 마음 따위 안중에도 없다는 듯 도도가 야구 글로브 같은 손을 어깨에 얹었다.

"니시 군, 잘됐네. 우리에게 큰 도움이 될 걸세. 자네만 믿겠네. 아하하하."

도도의 웃음소리가 한동안 귓가를 떠나지 않았다.

11

드물게 오후 10시에 시사를 마친 니시는 데스크 나미토와 디렉터 야마지와 한잔하러 나갔다. 신주쿠 오페라시티 옆에 있는 곱창구이 집이었다. 주인이 무척 깔끔한 사람인지 스테인리스 조리대는 반짝반짝 윤이 날 정도로 깨끗했다. 이 가게의 명물, 소 곱창을 냉장고에서 꺼내 군더더기 없는 솜씨로 손질했다. 세 사람이 감탄하며 맥주를 따랐다. 누가 먼저랄 것도 없이 맛있다며 입을 모았다.

나미토가 빙긋 웃으며 입을 열었다.

"깜짝 놀랐습니다, 이번 주는 16.8%입니다! 믿을 수가 없어요. 처음 시작했을 때와 비교하면 꿈만 같은 숫자 아닙니까? 10%나 오르다니, 기적이라고밖에 할 수 없어요."

야마지가 입가에 맥주 거품을 묻힌 채 말했다.

"전 부모님은 물론이고 친척들에게까지 어찌나 칭찬을 들었는지, 지금 같으면 시장 선거에 나가도 되겠다는 말까지 들었다니까요, 하하하."

"이렇게까지 사랑받는 프로가 또 있을까요. 며칠 전 신문에서는 챌린지X 신드롬이라며 칭찬 일색이더라고요."

나미토가 신이 나서 거들었다.

"내가 본 잡지에서는 국민적인 방송이라고 썼더라고요. 어찌나 우쭐해지던지, 하하하."

야마지가 덧붙였다.

곱창구이를 씹으며 의기양양해서 떠드는 두 사람을 바라보며 니시는 한결 든든하다는 생각이 들었다. 8개월간 실력을 쌓으면서 디렉터들의 역량은 부쩍 향상되었다. 그런 모습을 보며 보람을 느끼는 것이 곧 프로듀서의 기쁨이기도 했다.

하지만 디렉터 중에는 건강을 해친 사람도 있었다. 나미토는 2, 3주일간 방송국에서 지내기도 했다. 방송에 대한 좋은 반향만이 모두를 지탱해주었다. 기력은 있어도 몸이 버텨내지 못하는 것이 아닐까 니시는 늘 걱정이었다. 인원을 보충해서 팀원들의 부담을 덜 방법이 없을까. 그것이 가장 큰 걱정거리였다.

문득 어제 일이 떠올랐다. 또다시 회장실에 불려간 것이다. 이번 상대는 대형 석유회사의 명예고문이었다. 빈틈없는 차림새를 한 노인으로, 정중하게 강연을 의뢰해왔다. 석유업계의 회합이었다. 도도 회장 앞에서 망설일 수도, 거절할 수도 없었다.

자세한 강연회 일정을 알기 위해 우라카미 비서실장을 만난 자리에서 들은 이야기에 따르면, 그 노인은 전후 일본에서 최장기간 정권을 유지한 총리대신의 아들이라고 했다. 도도 회장의 엄청난 인맥이 놀라울 따름이었다.

니시는 생각에 잠겼다. 프로그램이 붐을 일으키면서 도도 회장의 의뢰도 받았다. 자신들의 어려운 형편을 단박에 개선할 수 있는 방법이 없을까. 불현듯 떠오르는 생각이 있었다.

"피디님, 다 타겠어요."

나미토의 목소리에 정신이 들어보니 눈앞에 놓인 곱창구이에서 연기가 피어오르며 타들어가고 있었다. 얼른 집어 입에 넣자 탄 맛이 났다.

다음 날, 니시는 우라카미 비서실장에게 전화를 걸어 약속을 잡았다.

비서실 내 별실에서 마주앉자 우라카미는 단정한 얼굴을 슥하고 들이밀며 무슨 일인지 물었다.

"오늘은 의논드릴 일이 있어서 왔습니다. 실은 챌린지X의 내부사정이 말이 아닙니다. 고작 팀원 7명이 꾸려가고 있는 상황인데, 이제는 그마저도 한계에 다다랐습니다. 증원을 위해 힘써주실 수 없는지 부탁드리려고 찾아뵌 것입니다."

"7명이 적은 건가?"

정치부 기자 출신인 우라카미는 방송 제작에 걸리는 시간을 이해하지 못하는 듯 의아한 표정을 지었다. 니시는 안주머니에서 미리 준비해둔 디렉터들의 방송 순번이 쓰인 종이를 꺼내 우라카미 앞에 펼쳐놓았다.

"보십시오. 앞으로의 방송일과 담당 디렉터의 이름이 쓰여 있는데, 보시다시피 절반이 공백입니다. 한마디로, 방송을 만들 사람이 없다는 말입니다."

종이를 손에 든 우라카미가 신음했다.

"이거 큰일이군, 지금까지는 어떻게 해왔나?"

"지방 지국이나 다른 부에 부탁해 지원을 받았지만 그것도 한계입니다."

흠하고 우라카미가 입을 다물고 입꼬리를 일그러뜨렸다. 니시는 결정타를 날렸다.

"이대로는 도도 회장님의 기대에 부응하지 못할지도 모릅니다!"

우라카미는 민감하게 반응했다.

"프로그램국에는 의논했나?"

"몇 번이고 부탁했지만, 소용없었습니다."

"누구에게 말했나?"

"창구 담당 부장입니다."

우라카미는 코웃음을 쳤다.

"그런 말단이 뭘 할 수 있겠나. 프로그램국도 어째 그 모양인가."

우라카미가 니시를 응시했다.

"그나저나 몇 명이나 필요한가?"

니시는 마른침을 삼키고 짐짓 크게 불러보았다.

"10명 정도 증원해주시면 감사하겠습니다."

우라카미는 "후후후, 10명이라"고 말하더니 눈을 빛냈다.

*

전일본TV 10층에 있는 프로그램국 국장실.

대단한 애연가인 모기茂木 국장은 담배를 입에 물면서 결제 서류에 도장을 찍고 있었다. 모기는 어린이 프로 출신으로 디렉터로서 이렇다 할 실적은 없었지만 조합 활동에 종사하면서 유력자 주위를 맴돌다 마침내 경영진의 눈에 들면서 출세 길이 열렸다. 코디네이터 회사를 경영하는 아내가 전일본TV를 통해 엄청난 수익을 올리고 있다는 소문도 있었다. 정년이 다가오자, 임원 후보로서 회장이 정년연장을 인정해줄 것인지 그렇지 않으면 돈벌이가 쏠쏠한 관련회사로 갈 수 있을 것인지 따위의 자기 처신에만 관심이 있는 자였다.

비서가 전화가 왔다고 알려왔다. 상대는 비서실장 우라카미였다. 우라카미가 대뜸 말했다.

"모기 씨, 이러시면 안 됩니다. 회장님께서 심기가 좋지 않으십니다."

"옛, 그게 무슨 말씀이십니까? 누가 무슨 일이라도 저질렀습니까?"

"누구긴 누굽니까, 모기 씨 당신입니다."

모기는 말문이 막혔다.

"그 챌린지X 말인데, 프로그램국에서는 어쩔 작정입니까? 팀원이 겨우 7명이라는 말을 듣고 깜짝 놀랐습니다. 증원을 거부하고 있다고 들었는데. 챌린지X는 우리 방송국의 간판 프로 아닙니까, 회장님도 기대가 크십니다. 어떻게든 해결하십시오."

모기는 간담이 서늘했다. 순간, 진짜 회장의 발언인지 우라카미 정보인지 의심스러웠지만 괜히 확인한다고 나섰다가 자기 목이 위태로울지 모른다는 생각에 또 한 번 몸서리가 났다.

담당부장 구로하라를 불러 노성을 질렀다.

"구로하라! 자네 챌린지X의 요원이 충분하다고 보고하지 않았나, 대체 어떻게 된 일인가!"

구로하라는 어안이 벙벙해서 대답했다.

"아, 예. 제가 보기에는 충분했습니다만……."

"증원요구를 묵살한 것이 사실인가?"

구로하라는 시치미를 뚝 뗐다.

"그럴 리가요. 저는 몇 번이나 상담에 응해주었습니다. 대체 누가 그런 말을?"

"그런 건 중요하지 않아. 회장님이 진노하셨네. 잔말 말고 즉시 처리해야 해. 지금 당장 인사부와 요원 계획부 그리고 정보문화부의 오타니 부장을 호출하게!"

"회장님이?!"

구로하라는 말을 하려다 입을 다물었다.

누가 밀고한 거지, 그것도 하필이면 회장한테……

오타니 부장일까? 그 소심한 작자가 그럴 리 없지, 그렇다면…….

구로하라의 탁한 눈에 증오의 빛이 떠오르며 사악한 분노가 치밀어올랐다.

*

타닥, 타닥, 타닥하고 평발이 의심스러운 발소리가 들렸다. 오타니부장이 헐레벌떡 니시 자리로 다가갔다.

"니시 군, 프로그램국이 한바탕 뒤집어졌어! 챌린지X의 증원을 두고 긴급회의가 열린다는군. 정말 잘됐네. 그래도 그렇지, 이렇게 급하게 결정될 줄이야. 내가 시도 때도 없이 부탁한 보람이 있었는지도 모르겠어. 아무튼 다녀올게."

큰소리로 말하고 돌아서 가던 오타니의 발걸음이 갑자기 멈추더니 니시를 돌아보았다.

"설마…… 자네, 자네가 그런 거야?"

불안한 기색을 띠며 조심스럽게 물었다. 니시는 시치미를 뚝 떼었다.

"무슨 말씀이십니까, 제가 뭘요?"

"하하, 그렇지? 그럼 다녀올게."

오타니는 식은땀이 나는지 손수건으로 이마를 닦으며 또다시 달려나갔다.

챌린지X의 증원이 순식간에 결정되었다. 증원 수는 니시의 바람대로 10명. 놀랍게도 부정기 이동을 단행해 한 달 이내에 지방과 도쿄에서 5명, 다음 인사이동에서 5명을 추가하는 강압적인 인사 조치였다.

니시는 마법의 카드가 지닌 절대적인 위력에 도취되었다.

전일본TV에 조직의 규율 따위는 없었다. 위정자의 공포만이 지배하는 본질을 절실히 느꼈다. 방해가 되는 자를 즉시 제거할 수 있는 카드를 손에 쥐었다고 생각하면 쾌락마저 느껴졌다. 니시의 눈에 유열의 빛이 깃들고 참으려고 해도 입꼬리가 올라갔다. 그것은 이제껏 니시가 한 번도 보인 적이 없는 얼굴이었다.

12

챌린지X의 인기는 폭발적이었다. 주제가는 큰 인기를 누리며 밀리언셀러가 되었다. 인터넷 조회건수는 매회 50만 건을 넘어 챌린지X의 팬 사이트가 20곳이나 생겼다.

매일 지면 어딘가에 챌린지X의 화제가 실리고 민영방송에서는 패러디물까지 만들어졌다. 내레이션의 '……였다'가 유행어가 되어 연예인들이 흉내를 냈다. 시청률은 17%를 넘어 화요일 9시 프로그램 중 1위로 뛰어올랐다. 꼴찌로 시작한 방송이 결국 민영방송국의 드라마와 버라이어티 등의 인기 프로를 이긴 것이다. 취재하는 기자들은 니시에게 사인을 요청하기도 했다. 그리고 전일본TV협회의 관련회사들도 한몫 챙기려는 듯 모여들었다.

전일본TV 미디어사업본부로, 협회 산하의 관련회사 임원과 담당자들이 속속 모였다. 전일본TV 출판, 미디어 전일본 코퍼레이션, 미디어 인터내셔널, 전일본 크리에이티브 서비스…… 줄줄이 니시에게 명함을 건넸다.

미디어사업본부 담당부장의 진행으로 회의가 시작되었다.

"수고가 많으십니다. 지금부터 챌린지X의 미디어믹스 회의를 개최하겠습니다. 관련기업의 여러분들께서 실로 다양한 기획을 제안해주셨습니다. 즐거운 비명이지만, 아무래도 챌린지X의 현장에 계신 분들이 무척 바쁘신 관계로, 이렇게 한 자리에 모시게 되었습니다. 오늘은 정보문화부의 오타니 부장 그리고 니시 프로듀서께서도 자리를 해주셨습니다. 기탄없는 의견을 들려주십시오."

인사를 하자 관련회사들의 설명이 시작되었다.

"저희 전일본TV 출판에서는 방송을 4편씩 한 권의 책으로 엮어 최대한 빠른 시일 내에 출판을 하고 싶습니다. 이미 챌린지X 편집그룹을 만들어 초판 5만부부터 시작할 준비가 진행되고 있습니다. 현장에 누가 되지 않도록 최대한 주의를 기울이겠으니 아무쪼록 협력을, 특히 니시 프로듀서님께 간곡히 부탁드리는 바입니다."

담당자가 니시를 향해 깊이 고개를 숙였다.

다음은 미디어 전일본 코퍼레이션의 임원이 일어났다.

"당사는 아시다시피 전일본TV의 방송 비디오 제작 및 판매를 주요 업무로 하고 있습니다만 안타깝게도 최근 히트 상품을 내지 못해 골

머리를 앓고 있었습니다. 폭발적인 인기를 자랑하는 챌린지X의 비디오 및 DVD 판매 허가를 허락해주신다면, 미사일급에 버금가는 대형 사업으로 만들겠다는 열의에 가득 차 있습니다. 권리 관계를 확실히 하고, 앞으로는 휴대전화, 컴퓨터에 영상 서비스를 제공하는 계획을 가지고 있습니다. 프로듀서님께는……"

각 기업의 설명이 끝없이 이어졌다. 그때마다 니시에게 간살을 떨었다.

"저희는 항공 3사 그리고 싱가포르 항공을 비롯한 총 4개 항공사에서 여객기 기내서비스로 상영하고 싶다는 문의를 받았습니다."

"저희 회사에서는 챌린지X 관련 상품 판매를 허가해주셨으면 합니다. 골프공, 넥타이, 티셔츠, 배스타월, 볼펜, 수첩 등 챌린지X의 로고가 들어간 상품 25점의 대대적인 판매를 계획하고 있습니다."

설명할 때마다 남자들의 시선이 일제히 니시에게로 향했다. 모두 눈앞의 먹잇감을 놓치지 않으려고 혈안이 되어 있었다. 오타니가 들뜬 목소리로 니시의 귀에 대고 "니시 군, 괜찮겠지?" 하고 속삭였다. 니시는 고개를 끄덕였다.

전일본TV협회는 30곳에 이르는 관련회사가 있다. 관련회사 간부는 전일본TV에서 내려온 낙하산 인사가 차지하고 그 분야의 전문직 인재는 소수에 불과했다. 전일본TV의 거대화가 문제시되는 것을 막기 위해 분산한 것으로 간부들의 노후보장회사나 다름없다고 말하는 사람도 있었다. 영업실적은 참담한 수준으로, 사실상 수신료를 업무 위탁비 명목으로 건네고 월급을 받는 것이었다.

일련의 설명이 끝나자 사회가 말했다.

"모든 기획은 니시 프로듀서의 협력과 허가가 없으면 불가능합니다. 마지막으로, 니시 프로듀서에게 각 기업이 유의해야 할 점과 방침을 듣겠습니다."

니시가 천천히 자리에서 일어나 전원의 얼굴을 둘러보았다.

"챌린지X의 니시입니다. 오늘 이렇게 힘든 걸음 해주셔서 감사합니다. 딱 한 가지만 주의해주셨으면 합니다. 아무리 전일본TV의 부차 수입에 공헌하는 일이라도 챌린지X의 이름에 먹칠을 하는 행위는 삼가주십시오. 만약 그러한 행위가 있을 경우에는 즉시 판매를 중단하겠습니다. 영업에 뛰어드는 이상, 누가 뭐라고 하든 모든 책임은 제게 있습니다. 그 점을 이해해주시고 제 지시에 따라주시기를 관계자 여러분께 부탁드립니다. 오늘부터는 여러분들도 챌린지X의 가족이라는 자각을 가져주십시오."

오만하게 들릴 수도 있는 인사를 마치자 박수가 나왔다. 니시는 공허한 박수소리에 휩싸이며 또다시 자리에 털썩 앉았다.

*

전일본TV 21층에 있는 임원식당, 챌린지X의 디렉터들이 환호성을 올렸다. 신주쿠 거리가 한 눈에 들어오는 전망에 디렉터들은 감탄을 금치 못했다. 니시는 그 모습을 만족스럽게 바라보았다. 우라카미 실장에게 전화가 와 도도 회장이 챌린지X 팀원들의 노고를 치하하고자 오찬회를 베풀기로 했다는 것이었다. 이례적인 일이었다.

"회장님 들어오십니다."

우라카미의 근엄한 목소리에 전원이 직립부동 자세로 섰다. 문이 열리고 도도 회장이 불쑥 나타났다.

체격이 작은 우라카미보다 머리 하나는 더 큰, 도도 회장의 위압감에 모두 기가 죽었다.

도도가 거대한 타원형 탁자에 앉는 것을 본 후, 우라카미가 모두 자리에 앉으라고 지시했다. 그러자 종업원 2명이 임원 도시락을 가지고 들어왔다.

"수고하네."

도도의 한마디를 신호로 오찬회가 시작되었다. 건강식인지 도시락은 간이 약했다.

"차례로 이름과 지금 담당하고 있는 업무를 말하게."

우라카미가 진행을 맡았다. 도도가 데스크인 나미토에게 물었다.

"자네는 무슨 일을 하나?"

나미토가 또박또박 대답했다.

"제 이름은 나미토입니다. 데스크 업무를 맡고 있습니다."

"그렇군."

도도는 그 말만 하고 바로 옆 자리의 디렉터 야마지에게 마찬가지로 "자네는?" 하고 물었다.

"야마지라고 합니다. 저는 가정용 비디오에 운명을 건 남자들을 담당……"

문득 도도가 손을 내젓더니 이야기를 끊었다.

"비디오 업계는 어떻게 되어가고 있나?"

도도가 다그치듯 물었다. 말문이 막힌 야마지 대신 니시가 재빨리 거들었다.

"예, 비디오 업계는 중국, 한국의 유사품에 뒤쳐진 상태로, 시장 침식은 물론 가격인하 경쟁에 고생이 이만저만이 아닙니다. 새로운 기종을 투입해도 반년이나 가격을 유지하기는 어려운 상황입니다."

도도는 크게 고개를 끄덕이며 다음 디렉터에게 말을 걸었다. 밥을 먹을 만한 상황이 아니었다. 도도의 머릿속에 어떤 식으로 각인될지 몰라 질문에 대답하는 것도 힘들었다.

대강 보고를 마친 뒤 우라카미가 마무리를 짓듯 말했다.

"다들 좋은 시간이었지? 회장님과 이야기할 수 있는 기회는 흔치 않아. 동기에게 자랑할 수 있을 거야. 질투의 대상이 되려나."

그러자 도도가 만족한 듯 놀라운 말을 꺼냈다.

"걱정할 것 없네. 마음껏 질투하라고 하게. 모든 사람이 내 목을 노리고 있다고. 대부분 처리했지만 OB 중에서는 아직도 살아 있는 사람들이 있어. 아하하하."

모두 얼어붙었다.

오찬회를 마친 후, 우라카미 실장이 와인 10병을 니시 팀에게 보냈다. 특별대우였다. 포장지에 '축 챌린지X 도도'라고 쓰여 있었다. 디렉터들이 기념으로 절반은 프로젝트 실에, 나머지 5병은 니시의 자리 뒤편 책장에 올려놓았다. 자리에 앉자 도도의 위세를 등에 업은 듯한 느낌이었다.

13

다음 날 통근버스 안. 진동으로 해두었던 니시의 휴대전화가 셔츠 주머니 안에서 부르르 떨었다. 발신자는 오타니 부장이었다. 버스에서 내려서 다시 걸 생각이었는데 1분도 지나지 않아 다시 울렸다. 계속해서 다섯 번이나 울렸다. 무슨 일이 생긴 것 같아 가슴이 두근거렸다. 빠른 걸음으로 정보문화부로 달려가자 오타니가 니시의 책상 앞에서 기다리고 있었다. 얼굴빛이 창백했다. 흰 종이를 손에 든 오타니가 주위를 아랑곳 않고 큰소리로 말했다.

"니시 군, 큰일 났어!"

"무슨 일입니까?"

"이런 게 뿌려졌어!"

오타니가 내민 종이에 쓰인 글을 본 니시는 충격을 받았다.

─경고 챌린지X의 데스크 나미토의 온갖 부정행위. 촬영용 버스회사에서 뇌물 수수. 그 밖의 의혹은 전표를 조사해보면 드러날 것이다. 응당한 대처가 없을 경우에는 신문사에 통보하겠다─

"한밤중에 인사부를 비롯해 비서실, 경리국, 보도국 할 것 없이 방송국 여기저기에 팩스를 보냈어!"

니시는 냉정을 지키려고 애썼다.

"출처불명의 괴문서일 뿐입니다. 나미토가 그런 짓을 할 리 없습니다."

오타니는 금방이라도 울음을 터트릴 것 같은 표정이었다.

"방송국이 뒤집어질 정도로 난리가 났어. 국장 명령으로 나미토의 전표를 전부 조사하고 해명을 듣기로 했어. 무슨 일이 있으면 나도 무사하지 못할 거야. 대체 이게 무슨 일이야!"

괴문서가 많이 나도는 업계가 세 군데 있다. 첫 번째는 은행, 두 번째가 관공서 그리고 전일본TV이다. 이유는 간단하다. 이 세 곳의 공통점은 사람들의 돈을 거저 맡아두고 있다는 점이다. 예금, 세금 그리고 시청료이다. 그만큼 세간의 눈초리가 거세고, 체질적으로 괴문서에 약하다. 효과가 확실하기 때문이다. 전일본TV에서는 인사이동 계절만 되면 괴문서가 난무해, 인사부와 위기관리담당 부서가 한 팀이 되어 대처한다.

남자들이 우르르 들어왔다. 방송국 기획실과 경리국 담당자들이었다.

"잠시 전표를 빌려가겠습니다. 어디에 보관하고 계십니까?"

망연한 표정의 니시 옆을 지나 챌린지X의 경리사무를 맡고 있는 직원을 불러 보관고를 열어젖혔다. 전표 묶음을 모조리 꺼내 눈 깜짝할 새 사라졌다.

"니시 군, 국장님 방에 같이 가주게!"

오타니가 니시의 팔을 붙들었다.

계단을 뛰어 내려가 2층 아래에 있는 국장실로 들어가자 모기 국장이 험악한 얼굴로 말했다.

"무슨 짓을 한 거야? 추문에 휩싸이게 생겼어."

니시가 발끈했다.

"잠깐만요. 아직 확실한 것이 아니지 않습니까? 함부로 단정하지 마십시오."

모기가 격앙된 목소리로 말했다.

"뭐? 자네야말로 아무것도 모르는군. 프로듀서씩이나 돼서 아직 듣지 못한 건가? 전과가 있단 말이야, 전과가!"

"전과? 무슨 말입니까?"

당황하는 니시에게 꼴 좋다는 듯 모기가 말했다.

"경리국에서 조사했더니 나미토는 5년 전, 유흥비를 숙소 전화비로 속였다 들켜서 시말서를 쓴 일이 있네. 그러지 않았다면 조사할 일도 없었겠지. 이번에도 틀림없어. 그 자가 한 짓이야."

니시는 대꾸할 말을 찾지 못해 머쓱했다.

모기가 괴문서를 흔들며 호통쳤다.

"여기 신문사에 알리겠다고 쓰여 있네. 이게 위에 알려지면 나도 처분대상이 될 거라고. 알기나 해!"

니시는 휙 돌아서 오타니에게 물었다.

"나미토는 지금 어디 있습니까?"

"이쪽으로 오고 있어. 대충 얘기는 했어. 도착하는 대로 조사를 받게 될 거야."

"그 전에, 제가 먼저 만나보겠습니다."

니시는 간신히 자리를 떠났다.

자리로 돌아와 초초하게 기다리고 있는데 나미토가 자다 깼는지 부스스한 머리를 하고 나타났다. 얼굴이 흙빛이었다.

나미토가 아침까지 디렉터와 함께 편집실에 있었던 것을 알고 있는 니시는 안타까운 마음에 가슴이 미어졌다. 나미토가 프로젝트 실로 들어왔다.

"죄송합니다. 그렇지만 뇌물 같은 건 받은 적 없습니다."

나미토는 호소했다.

"5년 전, 촬영을 나가 스태프에게 밥을 사 먹이고 1만 엔을 전화비로 청구한 것은 사실입니다. 그 일은 지금도 후회하고 있습니다……."

"다른 건 없나?"

니시가 묻자 나미토는 곤혹스러운 얼굴로 고개를 숙이고 입술을 깨물었다.

"자신할 수는 없습니다. 방송을 시작했을 무렵에는 워낙 정신이 없어서 전표처리를 확실히 하지 못했을 수도……."

니시는 무언가 가슴에 걸리는 느낌이 들었다.

누가 무엇 때문에 나미토를 해코지했을까? 이해가 되지 않았다. 챌린지X의 성공으로 나미토는 인사고과에서 높은 점수를 받았다. 프로듀서로 승진할 날도 멀지 않았다. 누군가 그것을 시기한 것일까?

"나미토, 5년 전 그 일을 누구한테 이야기한 적 있나?"

나미토는 잠시 생각하더니 대답했다.

"아니요, 아무에게도 말 안했습니다. 알고 있는 것은 당시 프로듀서인 이이다飯田 씨와 데스크 정도일 텐데……."

"데스크는 누구였나?"

"안조 씨입니다."

니시는 안조의 금테안경을 떠올렸다. 니시와 동갑인 프로듀서로 엘리트코스를 밟아온 자였다. 안조가 누군가에게 흘렸을 가능성이 있다. 다음 순간, 머리를 스치는 것이 있었다. 그 괴문서가 과연 나미토를 노린 것이었을까? 5년 전 문제를 아는 누군가가 폭로하면 나미토의 과거 전표에 조사가 들어오는 것은 명백했다. 촬영회사 건은 헛소리이고, 조사를 받게 만들어 경리 전문가들로 하여금 꼬투리를 잡히게끔 꾸민 것이 아닐까?

문제점이 발견되면 당연히 프로듀서인 니시에게 책임을 물을 것이다. 그 괴문서의 표적은 자신이 아닐까?

확실하다, 누군가 자신을 노리고 있는 것이다!

방송국에 조사 따위를 하게 내버려둘 상황이 아니었다.

"나미토, 지금부터 방어전에 돌입한다."

니시는 결연히 말하고 비서실에 전화를 걸어 우라카미 실장을 찾았다. 우라카미에게 상황을 설명했다.

"챌린지X를 음해하는 자가 있습니다."

우라카미가 날카롭게 말했다.

"가만두지 않겠네!"

도도 회장이 격노했다.

우라카미에게 이야기를 전해들은 도도 회장의 분노의 화살은 밀고자와 프로그램국을 향했다. 도도가 대책 책임자로 지명한 것은 고지마豪島 전무였다. 고지마는 도도, 우라카미와 마찬가지로 정치부 기자 출신으로, 도도의 오른팔로서 대립하는 사회부와 경제부 전멸에 뛰어난 활약을 펼친 자였다. 귀와鬼瓦-도깨비 얼굴을 새긴 기왓장처럼 생긴 고지마가 프로그램국에 들이닥쳤다.

대회의실에 모기 국장 이하, 프로그램국 간부가 전원 소집되었다. 니시도 말석에 앉았다. 고지마가 다짜고짜 모기 국장을 다그쳤다.

"모기 군, 지금 뭐하는 짓인가! 상황 파악이 안 돼? 지금 자네가 해야 할 일은 괴문서를 보낸 자를 찾아내는 것 아닌가? 위기관리를 하고 있기는 한가!"

모두가 보는 앞에서 질타를 받은 모기는 몸을 바짝 움츠리며 사죄했다. 그러자 고지마가 코웃음을 치며 모기를 위협했다.

"잔말 말고 지금 당장 찾아내게, 목을 날려주지!"

자리를 떠나기 전 니시를 발견한 고지마가 부드러운 목소리로 말했다.

"니시 군, 고생이 많군. 챌린지X는 틀림없이 지켜줄 테니 안심하게. 자네는 몸이나 잘 챙기게."

모두의 시선이 집중되는 것이 느껴졌다. 모기가 입을 떡 벌린 채 보고 있었다. 자신의 행동이 모두를 적으로 돌렸다는 생각이 들었지만 이제 와 돌이킬 수는 없었다.

괴문서를 보낸 범인 색출은 철저히 이루어졌다. 각 부의 부장이 자신의 부하 직원들을 일일이 조사했다. 당연히 범행을 자백하는 자는 나타나지 않았다. 팩스 발신처를 조사해 전일본TV 근처의 편의점에서 새벽 3시에 송신되었다는 것까지 밝혀냈지만 범인을 찾을 수는 없었다. 하지만 챌린지X에 해코지를 하면 보복이 있을 것이라는 공포가 프로그램국을 지배했다.

니시는 안도하며 승리감에 젖었다. 최강의 방패에 몸을 숨긴 니시 팀의 빛나는 미래가 계속되리라 믿어 의심치 않았다.

14

1년 후.

시부야 구 요요기代々木의 고지대에 완공이 얼마 남지 않은 집이 있었다. 공사장에 설치한 비계 위에서 외벽공사를 하던 인부들이 활기찬 목소리를 주고받았다. 문과 창틀 등의 창호도 들어오고 마감 공사가 한창이었다. 햇빛이 쏟아지는 남향집을 눈부신 듯 올려다보는 부부가 있었다. 니시와 사유리였다.

고생 끝에 이룬 내 집 장만의 꿈이었다. 사유리가 자전거를 타고 이 근처 부동산을 돌며 집을 지을 만한 땅이 있는지 문의하고, 노후한 집이 있으면 팔 예정이 없는지 묻고 다녔다. 덜덜 떨며 지내던 집을 탈출하기 위해 바쁜 니시를 대신해 백방으로 뛰었다. 조만간 주택부지가 분할된다는 말에 일부를 양도받았다.

"멋진 집이 될 것 같아."

니시가 말했다.

"따뜻한 집이 될 거예요. 안 그래요?"

사유리가 신이 나서 대답했다.

45평짜리 대지였지만 모퉁이 땅이라 비교적 크게 보였다.

사유리가 기록으로 남기고 싶다며 한 손에 캠코더를 들고 인부들에게 방해가 되지 않도록 현장 모습을 찍었다. 니시도 사유리와 함께 걸으며 "잘 부탁합니다"라며 인부들에게 인사를 했다. 완공될 모습을 떠올리는 니시와 사유리의 얼굴에는 웃음이 떠나지 않았다.

한쪽 면이 차 한 대가 겨우 빠져나갈 정도의 좁은 골목이라 시세보다 싸게 사기는 했지만, 건설비용은 니시의 예금만으로는 턱도 없었다. 사유리가 직장생활을 하며 모은 예금을 전부 쏟아붓고 부모님에게도 빌렸다. 그래도 모자란 돈은 20년 만기 주택대출로 충당했다. 대출금 상환을 생각하면 머리가 아팠지만, 두 사람의 베이스캠프가 생겼다는 생각에 기쁨이 훨씬 컸다.

*

그날 밤, 오쿠라 호텔에서 기쿠가와菊川상 수상식을 겸한 성대한 파티가 열렸다. 기쿠가와상은 본래 문학상이었지만, 지금은 일본 각계에서 훌륭한 업적을 쌓은 사람들에게 상을 수여한다. 문단의 중진, 애니메이션 영화계의 거장 감독, 메이저리그에서 수위타자가 된 선수 등의 쟁쟁한 인물들과 함께 챌린지X 팀이 올해의 수상자로 뽑히게 되었다.

나전 세공이 수놓아진 반구형 천장과 벨벳으로 장식된 벽에 둘러싸인 화려한 수상식장에는 보도진이 가득했다. 팀원들은 디렉터, 스태프 할 것 없이 전원 출석해 어색한 정장을 차려입고 앉아 있었다.

사회자의 호명으로, 니시가 단상에 올라갔다. 니시는 수상식을 위해 새로 맞춘 갈색 이태리제 정장을 입고 있었다. 카메라 세례를 받으며 표창장과 부상으로 금시계와 상금을 받았다. 그리고 스탠드 마이크 앞에 서서 당당하게 수상 소감을 밝혔다.

"여러분, 영광스러운 상을 받게 되어 무척 감격스럽습니다. 덕분에 챌린지X는 전국 각지에서 쏟아지는 응원과 성원에 힘입어 이 자리까지 올 수 있었습니다. 오늘은 제가 대표로 이 자리에 섰지만, 챌린지X는 누구 한 사람의 힘으로 만들 수 있는 방송이 아닙니다. 뒤에 계신 많은 스태프가 뼈를 깎는 노력으로 만든 방송입니다. 그들의 고생을 생각하면 감개무량합니다. 부디, 그들에게 뜨거운 박수를 부탁드립니다."

니시가 손을 뻗어 팀원들의 면면을 가리켰다. 쏟아지는 박수 속에 모두의 얼굴은 붉게 상기되었다.

바로 옆에 준비된 대형 홀에서 파티가 시작되었다. 아르누보식으로 장식된 문을 열자 참석자들을 축복하듯 호화찬란한 샹들리에가 눈부신 빛을 뿜어내고 있었다. 입구에는 몸매가 한껏 드러나는 검은색 롱스커트에 흰 블라우스를 입은 도우미들이 정중하게 샴페인 잔을 건넸다. 니시는 눈 둘 곳이 없어 순간 당황했다.

수백 명은 될 법한 수상자와 관계자 그리고 손님들이 떠들썩하게 환담을 나누고 있었다. 눈부시게 화려한 드레스며 수려한 기모노를 차려입은 긴자의 호스티스들이 와인과 맥주를 들고 손님 접대에 바빴다. 모두 아름답고 요염한 자태를 뽐내고 있었다. 주위를 둘러보자, 멋지게 차려입은 나오키直木상이며 아쿠타가와芥川상 수상 작가, 저명한 영화감독과 평론가 등 텔레비전에서 본 사람들이 곳곳에서 눈에 띄었다. 파티장 한쪽에는 도쿄의 프랑스, 이탈리아 요리로 유명한 레스토랑이며 오래된 초밥집의 요리가 준비되어 있었다. 디렉터와 스태프들은 캐비어와 푸아그라에 환호성을 지르며 입에 넣기 바빴다.

"그러다 배탈 나면 어쩌려고?"

니시가 말을 건네자 디렉터 시무라志村가 대답했다.

"하하하, 캐비어가 이렇게 맛있는 줄 몰랐어요. 멈출 수가 없지 뭡니까."

"뭔지 모르겠지만, 이 와인도 진짜 끝내줘요, 하하하."

니시가 계속해서 찾아오는 기자와 주최자와 인사를 나누고 있는데 같은 기쿠가와상을 수상한 애니메이션 영화감독이 어깨 너머로 말을 걸어왔다.

"저도 챌린지X의 열렬한 팬입니다. 챌린지X를 보면 옛날 일이 떠오릅니다. 방송에 나오는 사람들 모두 정말 열심히 노력하며 살아왔네요. 애니메이션 영화도 전에는 영화계에서 찬밥 신세를 면치 못했습니다. 말로 다 못 할 억울한 일도 많았죠. 알아주는 사람이 한 사람이라도 있다는 건 정말 기쁜 일입니다."

거장으로 불리며, 히트작을 잇달아 내놓는 감독의 겸허한 인품에 감동한 니시는 공손하게 인사를 했다.

이날은 부부동반으로 참석했다. 와인을 마신 탓인지 얼굴에 홍조를 띤 사유리는 지난해 나오키상 수상 작가와 기념사진을 찍고 있었다. 순백의 원피스를 입은 사유리는 긴자의 여성들에 뒤지지 않는 미모로 니시를 미소 짓게 했다.

전일본TV협회의 임원들도 모두 참석해 있었다. 검은 정장을 입은 무리 사이로 머리 하나는 더 큰 도도 회장의 모습이 눈에 들어왔다. 니시는 사유리와 함께 도도 회장에게 다가갔다.

도도는 기분이 좋아 보였다. 부리부리한 눈을 크게 뜨며 말했다.

"또 상을 타왔군, 하하하하."

도도가 크게 웃었다.

"니시 군, 이게 몇 번째지?"

곁에 있던 우라카미 실장이 물었다.

니시는 요 1년간 챌린지X가 받은 상을 꼽아보았다.

"음, 그러니까 하시도橋戸상의 방송문화상, 갤럭시 대상과 그룹 부문상 그리고 음, 콘텐츠 그랑프리의 도쿄 디자인상까지 하면 7번째 수상입니다."

도도가 몸을 흔들며 "싹쓸이구만, 아하하하" 하고 웃었다. 주위에 있던 간부들도 일제히 크게 웃었다.

"사모님이 굉장한 미인이시군요. 좋은 기회입니다, 회장님과 내외분 함께 사진이라도 찍으시죠."

우라카미의 말이 끝나자마자 간부 한 사람이 카메라를 들고 앞으로 나섰다. 도도 회장을 가운데 두고 니시와 사유리가 양옆에 섰다. 도도가 두 사람과 팔짱을 꼈다.

"오오, 좋습니다."

간부들이 소리를 높였다.

파티가 한창 무르익었을 무렵이었다. 사유리는 니시와 떨어져 접시에 전채요리를 담고 있었다. 인기척을 느끼고 돌아보자 얼굴에 수염이 가득한 남자가 서 있었다. 이름표에 챌린지X·마사오正尾라고 쓰여 있었다. 술에 취한 것일까, 걸음걸이가 불안했다. 남자가 말을 걸었다.

"편집기사 마사오라고 합니다. 피디님과는 방송 초창기에 몇 번 함께 일한 적이 있습니다. 요즘은 잘 불러주시지 않지만요."

"안녕하세요. 남편이 신세가 많아요."

사유리가 말했다.

"아름다우십니다. 부럽네, 피디님과 저는 동갑입니다, 하하하. 우리 마누라는 쭈글쭈글한데."

"그런 말씀마세요……."

"피디님만 스타가 됐네요. 우리야 일용직이나 다름없으니까."

사유리가 무슨 말을 해야 할지 난처해하는데, 수염투성이 얼굴이 음울한 눈빛으로 내뱉었다.

"사모님도 대단하십니다, 제정신이 아닌 사람이랑 잘도 사시네요."

사유리는 술이 취해 하는 소리인지 진심으로 하는 말인지 분간이 되지 않았다.

"히히히. 죄송, 죄송."

그렇게 말하고 마사오는 비틀비틀 걸으며 멀어졌다.

파티를 마치고 선물 받은 꽃다발을 손에 든 니시에게 이끌려 택시에 오른 사유리는 만면에 희색이 가득한 니시를 보며 파티의 흥분 속에서 들었던 불쾌한 한마디를 되새겨 보았다.

15

전일본TV 남관 F523 편집실.

깔끔하게 정돈된 편집실에서 디렉터들이 준비를 마치고 니시의 시사가 시작되기를 기다리고 있었다. 누구보다 긴장한 것은 이번에 디렉터에서 데스크가 된 노노무라野々村였다. 전임 데스크 나미토는 승진해서 오사카 지국에 프로듀서로 전출되었다.

노노무라는 니시에 대해 생각하는 바가 있었다. 평소에는 너그럽고 유머러스한 니시가 막상 방송에만 들어가면 대담함과 뛰어난 지력으로 압도하는 폭군이 된다. 편집은 실을 뽑아내듯 섬세하지만, 여간해서 남의 말을 듣지 않는다. 타협하려고 하면 격노했다. 다른 인격이 혼재되어 있는 듯한 느낌이 이상하기도 하고 두렵기도 했다.

니시가 불쑥 나타났다. 분위기가 일순 긴장되었다.

이번 방송은 컴퓨터 산업에 뛰어든 남자들의 치열한 인생을 그린 것이었다.

천재 기술자로 불리었지만 무엇보다 감동이라는 말을 소중히 여긴 주인공은 전후 미국에 비해 100년이나 뒤졌다고들 하는 일본의 컴퓨터 산업 발전을 위해 분투하다 51세라는 젊은 나이에 돌연 세상을 떠났다.

연출은 다카오카高岡가 맡았다. 앞뒤 가리지 않고 취재 현장을 누비는 행동파로, 사람 좋아 보이는 부드러운 얼굴로 투지를 불태웠다.

시사가 시작되자 니시가 몸을 앞으로 내밀었다. 노노무라는 니시가 이번 주제에 푹 빠져 있다는 것을 알았다. 눈도 깜빡이지 않았다. 손바닥을 폈다가 주먹을 쥐었다. 노노무라는 한 대 얻어맞는 것은 아닌지 걱정이 되었다.

"자네들 미러뉴런이라는 것을 알고 있나?"

전원이 고개를 저었다.

"뇌의 신경세포야. 미러는 거울이잖아. 이 신경세포는 곁에 있는 사람의 감정이 투영되어 같은 기분을 느끼게 되지."

노노무라는 니시가 무슨 말을 하려는지 알 수 없어 불안했다. 니시의 이야기는 다른 프로듀서와 차원이 달랐다. 데스크는 니시의 말을 거의 이해하지 못하는 디렉터들에게 통역하는 능력이 필요하다.

"이런 중요한 신경세포가 있기 때문에 우리는 누군가에게 공감하고 감동하며 눈물을 흘리고 타인의 행복을 자신의 일처럼 기뻐할 수 있는 거지."

노노무라가 성급하게 "그 말은 그러니까……"라며 입을 열었지만, 다음 말이 이어지지 않았다.

니시가 말했다.

"이 기술자는 말이야. 인생에 있어, 물건을 만드는 데 있어 마음이 설레고 영혼을 울리는 감동이 무엇보다 중요하다고 말하고 있네. 감동이라는 말이 중요해. 챌린지X를 두고 억지감동을 쥐어짠다고 하는 한심한 미디어도 있긴 하지만, 감동이 없어지면 인간은 죽은 것이나 다름없어. 우리의 전략은 자신의 신경을 날카롭게 벼려서 시청자들의 미러뉴런에 감동을 주는 일이야, 그렇지 않나? 이 편집은 어떤가? 감동이 느껴지나?"

모두 침묵했다.

"그럼 다시 해. 자네들도 실은 다 알고 있겠지, 잘못되었다는 것쯤.
눈속임은 통하지 않아. 스스로 해결하게."

방송을 향한 무서운 집념이 느껴졌다. 니시가 물었다.

"자네들, 소리는 들었나?"

먼 곳을 응시하며 말했다.

"이 기술자, 업무에 쫓겨 공항에서 쓰러졌어. 뇌좌상까지 입었어.
그 소리가 내게는 들렸네, 쿵하고 말이야. 인생이 무너지는 소리, 의
지가 끊어지는 소리였어. 자네들도 그 소리를 듣길 바라네."

*

챌린지X는 방송계 사람들에게는 꿈의 시청률로 여겨지는 20%대를
달성하고, 새로운 산업이 되었다. 실제 2400만 명이 시청하는 매머드
급 방송으로, 급상승하는 시청률 곡선에 연동해 관련 상품도 날개 돋
친 듯 팔렸다. 방송을 수록한 DVD비디오는 1편에 4천 엔이 넘는 터
무니없는 가격에도 불구하고 110만 편 이상이 팔려 50억 엔을 벌어
들였다. 출판본은 120만부, 만화본은 310만부의 판매고를 올린 메가
히트 상품이 되었다.

니시 자신도 방송에 등장하는 인물들의 말을 시집처럼 엮은 『챌린지
X의 도전자들』이라는 책을 펴내고, 베스트셀러 대열에 올랐다.

그 외에도 챌린지X는 영어, 러시아어, 스페인어 등으로 번역되어 해외 30여 개국에서 방영되었다. 7곳이 넘는 항공사 기내에서 상영되는 등 관련 상품의 총매출이 200억 엔에 이르며 그칠 줄 모르는 인기를 누렸다. 챌린지X는 전일본TV에서 연간 수만 편이나 되는 모든 프로그램을 능가했다.

그 산업의 중심에 니시가 있었다.

니시는 업무에 치이고 점점 규모가 커지는 사업에 쫓겨 눈코 뜰 새 없이 바빴다. 매스컴의 취재요청, 관련회사와의 미팅, 강연회 원고 집필까지 정신없이 몰아쳐도 소화할 수 없는 일정이었다. 잡지, 신문만 해도 100군데 가까이 인터뷰를 했다. 게다가 비서실뿐 아니라 각 부서에서도 강연 요청이 쏟아졌다. 기업 모임, 정치인의 지역구 강연, 대학 세미나, 기업 입사식 등 업무 사이사이 정신없이 돌았다. 니시는 전일본TV의 얼굴이 되었다. 어느 잡지의 특집기사에서는 '21세기 일본을 이끌 100인'으로도 선정되었다.

챌린지X는 3년 연속 '자녀에게 보여주고 싶은 방송' 1위로 뽑히고 사내 영업현장에서는 시청료 징수의 최대 무기가 되었다. 시청자들의 메일에는, '챌린지X의 등장인물을 볼 때마다 자신의 인생을 돌아보게 됩니다. 이 방송을 본 후로 전일본TV에 시청료를 내는 것에 대한 저항이 없어졌습니다', '저는 전일본TV에 시청료를 내지 않았지만 이 프로만큼은 돈을 내고 싶어집니다. 앞으로도 좋은 방송 많이 만들어주십시오'라며 전일본TV의 생명선인 시청료 납부에 대한 의욕을 자아내는 방송으로 영업 팸플릿 표지로도 실렸다.

　폭발적인 방송의 힘과 명성 그리고 절대적 후원자의 비호를 받는 니시
사토루는 어느 누구도 감히 건드릴 수 없는 존재가 되어가던 참이었다.

＊

　전일본TV 사내보에 새로운 임원과 니시의 대담 기획기사가 실렸
다. 니시는 귀찮았지만 거절할 수도 없어서 응했다. 상대는 전일본TV
최초의 여성 임원 마에조노 토코前園湯子 상무였다. 대담을 앞두고 미팅
을 갖기 위해 임원실에 들어가자 창가에 승진을 축하하는 난초 화분
이 여러 개 놓여 있었다. 창밖은 날이 저무는지 어둠이 깔리고 멀리
보이는 빌딩 불빛이 하나 둘 켜지고 있었다.

　마에조노 상무는 재벌 기업의 영애로, 일찍이 여성 임원 1호가 될
것이라고 예견되었던 인물이다. 느긋한 성품의 점잖은 여성이었다.

　대담에 관한 사전미팅을 마치고 홍차를 대접받았다. 황송해하며 한
모금 마시자 향긋한 얼 그레이 향이 났다. 양란에 둘러싸여 차를 마시
고 있자니 살롱에 있는 듯한 기분이었다.

　하늘을 향해 당당히 꽃피운 순백의 양란을 넋을 잃고 바라보는 니시
에게 마에조노가 물었다.

　"꽃에 대해 잘 아세요?"

　"아니요, 전혀 모릅니다."

　"이건 호접난, 저쪽에 있는 건 심비디움이죠. 이 방에는 두 종류밖

에 없군요. 저는 심비디움이 꽃도 많고 아기자기해서 좋아요."

"그렇게 종류가 많습니까?"

"그럼요, 난초 종류만 수천 종이나 되는 걸요."

그러고는 갑자기 생각난 듯 말했다.

"그리고 보니 집에 카틀레야를 보낸 사람이 있었어요. 얼마나 우습던지. 카틀레야도 난초의 한 종류인데 말이죠, 난의 여왕이라고도 불려요. 일부러 비꼬려고 그랬는지 우습더군요."

"그렇습니까?"

마에조노의 해박한 지식에 고개를 끄덕이는데 생각지도 못한 말을 꺼냈다.

"이 회사에서 여자가 임원이 되는 게 힘든 일이라고 생각하죠? 하지만 꼭 그렇지도 않아요. 오히려 남자가 더 힘들죠. 여자는 연애로 치면 상대를 질투하잖아요? 그런데 조직 내에서 남자의 질투는 여자보다 몇 천 배는 더 심해요. 니시 씨도 조심하세요."

"제가 말입니까? 하하하, 말도 안 됩니다. 저는 일개 프로듀서일 뿐입니다."

니시가 웃어넘기자 마에조노는 가지런한 눈썹을 찡그리며 말했다.

"정말 그럴까요? 니시 씨는 자기 자신을 객관적으로 보고 있지 않군요. 전 수많은 다양한 남자들을 보아왔어요. 이 회사는 말이죠, 뭐든 엇비슷해야 해요. 너무 뛰어나도 문제죠. 무용지물이라면 몰라도 어설프게 잘하면 곤란해요. 남자는 작은 성공에도 질투하는 동물이에요. 당신처럼 성공한 사람이 또 있나요? 당신 주위에서 질투의 불길이 활활 타오르고 있는 걸 모르겠어요?"

*

니시가 방으로 돌아오자 사업본부 멤버와 관련회사인 전일본TV 이벤트의 임원들이 기다리고 있었다. 삼엄한 분위기였다. 오후 5시에 약속을 잡아놓았다. 니시는 고개 숙여 사과하고 회의실로 이동했다.

기획안은 도쿄돔에서 대규모 이벤트를 여는 것이었다.

기획 취지서에는 '힘내라 일본'을 캐치프레이즈로, 챌린지X의 대형 전람회를 개최하고 싶은데, 전람회에는 방송에 등장한 주요기술 성과(제품)의 공개, 등장인물들의 라이브 이벤트, 입체 연대기 전시, 대형 스크린을 이용한 테마영상 상영, 심포지엄 및 대담회를 기획하고자 한다는 내용이었다. 3주 동안 도쿄돔을 통째로 빌릴 것이라고 했다. 후원사로는 경제산업성, 문부과학성, 국토교통성, 경단련_{일본 경제단체연합회}, 일본 상공회의소 등이 쓰여 있었다.

니시의 관심을 끄는 것도 있었다. 자동차의 실물과 롤링 주행 및 영상을 합성한 전시, 구로베黑部 댐의 대형 디오라마와 유수 전시, 심해 조사선의 유사 수중 전시 등 흥미로운 기획이 눈에 띄었다.

"이거 굉장하군요."

니시가 중얼거리자 안심한 표정을 짓는 전일본TV 이벤트의 요가用賀 전무가 더욱 의지를 보였다.

"이번 전람회를 계기로 전국을 돌며 행사를 하면 30만 명은 동원할 수 있을 것입니다. 아무쪼록 협력을 부탁드립니다."

니시가 기획서를 보며 가볍게 말했다.

"입장료가 1천 엔, 아이들은 무료로군요. 괜찮네요."

그러자 전원이 얼굴을 마주보았다. 그들을 대표해 요가가 대답했다.

"안타깝지만, 1천 엔으로는 손해입니다. 장소 사용료에 디자인 비용, 운반에 들어가는 인건비를 생각하면 턱도 없이 부족합니다. 각 기업에서 협찬금을 끌어오는 것을 전제로 하고 있습니다."

"협찬금이요?"

"예, 기업 한 곳당 특별협찬금으로 3천만 엔 정도를 생각하고 있습니다. 다 해서 2억 엔은 필요합니다."

니시는 터무니없는 금액에 저도 모르게 불만스러운 표정을 지었다.

"챌린지X는 이름 없는 일본인들의 이야기입니다. 물론 방송에 나온 사람들 대부분이 기업에 속해 있는 것은 사실이지만, 어디까지나 샐러리맨일 뿐입니다. 지금까지 방송에 기업색이 지나치게 드러나지 않도록 노력해왔단 말입니다."

무거운 분위기가 흘렀다. 그러자 요가가 히죽 웃으며 말했다.

"아직 모르십니까? 저희 사장님은 나카야시키中屋敷입니다."

그 이름이라면 전에도 들은 적이 있다. 도도가 드러난 권력자라면, 나카야시키는 관련회사 위에 군림하는 숨은 제왕이라고 불리었다. 과거 도도의 대두를 두려워한 전 회장이 도도를 관련회사로 추방하고 권좌에서 끌어내리려고 획책했다. 도도의 불운한 시절, 음으로 양으로 도와주고 버팀목이 되어주었던 것이 나카야시키였다. 도도가 터놓고 이야기할 수 있는 단 한 사람으로, 인사를 포함해 폭넓은 분야에 숨은 권력을 휘두르고 있다는 소문이다.

요가가 은근한 태도로 목소리를 낮추었다.

"회장님께는 나카야시키 사장님이 직접 부탁을 드리겠지만, 피디님께서 허락해주시지 않으면 한 걸음도 나아갈 수 없습니다. 나카야시키 사장님께서도 한 번 인사를 하고 싶다고 하셨으니 저희 쪽에서 일간 자리를 마련하겠습니다."

그 말을 끝으로 남자들이 웅성거리며 자리에서 일어났다. 니시는 또 한 번 정체를 알 수 없는 괴물을 만날 것이라는 생각에 원망스러운 눈빛으로 남자들의 뒷모습을 바라보았다.

16

인사이동이 시작되고, 희비가 엇갈리는 광경이 연출되었다. 영전한 사람, 뜻하지 않게 이동하게 된 사람. 어느 회사에나 있는 공통의 인간상이 전일본TV에서도 펼쳐진다.

정보문화부장 오타니도 지역방송국 국장으로 전출 명령이 내려지자 니시에게 불만을 호소했다.

"난 말이야, 지방본부 국장으로 가게 될 것이라곤 상상도 못 했어. 챌린지X도 성공시켰잖아. 그런 한직으로 밀려나고 싶지 않다고."

오타니는 성미가 급하고 행동거지도 경솔한 면이 있었지만, 좋은 사람이었다. 니시의 방식에 불평 한 번 하지 않고 맡겨주었다. 덕분에 실력을 마음껏 발휘할 수 있었다고 생각하니 고마운 마음이 들었다.

"고생 많으셨습니다. 다음 부임지에서도 열심히 하시기 바랍니다."

니시가 인사를 했다.

그때 후임 부장이 인사차 찾아왔다. 니시의 얼굴이 굳어졌다. 오한이 나고 목구멍에 무언가 불쾌한 것이 걸린 듯했다.

새로 온 부장은 다름 아닌 구로하라였다.

연일 음주로 출렁거리는 배를 내밀며 다가오더니 의뭉스러운 눈으로 니시를 흘낏 보고는 무시하듯 오타니에게 인사를 했다.

*

구로하라 히로야黑原弘也는 부장 자리에 앉아 정보문화부의 조직도를 벌써 1시간째 들여다보고 있었다.

정보문화부에는 6개의 그룹이 있는데 아무래도 챌린지X 팀에 눈이 갔다. 제일 위쪽에 쓰인 니시 사토루의 이름이 신경에 거슬렸다. 자신의 요원계획에 반기를 들고 치욕을 안긴 니시에 대한 분노가 부글부글 끓어올랐다. 니시의 이름을 보고 있자니 12년 전의 굴욕이 떠올랐다. 걸프전쟁 당시 디렉터였던 니시의 도시락 담당을 했던 일을 떠올리니 부아가 치밀었다. 그때도 니시가 전혀 고마워하는 기색이 없었다는 것을 생각하니 참을 수가 없었다. 따지고 보면, 내 덕분에 좋은 경험을 할 수 있었던 것 아닌가. 저 혼자 다 한 것처럼 각광을 받다니. 애초에 챌린지X 따위, 나하고는 아무 관계도 없잖아. 구로하라는 피가 거꾸로 솟는 기분이었다.

그리고 이틀 후, 구로하라가 느닷없이 디렉터 면접을 시작했다. 보통 부장 면접은 인사이동 전에 이루어진다. 시기도 지났을 뿐더러 면접 대상은 챌린지X의 디렉터뿐이었다. 편집이며 취재를 하던 디렉터들까지 불시에 불러들여 1명당 1시간 넘게 잡아두었다. 니시는 신경이 쓰여 데스크인 노노무라에게 물었다.

"대체 뭘 묻는 거지?"

"면접이라기보다…… 조사하는 것처럼 집요하기 짝이 없습니다."

노노무라가 불쾌한 듯 대답했다.

"이해가 안 되는군."

"인원이 너무 많은 것 아니냐는 둥 일정이 느슨한 것 아니냐는 둥 말도 안 되는 질문만 해댑니다. 방송을 만들어 본 적이나 있는지 모르겠습니다. 뱀 같은 인간입니다."

"흠."

니시는 고개를 갸웃했다. 요원보충 건으로 부딪힌 일을 아직도 마음에 두고 있는 것일까.

그러자 노노무라가 말했다.

"아, 그리고 피디님에 관해…… 꼬치꼬치 묻는 바람에 힘들었습니다."

"나를?"

"예, 피디님이 무슨 일을 하는지, 진짜 일을 하고 있기는 한지, 몇 시에 출근해서 몇 시에 퇴근하는지 귀찮을 정도로 캐묻던데요."

"그래서?"

"아니 뭐라고 대답할 말이 있어야죠. 아무리 계속 일만 한다고 말해도 믿지를 않더라고요."

니시는 입을 다물었다. 자신의 소중한 팀에 더러운 손을 뻗친 것 같은 생각에 불쾌했지만 상사는 상사였다. 업무를 이해하려는 것이겠지 하고 호의적으로 생각했지만 안이한 생각이었다는 것을 알게 된 것은 2주가 지난 후였다.

*

2주 후, 니시는 구로하라에게 불려 갔다. 별실에 마주앉자 구로하라는 고압적으로 말했다.

"니시 군, 자네 팀의 야마지와 시무라를 내보내기로 했네."

"예?"

무슨 말인지 이해가 되지 않았다. 야마지와 시무라는 방송이 시작된 이래, 때로는 꾸짖고 때로는 격려하며 방송 철학과 기술을 철저히 가르치고 키워낸 디렉터들이었다. 지금은 팀의 에이스 격으로 성장했다.

구로하라는 태연하게 말했다.

"스페셜 방송부의 우치모토內元 사무국장이 대형 프로젝트를 기획하고 있다고 하네. 1년간 인력이 필요하다고 요청했네. 검토해봤는데, 아무나 보낼 수는 없지 않나."

니시가 저도 모르게 목소리를 높였다.

"잠깐만요. 야마지와 시무라를 보내면 우리 팀은 어떻게 됩니까?"

"보충 인력은 없을걸."

니시는 무거운 한숨을 내뱉었다. 짙은 눈썹과 꾹 다문 입술에 고집스러운 기질이 배어났다.

"두 사람은 핵심 멤버입니다. 내보낼 수 없습니다."

구로하라가 따지고 들었다.

"뭐? 내가 부장이야. 디렉터를 넣고 빼는 건 부장의 권한이란 말이야! 군소리하지 마."

니시가 쓰디쓴 기억을 삼키듯 말했다.

"이제 겨우 여건이 갖춰지고 간판 프로로 자리매김하면서 다들 자부심을 느끼며 일하고 있습니다. 인원이 보충되면서 디렉터들도 겨우 쉴 수 있게 되었단 말입니다."

험악한 기운이 감도는 가운데 구로하라가 눈을 치켜떴다.

"자넨 여전히 건방지군. 고집스러운 성격도 하나 변한 게 없어. 난 특별직이야. 니시 군, 자네가 하극상을 일으켰다고 국장에게 말해야겠나?"

노골적인 견제에 니시는 참담한 기분을 느꼈다.

"마음대로 하시죠."

니시가 아무렇지 않게 대답했다.

"방송이 챌린지X밖에 없나? 융통성이라고는 눈곱만큼도 없군. 우리 부서를 위해서도 거시적인 관점으로 봐서 이번에는 우치모토 사무국장에게 은혜를 베푸는 것이 좋아. 우치모토는 앞으로 크게 될 가능성도 있고 말이지."

"그게 무슨 말입니까? 구로하라 씨는 우리 부서의 부장 아닙니까? 자기 부의 방송을 방해할 생각입니까? 은혜라니, 누가 누구에게 은혜를 베푼단 말입니까? 그건 그냥 구로하라 씨의 개인적인 바람 아닙니까?"

구로하라의 목소리가 떨렸다.

"옹고집 쓰면서 디렉터들 발목 잡지 말게."

니시가 맞받아쳤다.

"본인들은 아무도 바라지 않을 겁니다."

구로하라가 공격적인 말투로 니시를 다그쳤다.

"자네만 고집 피우지 않으면 돼. 이번 일을 없던 걸로 하라고? 퇴짜를 놓을 생각은 아니겠지! 내 체면이 걸린 일이야!"

니시는 날카로운 눈빛으로 구로하라를 쏘아보았다.

"없었던 일로 해주십시오."

"명령이야. 꼬박꼬박 말대꾸하지 말고 시키는 대로 해!"

니시는 인내심에 한계를 느꼈다. 자리에서 벌떡 일어나며 주먹으로 탁자를 내리쳤다.

"이건 당신 프로가 아닙니다! 부장이고 특별직이고가 무슨 상관입니까? 챌린지X는 전일본TV의 방송이고 도도 회장이 제게 일임한 방송입니다. 거절하겠습니다!"

니시는 전화 수화기를 들어 구로하라에게 내밀었다.

"만약 어떻게든 팀원을 줄여서 방송에 차질을 빚을 생각이라면 내선 2000번을 눌러서 직접 말하십시오. 회장실 직통 번호니까. 자, 마음대로 하시죠."

니시의 도발적인 태도에 구로하라는 할 말을 잃었다. 납작한 콧방울을 벌름거리며 분노로 이글거리는 눈으로 니시를 노려볼 뿐이었다.

17

전일본TV 정문 입구에서 니시는 알고 지내던 미디어 개발국 직원들로부터 쓰키자와 국장이 열흘 전 심장병으로 쓰러졌다는 이야기를 들었다. 가슴이 철렁했다.

"병원은 어디입니까?"

니시가 묻자 오늘부터 출근했다고 한다. 서둘러 미디어 개발국으로 향했다. 쓰키자와는 니시를 수렁에서 끌어올려 준, 니시가 유일하게 신뢰할 수 있는 은인이었다. 아울러 오아시스와 같은 존재로, 회사의 부정부패에 회의를 느낄 때마다 너그러운 성품으로 니시를 위로하던 소중한 사람이었다.

국장실로 들어가자 초췌한 얼굴의 쓰키자와가 자리에 앉아 있었다. 목덜미 살이 눈에 띄게 빠져 보기에도 애처로웠다.

"출근하시면 안 되는 것 아닙니까?"

니시가 걱정하자 쓰키자와가 말했다.

"아아, 얘기 들었나 보군. 갑자기 왼쪽 가슴께가 답답하더니만, 그렇게 됐네. 이젠 괜찮아. 의사는 당분간 쉬라고 했지만 이것저것 할 일이 있어서 쉴 수도 없어."

"심장 혈관이 막힌 것 같더군. 카테터를 넣어서 혈류를 좋게 하는 치료를 받았네. 지금은 스텐트라고 하는 금속관을 혈관에 넣어서 그럭저럭 버티고 있어. 지금보다 악화된다면 아마 수술을 받아야 할지도 모르겠네."

쓰키자와는 수척해진 얼굴로, 남 이야기하듯 담담하게 말했다.

"국장님, 심장은 어찌됐든 실력 있는 명의에게 맡겨야 한답니다. 특히, 어려운 수술일수록 그렇습니다. 일반 의사에게 맡겼다가 무슨 일이라도 생기면 돌이킬 수 없는 것 아닙니까. 제가 아주 훌륭한 의사를 알고 있습니다."

쓰키자와가 "호오" 하고 관심을 비쳤다.

"챌린지X의 주인공이었는데, 신의 손을 지녔다고 하는 천재 심장외과 의사입니다. 수술건수도 외국을 포함해 5천 건이 넘는 실력파 선생님입니다. 메일 주소와 전화번호를 적어두겠습니다. 저도 연락해둘 테니 꼭 상담을 받아보십시오."

"미안하네."

"무슨 말씀이십니까. 당연한 일입니다. 제가 할 수 있는 일은 뭐든 하겠습니다. 사양하실 필요 없습니다. 국장님께 부탁드리고 싶은 것은 딱 한 가지, 슬로다운입니다."

"슬로다운?"

"예, 눈 딱 감고 인생의 속도를 늦춰보자는 말입니다. 일과 교제를 확 줄이고 평소의 절반 정도 속도로 걷고 산책하듯 계절의 변화라든지 사람 사는 모습 같은 것도 슬로─, 슬로─ 해가면서 천천히 보는 것이죠."

쓰키자와는 온화한 미소를 지으며 대답했다.

"위태로울 정도로 질주하는 자네한테 그런 말을 들을 줄은 몰랐는 걸. 하하하하, 오랜만에 즐겁군."

다소 마음이 놓인 니시도 따라 웃었다.

*

구로하라는 다리를 떨면서 컴퓨터 카드 게임을 하고 있었다. 아까부터 니시의 얼굴이 떠올라 "쳇" 하는 소리를 뱉어냈다. 게임에 집중할 수 없는 것도 니시 탓이라는 생각에 부아가 치밀어 저도 모르게 찻잔을 엎어버렸다. 그것도 니시 탓이라며 화를 증폭시켰다. 니시 팀을 와해시킬 작정이었지만 회장의 총애를 받고 있기 때문에 경솔하게 움직일 수 없었다. 어떻게든 물고 늘어질 방법이 없을까?

니시의 일거수일투족에 신경을 집중하자 관련회사를 비롯한 다양한 분야가 연관되어 있는 상황이 좋은 기회처럼 느껴졌다.

구로하라는 히죽히죽 웃었다.

그날부터 구로하라의 집요한 방해공작이 시작되었다.

*

책상에 앉아 대본을 검토하던 니시는 탕하는 소리에 깜짝 놀랐다. 눈앞에 캔 커피가 거칠게 놓였다. 구로하라였다.

"미디어사업본부의 아다치足立 본부장이 업체의 의뢰로 챌린지X 로

고를 캔 커피에 붙여서 팔고 싶다더군. 해주게."

니시는 기가 막혀서 딱 잘라 거절했다.

"안 됩니다, 챌린지X의 테마는 이름 없는 일본인들의 기록입니다. 방송에 특정기업의 색깔을 입힐 수는 없습니다."

이때 니시는 구로하라의 행동원리가 전부 상사 혹은 윗분들을 위해 움직이고 있다는 것을 알았다.

이틀 후, 구로하라가 이번에는 강연의뢰서를 3장 가져왔다.

"경리국과 고지마 전 상무 그리고 오사카 지국 국장의 부탁이네. 셋 다 거절할 수 없는 상대야."

서류를 살펴보자 2건은 방송 녹화일과 겹쳤다.

"이 2건은 무리입니다. 녹화일과 겹쳐요."

"녹화일 따위 미루면 그만 아닌가!"

구로하라가 씩씩거렸다. 부장이라는 사람이 방송은 뒷전이고 다른 일에 정신이 팔려 있다니, 니시는 구로하라의 머릿속이 의심스러웠다.

그리고 결정적인 결렬의 날이 왔다.

구로하라가 방송 전의 테이프를 데스크 노노무라에게 가져오라고 시킨 것이다. 노노무라는 이번 주와 다음 주 방송분 테이프 2개를 건넸다. 부서 책임자이니 당연한 일이었지만 이제껏 방송에 아무런 관심도 보이지 않았던 구로하라의 의도가 의심스러웠다. 노노무라가 편집실에 있던 니시에게 달려온 것은 그 3시간 후였다.

"피디님 큰일입니다. 부장님이 전화로 이번 주분의 커트와 다음 주분 인터뷰를 자르라는 지시를 내렸습니다!"

"뭐? 이유는?"

"모르겠습니다. 방송시간이 짧아진다고요. 어쩌죠?"

"그런 문제가 아니잖아!"

니시는 구로하라를 찾아갔다.

"부장님, 이유를 설명해주십시오."

구로하라가 깐죽깐죽 약을 올리듯 말했다.

"아아, 간단해. 이번 주 방송은 기업명이 들어간 간판이 찍혀 있더라고. 신경을 좀 써야지. 캔 커피도 안 되는데, 화면에 회사 이름이 들어가면 곤란하잖아."

니시는 울컥하는 것을 누르며 대꾸했다.

"그건 별개 문제입니다. 등장인물인 샐러리맨이 일하는 회사명이 나오는 것과 방송과 아무 관계없는 캔 커피 선전에 이용되는 것이 똑같습니까? 챌린지X는 지금까지 줄곧 그런 입장을 고수해왔단 말입니다."

구로하라는 조금도 위축되는 기색 없이 태연하게 말했다.

"내가 바꿨어, 방침을."

니시는 꾹 참았다.

"그럼 인터뷰는 왜 안 되는 겁니까?"

"모르겠나? 주역은 구급 구명사잖나. 의사가 제때 오지 않아서 자신과 같은 사람이 필요하게 됐다는 식으로 얘기하더군. 너무 잘난 척을 하잖아. 의사협회에서 가만있지 않을걸. 우리 형이 의사라서 내가 잘 알아."

구로하라는 자신이 해서는 안 될 말을 했다는 것을 모르고 있었다.

니시의 눈에 살기가 번득였다.

디렉터가 최선을 다해 촬영하고 최고의 작품으로 만들기 위한 편집과 내레이션에 혼신의 힘을 쏟는다. 그렇게 모두가 노력한 끝에 겨우 방송 한 편이 세상에 나온다. 그것을 디렉터로서 낙오자이자 문외한이나 다름없는 구로하라가 망치려고 했다.

니시는 온 방이 쩌렁쩌렁 울릴 만큼 큰소리로 구로하라를 나무랐다.

"적당히 하시지, 당신 바보야! 방송이라고는 눈곱만큼도 모르는 주제에! 한마디만 더 지껄였다간, 가만히 두지 않겠어!"

구로하라의 눈이 분노로 이글거렸다. 입술이 부들부들 떨렸다. 니시는 아랑곳 않고 구로하라를 날카롭게 노려보았다.

*

편집실로 돌아온 니시는 담배 두 개비를 연이어 피웠다. 침울한 기분이었다. 니시는 방송지상주의자인 자신과 대극적 위치에 있는 구로하라를 떠올렸다. 니시는 방송제작의 흥분과 달성감 그리고 성공체험을 통해 자신이라는 인간이 완성되었다고 여겼다. 그것을 디렉터들에게도 느끼게 해주고 싶었다. 한편 구로하라는 자신의 출세를 위해 거짓말도 하고 고식적인 책략도 서슴지 않았다. 상사의 안색을 민감하게 관찰하며 지금의 자리에 오른 자였다. 앞으로도 자신과 교차하는 지점이 있을 것이라고는 생각되지 않았다. 하지만 상사인 구로하라는 니시의 인사고과를 평가할 권한을 갖고 있었다. 악의적인 평가를 한다든지 어디론가 내쫓으려고 암약할 가능성도 있었다. 니시는 무엇보다 모두의 열정이 담긴 챌린지X가 망가지는 것만은 참을 수 없었다.

18

그날 니시는 전일본TV의 관련회사인 전일본TV 이벤트를 방문했다. 챌린지X의 도쿄돔 전시를 거절하기 위해서였다. 요가 전무가 사장실로 안내했다.

그리 넓지 않은 사무실에 나카야시키가 있었다. 넥타이를 매지 않은 검은색 셔츠, 흰색 블레이저를 입은 뚱뚱한 체구의 남자였다. 눈매가 매우 날카로웠다. 도무지 보통 사람으로는 보이지 않았다. 움푹 팬 매서운 눈으로 니시를 샅샅이 훑어보았다. 니시는 도도 회장과 막역한 사이로, 숨은 제왕이라는 별명이 붙은 나카야시키를 경계의 눈빛으로 바라보았다.

나카야시키가 시가를 태우며 말했다.

"인터넷에서 자네 강연록을 보았네. 감동적이더군."

시가 냄새가 온 방 안을 가득 채웠다.

"담배 태워도 좋네."

나카야시키가 재떨이를 내밀었다.

"실은 의사가 담배를 끊으라더군. 벌써 두 차례나 위암이 재발했거든. 당뇨병에 동맥류 거기다 통풍까지 있어. 언제 죽을지 모르는데 꼭 끊어야 하나 싶기도 하고."

니시는 말을 꺼낼 타이밍을 놓치고 말았다.

"협찬금 때문에 고민하는 것 같더군, 이야기 들었어. 에누리 없이 말하지, 좀스럽게 그런 걸로 돈 벌 생각 없네. 걱정할 필요 없어. 난 말이야, 챌린지X에 푹 빠졌을 뿐이야. 그렇게 좋은 프로가 전일본TV에 또 있던가. 협찬금을 전부 쏟아부어서 성대한 이벤트를 열 생각이야."

할 말이 없어진 니시가 물었다.

"나카야시키 사장님, 챌린지X는 서민의 방송입니다. 서민들에게 실망을 줘서는 안 됩니다. 이번 일은……."

"잘 알고 있네. 챌린지X의 이름을 더럽히지 않도록 기업은 전면에 나서지 않도록 하겠네. 오히려 도쿄돔 전람회가 성공하면 방송의 명성이 더욱 확고해지지 않겠나."

"분명 매력적인 행사라고 생각합니다. 하지만 결과적으로 기업 선전에 이용될 가능성이 있기 때문에 고민하지 않을 수 없습니다."

나카야시키가 두 번째 시가에 불을 붙이며 말했다.

"도도 회장은 하고 싶어 했네. 그의 소망을 이루어주고 싶어."

도도의 이름에 니시는 망설였다.

"방송을 지키는 것은 제 책임입니다. 윗분들과는 상관없습니다, 어떻게 해야 할지……."

나카야시키가 니시를 뚫어져라 보았다.

"자네도 보통이 아니군."

나카야시키가 만족스러운 웃음을 지었다.

"분명 위험이 따르는 데는 그만한 대가가 있어야겠지."

대담한 발언이 나왔다.

"무슨 말씀이십니까?"

니시가 당황했다.

"자네의 처우, 말일세."

"무슨 뜻인지 잘······."

"도도 회장과 난 이심전심이거든. 자네를 특별직으로 추천할 생각이야."

할 말을 잃었다.

전일본TV의 계급은 관리직의 경우 과장급, 부장 대우, 부장급의 세 계급이 있다. 그리고 그 위에 특별직이 있다. 관리직과 특별직 사이에는 커다란 벽이 있었다. 누구나 될 수 있는 것도 아니고 오직 선택받은 사람만이 특별직에 오를 수 있었다. 확률은 2천 명에 한 명 꼴로, 특별직이 되면 임원으로 선출될 수 있는 기회를 얻는다. 관리직에서 특별직에 오르는 데 보통 12, 3년이 걸린다고 한다.

"어떤가?"

나카야시키가 물었다.

관련회사 사람에게 노골적으로 인사에 관한 제의를 받고 어떻게 대답해야 할지 혼란스러웠다.

"말도 안 됩니다. 관리직이 된 지 아직 8년차입니다."

니시가 고개를 저었다.

최단 기간에 관리직에서 특별직에 오른 사람이 있었다. 과거 걸프전 보도 때 지휘를 맡은 신교지였다. 불과 10년 만에 특별직에 오르고 이를 발판 삼아 올해 인사담당 상무의 자리를 차지했다. 슈퍼 엘리트 신교지도 10년이 걸렸다. 니시는 언감생심, 꿈도 꿀 수 없는 일이었다.

나카야시키가 못을 박았다.

"어렵게 생각할 것 없어. 자네만큼 회사에 공언한 사람이 또 있나? 보답이라고 받은 것도 없고, 방송국에서 자네에게 해준 게 뭐가 있나? 챌린지X로 떼돈을 벌었다고 누구나 칭찬하는 사람이 있던가? 전일본TV는 말이야, 시청료에 배가 불러서 자네가 벌어들인 돈은 돈 같지도 않은 거야. 민영방송이었으면 자넨 벌써 중역이 되고도 남았어. 날 한번 믿어보게."

나카야시키의 간곡한 말에 니시도 마음이 흔들렸다.

그 순간, 구로하라의 얼굴이 떠올랐다. 여섯 살 연상의 구로하라는 작년에 특별직으로 승진했다. 자신이 특별직이 되면 그와 동격이 되는 것이었다. 그러면 니시의 인사고과에 대한 권한은 구로하라에서 방송국장에게로 넘어간다. 더러운 손길에서 벗어날 수 있을뿐더러 이례적인 승진도 가능했다. 무엇보다 챌린지X를 지킬 수 있었다.

망설일 때가 아니었다. 니시는 나카야시키와 손잡을 마음을 굳히고 조용히 고개를 끄덕였다.

*

챌린지X 도쿄돔 전람회 준비가 시작되었다. 사업본부, 전일본TV 이벤트, 홍보부 그리고 니시 팀이 전개하는 대규모 프로젝트가 되었다. 총책임은 고지마 전무가 맡았다. 회장 직속 프로젝트로서, 대대적인 홍보 및 기자 발표가 이루어졌다. 그러던 중, 나카야시키가 니시에게 전화를 걸어왔다. 딱 한마디였다.

"오늘, 회장과 같은 차에 탈 걸세. 이야기하지."

그렇게 말하고는 전화를 끊었다.

두 남자가 방송국장실에서 이야기를 나누고 있었다. 한 사람은 국장인 모기, 나머지 한 사람은 정보문화부장 구로하라였다. 조금 전부터 니시에 대한 이야기가 끊이지 않았다.

"국장님, 어쨌든 니시의 그 오만한 행태는 도저히 두고 볼 수 없습니다. 디렉터들도 니시가 언제 또 성깔을 부릴지 전전긍긍하고만 있습니다. 저도 이제는 마음을 다스리는 데 지칩니다."

"그렇게 심한가?"

"사실 저도 나쁘게 말할 생각은 털끝만큼도 없지만, 여기저기서 방송을 사유물로 생각한다는 말이 나옵니다. 대체 어쩔 셈인지."

"그래서 자넨 어떻게 했으면 좋겠나?"

모기는 단도직입적으로 물었다.

"이번 참에 어디 지방 방송국 부장쯤으로 발령을 내서 인간적인 성장을 할 시간을 주는 것도 좋은 방법이 아닐까 생각합니다."

구로하라는 기대에 부풀어 모기의 안색을 살폈다.

모기가 눈을 끔뻑거리며 말했다.

"그건 무리네. 간판 프로의 피디를 좌천시킬 명분이 없어. 게다가

요즘 니시를 두고 특별직 얘기까지 나오고 있다고."

구로하라가 몸을 벌떡 일으켰다.

"예? 설마 그런 말도 안 되는 일이!"

저도 모르게 본심이 나왔다.

"아직 이르다고 반대하는 사람이 많아서 어떻게 될지는 모르겠지만 말이야."

모기는 귀찮다는 듯 말하더니 담배에 불을 붙였다. 라이터 불꽃이 구로하라의 일그러진 얼굴을 비추었다.

*

도쿄 닌교人形 초에는 역사가 오래된 요정이 많다. 역에서 5분 남짓 걸으면 검은 벽에 둘러싸인 요정 '고기쿠小菊'가 있었다. 전국 양조장에서 엄선된 술을 들여오기 때문에 아는 사람들 사이에서는 최고의 술을 맛볼 수 있다고 소문난 곳으로 가격도 무척 비쌌다. 그 곳에서 구로하라는 벌써 1시간째 한 남자가 도착하기를 기다리고 있었다. 이렇게 고급음식점을 예약했는데 늦다니, 어차피 전일본TV의 돈으로 지불할 생각이지만 짜증이 밀려왔다.

종업원의 목소리가 들리더니 기다리던 사람이 왔다.

인사부 담당부장 후나코船古였다. 자리에 앉아 먼저 맥주를 주문했다. 후나코는 구로하라의 동기로, 교양부에서 인사부로 옮겼다. 두 사람 다 젊을 때부터 인사 쪽에 무척 관심이 많아서 매년 구로하라가 만드는 인사 예상도를 안주로 술잔을 기울이던 사이였다. 그랬던 후나코가 실제 인사부로 옮긴 후로는 관계가 소원해졌지만 이번에 구로하라가 급히 불러낸 것이었다. 후나코는 거무칙칙한 피부에 코가 유독 커서 콧구멍 속이 들여다보일 정도라 칠칠치 못하게 코털이 삐져나와 있는 것이 보였지만 상관 않고 입을 열었다.

"니시 건, 알아봤나?"

후나코는 맥주를 한 모금 들이켰다.

"숨 좀 돌리세. 인사부도 막바지 작업 중이라 겨우 빠져나왔다고."

구로하라가 비위를 맞추듯 대답했다.

"이런, 미안하네. 일단 한 잔 하면서 이야기하세."

일단 맥주로 목을 축인 후 후나코가 말했다.

"특별직은 인사부장의 전권사항이라 말이지. 임원도 간섭하고 나서는 일이라 어떻게 될지 모르는 상황이야."

"역시, 니시는 아니지?"

구로하라가 확인하듯 물었다.

"아냐, 이름은 나온 것 같던데. 꽤 높은 데서 말이야."

"꽤 높은 데라니? 국장은 아니잖아. 내가 다 확인해봤다고."

후나코가 흥미롭다는 듯 말했다.

"어쨌든, 꽤 높은 데야. 임원일지도 모르고. 아니면……."

"설마, 천황?"

구로하라가 경악했다.

후나코가 맥주를 꿀꺽꿀꺽 들이켜더니 말했다.

"그럴 가능성도 있어."

구로하라가 단숨에 말을 토해냈다.

"이게 말이나 돼? 난 특별직이 되는 데 12년이나 걸렸다고. 12년 동안 얼마나 고생을 했는지 자네도 잘 알겠지. 그런데 니시 따위가 8년 만에 특별직이라고! 말도 안 돼!"

후나코가 비꼬듯 말했다.

"자네, 부장 아닌가? 보통 부하 직원이 승진하면 기뻐해야 하는 것 아닌가?"

"다 돼도 그 녀석만은 안 돼. 후나코, 막을 방법이 없겠나?"

후나코가 잠시 생각에 잠겼다.

"인사담당 임원이 반대하면, 막을 수 있을 지도 모르지."

구로하라의 눈이 날카롭게 빛났다.

"인사담당! 신교지 상무 아닌가? 히히히히, 내가 데스크 때 모셨던 분이지. 히히히."

구로하라의 입가에 비웃음이 번졌다.

19

2톤 트럭이 멈추고 우람한 팔 근육을 자랑하는 운송업자들이 이삿짐을 차례로 옮기기 시작했다. 오래된 물건은 거의 버렸다. 새로 산 CD플레이어가 내장된 안마의자가 유독 무거워 보였다.

니시는 멋지게 지어진 집을 넋을 잃고 바라보았다. 외벽은 옅은 핑

크색으로 칠하고 3분의 1가량 얇은 오렌지색 벽돌을 붙였는데 의외로 잘 어울렸다. 계단 다섯 개를 올라 커다란 문을 열자 새하얀 타일이 깔려 있는 현관이 청결한 느낌을 주었다. 1층은 침실과 다다미 방 거기에 욕실과 넓은 벽장, 바람이 잘 통하는 완만한 계단을 올라가면 2층 거실로 눈부신 햇살이 쏟아졌다. 고지대여서 그런가, 테라스로 나오면 저 멀리 전일본TV 빌딩의 윗부분이 선명히 보였다.

그때, 휴대전화가 울렸다.

오랜만에 듣는 목소리, 신교지 상무였다.

"니시, 자넨가? 잘 듣게. 내일 4시에 나를 찾아오게."

그러고는 전화를 끊었다. 혹시나 하는 생각에 기대와 불안이 교차했다.

*

다음 날, 전일본TV 20층에 있는 신교지의 집무실을 찾아갔다. 멋진 로맨스그레이는 어느새 온통 은빛으로 물들고 귀밑까지 기른 머리는 지적인 분위기를 풍겼다.

니시가 인사를 하고 방으로 들어가자 신교지는 자리에 선 채로 말했다.

"니시, 지금부터 내가 하는 말 잘 듣게."

"예, 무슨 일입니까? 겁나네요."

신교지는 아무 감정도 보이지 않고 말했다.

"내일부터 복도 가운데로 걸어 다니지 말게. 웃는 얼굴도 보여선 안 돼. 땅만 보고 어두운 표정을 짓게. 알겠나?"

어리둥절한 니시에게 신교지가 말을 이었다.

"자넨 내일부터 신분이 바뀔 걸세. 특별직이 될 테니까."

니시는 몸을 떨었다. 가슴이 쿵쿵 뛰는 소리가 들려오는 듯했다.

다음 날 전일본TV 21층 대강당에서 특별직 취임식이 열렸다.

니시에게는 특별히 수행원이 붙었다. 작년에 승진한 3년 선배 나라
야마櫔山 계획실 총괄부장이었다. 나라야마는 발탁인사인 니시가 최대
한 눈에 띄지 않도록 하라는 신교지의 특명을 받았다. 파격적인 대우
였다. 대강당에 들어선 니시는 신교지가 한 말의 의미를 깨달았다.

특별직 대부분이 정년이 얼마 남지 않은 간부들이었다. 다들 전일
본TV에 젊음을 다 바치고 이제야 겨우 특별직에 올랐다. 안타깝지만,
하나같이 고령자뿐이었다. 주위를 둘러보았지만 니시가 유독 젊었다.
니시는 고개를 떨어뜨리고 눈에 띄지 않도록 자리에 앉았다. 회사에
는 확실하고도 엄격한 계급이 존재하고 뒤처진 사람은 희생양이 되어
철저히 물어 뜯긴다. 그것을 잘 알기 때문에 더욱 출세에 혈안이 되는
것이라는 생각이 들었다.

그때 도도 회장이 나타났다. 한참을 전일본TV의 현 상황과 특별직
으로서 마음가짐에 대해 이야기했다.

"지금, 텔레비전 방송업계는 큰 위기를 맞고 있습니다. 젊은 세대는
텔레비전이 아닌 컴퓨터나 게임에 열중하고 전일본TV의 시청자도 해
마다 고령화의 길로 치닫고 있습니다. 이러한 역경을 어떻게 극복하

고 헤쳐 나가야 할지 고심하는 것이야말로 여러분의 사명입니다. 저는 노력을 게을리 하는 사람을 경멸합니다. 그런 사람은 이 자리에 있을 필요가 없습니다."

회장이 훈시를 마치자 임명장 수여식이 시작되었다. 차례로 호명되면 신교지 상무 앞으로 나가 깍듯이 인사를 하고 감사히 임명서를 받는다.

니시의 순서가 왔다. 자리에서 일어났다. 더 이상 몸을 숨길 장소는 없었다. 앞으로 걸어 나가는 동안 쏟아지는 시선이 무척 부담스러웠다.

신교지가 위엄 있는 어조로 말했다.

"니시 사토루, 방송국 치프 프로듀서직을 해제하고, 새롭게 특별직으로서 방송국 이그젝티브 프로듀서로 명한다. 열심히 하게."

임명서를 받아들고 뒤를 돌자 자리에 모인 사람들이 복잡한 표정으로 니시를 바라보고 있었다.

자리로 돌아오면서 니시는 공중에 붕 뜬 기분으로 '이그젝티브'라는 말을 몇 번이고 되뇌었다. 발음이 잘 되지 않았다. 막중한 책임감과 지위를 안겨준 도도를 향한 고마움이 샘솟았다. 신교지가 말한 대로 복도 벽을 따라 땅만 보고 걸었다. 정보문화부에 들어서자 지나가던 프로듀서가 흥분인지 선망인지 알 수 없는 상기된 어조로 말했다.

"피디님, 축하드립니다. 그나저나 엄청나게 빠른 출세 아닙니까!"

"고맙네."

최대한 감정을 억누르고 인사를 했다. 저 멀리 구석에 모여 있던 프로듀서들이 니시를 보고 있었다. 누구 하나 가까이 오지 않았다. 무슨 괴물이라도 보듯 니시를 바라보았다.

구로하라가 다가왔다.

"축하하네, 잘 됐군. 2계급 특진이나 다름없지 않나. 나도 자넬 적극 추천했었다고."

구로하라가 굳은 얼굴에도 속이 빤히 들여다보이는 아부를 했다. 실은 어떻게든 니시의 승진을 막으려고 날뛰다 신교지까지 찾아가 획책했지만 단박에 거절당했다.

구로하라가 중얼거리듯 말했다.

"이대로라면 임원도 시간 문제겠군……."

*

다음 날 아침, 니시는 흥분 때문인지 새벽 5시에 눈을 떴다. 온몸이 식은땀에 흠뻑 젖어 있었다. 무슨 꿈을 꾸었는지는 기억나지 않았다. 다만 자신의 기쁨을 소리 높여 외치고 싶었다. 사유리가 깨지 않도록 발소리를 죽이고 침실을 나와 새 집 이곳저곳을 둘러보았다. CD플레이어가 내장된 안마의자가 눈에 들어왔다. 한 번도 써보지 않았다는 생각에 CD박스를 뒤져 지금의 기분에 가장 잘 맞는다고 생각되는 엘가의 '위풍당당 행진곡'을 꺼내 CD플레이어에 넣었다. 안마의자에 누워 전원을 켜자 기분 좋은 진동이 시작되었다. 장대한 행진곡과 남자들의 낭랑한 화음이 니시에게 강력한 투지와 정복감을 불러 일으켰다. 니시는 더없이 행복한 시간을 보냈다.

담배를 한 대 피우고 싶어진 니시는 2층 테라스로 나갔다. 테라코타를 깔아서 장식한 4평 남짓한 테라스에는 나무로 만든 빈티지 의자와 철제 원형탁자를 놓았다. 아침 공기가 쾌적했다. 의자에 걸터앉아 천천히 담배를 태웠다.

아침 안개 사이로 전일본TV 빌딩이 눈에 들어왔다. 전면이 회색빛 유리로 된 특이한 디자인은 아름답지는 않았지만 당당한 위용이 돋보였다. 문득 구로하라가 내뱉은 '임원'이라는 말이 떠올라 20층 정도 될법한 곳을 눈으로 쫓았다.

'난 아직 젊고 시간은 충분해.'

니시가 득의의 미소를 지었다.

갑자기 난반사한 것인지, 전일본TV의 유리창이 눈부신 빛을 발하며 니시의 눈을 찔렀다. 니시는 자신의 앞날을 축복하는 빛이라고 믿어 의심치 않으며 만족감에 젖었다.

니시의 시선이 점점 위로 올라가더니 마침내 최상층인 23층에 고정되었다.

거대한 성의 패자인 도도의 당당한 모습이 떠오르며 어쩌면 나도…… 하는 꿈같은 망상에 빠져들었다.

개미 한 마리가 커다란 꽃을 향해 사력을 다해 줄기를 타고 올라간다. 사람들은 그 모습을 추하다고 비난할까, 혹은 아름다운 모습이라고 칭송할까?

니시의 얼굴에 강렬한 야망의 빛이 떠올랐다.

제3장 운명의 날

1

다이토台東 구 센조쿠千束는 에도江戸 시대 벼를 천 속束-벼 10단이나 수확했다고 하여 지어진 이름이다. 350년 전 요시와라吉原 유곽이 통째로 이곳으로 옮겨 와 권번券番이며 요정이 늘어서 있었다. 곱게 치장한 유녀들이 거리를 누비고 밤마다 북장단에 맞춘 샤미센 소리가 울려 퍼지며 달콤한 부귀영화를 누렸다.

지금은 소프랜드soap land-욕실이 딸린 방에서 여종업원이 남성 고객을 상대로 성적인 서비스를 제공하는 퇴폐업소가 즐비한 살벌한 거리로 변모했다.

검은색 크라운 차량은 과거 유곽의 수호신을 모신 사당 요시와라 신사를 지나 호객행위를 하는 남자들의 살피는 듯한 시선을 받으며 목적지를 향해 가고 있었다.

뒷좌석에는 두 남자가 타고 있었다. 느긋하게 차량 시트에 거구를 기대고 앉은 이는 전일본TV협회 회장 도도 류타, 그 옆에는 니시 사토루가 앉아 있었다. 니시는 일상적이지 않은 거리 풍경을 흥미 깊게 바라보았다.

니시가 도도의 특별한 총애를 받은 지도 1년이 흘렀다.

최근 들어 30회가 넘는 강연회를 소화하고 도도의 손님 접대까지 나서는 등 그야말로 도도 파벌의 일원으로 간주되었다. 도도와 만남도 빈번해지면서 도도에게 느끼던 위압감도 옅어졌다. 도도는 적대관계에 있는 인간에게는 일말의 자비도 없는 남자였지만 한번 자기 사람이라고 생각하면 관용을 보였다. 때때로 니시에 대한 배려가 느껴지기도 했다. 일주일 전, 도도가 니시를 불렀다.

"자네 팬이라는데, 만나게 해주고 싶은 사람이 있네. 같이 가세."

그렇게 같이 나서게 된 것이다. 크라운 차량의 창문은 필름을 붙였기 때문에 밖에서는 안이 보이지 않았다. 운전사는 뒤를 쫓는 차가 없는지 눈을 흘깃거리며 몇 번씩 백미러 너머를 확인했다. 전일본TV의 회장이라는 직책 때문에 연예인만큼이나 스캔들을 노리는 매스컴의 표적이 되었다. 하지만 도도는 믿기 어려울 정도로 강인한 신경의 소유자로 눈 하나 깜짝 하지 않았다. 자신 같으면 사생활까지 쫓아다니는 행태는 도저히 참지 못할 것이라고 생각했다.

이윽고 크라운은 흰색 회벽 담에 둘러싸인 요정에 도착했다. 도도는 양복 안주머니에서 종이로 곱게 싼 지폐를 운전수에게 건넸다.

"시간이 좀 걸릴 것 같아. 느긋하게 밥이라도 먹고 오게."

도도가 차분히 말했다.

그런 일련의 동작들이 워낙 익숙하고 우아해서 니시는 감탄할 따름이었다.

붉은 칠을 한 문을 지나며 도도가 자랑스럽게 말했다.

"여기는 350년 넘게 이어오는 마지막 유곽이라네."

정원에 물을 뿌린 흔적이 사뭇 청량했다. 기다리고 있던 50대 중반의 여주인이 공손히 고개를 숙였다.

"어서 오십시오, 오시느라 고생 많으셨습니다."

세월의 무게가 느껴지는 현관 마루를 밟으며 여주인을 따라 안으로 들어갔다.

구불구불한 복도를 걸어 2층으로 올라갔다. 6평 남짓한 널찍한 방에 들어가자 한 남자가 기다리고 있었다. 머리는 백발이었지만 더블 정장을 말쑥하게 차려 입은 정정한 모습이었다.

"오, 니시 프로듀서! 만나고 싶었습니다."

만면에 웃음을 지으며 악수를 청했다. 서늘하게 착 달라붙는 느낌이었다.

"오랜만입니다."

도도가 한쪽 손을 올려 인사를 하고는 자리에 앉았다. 도도가 니시를 자리에 앉히고 "다케자키竹崎 선생님이네"라고 소개했다.

엇하고 깜짝 놀란 니시가 어깨를 움츠렸다. 그 남자는 전 총무대신이었다.

총무성은 전일본TV의 감독관청이다. 도도와 전 총무대신은 상당히 가까운 관계로 보였다.

"일단, 한 잔 받게."

다케자키가 따라주는 술잔을 니시는 황송해하며 단숨에 마셨다.

다케자키의 눈꼬리가 내려가며 소탈한 웃음을 지었다.

"나야 워낙 챌린지X의 열성 팬이지만, 지난번 니시 피디의 강연록을 읽고 눈물을 참을 수 없었습니다. 내 동료들은 모두 자네의 강연록이 필독서가 되어 있습니다. 한 친구는 지역 선거민들 앞에서 연설을 할 때 참고한다고 합니다. 저작권 침해가 되려나."

"칭찬해주셔서 영광입니다."

니시는 저자세로 인사를 했다.

도도가 번질번질하게 혈색 좋은 얼굴로 니시를 쳐다보았다.

"니시 군, 잘 됐네. 다케자키 선생님은 대단한 힘을 가진 분이야. 선생님의 눈에 들면 자네에게도 큰 도움이 될 걸세."

다케자키는 안주를 집던 젓가락을 내려놓고 크게 웃었다.

"하하하, 오늘은 그런 재미없는 이야기는 제쳐둡시다."

도도는 스모 선수를 후원하는 다니마치谷町처럼 느긋하게 좌식의자에 걸터앉아 기분 좋게 웃고 있었다. 도도의 인맥은 각계각층에 그물망처럼 촘촘히 엮여 있었다. 정계, 재계, 매스컴까지 하나같이 거물들로 70세 가까이 되었지만 열정적으로 외부 활동을 계속하고 있었다. 니시는 그것이 도도의 강력한 힘의 원천이라는 것을 알았다. 그러한 인맥을 하나하나 자신의 것으로 만들어 후일을 기약하겠다는 야심을 불태웠다.

여주인을 술잔을 채우며 말했다.

"그거 아세요? 저희 종업원들 사이에서는 챌린지X의 시청률이 거의 100%예요."

"호오, 왜 그렇지?"

도도가 물었다.

"그야 높으신 분들 술자리에서 빠지지 않고 나오는 화제인걸요. 챌린지X를 모르면 이야기를 따라갈 수 없어요."

"그렇군, 그런 이유가 있었군."

다케자키가 고개를 끄덕였다.

"챌린지X 반응도 뜨겁고 전일본TV에서도 내로라하는 간판 프로잖아요. 니시 씨야말로 남자로서 전성기인데, 인기가 많아서 힘드시겠어요?"

여주인이 물었다.

"그럴 리가요. 전혀 아닙니다."

니시가 난처한 표정으로 대답하자 도도가 끼어들었다.

"니시 군, 여자는 조심해야 해. 보통 무서운 게 아니거든. 만나려거든 프로를 만나게."

"걱정 않으셔도 됩니다. 워낙 변변치 못해서요."

여주인이 빙긋 웃었다.

"그러는 도도 회장님이야말로 바쁘신 것 아녜요?"

도도가 싱글벙글하며 대답했다.

"하하하, 내 나이가 이제 곧 일흔이네. 그리고 무엇보다 24시간 내내 전일본TV 걱정에 바쁘고 말이야. 자식처럼 애지중지하느라 회사일 말고는 다른 생각할 틈이 없네."

"과연 도도 회장님을 미스터 전일본TV라 하는 이유가 있었군요. 하하하하."

다케자키가 웃으며 대꾸했다.

시계를 슬쩍 본 다케자키가 여주인을 재촉했다.

"미네코みね子 누님은 아직인가?"

"조금 있으면 올 거예요."

여주인이 대답하고 니시에게 설명했다.

"니시 씨, 에도 막부가 유일하게 인정한 것이 요시와라의 게이샤芸者라는 것 아세요? 기예의 격과 질이 아카사카赤坂나 가구라자카神楽坂 같은 곳과는 비교도 안 되죠. 그런 기예가 쇠퇴하면서 결국에는 마지막한 사람만 남았어요. 그것도 89세의 게이샤, 단 한 사람이죠."

니시가 게이샤의 나이에 놀라는 사이 장지문이 열리더니 본인이 등장했다.

"안녕하세요, 미네코라고 합니다. 이렇게 찾아주셔서 감사합니다."

고령의 게이샤가 다다미에 양손을 가지런히 짚으며 고개를 숙였다.

분명 나이는 많았지만 오랜 세월 화류계에 몸담았기 때문인지 몸가짐이 단정했다.

"이런, 이런. 수고가 많으십니다."

도도가 내민 술잔을 시원스럽게 받아 마신 고령의 게이샤는 샤미센을 손에 들고 "요~우" 하고 구성진 추임새를 넣으며 노래를 시작했다.

애달픈 사랑에~우는 매미보다~울지 않는 반딧불이가~애가 타누나~
소문이 나도~안 되지만~세상 사람들에게~소문내고 싶은 사이~
삼천세계의~까마귀를 죽이고~내 님 곁에서~잠들고 싶구나~~

샤미센을 튕기는 유려한 손놀림에 니시는 넋을 잃었다. 금세 흥겨운 분위기가 무르익었다. 고령의 게이샤는 계속해서 손님이 질리지 않을 정도의 절묘한 빠르기로 노래를 불렀다.

약 1시간 정도 노래를 부른 고령의 게이샤는 지쳤는지 꼿꼿이 세웠던 등을 굽혀 깊이 고개를 숙였다.

"대단한 기예를 보았네. 아하하하."

도도가 크게 웃었다.

"암, 암. 하하하하."

다케자키가 따라 웃자 니시도 떠밀리듯 웃었다.

고령의 게이샤가 다케자키가 건넨 사례금을 공손히 받아들고 방을 나갔다.

돌아가는 택시 안에서 도도는 늘 그렇듯 갑작스럽게 니시에게 말했다.

"자네의 공헌은 참으로 크네. 자네의 다음 행보가 기대되는군. 내가 살아 있는 동안에는 누구도 자네를 건드리지 못하게 할 테니 안심하게. 내가 어디 보통 사람인가, 하하하하. 더도 말고 덜도 말고 지금처럼만 최선을 다해주게."

도도의 말을 듣고 니시는 이단자로서의 자신을 의식했다.

도도의 친위대는 고지마 전무와 우라카미 비서실장을 비롯해 모두 정치부 기자 출신이었다. 정치부는 40명 정도의 엘리트 집단으로, 파벌은 피의 결속에 의해 굳게 유지되었다. 니시와는 태생이 달랐다. 예컨대 방송국 인사고과표에 인사이동 희망처는 적어도 승진 등을 바라는 것은 엽관운동으로 해석되어 불리한 평가를 받는다. 그런데 정치부에서는 초년생 때부터 전일본TV의 정점에 서고 싶다는 포부를 아무렇지 않게 표현한다. 니시에게는 그런 뻔뻔스러움도 없을뿐더러 축적된 인간관계도 없었다. 전일본TV에 입사한 이래, 니시는 줄곧 능력만으로 승부했다. 오로지 한 마리 외로운 늑대처럼 살아온 자신이 과연 그런 무리에 들어갈 수 있을까?

도도가 굵은 목소리로 천천히 말했다.

"니시 군, 무조건 일류라고 불리는 사람을 사귀게. 내가 사귀는 사람들은 죄다 일류지. 이류는 안 돼. 거들떠도 보지 말게. 자네는 무조건 왕도를 걷는 거야."

"예. 온 힘을 다해 노력하겠습니다."

니시가 순순히 고개를 끄덕였다.

방송국 내에서 남의 이야기하기를 즐기는 무리가 니시를 두고 도도의 노리개라는 등의 험담을 하는 것은 익히 알고 있었다. 격렬한 질투심의 발로라고 해야 할까, 알고 보면 자신도 니시처럼 인정받고 싶은 마음이 간절했던 것이다. 니시는 실력과 실적이라면 누구에게도 지지 않을 자신이 있었지만 그것만으로 통용되는 세상이 아니었다. 능력과 무관한 정실 인사가 활개를 치며 열정 있는 사원들의 의욕을 빼앗아 타인을 끌어내리는 음모가 일상적으로 반복되는 회사였다. 그러한 전일본TV에서도 도도는 절대불멸의 존재였다. 니시는 도도라는 거미의 실을 꼭 붙들고 이대로 쭉쭉 하늘로 올라가기로 결심했다.

집이 가까워졌는지 운전수가 주위를 확인하며 차를 세우더니 도도에게 말했다.

"괜찮습니다. 수상한 사람은 없습니다."

"좋아, 자넨 니시 군을 데려다주게. 니시 군, 난 먼저 내리네."

도도는 거구를 불편한 듯 구부리며 크라운 차량에서 내렸다. 니시
도 재빨리 내려 인사했다.

"오늘 정말이지 값진 공부를 시켜주셔서 감사합니다."

"그래"라고만 대답하고 도도는 커다란 등을 보이며 걸어가더니 이
내 어둠 속으로 사라졌다.

2

2만 6천 평에 이르는 광대한 대지에 세워진 전일본TV협회는 한 바
퀴 도는 데만 15분 정도가 걸렸다. 니시는 평소 부족한 운동량을 보
충하기 위해 하루 1만 보를 목표로 출근길 방송국 주위를 한 바퀴 도
는 것을 일과로 삼고 있었다.

플라타너스 가로수가 푸르게 우거져 있었다. 적당히 따뜻한 초여름
햇볕이 쏟아지고 상쾌한 바람은 기분 좋게 두 뺨을 스쳤다. 천천히 목
덜미에 땀이 배어났다. 방송국은 경사가 급한 언덕 위에 있었기 때문
에 빠르게 걸으면 약간 숨이 찰 정도였다.

전일본TV에는 입구가 3개 있는데 정면 현관에서 바라보는 모습이
가장 위용 넘쳤다. 하늘을 향해 솟아 있는 유리로 뒤덮인 빌딩은 여름
빛을 받아 눈부시게 비쳤다. 하지만 그곳은 니시에게 격렬한 전쟁터

였다. 니시는 일단 일을 시작하면 퇴근할 때까지 점심도 먹지 않는다. 휴식이나 식사시간에는 관심도 없었다. 쫓겨날 것인가, 살아남을 것인가의 절박함으로 한시도 마음 편할 날이 없었다. 오늘도 죽기 살기로 해보자, 니시는 스스로 맹렬한 투쟁심을 고무시켰다.

사내로 들어왔을 때였다. 니시는 평소와 다른 어수선한 분위기를 느꼈다. 중간에 스쳐지나간 전일본TV의 아는 간부 몇몇이 긴장된 얼굴로 지나쳐 가는 것을 보고 무슨 일이 생긴 것은 아닌지 궁금했다. 사무실에 들어가자 디렉터들이 빙 둘러앉아 심각한 표정으로 주간지 기사를 읽고 있었다.

"이게 사실이야?"

"말도 안 돼!"

니시는 어깨 너머로 들여다보며 이번에는 또 무슨 루머인가 하고 대수롭지 않게 생각했다. 전일본TV에 관한 기사를 실으면 팔린다는 말에 너도나도 앞 다퉈 기사를 썼다. 하지만 디렉터에게 주간 밀리언을 받아든 니시는 소스라치게 놀랐다.

'경악을 금치 못할 악행 발각! 예능프로 피디 1억 엔이 넘는 제작비 횡령'이라는 타이틀이 눈에 들어왔다.

'소름끼칠 정도입니다. 설마하니 이렇게 거액을 횡령했을 줄이야. 저희도 믿지 못할 지경입니다!'라는 동료의 이야기로 기사가 시작되었다.

1999년부터 시작된 예능프로 '어린이 노래자랑'을 무대로 거액의 부정횡령 사건을 일으킨 방송 간부가 적발되었다. 우미노

가쓰야海野勝也 프로듀서이다. 실제 근무한 적도 없는 방송작가 3명에게 방송 1회당 위촉금 명목으로 매주 90만 엔, 한 달에 약 400만 엔에 이르는 거액을 약 2년 반에 걸쳐 지급했으며 그 총액이 1억 엔이 넘는 사실이 발각되었다. 우미노 피디는 경리처리 컴퓨터를 부정 조작해 지급한 제작비의 대부분을 수수료로 챙김으로써 거액을 '착복'했다!

우미노 피디는 베르사체 등의 럭셔리 브랜드 옷을 입고 로렉스, 프랭크 뮬러 등의 명품 손목시계를 모으는 것이 취미라고. 와인 바에서는 1병에 20만 엔을 호가하는 고급 와인을 즐겨 마셨다고 한다. 승용차는 벤츠 SL500. 일반 서민들은 상상도 할 수 없는 벼락부자의 라이프스타일이 아닐 수 없다. 그런 기막힌 생활을 떠받치고 있었던 것은 다름 아닌 국민들이 낸 시청료였다. 심지어 연금생활자도 시청료를 내고 있다. 국민의 소중한 돈을 횡령한 파렴치한 사건이 아닐 수 없다!

기사 내용은 매우 자세했으며 내부고발자인 동료의 이름과 공모한 방송작가의 실명까지 실려 있었다. 우미노의 얼굴 사진도 실렸다. 만약 기사 내용이 거짓이라면 완벽한 명예훼손이었다. 주간지의 강한 자신감을 읽을 수 있었다.

그 밖에도 기사에는 전 최고검찰청 검사가 이번 사건을 강력히 지탄하는 내용이 실려 있었다.

'우미노 피디에게 돈을 받은 측도 그에 상응하는 업무 실적이 없다고 한다면 사기죄의 공범으로 간주할 수 있다. 문서위조와 같은 범죄를 적용할 수 있으며 10년 이하의 징역형에 처해진다. 결코 용서할 수 없는 행위이다. 시청료가 범죄행위에 이용되었다면 국민들도 가만있지 않을 것이다. 공공성을 제일 가치로 삼아야 할 전일본TV협회이기 때문에 공무원의 고발의무에 준하는 확실한 처분을 내려야 하며 조직 내부의 은폐 시도 역시 철저히 봉쇄해야 할 것이다. 공적인 고발과 진상 조사가 이루어져야 할 것이다.'

다음 문구를 보고 니시는 가슴이 덜컥 내려앉았다. 발뺌하지 못할 증거라도 들이밀었는지 전일본TV 홍보부에서 '부정 의혹이 있는 것은 인정합니다'라는 언질을 받은 것이었다.

데스크 노노무라가 인상을 쓰며 물었다.

"이런 일이 있을 수 있습니까?"

"전혀, 상상도 할 수 없군."

니시는 그렇게밖에 대답할 길이 없었다.

니시 팀들은 모두 각자 대본을 쓰고 아이디어를 짜내 구성하고 코멘트를 썼다. 예능프로처럼 대본을 방송작가에게 위탁하는 일은 있을 수 없기 때문에 접점조차 없었다. 게다가 1억 엔이나 되는 거금이 프로듀서의 호주머니로 들어간다면 방송 제작비가 부족해 큰 혼란이 벌어진다. 우미노라는 자의 정신상태를 이해할 수 없었다. 만약 이 기사가 사실이라고 해도 니시에게는 다른 세계의 일이라고밖에 생각할 수 없었다.

"한바탕 소란이 벌어지겠죠?"

디렉터 야마지가 중얼거렸다.

"시간이 좀 지나면 잠잠해지지 않을까?"

노노무라가 대답했다.

"한심한 인간 같으니라고!"

니시가 내뱉었다.

프로듀서라는 직업의 명예가 땅에 떨어진 기분이었다. 성실하게 방송을 만드는 자신들이 똑같은 취급을 받는 것은 참을 수 없었다.

하지만 전일본TV에 생긴 작은 균열은 순식간에 회사 전체를 뒤흔드는 심각한 사태로 변모했다. 내부조사 결과, 주간지 보도가 대부분 사실로 드러났을 뿐 아니라 3년 전 부정 사실을 인지한 우미노의 상사가 사건의 은폐를 지시한 일까지 밝혀졌다.

우미노 사건의 실체가 잇달아 드러나면서 하청을 주는 제작회사에서도 뇌물을 받은 것으로 판명되었다. 거액의 횡령금이 젊은 애인과의 라스베가스며 하와이 여행에, 클럽에서 하룻밤 300만 엔의 유흥비로 쓰였다는 보도가 나가자 사태는 걷잡을 수 없이 심각해졌다.

이 같은 보도에 대한 전일본TV 홍보부의 대응은 한심하기 짝이 없었다. 처음에는 발각된 부정 횡령금액이 2천만 엔 전후라고 발표하더니 점차 금액이 5천만, 8천만 엔으로 늘어났다. 매스컴의 빠른 보도를 전혀 따라가지 못하고 뒷수습에만 급급하다 사태를 키우고 불신감을 증폭시켰다.

각종 신문에서 전일본TV를 비난하는 기사가 연일 쏟아지며 자극적인 타이틀도 줄을 이었다.

'침몰하는 전일본TV', '돈맛에 취한 부정사회', '전일본TV의 파렴치한 민낯', '방탕한 전일본TV의 기막힌 실태' 등이었다.

회사 주위에는 각 민영방송사와 후속기사를 쓰려는 주간지의 카메라맨들이 진을 치며 출근길 사원들에게 '이번 부정 사건을 어떻게 생각하느냐'며 마이크를 들이미는 통에 사원들은 얼굴을 가리기에 급급했다.

세상의 따가운 비난이 쏟아지면서 결국 도도 회장이 긴급 사죄기자회견을 여는 사태로 이어졌다.

도도는 망연자실한 표정으로 카메라를 향해 말했다.

"전일본TV협회는 시청료제도에 의해 성립되고 시청자 국민 여러분의 신뢰를 바탕으로 존재합니다. 그러한 신뢰를 방송제작비 부정유용 등의 불상사로 저버리고 말았습니다. 대단히 죄송합니다. 결코 해서는 안 될 짓을 저지른 사원이 있었습니다. 여러분의 귀중한 시청료를 맡고 있는 공공방송기관으로서 있어서는 안 될 일이며 간과할 수도 없습니다. 우미노 프로듀서를 징계면직하고 사기혐의로 경시청에 고소장을 제출했습니다. 또한 직속 부장 해임과 전 상사에게 6개월 정직처분을 내렸습니다. 저 역시 책임을 통감하며 3개월간 30% 감봉처분을 받겠습니다. 이번 일을 깊이 반성하고 더 좋은 방송을 만들어 국민 여러분께 되돌려드리겠습니다."

도도가 머리를 깊이 숙였다. 이 굴욕을 도도는 어떻게 느끼고 있을까. 니시는 텔레비전을 보며 형언할 수 없는 감정에 휩싸였다.

3

챌린지X의 도쿄돔 전람회 준비는 순조롭게 진행되었다. 개최일까지 2주가 남은 지금, 전일본TV의 대규모 프로젝트로서 100명 규모의 스태프가 일제히 움직이고 있었다. 제작한 포스터가 각 기업과 관청에 배포되었다. 크라운과 스바루 360 등의 자동차에서 가전제품까지 전시용 제품 수배, 라이브 이벤트, 대담회 등도 무사히 준비되고 있었다.

자금 모집은 고지마 전무가 스스로 선두에 서서 기획하고 협력을 구했다. 각 기업은 챌린지X전의 기획취지를 크게 반기며 3천만 엔이나 되는 협찬금을 내는 회사도 속출했다. 니시는 자금 모집에 관여하지 않았지만 전시 소프트의 해설이며 공개 토론회의 패널로 지명되면서 연일 계속되는 사전회의로 눈코 뜰 새 없이 바빴다.

니시의 승진에 힘을 쓴 도도 회장의 맹우盟友, 전일본TV 이벤트의 나카야시키 사장이 그날 니시를 불렀다. 타이를 매지 않은 붉은색 셔츠 차림의 나카야시키는 어쩐지 생기가 없고 피로한 표정이 역력했다. 니시에게 기사 다발을 건넸다.

주간실록이었다. 주간실록은 대형출판사에서 발행하는 주간지로, 전에는 그나마 제대로 된 잡지였으나 노선을 변경한 뒤 악질적인 기사로 판매고를 올리면서 곳곳에서 소송 공방이 벌어졌다.

거기에는 도도를 지탄하는 기사가 실려 있었다. 악역으로 유명한 스모 선수의 경기를 관전하는 도도의 모습을 찍어 '악 대 악의 구도'라는 오싹한 제목을 붙여놓았다. 그것 말고도 이발소나 백화점 등에서 쇼핑을 하는 사진부터 가족까지 집요하게 사생활을 캐고 다녔다.

주간실록은 프로듀서의 부정축재 보도를 주간 밀리언에 뺏긴 탓인지 매주 도도 회장의 특집기사를 내보내며 추문을 찾느라 혈안이 돼 있었다.

"이걸 어떻게 생각하나?"

나카야시키는 '악 대 악의 구도'라는 사진을 가리켰다.

씨름판을 올려다보는 도도의 부리부리한 큰 눈과 바다거북을 닮은 용모는 시각적으로 악역에 딱 들어맞았다. 그러한 용모를 주간지 판매고를 올릴 도구로 삼아 악역으로 둔갑시키고 군침을 삼키고 있을 것을 생각하면 소름이 끼쳤다.

"해도 너무합니다. 사생활 사진까지 함부로 싣다니, 용서할 수 없습니다. 애초에 사람을 악으로 규정하는 것 자체가 언어도단입니다. 회장님이 무슨 죄를 지은 것도 아니고."

니시의 말에 나카야시키는 민감하게 반응했다.

"그렇지? 일부 무분별한 자들이 저지른 짓이잖아. 난 억울하네. 도도는 말이야, 저래 봬도 돈이든 여자든 깨끗한 사람이야. 무엇보다 취미를 전일본TV라고 말할 정도로 이 회사에 푹 빠져 있네. 자기 잇속만 차리는 교활한 관료 타입만 빈둥거리고 있는 전일본TV를 경영할 수 있는 사람이 도도 말고 또 누가 있겠나?"

니시가 고개를 끄덕이자 나카야시키가 계속 말했다.

"난 말이야. 도도 덕분에 이 자리에까지 온 사람이야. 44세까지 건

방지다는 등 상사한테 엄청 구박받았지. 그때까지도 평사원이었어. 보도프로에서 쫓겨나 스포츠부로 옮겼지. 그야말로 진흙탕에서 구른 셈이지. 더럽고 탁한 그런 곳에서 말이야. 그런 나를 진흙탕에서 끌어올리고 임원 대우까지 해주었지. 우리 부모님 장례식도 도도가 전부 맡아서 해주었네. 장례식장에서 밤을 샌 것은 물론이고 화장까지 그 바쁜 사람이 끝까지 자리를 지켜주었네. 출관하는 날, 비가 어찌나 쏟아지던지. 그런데 도도가 온몸이 흠뻑 젖는데도 계속 서 있었네. 정이 많은 사람이야."

나카야시키가 지금 벌어지고 있는 사태를 누구보다 걱정하고 있는 것을 알았다. 도도의 그림자라고 불리는 남자의 절실한 감정이 느껴졌다.

니시는 참았던 말을 꺼냈다.

"회장님이 위험합니까?"

나카야시키가 니시를 날카롭게 응시했다. 더욱 압도되는 느낌이었다.

"도도는 다시 한 번 자기 힘으로 딛고 일어설 거라고 했네. 무책임하게 내팽개치고 적 앞에서 도망가는 짓 같은 건 할 수 없다고 말이야. 다만, 전일본TV의 역사는 말이야. 권력투쟁의 역사라네. 약점을 보이면 이때다 하고 여기저기서 달려드는 무리가 나타날 거야."

니시는 무슨 말이든 하고 싶었다.

"제가 도움이 될지는 모르겠지만, 할 수 있는 일이 있다면 뭐든 말씀만 해주십시오. 저도 도도파라고 불립니다. 물론, 조금도 후회하지 않습니다. 이렇게 된 이상, 죽으나 사나 함께 헤쳐 나가야 할 운명입니다."

나카야시키는 강렬한 눈빛으로 결의를 다짐했다.

"니시 군, 무슨 일이 있더라도 이번 챌린지X 도쿄돔 전람회를 성공시켜야 하네. 거센 역풍이 불어 닥치는 상황이지만 더욱 당당하게 개최하고 끝까지 과감하게 밀어붙이게. 챌린지X전을 도도 회장의 권력을 되찾는 기회로 삼고 싶네."

나카야시키의 눈에 강한 집념의 빛이 떠올랐다.

"난 고작해야 1년이야. 암이 4기까지 진행된 상태거든. 여기저기 전이된 상태라 더 이상 손 쓸 도리가 없네. 조만간 이 세상과도 하직하겠지. 그래서 더는 아무 욕심도 없네. 기필코 도도를 지켜주겠어!"

니시는 묵묵히 듣고 있었다.

"챌린지X는 국민 모두에게 사랑받는 방송이네. 건곤일척, 도도 회장의 만회할 수 있는 생명줄이네. 그 힘을 최대한 빌려 도도의 위세를 마음껏 펼쳐 보이고 싶네. 모두 놀라 입을 다물지 못할 정도로 하고 싶어. 자네의 힘을 빌려주게. 제발 부탁하네!"

그러더니 나카야시키는 니시의 양복 깃을 움켜쥐고 떼쓰는 아이처럼 흔들더니 고개를 숙였다.

니시는 불상사가 속출해 도도가 위기에 빠진 지금이야말로 기회라고 생각했다. 자신은 눈앞에 놓인 험난한 산을 답파하며 여기까지 왔다. 도도 회장은 내가 구해내겠다, 신뢰라는 고귀한 가치를 쟁취하기 위해 니시는 투지를 불태웠다.

어수선한 상황 속에서 챌린지X 도쿄돔 전람회가 개최되는 날이었다.

개장 전부터 도쿄돔을 반 바퀴 돌 정도의 긴 행렬이 생겼다. 여름방학 기간이라 그런지 초등학생, 중학생 자녀와 함께 온 부모가 많았다. 멀리서 왔는지 배낭을 짊어진 중년부부도 있었다.

개장 전, 니시는 전시장 3곳으로 도도를 안내했다. 매스컴을 경계한 탓인지 도도 곁에는 평소보다 사람이 많았다. 검은색 정장을 입은 무리가 도도와 니시 뒤를 따라서 움직였다.

제1전시장은 제품전시실로, 전후 일본의 획기적인 상품이 된 크라운과 스바루 360, 산요三洋전기의 세탁기와 샤프의 텔레비전 등이 가득 놓여 있었다.

"옛날 생각나는군."

도도가 유쾌한 표정으로 스바루 360을 보았다.

니시가 해설했다.

"아시겠지만, 스바루 360은 나카시마中嶋 비행기제작소에서 제로센ゼロ戦 전투기 개발에 참여했던 기술자들이 만든 차입니다. 일본의 좁고 험한 길에 견디기 위해 서스펜션에 특별한 기술을 채용하면서 서민의 차로 판매되었습니다. 아직도 기술자 중에는 이 차가 최고라는 사람도 많습니다."

도도를 비롯한 일동이 고개를 끄덕였다.

"박사가 따로 없군, 니시 군."

우라카미 실장이 웃었다.

"아닙니다. 방송을 만들면서 알게 된 것뿐인데, 부끄럽습니다."

니시의 안내로 제1전시장을 나와 제2전시장으로 향했다. '위대한 도전자들'이라는 테마의 제2전시장에는 등장인물들이 현장에서 일하는 사진과 연대기가 전시되고 버튼을 누르면 당시의 영상이 흘러나오는 장치가 되어 있었다.

제3전시장의 대형 이벤트 홀 무대 위에는 소니와 혼다의 로봇이 설치되고 각 기업에서 파견한 기술자들이 마지막 점검에 여념이 없었다.

개장 직전, 도쿄돔 앞에는 수많은 관객과 동시에 이상하리만치 많은 매스컴이 몰려들어 카메라를 설치해놓고 있었다. 그중 절반은 도도를 노리고 있는 것처럼 생각되었다.

도도를 중심으로 경제산업성 대신과 문부과학성 차관이 테이프 커팅식을 위해 가위를 들고 서 있었다. 개회선서를 위해 섭외된 여성 아나운서가 대기하고 있었다.

"지금부터 챌린지X 도쿄돔 전람회를 개최합니다. 여러분 성대한 박수 부탁드립니다!"

아나운서가 소리 높여 말하자 테이프 커팅이 이루어지고 팡파르가 울려 퍼졌다. 카메라 플래시가 쏟아지는 가운데, 도도가 득의만면하여 양옆에 선 대신과 장관의 손을 잡았다.

*

그날 밤, 도쿄돔 호텔에서 열린 오프닝 파티 회장에 들어선 니시는 깜짝 놀랐다. 경제지나 텔레비전에서 보던 일본의 유명 기업 사장들이 한데 모여 있었던 것이다. 이보다 더 수준 높은 경제인을 모으는 것은 불가능할 만큼 쟁쟁한 인물들이었다. 측근들에 둘러싸인 유명인사들이 회장 곳곳에 크고 작은 원을 만들고 있었다. 사장들이 지인을 발견하고 모여서 인사를 나눌 때면 그와 동시에 측근들의 원도 함께 이동했다. 입구에서는 전일본TV의 간부들이 내빈 안내를 맡아 재계의 거물이 등장하면 자리로 안내했다. 회장은 초대받은 손님들로 가득 차 입추의 여지도 없을 만큼 대성황을 이루었다.

챌린지X의 특별 편집 비디오 화면이 귀가 먹먹할 정도로 크게 흘러나오는 것을 신호로 파티가 시작되었다. 도도와 10여 명의 대기업 사장들이 일제히 단상에 올랐다. 경단련일본 경제단체연합회을 통째로 옮겨온 듯한 보기 드문 광경이었다. 실제, 경단련 회장도 그 자리에 있었다.

데스크 노노무라가 니시의 귀에 대고 호들갑을 떨었다.

"지금, 이곳에 폭탄이 떨어진다면 일본 경제는 큰 혼란에 빠지겠죠?"

도도 회장이 금빛 병풍을 등지고 사장단 한가운데에 서서 인사말을 시작했다.

"여러분, 오늘 이 자리에 참석하시고 자리를 빛내주셔서 진심으로 감사합니다. 오늘날 일본인들은 기운이 없습니다. 단상에 서 계신 경영자 분들만 해도 근심 걱정이 끊일 날이 없습니다. 그래서 저는 여러분의 기운을 북돋아드리고자 챌린지X를 만들었습니다. 덕분에 국민방송이라고 불릴 정도로 크게 성장했습니다.

여러분의 성원에 감사하는 마음과 국민 모두가 챌린지X의 정신을 더욱 가깝게 느끼실 수 있도록 이곳 도쿄돔 전람회를 개최하게 되었습니다. 오늘은 여러 업종의 많은 분들이 자리하셨습니다. 다양한 이야기를 나누고 즐거운 시간을 보내시기를 바랍니다. 그럼, 외람되지만 제가 대표로 건배 제의를 하겠습니다. 건배!"

샴페인 잔을 부딪치는 소리가 회장 가득 울려 퍼졌다.

도도의 얼굴이 무척 밝았다. 나카야시키는 도도의 위세가 건재하다는 것을 증명하기 위해 이번 전람회를 이용할 생각이었다. 미디어 세계에 군림하는 제왕의 권력을 똑똑히 보여주었다. 나카야시키가 말한 대로 도도 회장의 권력을 되찾는 자리였다.

연회가 시작되고 분위기가 무르익으며 담소를 나누는 소리로 회장은 한층 북적거렸다. 니시가 낯익은 손님들을 찾아다니며 붙임성 있게 인사를 나누는데, 도도와 경단련 회장이 앉은 메인테이블에서 찾았다. 경단련 회장은 세계적인 기업으로 이름난 카메라 회사의 경영자로, 니시는 자신과 동향이라는 사실을 알고 있었다.

"프로듀서 니시 군입니다."

도도가 니시를 소개했다.

"처음 뵙겠습니다. 실은 회장님과는 동향입니다."

니시가 인사를 하자 회장은 눈을 동그랗게 떴다.

"허허, 이거 뜻밖이군요."

"고등학교도 같습니다. 제가 회장님 한참 후배이지요."

평소 니시의 성격에 맞지 않게 짐짓 간살스러운 투로 말했다. 그동안 정재계 거물들을 여럿 만나면서 예의를 벗어나지 않을 정도로 응석을 부리는 편이 도움이 된다는 것을 체득한 것이다.

경단련 회장이 흐뭇한 얼굴로 말했다.

"그 동네에서 자네 같은 문화인이 나올 줄은 몰랐군 그래."

"무슨 말씀이십니까. 경단련 회장님께 그런 말씀을 듣다니 쥐구멍이라도 있으면 들어가고 싶습니다."

도도가 술잔을 손에 든 채 껄껄 웃었다.

"하하하하, 이거 참 묘한 인연이군. 회장님의 각별한 후원만 있으면 니시 군도 마음이 든든할 걸세."

회장에는 전일본TV 간부들도 대부분 참석해 있었지만 누구도 그쪽 자리에는 다가가지 않았다. 멀리 떨어진 구석에서 방송국장과 부장 구로하라가 지켜보고 있었다. 방송국장은 자신의 관할에서 불상사가 일어난 탓에 연일 임원들에게 불려가 질타를 받느라 의기소침해 있었다.

파티가 끝나갈 무렵, 니시는 도도와 경단련 회장과 함께 손님들을 배웅하는 역을 맡았다. 파티장 입구에서 대기업 사장들과 인사를 나누는 도도의 매끈한 얼굴은 자신에 넘쳤다. 전일본TV와 경단련, 두 회장 사이에 선 니시는 떠나가는 손님들에게 인사를 하며 자신이 선택받은 인간이라도 된 듯한 고양감에 휩싸였다.

손님들이 모두 떠나고, 도도보다 먼저 자리를 뜰 수 없어서 회장에 남아 있던 전일본TV 간부들은 남은 음식을 먹으며 도도와 니시의 모습을 멀리서 훔쳐보고 있었다. 그곳에는 탁한 공기만 맴돌 뿐, 의욕이라고는 희박한 공간이라고 니시는 경멸했다.

4

다음 날, 니시는 챌린지X 도쿄돔 전람회 이벤트 중 하나인 '제작자 포럼' 회장으로 향했다. 천 명을 수용하는 넓은 홀은 이미 관객으로 가득 차 있었다. 전일본TV의 추문 따위 챌린지X와는 무관해 보였다.

과연 어떤 사람이 챌린지X를 만들고 있을까, 회장에 모인 사람들은 흥미진진한 표정이었다. 니시는 무대 끝에서 객석을 바라보며 챌린지X의 꿋꿋한 인기에 감개무량했다.

제작자 포럼이 시작되었다.

여성 아나운서가 디렉터들에 이어 니시를 소개했다.

"니시 사토루 이그젝티브 프로듀서가 나오셨습니다!"

회장에 모습을 드러내자 성대한 박수가 쏟아졌다.

포럼은 사전에 관객들로부터 받은 질문에 대답하는 형식으로 진행되었다.

"그럼, 첫 번째 질문입니다. 주제가를 아키시마 미도리 씨에게 맡기신 이유가 있나요? 요코하마横浜에서 오신 30대 주부가 질문하셨습니다. 니시 씨, 특별한 이유가 있으셨나요?"

수많은 강연회를 경험한 니시는 청중 앞에서도 침착한 모습이었다. 니시가 빙긋 웃으며 대답했다.

"여러분, 사실 이건 비밀인데요. 전일본TV에는 이렇게 말했습니다. 아키시마 미도리 씨는 1970년대, 80년대, 90년대에 항상 No.1 히트곡을 만든 가수이니 이번에도 꼭 부탁해야 한다고 말입니다. 하지만 진짜 이유는 그게 아니었습니다. 실은 제가, 아키시마 씨의 열렬한 팬이거든요."

회장은 웃음바다가 되었다.

"여러분, 프로듀서도 꽤 괜찮은 직업 아닙니까? 하하하."

니시가 너스레를 떨었다.

또다시 회장에 웃음이 터졌다.

"어째서 아키시마 미도리 씨를 좋아하느냐면 말입니다. 젊은 시절, 디렉터로 여기저기 지방 방송국을 떠돌았습니다. 그때 '광어를 낚는 남자들'이라는 활어 쟁탈전에 관한 방송을 담당했습니다. 그런데 그 방송이 전혀 반응이 없어서 비즈니스호텔을 전전하는 나날을 보냈습니다. 지친 몸으로 딱딱한 침대에 누워 앞일을 생각하니 눈앞이 캄캄할 뿐이었습니다. 그때 유선방송에서 아키시마 씨의 노래가 흘러나왔습니다. 어찌나 울었는지, 아키시마 씨의 목소리가 가슴을 파고들었던 것입니다. 그날 이후, 아키시마 미도리는 제게 무척 소중한 가수가 되었습니다."

회장 분위기가 숙연해졌다.

여성 아나운서가 다음 질문으로 넘어갔다.

"그럼 다음 질문입니다. 방송을 시작하고 가장 고생스러웠던 일이 무엇인가요? 이것도 니시 씨에게 드리는 질문입니다."

"고생이라, 방송 초창기에는 팀원이 고작 7명이었습니다. 매일 전 팀원이 취재에 총동원되고 밤에는 각종 회의며 준비작업 등으로 새벽 3, 4시에야 집에 들어가는 생활의 연속이었습니다. 디렉터 중에는 회사 소파에서 자고 다음 날 아침 취재를 나가는 사람까지 있었습니다. 그러다보면 인간이 참 신기하게도 식욕이 없어집니다. 밥을 먹어도 그만, 안 먹어도 그만이라는 생각이 드는 거죠. 저도 4개월 만에 13킬로그램이나 살이 빠졌습니다.

어느 날, 저희 팀에 여성 디렉터가 한 명 있는데 말이죠, 얼굴이 둥글고 통통해서 별명이 해바라기였습니다. 그 여성 디렉터가 제 옆에서 취재처에 팩스를 보내고 있었는데 문득 그 모습을 보고 깜짝 놀랐습니다. 나무판자처럼 바짝 말라 있었던 겁니다. 제가 너무 놀라서 괜찮으냐고 물었더니 이렇게 묻는 겁니다. 피디님, 사내에서 저희 프로를 뭐라고 부르는지 아세요? 그래서 챌린지X 아냐? 하고 대답했더니 그 여성 디렉터가 뭐라고 했는지 아십니까? 글쎄 저희 방송이 사내에서 다이어트X라고 불린다는 겁니다."

또 한 번 폭소가 터졌다. 회장에 모인 남녀노소가 모두 즐겁게 웃고 있었다.

니시는 단상에 놓인 물로 목을 축이고 잠시 숨을 고르며 그 평화로운 시간을 만끽했다.

다음 날 여러 신문 지면에 챌린지X 도쿄돔 전람회 기사가 실렸다. 연일 전일본TV에 대한 맹비난이 이어지는 가운데 오랜만에 보는 밝은 뉴스였다. 한 신문에서는 이렇게 말했다.

'어제부터 시작된 챌린지X의 도쿄돔 전람회를 찾아 추억의 제품을 다시 만나면서 가슴 설레던 소년시절이 떠올랐다. 우리 집에 처음 텔레비전이 온 날이며 새 차를 가족에게 보여주던 아버지의 자랑스러운 얼굴…… 아련한 향수를 불러일으켰다. 하지만 무엇보다 감동적이었던 것은 《위대한 도전자들》이라는 전시장에 걸린 사람들의 웃는 얼굴을 찍은 사진이었다. 밝고 생기 넘치는 그 얼굴은 오늘날 일본인들이 잊고 지내던 것이었다. 노동을 고생으로만 생각하게 된 우리에게 땀 흘리는 것의 소중함을 일깨우는 그 사진을 잠시 넋을 잃고 바라보았다.'

*

맑게 갠 하늘 높이 드문드문 조개구름이 떠올랐다. 선선한 가을바람이 불어왔다. 유리로 덮인 전일본TV협회 빌딩이 부드러운 햇살을 받아 아름답게 빛났다. 니시는 모처럼 상쾌한 기분으로 회사로 출근했다.

그날, 방송국에서 '미래의 방송을 생각하는 밤'이라는 작은 모임이 열렸다.

모기 방송국장과 기획실 부장 그리고 이그젝티브 프로듀서 니시와 히카와ヒカワ까지 네 사람이 모였다. 챌린지X를 잇는 히트 프로그램의 콘셉트를 구상해보자는 취지였다.

우미노 프로듀서의 횡령사건으로 상층부의 미움을 산 모기 국장은 임원 승진의 꿈을 접어야만 했다. 언제, 어디로 좌천될지 몰라 불안한 나날을 보내며 조금이라도 실책을 만회하기 위해 필사적이었다.

모기가 딱한 표정으로 세 사람에게 의견을 구했다.

"이렇다 할 기획이 없다니까. 다들 하나같이 챌린지X 흉내만 내는 기획만 내놓고 있어. 도무지 상상력이라는 게 없어. 지금 하는 방송도 상황이 좋지 않아. 황금 시간대인 9시가 특히 심해. 챌린지X를 빼면, 전부 한 자리 수 시청률을 기록하고 있어. 개편해야 할 프로가 한둘이 아니야. 오늘은 다 같이 지혜를 모아볼 생각에 특별직 두 사람을 부른 거네. 왜 우리 프로는 안 되는 걸까?"

방송국에 이그젝티브 프로듀서는 니시와 히카와 둘밖에 없었다. 히카와가 모기의 질문에 앞장서서 의견을 말했다. 히카와는 니시보다 7살 연상으로 타고난 곱슬머리에 사마귀와 똑같이 생긴 기이한 외모를 지녔다. 과학부 출신으로, 윗사람에게는 비굴하게 굴지만 아랫사람에게는 엄격하다는 평가를 받았다. 도청 마니아로 경찰 무전이나 휴대전화 통화를 감청하는 것이 취미라는 터무니 없는 소문도 있었다. 부장 구로하라와 자주 어울리며 니시에게 적대감을 고스란히 내보였다.

히카와가 난해한 용어를 써가며 설명했지만 도무지 갈피를 잡을 수 없었다. 그러고는 거침없이 자기 프로 자랑을 늘어놓았다. 시간이 아깝군, 니시는 인상을 썼다.

"그래, 그래. 재미있군."

모기가 귀찮다는 듯 맞장구를 치더니 니시에게 물었다.

"예능, 드라마, 자연물 그 밖에 뭘 내놓아도 안 되더니 어째서 한낱 아마추어가 등장하는 챌린지X의 시청률이 그렇게 높을 수 있지?"

니시가 즉각 대답했다.

"시대상황이라고 생각합니다. 챌린지X가 시청자의 지지를 받고 관련 상품이 불티나게 팔리는 것은 극심한 불황의 시대이기 때문입니다. 다들 목이 말랐던 것입니다. 인정받고 싶고, 자신의 진가를 제대로 봐주길 바라는, 혹은 내 옆의 동료가 열심히 노력하는 것을 보고 자신도 할 수 있다는 확신이 필요했던 것이죠. 장르가 무엇이든 그런 바람에 부응하는 방송이 아니면 시청자들은 하나 둘 떠나갈 것입니다."

그러자 히카와가 격한 반응을 보이며 찬물을 끼얹었다.

"챌린지X 자랑을 하는 건 좋지만 대체 얼마나 벌었다는 건가? 구체적인 숫자를 듣고 싶군. 관련회사들은 재미를 봤는지 몰라도 전일본TV에 얼마나 도움이 됐는지 모르겠네. 무슨 공헌을 했다는 것이지?"

과거 스페셜방송부에 있던 히카와는 전체시사가 있을 때면 늘 간부들 뒤에 숨어 입도 뻥끗하지 않던 자였다. 그런 자가 챌린지X가 쌓아올린 실적에 공공연히 문제제기를 하고 나섰다. 이제껏 사내에서 그런 사람은 없었다.

니시가 참지 않고 맞받아쳤다.

"전일본TV가 나아가야 할 길에 대해 제 나름의 의견을 말한 것뿐이지, 수입이 중요하다는 말이 아닙니다."

"엄청 잘나셨군. 업적을 과시해봤자 오늘 이야기와는 관계없다는 말이야. 정색하기는!"

히카와가 폭언을 내뱉었지만 니시는 눈도 깜짝 하지 않았다.

"누가 정색을 하는 것인지 모르겠군요. 본사에 수입의 일부만 들어오는 것은 회사가 정한 방침 아닙니까? 무엇보다 관련회사는 전일본TV와 일심동체입니다. 관련회사의 수익이 높아지면 전일본TV도 혜

택을 보는 것 아닙니까? 전 그렇게 생각하는데, 제 생각이 잘못된 것입니까?"

이치를 따져 묻자 할 말이 없어진 히카와가 험악한 눈으로 니시를 노려보았다. 사마귀가 먹이를 찢어 삼킬 듯이 노려보는 듯한 착각이 들었다.

"자자, 그만들 하게."

모기가 끼어들었다.

니시는 히카와의 도발적인 태도를 방송국 내에 마그마처럼 쌓인 자신에 대한 증오라고 여겼다. 그중 하나가 분출한 것이다. 그것은 니시를 우울하게 만들기에 충분했다.

자리로 돌아오자 니시의 휴대전화가 울렸다. 아내 사유리였다. 근무 시간에 전화를 걸다니, 흔치 않은 일이었다.

"저기, 테라스에서 아래를 내려다봤는데 아까부터 이상한 사람이 서성이고 있어요. 전봇대에 숨어 있기도 하고 말예요."

"어떻게 생겼어?"

"그게 말이에요. 얼굴에 수염이 가득하고, 어디선가 본 적이 있는 사람인데."

"누군데?"

"기쿠가와상 수상식 때 본 사람하고 똑같이 생겼는데."

"뭐? 이름이 뭔지 기억나?"

"굉장히 심한 말을 한 사람이었는데, 당신한테 제정신이 아니라는 둥. 그래서 이름도 기억하고 있어요. 마사오였던가."

니시는 어안이 벙벙했다.

"거기서 뭘 하던데?"

"몰라요. 우리 집을 훔쳐보는 것 같아요."

니시는 생각에 잠겼다. 마사오는 챌린지X의 초창기 편집기사였다. 편집회사 소속으로 전일본TV 사원이 아니었다. 니시와 같은 나이였다. 편집 기술도 좋고 감각도 있었다. 니시는 마사오의 역량을 높이 샀으며 술잔을 기울이며 방송론에 대해 이야기하기도 했다. 하지만 챌린지X가 뜨거운 반응을 얻고 니시가 각광을 받기 시작하자 마사오의 행동이 이상해졌다. 무슨 생각인지, 니시의 편집방침을 거스르거나 다른 편집기사의 업무에 괜한 참견을 해 반감을 사기도 했다. 또 전일본TV의 사원과 자신의 급여 대우를 비교하면서 비탄에 잠기기도 하고 운이 없다며 투덜거리기 일쑤였다. 결국 업무 의뢰를 거절하면서 팀에서 멀어졌다.

*

전일본TV에 찾아온 평화는 그리 오래가지 않았다.

매스컴의 무자비한 공격이 이어졌다. 사내에 괴문서가 난무하고, 그것이 실탄처럼 주간지로 보내져 잇달아 문제 사원이 '적발'되었다. 서울지국장은 취재경비를 부풀려 청구하고 그 돈을 유흥비로 탕진한 사실이 폭로되었다. 편성국 프로듀서 2명의 거짓출장이 대대적으로 보도되기도 했다. 여성 아나운서들도 업체로부터 의상을 공짜로 받은 일이 표적이 되었다. 그 밖에도 경쟁자나 마음에 들지 않는 사람을 쫓아내기 위해 날조된 괴문서가 대량으로 만들어져 근거도 없는 뜬소문까지 주간지 기사가 되었다. 매스컴은 마치 전일본TV의 모든 사원이 부정에 가담하고 있기라도 한 듯 선정적인 기사를 쏟아냈다.

가장 타격이 컸던 것은 3천 통이 넘는 시청자들의 항의전화였다. 콜센터는 시청자들의 항의전화에 업무가 마비되고 내선은 통화불능 상태가 되었다.

'내가 피땀 흘려 번 돈으로 흥청망청 먹고 놀았다니 용서할 수 없다.'

'더 이상 시청료를 내고 싶지 않다!'

'당신들은 시청료 도둑이다!'

시청자들의 항의는 날이 갈수록 심해졌다. 그리고 우미노 사건으로는 부족했는지, 비난의 화살은 도도 회장에게로 향했다.

'지금 일어나는 문제는 모두 도도 회장의 독재체제가 초래한 일이다. 감봉 처분만으로는 부족하다. 도도 회장은 이번 문제의 책임을 지고 사퇴해야 한다!'

전일본TV의 전 사회부 기자로 도도파에 쫓겨나 대학교수로 간 자가 각종 미디어에 출연해 통렬한 비판을 쏟아냈다. 북한의 독재자 김정일과 비교하며 도정일이라고 부르기도 했다.

매스컴은 대형을 짜듯 전일본TV의 정점에 군림하는 도도를 신랄한 논조로 공격하고 퇴진을 압박했다. 매스컴의 선동에 시청자들은 시청료 거부운동을 벌이고 순식간에 2만 건이 넘는 시청 계약이 해지되었다.

장기화되는 불황과 무관하게 안락한 생활을 누려온 전일본TV 사원
들은 역풍에 떨며 회사 이름을 말하는 것조차 꺼릴 만큼 위축되었다.

*

니시는 우라카미 비서실장의 연락을 받고 도도 회장의 방으로 갔다.

도도는 결제 서류와 우편물이 산더미처럼 쌓인 커다란 집무책상 앞
에 선 채 물을 한 컵 따르더니 단숨에 들이켜고 부리부리한 눈으로 니
시를 쳐다보았다.

"챌린지X 전람회는 수고했네. 훌륭한 이벤트였어. 식전행사도 아주
좋았네. 경단련 회장은 물론 다들 무척 만족하더군."

그렇게 말하더니 돌연 꾹 참았던 분노를 쏟아냈다.

"그런데 말이야, 니시 군. 챌린지X전을 비롯한 각종 문화·사회활
동에 공헌하는 나를, 이류 주간지 따위가 망신을 주려고 획책하고 있
어. 온갖 날조와 사실무근의 낭설들을 써대면서 말이야. 양심이란 게
있는지 묻고 싶네. 이건 매스컴의 자살행위나 다름없어. 같은 업종이
라고 여기는 것조차 치욕스러워!"

도도의 분노의 파동이 전해졌다.

"내 자식이나 진배없는 전일본TV에 불을 붙이고 다니는 괘씸한 녀
석들이 한 둘이 아니야. 밖이고 안이고 할 것 없이 말이지. 결코 가만
두지 않겠어! 아직 완성되지도 않은 집에 들이닥쳐 목수를 해코지하고
불을 지르는 건 도둑질보다 더 악랄한 짓이야. 이 격변하는 시대에 대

항할 수 있는 방송국의 기반을 다진 게 누군 줄 알고. 그깟 분탕질에 눈 하나 깜짝할 줄 알아. 난 끝까지 싸울 작정이네. 알겠나, 니시 군."

도도가 분에 겨워 그 큰 몸을 부르르 떨었다.

분명 지난 7년간 도도의 실적은 대단했다. 하이비전 전도사를 자처하며 기술연구소에 총력을 쏟아 개발을 선도하고, 2011년 전면 이행하는 지상파 디지털방송의 추진에 앞장섰다. 발 빠른 설비 갱신을 강구하는 등 열정적으로 활동해왔다. 게다가 천억 엔이 넘는 경비 삭감에 성공하는 등 역대 보수파 회장에 비해 뛰어난 업적을 이루었다. 하지만 그런 그의 발밑에서 사소한 실수라 치부했던 한 사람의 범죄가 어느새 심각한 위기를 불러오고 말았다.

도도는 마음을 가라앉히고 책상 서랍에서 금빛 비단보에 싼 작은 상자를 꺼냈다.

"여러모로 고생 많았네. 이거 받게."

"열어봐도 됩니까?"

비단보를 풀자 주홍빛 문양이 새겨진 자기 술잔이 들어 있었다.

"이마리伊万里의 유명한 도공이 만든 것이라네."

주홍빛이 안팎으로 미묘하게 흐르며 불규칙한 줄무늬를 만든 술잔은 은은한 품격이 느껴졌다.

"소중히 쓰겠습니다."

니시는 공손히 받았지만, 물건이 술잔인 만큼 폭력조직 따위의 맹세 의식 같은 기분이 들었다.

이것이 도도파의 방식일까? 고지마 전무나 우라키미 실장도 받았을까, 하는 쓸데없는 궁금증이 이는 한편 과연 써도 되는 것인지 아니면 고이 모셔두어야 할지 고민이 되었다.

도도는 소파에 기대 앉아 조금 전과는 전혀 다른 침착한 어조로 말했다.

"어머니 기일이라, 아들과 둘이 다녀왔지. 위패를 모신 신사로 향하는 좁은 길을 들통에 물을 하나 가득 길어서 말이야. 묘지라고는 해도 제대로 된 묘지도 아니고, 지금도 죄송스럽기만 하네. 국화를 놓아드렸는데, 바람이 부는 거야. 묘 앞에서 손을 모으는데, 국화가 흔들려서 쓰러지려고 하는 거야. 그런데 그때 어머니의 목소리가 들렸네."

그렇게 말하고 도도는 눈을 감고 입을 다물었다.

강건한 도도도 연일 계속되는 맹비난과 스토커 같은 주간지 기자의 추적에 지쳤을 것이다. 니시는 처음으로 도도의 얼굴에 떠오른 70세 노인의 피로한 기색을 보았다.

*

사태는 다음 단계로 접어들었다. 매스컴의 선동으로 정치인들이 개입하기 시작한 것이다.

국민들로부터 시청료를 받는 특수법인 전일본TV협회의 예산은 국회에서 심의·승인한다. 예산이라는 인질을 잡고 있는 정치인들의 눈치를 살펴야 하는 조직으로서의 고질병이 있었다.

매스컴을 의식한 국회의원들이 목소리를 냈다.

'이번 일은 프로듀서 한 개인의 불상사가 아니다. 전일본TV 전체가 안고 있는 체질적인 문제인 것이다. 동시에 관리조직이 제대로 기능하지 못하고 있는 것이라 할 수 있다. 이번 국회, 적어도 다음 임시국회에 도도 회장을 참고인으로 소환해 철저히 조사해야 한다.'

'전일본TV는 재발방지 등을 말하지만, 그 전에 도도 회장은 경과보고를 분명히 해야 한다. 총책임자로서 설명해야 할 책임이 있다. 부정을 은폐하기에 급급했던 기업 체질이 착복보다 더 큰 문제이다. 눈 가리고 아웅 식의 처리는 용서할 수 없다. 국회에서 적극적으로 조사할 예정이다.'

'전일본TV는 민영방송국과는 분명히 다른 특수법인이다. 전일본TV 예산은 국회의 단독 질의 대상이다. 말하자면, 국민의 돈을 다루고 있는 것이다. 이러한 성질을 감안해 결산 과정에서 오랜 시간을 들여 이 문제를 철저히 규명할 것이다.'

감독관청인 총무대신도 '국민의 신뢰를 저버린 실망스러운 사건, 매우 유감'이라는 소감을 밝혔다.

머지않아 도도 회장과 임원들의 국회 참고인 소환 일정이 정해졌다.

5

니시는 데스크 노노무라에게 기분 나쁜 소문을 들었다.

"편집기사 마사오가 이 사람 저사람, 심지어 우리 디렉터들까지 자기 차에 태워서 피디님 집을 보러 간다더군요."

"그래? 역시 그랬군. 대체 무슨 일로 그러는 것이지?"

"저도 잘⋯⋯."

"아내에게도 집 주위를 서성거린다는 말은 들었는데, 디렉터들은 왜 데려가는 거지? 머리가 어떻게 된 것 아냐?"

디렉터 야마지를 불렀다.

"야마지, 자네도 우리 집을 보러 갔나?"

야마지가 머쓱한 표정을 지었다.

"죄송합니다, 무단으로. 부끄럽습니다."

"아무리 생각해도 기분이 좋지 않군. 자네가 나였으면 어땠겠나?"

"마사오 씨가 너희 상사의 집이 얼마나 으리으리한지 보여주겠다기에, 호기심이 동해서 그만⋯⋯."

"그래서?"

"마사오 씨가 차로 데려갔었습니다. 무슨 이유에선지 굉장히 집착하면서, 자기 집은 전부 다 해도 피디님 집의 현관 정도밖에 되지 않을 것이라고 비꼬더군요."

"거짓말이야."

니시가 노기 띤 목소리로 말하자 야마지가 고개를 갸웃했다.

"마사오 씨의 집은 치바千葉 외곽에 있는 아파트잖아요. 거리도 멀고 좁다며 항상 불평을 늘어놓습니다. 집은 곧 사회적 신분을 나타내기도 하니까, 괜히 삐뚤게 보는 것이겠죠."

"하지만 개인이 어떤 집을 짓고 살든 무슨 관계가 있지?"

니시는 마사오의 수염투성이 얼굴과 늪에 빠진 듯 암울한 시선을 떠올렸다. 왜 그런 눈을 하고 있을까. 니시는 목덜미가 서늘했다.

그때 챌린지X 도쿄돔 전람회의 실질적인 운영을 맡았던 전일본TV 이벤트의 요가 전무에게 전화가 왔다.

목소리가 절박했다.

"당했습니다!"

"무슨 말입니까?"

"주간실록에 기사가 났습니다!"

니시가 한숨을 내쉬며 말했다.

"좀 더 구체적으로 말씀해주십시오."

"도쿄돔 전람회 협찬금을 문제 삼았다고 합니다."

"예? 무슨 문제 말입니까?"

요가가 기어들어 갈 듯한 목소리로 설명했다.

"자세한 건 저도 모르지만, 주간실록에서 질문장이 날아들었다고 합니다. 악질 주간지이니 제대로 된 기사가 나갈 리 없습니다. 니시 씨에게 폐를 끼치게 될까 싶어…….."

"잠시만요. 폐를 끼치다뇨, 대체 무슨 일이 어떻게 된 것입니까?"

니시가 추궁하자 요가가 대답했다.

"방송국 내에서 혹은 사업부 계열의 누군가가 전람회의 성공을 시기해서 한 짓입니다."

조직방어에 힘써야 할 시점에도 괴문서가 난무하는 것이 전일본TV 라는 조직의 소름 끼치는 점이었다.

"절대 방송에는 피해가 가지 않도록 여러분 모두 최선을 다해서 대응해주십시오."

니시는 겨우 그 말만 하고 수화기를 내려놓았다.

홍보부와 요가 전무가 주간실록 한 부를 손에 들고 찾아온 것은 그날 밤이었다. 충격적인 제목이었다.

―특종·부정부패로 얼룩진 전일본TV 기업에서 착취한 챌린지X 전람회의 극악무도한 전말, 도도 천황의 조소, 착취의 메커니즘을 규탄하다―

온갖 표현을 빌려 악담을 쏟아내고 있었다.

기사 내용은 기업 측에 협찬금을 요청하는 전일본TV 교섭자의 태도가 상당히 고압적이었으며 상대가 주저하면 협박을 일삼았기 때문에 기업 측은 울며 겨자 먹기로 돈을 낼 수밖에 없었다는 이야기였다. 흡사 총회꾼처럼 영업을 했다고 쓰여 있었다. 마지막까지 챌린지X는 전일본TV가 돈벌이를 위해 제작한 방송이라고 못 박았다.

니시 팀이 뼈를 깎는 노력으로 키워온 방송을, 그간의 노력을 눈곱만큼도 모르는 주간지에 의해 단죄 받았다. 니시는 챌린지X에 쏟아지는 비난의 화살이 마치 자신의 몸을 꿰뚫는 것처럼 고통스러웠다.

"요가 씨, 기업이 울며 겨자 먹기로 돈을 냈다는 것이 사실입니까?"

니시가 묻자 요가가 펄쩍 뛰었다.

"말도 안 됩니다. 열이면 열, 불평 한마디 없었습니다. 오히려 칭찬 일색이었죠. 3천만 엔도, 개중에는 1억 엔을 내겠다는 기업까지 있었습니다. 하지만 다른 기업과 차등을 두어서는 안 되고 무엇보다 영리 목적이 아니라고 외려 저희가 만류했습니다."

"수습은 될 것 같습니까?"

이번에는 홍보부 담당자에게 물었다.

"주간실록에 항의했지만 워낙 얼굴이 두꺼운 작자들이라야 말이죠. 기사 정정은 없을 겁니다. 되는 대로 써갈겨놓고 뒷일은 나 몰라라 하는 것이 그쪽 방식이니까. 그보다 국회의 참고인 소환에 응했다가 무슨 일이라도 터지지 않을지, 윗분들은 그 일이 더 걱정인 모양입니다."

*

2004년 9월 9일, 중의원 총무위원회. 도도 회장과 임원들이 국회에 참고인으로 출석해 조사를 받았다. 여당 측은 전일본TV의 정치부 기자와 국회 대책실 간의 사전협의가 효과가 있었는지 감싸주기식 질문이 주를 이루었지만 텔레비전 중계를 의식한 야당 측 의원들의 질문 공세가 날카롭게 이어졌다.

"도도 참고인, 앞으로 나오십시오!" 위원장의 목소리가 회장에 울려 퍼졌다.

전일본TV의 임원들과 국회 담당, 홍보국장 등이 동시에 바짝 긴장했다. 제일 중앙에 있던 도도가 참고인석에 앉자 야당 의원이 물었다.

"공영방송임에도 불구하고 엉성하기 짝이 없는 관리체계로, 우미노 피디의 불상사를 일으킨 일을 도도 회장! 당신은 어떻게 책임질 생각입니까? 대답하십시오!"

"저는 전일본TV협회의 책임자로서, 이번 사건을 매우 안타깝게 생각하고 깊이 반성하고 있습니다. 문제를 일으킨 사원을 엄벌에 처하고 임원들도 전원 감봉 조치를 내렸습니다. 다시 한 번 사죄드리며 처음부터 새로 시작한다는 각오로, 정신 바짝 차리고 재발방지에 힘쓰겠습니다.”

도도는 전혀 기죽은 기색 없이 꿋꿋이 대답했다. 야당 의원이 딱딱한 어조로 도도를 추궁했다.

“왜, 이번 일처럼 어처구니없는 사건이 일어났는지, 특수법인으로서 또한 시청자들로부터 시청료를 받고 있는 처지를 잘 생각해서 분명하게 설명해주십시오.”

“저 역시 청천벽력이라고 할 만큼 몹시 놀랐습니다. 저는 회장으로 취임한 이래, 개혁과 실행을 경영이념으로 삼아 성역 없는 업무 개혁을 단행했습니다. 그랬기 때문에 이런 부정이 일어나고 있을 줄은 꿈에도 생각지 못했습니다. 예상조차 하지 못했습니다. 이번 일은 인간의 자질 문제라고 생각합니다. 많은 전일본TV 사원들은 대부분 성실하게 일하고 있습니다. 드물게 무분별하고 공금 의식이 부족할 뿐 아니라 윤리관이 결여된 자가 있었던 것입니다.”

야당 의원이 흥분해서 목소리를 높였다.

“지금 한 답변에는 반성의 빛이 전혀 보이지 않군요! 회장 자신의 관리 책임은 어떻게 된 겁니까? 벌써 7년째 회장 자리에 있는 것 아닙니까? 사원 한 사람의 문제로 치부하고 덮을 생각입니까!”

“변명이 아닙니다. 전일본TV에는 만 명이 넘는 사원들이 일하고 있습니다. 뉴스 부문뿐 아니라 예능 부문, 교양 담당도 있습니다. 그 밖에도 기술연구부문과 관리부문이 있습니다. 세부적으로는 시청료를 거두는 부서 등 다양한 업무가 있습니다. 이렇게 많은 직종이 모여 있는 기업은 세계적으로도 드뭅니다. 그만큼 관리도 무척이나 어렵습니다.

책임을 회피하려는 것이 아닙니다. 저는 경영자로서 모든 책임을 질 각오가 되어 있습니다. 하지만 모든 사원이 부처님도 아니고, 한낱 인간사회 아닙니까? 전일본TV 특유의 문제가 아니라 어떤 조직에서든 있을 수 있는 문제입니다. 일부 부도덕한 인간은 어디에나 있을 수 있습니다. 그것이 겉으로 드러나는지 그렇지 않은지의 문제입니다. 저희는 시청료라는 공금을 다루는 기업인 만큼 책임도 무겁습니다. 문제 사원이 한 명이라도 있으면 많은 분들에게 비판 받는 입장입니다."

도도는 철두철미하고 강경한 자세로 상황을 극복하려고 했다. 젊은 시절, 평의원이 될 바에 전일본TV의 수장이 되겠다고 큰소리쳤다는 소문대로 야당 의원 따위 상대도 되지 않는다는 식의 거만한 태도였다.

"자신들이 저지른 만행을 아무렇지 않게 은폐하는 방송기관을 국민들이 어떻게 신뢰하겠습니까! 진지한 반성은커녕 부정 사실에 관한 어떤 해명도, 노력도 보이지 않습니다. 지금 뭐하자는 겁니까!"

야당 의원의 날카로운 호통을 끝으로, 질문자가 바뀌었다.

니시는 꼼짝 않고 텔레비전 화면을 들여다보고 있었다. 때때로 주먹을 움켜쥐었다.

다음 질문자가 챌린지X 도쿄돔 전람회를 거론했다. 미리 질문 내용을 들은 니시는 국회 대책실에 답변할 때 참고가 될 만한 의견을 종이에 적어 건넸다.

변호사 출신의 국회의원은 콧소리가 섞인 금속성 목소리로 물었다.

"이번 전람회는 상당히 문제가 있었던 것 아닙니까? 기업을 상대로 협찬금을 받거나 참가를 권할 때 전일본TV 이벤트 측 직원만이 아니라 전일본TV 본사 임원이 함께 다녔다고 하더군요. 전일본TV는 법률로 업무적으로는 영리를 목적으로 해서는 안 된다고 규정되어 있습니다. 마찬가지로, 임원들도 영리사업에 종사해서는 안 된다고 엄격히 정해져 있습니다. 어떻게 된 일인지 설명해주십시오."

또다시 도도가 반론했다.

"챌린지X 전람회는 문화, 교육사업의 일환일 뿐 영리를 목적으로 한 행사가 아닙니다. 발명협회, 신문사 등과 함께 실행위원회를 조직하고 개최했습니다. 젊은이들에게 일본인의 장인 정신, 기술, 창의력의 역사를 직접 보여주자는 취지였습니다. 물론, 협찬해준 기업은 저희 취지에 찬성했습니다. 전일본TV에서 협찬을 강제했다니, 터무니없는 거짓말입니다. 제가 아는 바로는, 어떤 기업에서도 불만의 목소리는 들리지 않았습니다. 오히려 훌륭한 전람회였다는 호평을 받았습니다. 협찬금은 전부 이벤트 제작비라든지 운영비로 충당했기 때문에 사업적인 면에서 보면 수지가 엇비슷하거나 오히려 적자일 것입니다."

국회의원은 쉽게 결론이 나지 않을 것이라고 여겼는지 질문의 화살을 고지마 전무에게 돌렸다.

"고지마 씨죠? 당신은 전일본TV의 임원인데도 불구하고 관련회사

직원과 함께 기업 행차를 하신 모양이더군요. 공영방송에 몸담고 계신 분으로서 가당키나 한 일입니까?"

우락부락한 얼굴에 잔뜩 인상을 쓴 고지마가 선 목소리로 답변했다.

"사업본부 직원과 저 그리고 전일본TV 이벤트 직원과 함께 몇 군데 아는 기업을 찾아간 일은 있었습니다. 전일본TV 본사의 역할, 그러니까 제 역할은 이벤트의 취지를 설명하는 일이었습니다. 동행한 전일본TV 이벤트 직원이 협찬금을 부탁하는 일을 맡아서 했고요."

의원이 이해하지 못하고 다시 물었다.

"전무든 사업본부든 전일본TV 측 사람이 자리에 있었다면, 그건 당연히 형태만 다른 광고비 청구가 의심되는 상황 아닙니까? 광고비를 받았다면 문제는 심각해집니다. 민업 압박이라고 민영방송에서 들고 일어날 수도 있습니다. 안 그렇습니까!"

고지마가 곤혹스러운 표정을 지었다.

"뭘 가지고 민업 압박이라고 하시는지 잘 모르겠군요. 협찬금은 기업의 광고예산 내에서 나온다는 말씀 같으신데 '광고예산'과 '광고비' 문제를 혼동하신 것 아닙니까? 본래 광고비가 전체 민영방송사에 돌아가는 것은 아니지 않습니까? 신문사, 잡지사로도 가고 간판 같은 걸 만들어 다는 데 쓰이는 것도 광고비입니다. 그 밖에 이곳저곳에 쓰이겠죠. 어디까지나 기업의 재량에 달린 문제인데, 무엇이 민업 압박이란 말씀입니까?"

"궤변이야! 신성한 국회를 우롱할 생각인가. 당신의 발언은 용서할 수 없군. 아무리 영리 목적이 아니라고 우겨봤자 영리 사업을 지원하는 데 쓰였으니, 문제가 된단 말이지!"

고지마는 잔뜩 찌푸린 얼굴로 야유를 들었다.

다음 의원은 도도의 아들뻘 정도 되는 나이에 밉살스러운 자였다.

"사전에 전일본TV가 이번 사건에 대해 작성한 보고서를 받아 보았는데 제작비 착복문제의 경위가 자세히 쓰여 있지 않더군요. 상사는 언제 부정을 알게 됐는지, 그 일을 누구에게 보고했는지 같은 중요한 사항은 전부 빠졌어요. 우미노 피디는 도도 회장과 동향이더군요. 그래서 우미노를 눈감아준 것은 아닙니까?"

도도는 불쾌한 듯 말했다.

"의원님 질문은, 우미노와 제가 동향이라는 이유로 그를 감싸준 것 아니냐는 말씀 같으신데, 저는 우미노라는 직원과 일면식도 없습니다. 이번 사건으로 처음 이름을 듣게 되었습니다."

"그게 사실입니까? 책임 프로듀서와 일면식도 없었다니, 괜히 발뺌하시는 것 아닙니까!"

국장급조차 도도를 만날 수 있는 기회는 1년에 몇 차례 되지 않았다. 사원 1만 명의 거대한 조직의 구조를 이해하지 못한 의원이 헛발질을 하더니 이번에는 도도의 퇴진을 거론했다.

"경영책임을 지는 것은 두 가지 방법밖에 없다고 생각합니다. 가장 중요한 것은 국민이 충분히 납득할 수 있도록 도도 회장 이하 경영진이 전원 사퇴하는 것입니다. 다른 하나는, 철저한 개혁으로 악폐를 없애고 새로운 조직을 만드는 일입니다. 하지만 오늘 질의로 도도 씨 당신은 악폐를 바로잡을 노력이 충분치 못하다는 것을 알았습니다."

도도가 자리에서 일어나 말했다.

"물론 옳은 비판에는 귀를 기울일 것이며, 책임도 통감하고 있습니다. 하지만 사임할 계획은 없습니다, 임기를 다할 생각입니다. 의원님들께서 지적하신 대로 전일본TV협회가 오만했었는지도 모릅니다. 그래서 이런 불상사가 일어나고 말았습니다. 전 사원이 국민 여러분께 봉사한다는 정신을 가져야 합니다. 그러한 의식개혁을 실시하고 재발 방지책을 마련할 책무가 제게 있습니다. 쉽게 자리에서 내려오는 길이 아닌, 자신의 힘으로 다시 한 번 전일본TV협회를 재정비하겠습니다. 그것이 제가 할 수 있는 최선이자, 제 나름의 책임을 다하는 방법이라고 생각합니다."

도도의 답변을 적반하장이라고 받아들였는지, 젊은 의원은 더욱 심한 말을 내뱉었다.

"제 아버지도 도도 씨와 같은 나이지만, 은퇴해서 연금으로 생활하고 있습니다. 도도 회장도 마지막 회사생활에, 누추한 몰골을 보이지 않도록 결단을 내리셨으면 좋겠군요."

도도는 벌레라도 씹은 듯한 얼굴이었다.

텔레비전을 의식해, 국민을 위해 정의를 추구하겠다는 말을 되풀이하는 야당 의원과 뻔뻔스러운 태도의 전일본TV 임원들의 질의는 4시간 넘게 계속되었다. 집요하게 말꼬리를 잡고 늘어지는 질문에 도도와 고지마는 나름대로 잘 대응하는 듯 보였지만, 두 사람의 강경한 태도는 텔레비전을 보는 시청자들의 반감을 사기에 충분했다. 프로듀서의 눈으로 TV를 보고 있던 니시의 얼굴에 불안이 번졌다.

6

출근하려고 가방을 손에 들었을 때였다. 현관 인터폰이 울렸다. 통화버튼을 눌렀다.

"니시 씨입니까? 주택자금 건으로 묻고 싶은 것이 있습니다."

니시는 침을 꿀꺽 삼켰다. 심장이 쿵쿵 뛰었다.

"예? 누구십니까?"

"주간실록에서 왔습니다."

니시의 몸이 부르르 떨렸다. 마침내 나까지 찾아왔군, 니시는 구역질이 날 것 같았다. 60만 부나 팔리는 주간지에 실리면 사태는 걷잡을 수 없이 번질 것이다.

"제가 그런 질문에 답할 필요가 있습니까?"

니시가 인터폰 너머로 물었다.

"당신 전일본TV 사람 아닙니까, 공영방송국 직원이 부정을 저질러도 됩니까!"

상대는 느닷없이 니시를 을러댔다. 부정? 그게 무슨 말인가. 자신이 무슨 짓이라도 저지른 것일까. 현기증이 났다. 니시가 발끈해서 소리쳤다.

"무슨 헛소리야! 그런 일 없습니다."

"그럼 나와서 이야기하시죠!"

집요하게 물고 늘어졌다. 순간, 머릿속이 하얘지면서 소름이 끼쳤다.

"홍보부에 문의하십시오."

니시가 겨우 대답했다.

"잠깐, 잠깐만! 할 이야기가 있어!"

현관 입구에서 으르렁거리는 듯한 소리가 들렸다.

무시하고 인터폰을 내려놓자 상대는 문손잡이를 잡고 흔들어댔다. 쳐들어오기라도 할 셈인가! 니시가 몸을 떨었다.

2층 테라스로 나가 밖을 내다보자 두 남자가 니시의 집 앞을 서성이고 있었다. 한 사람은 양복 차림으로 기자처럼 보였다. 짧은 스포츠형 머리에 인상이 험악했다. 30대 후반으로 보였다. 다른 한 사람은 선글라스를 끼고 모자를 썼다. 나이는 알 수 없었지만, 어깨에 멘 가방에 카메라가 들어 있는 듯했다. 대부업체의 불법추심을 당하는 기분이었다.

그때, 니시의 휴대전화가 울렸다. 구로하라 부장이었다.

"지금 당장 국장실로 오게!"

니시는 허둥지둥 테라스에서 물러나 절규하듯 말했다.

"주간실록 기자가 집 앞에 와 있습니다. 지금 나가면 사진에 찍힐 겁니다."

"회사에도 와 있다고!"

구로하라가 가시 돋친 말투로 대꾸했다.

전화를 끊고 30분 정도 지나 테라스에서 내려다보니 두 사람의 모습이 보이지 않았다. 사유리가 새파래진 얼굴로 보고 오겠다며 밖으로 나갔다. 5분쯤 있다 돌아와 '간 것 같다'는 말에 니시는 현관에서부터 전력질주해서 전일본TV로 갔다. 회사에 도착하니 엘리베이터가 붐비고 있었다. 니시는 중간에 내려 국장실까지 계단을 뛰어올라 갔다. 국장실에 도착하니 모기 국장과 구로하라가 기다리고 있었다.

모기가 종이를 들이밀었다. 주간실록에서 보낸 질문장이었다.

> 니시 프로듀서가 투자 목적으로 아파트를 구입했다고 하는데, 사실입니까? 구입 자금은 어디서 조달했습니까?

라고 쓰여 있었다.

"니시 군, 이게 사실인가?"

모기가 물었지만, 니시는 전혀 짚이지 않았다. 아마도 주간실록이 생트집을 잡는 듯했지만 속셈을 알 수 없었다.

"아니요, 사실무근입니다."

"어쨌든 자네를 지명해서 보내온 거야. 문제가 될 만한 점이 있다면 이 자리에서 말하게."

"무슨 말인지 저도 모르겠습니다!"

"일단, 사진 찍히지 않도록 조심하게. 구로하라, 호텔을 예약하게. 니시 군은 당분간 피해 있게."

모기가 구로하라에게 지시를 내렸다.

전일본TV 근처에 있는 비즈니스호텔에 체크인을 한 니시는 어째서 자신이 도망치듯 호텔에 숨어야 하는지 화가 나고 분했다. 한밤중에 사유리가 사람들의 눈을 피해 갈아입을 옷과 편의점에서 주먹밥과 음료수를 사왔다.

"사유리, 왜 나를 노리는 걸까?"

머리를 긁적이며 하소연하듯 물었다.

"사실 이렇게나 유명해졌는데, 언젠가 이런 일이 생기지 않을까 걱정을 하기는 했어요……."

사유리는 걱정스러운 눈빛으로 니시를 응시했다.

그날 밤, 휑한 호텔 방에서 니시는 밤새 한숨도 자지 못했다. 사람들 앞에서는 침착했지만 혼자 남으면 분노가 치솟았다. 주간실록의 발매는 이틀 후였다. 무슨 내용이 실린 지도 모르는 기사가 전국의 서점과 역에 뿌려질 것이다. 발끝에서부터 서서히 냉기가 스며드는 느낌이 들었다.

*

주간실록에 니시의 기사가 대문짝만하게 실렸다. 완벽한 스캔들 기사로 취급하며 제목은 챌린지X 프로듀서의 '호화저택'이었다.

연일 터져 나오는 전일본TV의 스캔들, 이제는 갈 때까지 간 모양이다. 이번 주, 또다시 문제가 발각된 것이다. 챌린지X 전람회가 기업의 돈을 착취해 치러진 행사라는 것은 이미 밝혀진 사실이다. 이번에는 그 프로듀서가 '으리으리한 호화저택'에서 사치스러운 생활을 즐기고 있다는 이야기이다. 실력 있는 프로듀서의 호주머니로 거액이 흘러들어 가고 있었던 것이다.

동네 주민들도 놀랐다는 호화저택이 모습을 드러낸 것은 반년 전이다. 본지 기자가 부동산업자와 동행 취재해 조사한 결과, 도저히 서민이 구입할 수 있을 만한 금액의 땅이 아니라고 판명되었다. 소유자는 전일본TV의 이그젝티브 프로듀서, 니시 사토루 씨. 전일본TV 창립 이래 보기 드문 대 성공을 거둔 남자로 유명하다. 과거에는 다큐멘터리의 기수로 불리며 수많은 상을 휩쓸었고 2000년부터 챌린지X의 프로듀서로서 사회적인 붐을 일으키며 근자에 유례없는 초대형 프로그램으로 키워냈다. 하지만 전일본TV 내부의 평가는 최악이다.

전일본TV의 한 사원은 이렇게 말했다.

'챌린지X가 크게 히트할 조짐이 보이자 니시 씨는『챌린지X의 도전자들』이라는 책을 출판하고, 그 책이 베스트셀러가 되었습니다. 인세로 호화저택을 지었다는 소문이 파다합니다.'

엄청난 돈이 니시 씨의 호주머니를 가득 채운 것이다. 직접 본인을 찾아가 묻자 모르는 일이라고 딱 잡아뗐지만 고액납세자 순위에 오를 만큼 굉장한 수입을 얻고 있었던 것이 틀림없다.

또 다른 전일본TV 관계자는 니시 씨를 이렇게 비판했다.

'인세만은 아닐 겁니다. 그것 말고도 강연회 등의 수입이 쏠쏠하지 않을까요? 혼자 다 해먹는 것 아니겠습니까. 전일본TV는 시청료로 성립하는 특수법인입니다. 세금이나 다름없는 돈으로 월급을 받는 것입니다. 니시 사토루 씨가 떼돈을 버는 것은 절대 용납될 수 없는 일입니다.'

어처구니없는 일이 아닐 수 없다! 어쩌면 챌린지X는 니시 프로듀서가 호화주택을 구입하기 위해 생각해낸 프로그램이 아닐까. 이러한 불의를 그냥 넘어가도 될 것인가!

기사는 그렇게 끝을 맺었다. 그 옆에는 니시의 집을 아래에서 올려다보는 각도로, 실제보다 훨씬 크게 보이도록 찍은 사진이 실려 있었다.

니시는 지나치게 허황된 기사에 현기증이 일면서 분노가 치밀었다. 호화저택이 웬 말인가? 정원 한 평 없고 문도 없었다. 골목에 인접해 있어 차로 드나들기도 쉽지 않은 집을 호화저택이라고 할 수 있을까? 왜곡되고 자극적인 내용으로 가득한 기사를 쓴 기자의 추잡한 인간성에 이가 갈렸다. 게다가 범죄자도 아닌데 실명을 보도하는 법이 어디 있단 말인가. 니시는 주간실록이 과연 제정신인지 의심스러웠다.

인세 수입이 엄청나다는 것도 엉터리 추측이었다. 전일본TV에서는 과거 대형 기행프로를 담당하던 디렉터들이 책을 내고 거액의 인세를 벌어들이자 그 후로 인세의 대부분은 전일본TV로 들어오도록 바뀌었다. 니시의 집은 사유리의 헌신과 부모님께 폐를 끼쳐가며 지은 것이었다. 용서할 수 없다.

전일본TV에 관계된 누군가가 니시의 성공과 새로 지은 집에 심한 질투를 느끼고 니시를 해코지하려고 책략하고 주간실록에 괴문서를 보낸 것이 아닐까? 니시는 문득 집 앞을 서성거렸다고 하는 마사오의 얼굴을 떠올렸다.

니시는 회사를 나와 어디를 갈지도 정하지 않고 빌딩 사이사이를 걸어 다녔다. 스산한 가을바람이 빌딩 사이를 빠져나가고 가로수에서 떨어진 나뭇잎이 발끝을 휘감았다. 바스락거리며 바람에 날렸다.

그날 밤, 고향에 계신 아버지에게 전화가 걸려왔다.

"주간지에 네 이야기가 실렸던데……."

눈물 젖은 목소리였다. 커다란 쐐기가 가슴에 박히는 듯했다.

현역에서 은퇴하고 농사를 지으며 일주일에 한 번씩 챌린지X의 자막에 제작자 니시 사토루라는 이름이 나오는 것을 가장 큰 기쁨으로 여기던 80세가 넘은 부모였다.

"엉터리 기사니까 신경 쓰지 마세요."

연로한 부모까지 상처를 입히는 주간실록과 밀고자를 원망했다.

전화를 끊고 입술을 꽉 깨물며 분노를 삼키듯 니시가 중얼거렸다.

"억울해, 너무 억울해."

*

메이지 도오리明治通り와 고마자와 도오리駒沢通り가 교차하는 모퉁이에서 남쪽으로 가파른 언덕을 올라가면 그 음식점이 있었다. 좁은 내실에서 남자 셋이 벌써 한 시간째 술주정을 늘어놓고 있었다. 탁자에는 빈 술병이 쓰러져 있고 방 안에는 담배 냄새가 가득했다.

세 남자는 전일본TV의 관리직이었다. 벌겋게 술이 오른 정보문화부 프로듀서 다나하시가 험악한 말투로, 두 사람에게 말했다.

"히히히, 니시 그 자식, 꼴좋게 됐어. 아아, 속이 후련하네."

다나하시가 단숨에 술잔을 들이키며 말하자, 편성국 소프트 연락부 과장으로 가장 연장자인 오카에岡江가 짐짓 떠보았다.

"그 기사, 자네 아냐?"

"말도 안 돼. 나미토 데스크 때 아주 넌더리가 났다고. 네가 스캔들은 돈과 여자가 최고라면서, 방송밖에 모르는 니시는 안 되니까 약한 곳을 건드리면 된다고 하는 바람에 그랬잖아. 나미토를 노리다 자칫하면 내 목이 날아갈 뻔했다고. 그땐 정말 간담이 서늘했다니까."

"그럼, 누구 짓이지?"

"알 게 뭐야. 나 말고도 누가 니시 자식한테 원한이 있나 보지."

"그야, 그렇겠지. 저 혼자 승승장구하잖아. 이그젝티브는 무슨 얼어 죽을. 도도 그 늙은이, 그렇게 니시를 싸고돌더니 결국 자기 발등을 찍은 꼴이군."

오카에도 질세라 사오싱주紹興酒-중국 사오싱 지방에서 나는 양조주를 온더록스로 들이켰다. 방 안에는 악의가 넘쳤다.

두 사람의 대화를 듣고 있던 스페셜 방송부 프로듀서 안조가 금테 안경 너머로 날카로운 눈을 빛내며 고개를 저었다.

"아직 약해."

안조가 냉철하게 말했다.

"기사 말이야?"

오카에가 되물었다.

"그래. 그 정도 기사에 회사는 움직이지 않을 거야. 집을 짓는 건 자기 마음이고, 인세는 회사에서 몽땅 털어가니까. 자네들은 모르겠지만, 인세는 10% 중 거의 대부분이 전일본TV로 들어가는 구조야. 본인이 받는 건 극히 일부지. 그러니 누가 굳이 책을 내려고 하겠나."

"쳇!"

다나하시가 거칠게 혀를 찼다.

"태도도 건방지기 짝이 없어. 복도 중간을 떵떵거리며 걷질 않나, 그 자식 얼굴만 봐도 화가 치민다니까."

오카에가 내뱉듯이 말했다.

"회장한테 알랑방귀나 뀌면서 말이지. 우린 정규군이라고, 그 자식은 비주류잖아. 난 예전부터 알고 있었어. 촌구석에서 허접한 방송이나 만들던 자식이!"

다나하시의 감정이 격해졌다.

"이러다간 그 자식이 상류에서 싸지른 오줌 물로 우리가 얼굴을 씻을 판이야."

오카에가 부루퉁하게 끼어들었다.

"그럼, 이대로 포기해야 하는 거야? 모처럼 꼬투리를 잡았나 했더니 말이야. 무슨 수가 없을까?"

그 말에 벌건 얼굴의 다나하시가 자세를 고쳐 앉더니 눈을 부릅뜨고 안조를 똑바로 쳐다보았다.

가게의 어슴푸레한 간접조명에 비친 안조의 냉혹한 얼굴이 떠올랐다.

"재미있는 이야기가 있어. 우미노의 부정사건으로 국세청에서 조사 들어온 거 알고 있나?"

안조가 은근히 말하자 오카에가 눈을 빛내며 달려들었다.

"아아, 그걸 이용하면 되겠군! 주간실록이라면 하이에나처럼 달려들 거야. 뭐든 물고 늘어질 테니까!"

"그런데 괜찮을까? 우리는……."

다나하시가 불안한 표정으로 말하자 안조가 코웃음을 쳤다.

"회사가 온통 소란스러운 지금이 기회야. 니시 따위를 감쌀 여유도 없고 저항할 힘은 더더욱 없을 테니까."

그렇게 말한 뒤 세 사람은 머리를 맞대고 조용히 무언가를 의논하기 시작했다.

7

전일본TV를 둘러싼 상황은 악화 일로로 치닫고 있었다. 거대 조직을 유지하기 위한 수단인 시청료 거부운동이 전국적인 규모로 일어났던 것이다. 잡지와 민영방송은 시청료 거부운동을 독려하는 대대적인 캠페인을 벌이고 시청료 거부에 징벌규정이 분명치 않다는 것과 계좌이체를 끊는 방법 등을 게시했다.

우미노 프로듀서의 횡령사건이 발각된 지 1개월이 지나자 계약 해지는 3만 건, 그로부터 2주 후에는 5만 건, 다음 달에는 12만 6천 건으로 급증하고 급기야 그 다음 달에는 25만 건으로 배증해 전혀 수습될 기미가 보이지 않았다. 하루 3천만 엔의 수입이 사라지고 손실액은 50억 엔에 달했다. 영업센터마다 계좌이체 해약 신청서가 박스 단위로 도착하면서 사무처리가 따라가지 못할 정도였다. 시청자들은 시청료 계좌이체를 중단하기 위해 금융기관 창구에 긴 행렬을 만들었다. 고객들의 불만이 쇄도한 금융기관 측에서 이번에는 전일본TV에 이의를 제기하는 형편이었다.

시청료 징수에 나선 수금사원이 욕설을 듣고 폭행을 당하는 일도 있었다. 현관문 앞에서 쫓겨나거나 심지어 낫을 휘두르며 쫓아오는 등의 사건이 각지에서 빈발했다.

그리고 전일본TV 노동조합 집행위원장이 도도 회장을 비롯한 경영진의 총 퇴진을 촉구하는 결의를 했다.

'이대로 시청자의 불신감을 막지 못한다면 시청료로 유지되는 전일본TV의 경영기반이 붕괴되고 말 것이다. 개국 이래, 미증유의 위기를 맞고 있다. 도도 회장에 대한 퇴진 요구는 현장 사원들의 한결같은 요구이다. 깨끗하게 자리에서 물러나야 할 것이다.'

관리직을 제외한 8500명이 가입한 전일본TV 노동조합의 위원장 및 조합간부의 퇴진권고는 곧 대다수 사원들의 요구나 다름없다고 해석할 수 있다. 기업 내 조합이 수장의 책임을 추궁하는 사례는 전일본TV는 물론, 대규모 조직으로는 일본 최초라고 할 만한 전대미문의 사태였다. 소문에 의하면, 전일본TV와 사이가 좋지 않은 대형 신문사 기자가 도도의 사임을 밀어붙이기 위해 배후 조종했다는 소문도 있었지만 공공연하게 드러나지는 않았다.

그런 흐름에 대항하듯 전일본TV의 경영진 측에서는 특집방송 '도도 회장에게 듣고 싶다'를 방영했다. 140분에 걸친 장시간 방송으로, 도도 회장이 직접 스튜디오에 나와 저명인사 7명의 질문에 답하는 형식이었다. 이 방송을 내보낸 것이 큰 오산이었다.

　말주변이 없는 도도는 '경영책임이란, 직을 내던지는 것이 아니라 신뢰회복과 부정방지에 최선을 다하는 것이다'라는 말을 되풀이했지만, 아무도 동의하지 않았다. 민영방송국의 베테랑 진행자가 '왜 그만두지 않느냐?'며 끈질기게 물고 늘어지자 도도는 말문이 막혔다. 그런 모습이 도도의 용모와 겹쳐지면서 방송 후 더욱 거센 항의와 시청료 거부가 쇄도하는 곤경에 빠졌다.

*

　그 무렵, 니시는 편집실에 틀어박혀 있는 날이 많았다. 주간실록으로 입은 상처가 채 아물지 않아 도둑처럼 사람이 많은 곳을 피하고 숨는 자신이 한심했다. 길을 걸을 때조차 누군가에게 쫓기는 기분이 들었다. 조직이 위기에 처한 상황임에도 괴문서가 난무하고 상대를 중상하는 전일본TV의 인간들…… 하찮은 엘리트 의식과 속보이는 자기보신 그리고 질투에 미친 부끄러운 인간성, 전일본TV를 좀먹는 것은 사원들의 황폐한 마음이라는 생각이 들었다.

　편집실에서 젊은 디렉터들과 방송에 몰두하고 있을 때가 가장 행복했다. 이번 방송 타이틀은 '불굴의 동네공장 달려라 영혼을 담은 오토바이'였다. 무적함대로 불리며 유럽의 오토바이 경주에서 전 경기 승리를 거둔 대형 메이커에 과감히 도전장을 던진 튜닝 전문 공장의 기술자와 그 가족 그리고 종업원들의 이야기였다.

신의 손이라는 별명으로 불리는 기술자의 손에는 지문이 없었다. 오토바이에 영혼을 담아내기 위해 부품을 깎고 다듬다 보니 지문이 사라져버렸다. 그의 손에는 심한 화상 자국도 있었다. 공장 화재로 사고를 당하면서 다리의 피부를 이식하고 필사적으로 재활에 매달린 그는 도전자로서 집념을 불태웠다.

경기를 앞둔 그가 말했다.

"시련에 부딪히고, 도전하고 마침내 이루어냅니다. 그 기쁨은 다른 무엇에도 비할 데가 없죠."

그 순수한 삶이 니시의 가슴을 울렸다.

56세의 주인공은 경기 시작부터 4시간 동안 완전히 회복되지도 않은 몸으로 뜨거운 햇빛이 내리쬐는 피트 로드에 태산처럼 우뚝 서 있었다. 기름 범벅이 된 작업복을 걸친 깡마른 몸. 얼굴은 칼날처럼 예리한 빛을 띠고 길게 찢어진 눈에서는 살기가 번득였다. 준비된 의자도 물도 거부하고 일갈했다.

"부하가 목숨을 건 싸움을 벌이고 있네. 지휘관인 내가 최전선을 지키고 서 있지 않으면 경기를 이길 수 없어."

그 모습은 팀의 정신력을 지탱하고 긴장감을 주며 상대 팀을 압도했다. 경기가 끝난 후, 주인공이 남긴 말에 니시는 정신이 번쩍 들었다.

"우리 일은 '열중하는' 것이 가장 중요합니다. 운전자에 열중하고, 정비사에 열중하죠. 100% 열중해야 합니다. 그렇지 않으면 혹독한 경기를 해낼 수 없을뿐더러 이길 수 있는 폭발적인 힘도 나오지 않습니다. '열중한다'는 것은 결국 상대를 위해 자신을 지우는 일이라고 생각합니다. 거기에는 돈이나 명예, 채산 같은 건 끼어들 틈이 없죠."

니시는 가슴이 메어왔다.

편집실 안, 극심한 피로에 지친 자신이 보였다. 나는 왜 이렇게까지 지쳐 있는 것일까. 니시는 너무나 많은 것을 얻었다는 생각이 들었다. 순간, 자신이 얻은 모든 명예와 영광을 내던지고 싶은 폭력적인 충동에 사로잡혔다. 이제껏 방송제작에 자신의 모든 역량을 쏟았다. 그것이 분에 넘치는 성공을 가져오고 급기야 무거운 짐이 되어 자신을 억눌렀다.

니시는 담당 디렉터 아이다飯田와 데스크 노노무라에게 말했다.

"훌륭해!"

편집실에 들어오면 사람이 변하는, 타협이라고는 모르는 냉엄한 성격의 니시가 시사 과정에 누군가를 칭찬하는 일은 드문 일이었다.

"꽤 열심히 노력했군."

니시의 칭찬에 아이다의 얼굴에는 미소가 번지고, 노노무라는 안도의 숨을 내쉬었다.

"몇 분 오버했지?"

아이다에게 물었다.

"12분이나 길어요. 죄송합니다."

"그렇군, 이걸 자르기가 쉽지는 않겠군."

니시는 모처럼 자신의 방송꾼 기질이 꿈틀거리는 것을 느꼈다.

"좋아, 나머지는 내게 맡기게. 이번 방송은 아주 귀한 자식이야. 무사 출산을 기원해야지. 오늘은 철야를 해야겠군!"

그렇게 말하고 니시는 구성의 세계에 빠져들었다.

　3시간 후, 니시는 더빙실로 향했다. 젊은 음향기사 스도須藤가 한창 작업 중이었다. 헤드폰을 끼고 산처럼 쌓인 CD와 촬영테이프에서 소리를 만들어내는 일에 열중하는 모습이 니시의 눈에 들어왔다.

　프로그램에 음악이나 효과음을 넣는 음향기사의 업무는 대본을 숙지하는 일부터 시작된다. 각각의 장면에 표현해야 할 키워드가 있다. 조명해야 할 것이 주인공의 삶인지, 동기부여인지 혹은 논리적 사고인지. 또한 전체 테마를 파악하는 작업이 중요하다. 그러한 과정을 거쳐 선곡과 실음實音을 찾는 작업이 이루어진다. 선곡은 음향기사의 감각을 엿볼 수 있는 과정이며 실음은 가령, 이번 오토바이 경기의 경우 2기통과 4기통의 각기 다른 소리를 구별해야 하는 지극히 민감한 작업이다.

　니시를 보고 스가가 수줍게 입을 열었다.

　"전체적인 배경음악 때문에 고민 중인데, 한번 들어봐 주실래요?"

　"그래, 좋아."

　오토바이 경기의 실음과 겹쳐지면서 흐르는 곡을 들었다.

　"구역을 좀 더 넓혔으면 좋겠군. 아직 뭔가 부족해. 음악이 와 닿질 않아. 경기 클라이맥스는 확실히 몰입할 수 있도록, 이 부분은 코멘트도 거의 없어. 조금 더 소리로 표현해줬으면 해."

　그 정도만 해도 말이 통했다. 젊은 음향기사와 프로듀서가 서로 자극을 주고받는 순간이었다. 전문 분야는 달라도 서로를 고양하는 현장의 분위기가 니시는 더없이 좋았다.

*

2005년 1월 25일, 전일본TV의 긴 하루가 시작되었다.

오전 8시 도도는 집 앞에서 보도진에 둘러싸였다. 지난 1월 6일 회견을 통해 사임을 시사하는 발언이 있은 후로 연일 기자들이 들러붙어 있었다. 때는 이미 시청계약 해지가 50만 건에 달하며 75억 엔의 손실을 입은 후였다. 불상사를 일으킨 경영책임과 국민의 불신을 해소하지 못하고 손실을 키운 경영자의 자질 논란이 계속되었다.

도도는 사임 여부를 묻는 질문에 이렇게 대답했다.

"아카기赤城 산도 오늘이 마지막이 아닌가 싶습니다."

협객 구니사다 추지国定忠治의 말을 빌린 것은 전일본TV 회장답지 않은 언사였지만, 도도라는 남자에게는 제격이었다. 평소 엄하고 위압적인 표정의 도도가 무슨 일인지 이제껏 카메라 앞에서 보여준 적 없는 평온한 미소를 머금으며 대답했다.

뉴스에서 도도의 인터뷰를 본 니시는 그 표정이 도리어 어떤 각오를 다짐한 것처럼 보여 불길한 예감이 들었다.

전일본TV 내에서는 도도가 언제 사임할 것인지, 끝까지 버틸 것인지가 화제가 되었다.

구로하라 부장이 니시의 자리로 다가와 비꼬듯 말했다.

"니시 군, 천황도 곧 끝이 나겠군. 자네도 앞으로 고생깨나 하겠네.

히히히히."

　구로하라는 여섯 살이나 어린 니시가 자신과 같은 특별직으로 승진해 승승장구하며 임원직에까지 오르는 것은 무슨 짓을 해서라도 막고 싶었다. 니시가 탄 고속 엘리베이터의 줄을 끊어버리고 싶은 갈망이 있었다.

　"부장이 천황이 어쩌네 하는 소리를 입에 올릴 줄은 몰랐군요."

　니시도 잔뜩 비아냥거렸다. 적어도 도도는 너 따위와 비교도 안 될 정도의 기량을 지녔다고 호통치고 싶었지만 꾹 참았다.

　두 사람은 눈싸움하듯 서로를 쏘아보았다.

　구로하라가 떠나자 데스크 노노무라가 걱정스럽게 물었다.

　"괜찮을까요? 회장님이 사임하시면 저희도 타격이 클 것 같은데."

　"그렇겠지. 챌린지X는 도도 회장이 각별히 아끼고 지켜준 프로였으니까. 덕분에 여태까지 계속할 수 있었던 것 아니겠나. 우리가 고생하는 것도 잘 알고 계셨던 것 같아. 그러지 않고서야 회장이 직접 일반 디렉터들을 위해 오찬회를 열어주겠나? 프로그램국에서 해준 게 뭐가 있어. 방해만 했지, 한 번이라도 협력해준 일이 있었나? 세상이 아무리 도도 회장을 헐뜯고 손가락질해도 우리에게는 소중한 사람이네."

　니시 개인에게는 자신의 재능을 알아주고 감싸주는 사람을 잃을 수 있는 중대한 사태였다. 수화기를 들어 우라카미 비서실장에게 연락을 했다.

　"우라카미 씨, 회장님께 전해주십시오. 응원하고 있는 사람도 있습니다. 포기하지 말고 힘내시라고요."

우라카미가 결연히 말했다.

"걱정하지 말게. 회장님은 눈 하나 꿈쩍하지 않고 계시니까. 이 난국을 극복하겠다는 의지를 불태우고 계시네."

그날 오후, 전일본TV의 감독관청인 총무성 대신의 성명이 있었다.

"전일본TV의 문제는 그냥 넘어갈 만한 수준을 벗어난 듯하다."

기본적으로 총무성은 전일본TV와 밀접한 관계를 맺고 있다. 예산 심의에서도 야당 측 질의에 대해 전일본TV를 옹호하는 입장을 취한다. 무슨 연유로 총무대신이 군이 전일본TV를 비판하는 발언을 한 것인지 다들 긴장하는 기색이었다.

오후 3시가 지났을 무렵이었다. 전일본TV 회장의 임명권을 쥐고 있는 경영위원회에 출석한 도도가 사표를 제출했다는 소문이 돌았다.

그리고 저녁 7시 30분이었다. 마침내 도도의 사임 기자회견이 열렸다.

쏟아지는 카메라 플래시 세례를 맞으며 도도가 입을 열었다.

"전일본TV협회는 새로운 도약을 향한 발본적인 개혁에 나서겠습니다. 개혁 의지의 집대성이 이번 방송편성과 사업계획에 오롯이 담겨 있습니다. 뒤따르는 후배들을 믿고 맡기로 하고 회장직을 내려놓기로 마음먹었습니다.

저는 기력과 담력 그리고 체력도 아직 충분합니다. 회장직에서 물러나도 계속해서 방송 인재교육에 힘쓰고 싶습니다. 생각건대, 지금이야말로 전일본TV협회가 능력을 발휘할 때라고 생각합니다. 거대화와 상업화 그리고 민업 압박이라며 전일본TV협회의 약진을 시기하는 일부 매스컴의 터무니없는 중상모략이나 부당한 공격에 굴하지 않겠습니다."

도도는 마지막 순간까지 강경한 태도를 고수했다. 7년간 거대조직을 지배했던 절대적 위정자의 퇴장이었다. 결코 명예롭지 않은, 상처만 남은 퇴장이었다.

도도와 함께한 나날이 니시의 마음에 떠올랐다 거품처럼 사라졌다.

아울러 임원들의 총 퇴진 발표가 있었다.

뛰어난 수완가로, 챌린지X를 비호하고 도쿄돔 전람회를 주도적으로 이끌었던 고지마 전무와 니시의 승진에 실무적 역량을 발휘해준 신교지 전무도 전일본TV를 떠나게 되었다. 니시는 자신을 외부의 적으로부터 지켜준 높은 벽이 와르르 무너지는 것을 느꼈다.

임원실로 마지막 인사를 하러 가는 것도 꺼려질 정도로 어수선한 분위기 속에서 하루하루가 흘렀다. 퇴근 길, 니시의 앞에 로맨스그레이의 한 남자가 걷고 있었다. 신교지였다. 니시는 달려갔다.

"상무님, 무슨 말을 드려야 할지……."

벌써 10년 전, 걸프전 당시 신교지의 지휘 아래 격렬한 전쟁과 같은 하루하루를 보내며 목숨 걸고 방송을 만들던 시절이 떠올랐다. 신교지는 백전 연마의 노련함으로 프로그램국을 이끌어온 남자였다. 자신이 세상에 나올 수 있었던 기회를 준 사람이라는 생각이 들자 가슴에 뭔가 뜨거운 것이 치밀어 올랐다. 그런 니시의 감상이 무색하게 신교지는 특유의 소탈한 말투로 대답했다.

"어이, 니시로군. 잘 있게나."

한 손을 들어 인사하고 성큼성큼 걸어갔다.

떠나는 그의 뒷모습을 배웅하고 니시는 발길을 되돌려 사무실로 향했다. 흐트러진 책상 위를 정리하고 서랍에서 종이를 꺼내 도도에게 작별의 편지를 썼다. 도도의 집무실로 마지막 인사를 가는 것도 여의치 않아 비서실에 전했다. 석별의 정이 뜨겁게 치솟았다.

도도 회장님

챌린지X를 지켜주시고, 키워주신 회장님의 은혜에 전 팀원을 대신해 깊이 감사드립니다. 저 같이 부족한 사람을 아껴주신 은혜는 결코 잊지 않겠습니다. 제가 도움을 드릴 수 있는 일이 있다면 언제든 말씀해주십시오. 겨울 추위가 맹위를 떨치는 계절이 다가옵니다. 건강에 유의하십시오.

니시 사토루

다음 날, 도도가 전일본TV의 고문으로 취임한다는 발표가 있었지만 또다시 매스컴의 거센 공격과 시청자들의 맹렬한 불만이 폭주하면서 3일 만에 철회하는 사태를 낳았다. 회장직에서 물러난 도도가 전일본TV에 관여하는 것은 누구도 용서치 않았다. 국장 체제도 새롭게 바뀌었다. 우라카미 비서실장이 지역방송국 국장으로 소위 추방되면서, 니시는 자신을 지켜주던 카드를 전부 잃었다.

8

새로운 경영진이 들어섰다. 도도의 뒤를 이어 새롭게 회장으로 취임한 것은 기술 분야 출신의 오오쓰카大塚였다.

"젊은 시절, 전파탑에 올라간 적이 있습니다. 방송에 대해서 잘은 모르지만 성심성의껏……"

40년 가까이 방송국에 근무했다는 오오쓰카는 우직한 얼굴로 더듬더듬 취임사를 했다. 방송을 이해하지 못하는 사람이, 세계 최대 규모의 방송국 수장으로 취임해 1만 명이 넘는 사원들의 미래를 책임지고 이끌어갈 수 있을까?

그 밖의 임원들도 도도 회장 체제에서 찬밥 취급을 당하던 자들뿐이었다. 능력 부족으로 도도의 측근으로 등용되지 못하고 지역방송국 국장으로 정년을 눈앞에 둔 사람이, 이제는 도도와 거리가 멀다는 이유로 발탁되었다. 도도 회장 체제에서 임원 혹은 간부를 지낸 사람들은 개성이 뚜렷한 멤버였지만 일정 수준의 능력과 정치력을 겸비한 강력한 조직이었다. 반면 새로운 임원들은 평범하고 관료 냄새가 짙은 인사들이었다.

새로운 경영진이 발 빠르게 들고 나온 것은 전 사원의 전표조사와 예산 삭감 그리고 사무처리 강화였다. 디렉터들의 전표조사 결과, 니시의 부하직원 중 하나가 취재 중에 경비로 구입한 만두를 실은 집으로 가져간 것이 아니냐는 엉뚱한 의심을 받아 출연자에게까지 연락해 확인하는 일이 있었다. 일을 열심히 해도 자칫하면 문제가 되었다. 그런 두려움이 무기력하고 살벌한 분위기를 조성하더니 어느새 전일본TV를 뒤덮었다.

시청계약 해지로 구멍 난 재정을 메우기 위해 방송국의 상품이라고 할 수 있는 프로그램 제작비를 대폭 삭감하면서 취재 택시를 이용하는 것조차 눈치를 보는 분위기였다. 번잡하고 의혹투성이인 전표처리 시스템이 도입되고 거짓 출장을 근절한다는 명목으로 당일 출장이라도 상사의 출장명령서 작성, 출장비 청구, 상세한 출장보고서 작성, 상사의 출장보고서 승인, 부국 총무 확인, 경리국 확인과 검토 등의 절차가 필요해지면서 그에 따른 방대한 사무작업을 고스란히 현장에서 떠맡게 되었다. 우미노 사건을 놓칠 만큼 허술했던 전일본TV의 사무 방식이 일신되면서 실제 관료 조직을 능가하는 관료체질을 낱낱이 드러냈다.

*

토요일 오후였다.

니시는 도도의 퇴임과 연일 이어진 철야 편집으로 지친 몸을 풀기 위해 시부야 세루리언 타워 안에 있는 마사지 코너로 향했다. 어둡고 좁은 방에서 유카타로 갈아입고 침대에 눕자 마사지사가 들어와 딱딱하게 뭉친 어깨와 등을 손끝으로 꾹꾹 눌러서 풀었다. 긴장이 풀리면서 스르륵 눈이 감기던 참이었다.

휴대전화가 울렸다. 막바지 편집을 하는 디렉터가 뭘 물어보려나 보다 하고 전화를 받자 홍보부장의 칼칼한 목소리가 들려왔다.

"니시 씨! 또 왔어요, 주간실록 말입니다!"

순간 찬물을 뒤집어 쓴 기분이었다.

"이번에는 뭡니까?"

"아무래도 보통 일이 아닌 것 같습니다! 지금 당장 들어올 수 있어요?"

"최대한 빨리 가겠습니다."

말하는 내내 자신의 몸이 떨리는 것이 느껴졌다.

"무슨 일이세요, 안색이 안 좋으신데……."

마사지사가 물었다.

"아닙니다, 끝까지 해주십시오."

니시는 입을 다물며 다시 자리에 누웠다.

될 대로 되라는 심정이었다. 마사지가 다시 시작되었지만 아무 감각도 느껴지지 않았다. 마음을 가라앉히며, 덤빌 테면 덤벼보라며 투지를 불태웠다.

전일본TV 홍보부로 들어가자 부장과 담당자가 기다리고 있었다.

"이거 보십시오."

질문장이었다.

챌린지X 팀에 세무조사가 들어갔다고 들었습니다. 니시 사
토루 프로듀서가 조사대상이라고 들었는데, 납세에 문제가 있
었다는 것을 사전에 알고 계셨습니까?

니시의 눈이 분노로 이글거렸다.

"이게 무슨 말 같지도 않은 질문입니까! 엄중히 항의해야죠!"

니시가 거칠게 내뱉자 홍보부장이 비쩍 마른 꺼끗한 얼굴로 올려다

보며 천연덕스럽게 물었다.

"니시 씨, 납세에 아무 문제 없어요?"

"예? 그게 무슨 말입니까?"

"세무서에서 연락이 왔다든지, 그런 일 없어요?"

무슨 뜻으로 묻는 것인지 니시는 당황스러웠다.

"집을 지었기 때문에 세금 감면을 받으려고 세무서에 간 적은 있지만……."

"그겁니다, 그거. 세무서에서 조사를 한 것 아닙니까!"

홍보부장이 갑자기 나무라는 투로 말했다.

"그게 무슨 관계가 있습니까!"

도도가 있을 때에는 챌린지X에 관한 일이라면 민감하게 대응했는데 아무런 대처를 할 생각이 없어 보였다. 연일 이어지는 이의 제기와 스캔들 기사 대응에 쫓겨 홍보부 기능이 마비된 것일까. 니시의 탓으로 돌리려는 듯했다. 너무나 차이가 큰 대응에 니시는 할 말을 잃었다.

그때 홍보부장이 불렀는지, 홍보실로 들어온 구로하라와 니시가 시선이 딱 마주쳤다.

"이거 큰일이군. 어떻게 된 일이야."

냉랭하게 말하자 니시가 발끈했다.

"제 명예가 걸린 일입니다. 챌린지X에 세무조사가 들어온 게 맞습니까? 저를 조사했다는 게 사실입니까? 사실이라면, 본인에게 어떤 식으로든 연락을 했어야죠. 지금 당장 알아봐 주십시오!"

니시의 서슬에 기가 죽었는지 홍보부장과 구로하라가 경리국으로 향했다.

30분 후, 경리국에서 돌아온 구로하라가 두툼한 입술을 열었다.

"자네도, 챌린지X도 조사대상이 아니라더군."

거친 어조였다.

"당연한 것 아닙니까. 또 거짓 기사가 나올 텐데, 그냥 두고 보실 겁니까? 회사 측에서 고소해주겠죠?"

홍보부장이 곤란한 표정으로 얼버무렸다.

"어차피 개인에 관한 일 아닌가……."

"개인이 아닙니다. 전 전일본TV의 사원이라고요! 챌린지X는 회사의 방송 아닙니까!"

의미 없는 입씨름이 오갔다.

주간실록의 수법대로라면 날조한 기사를 공공연히 유포할 것이 분명했다.

이번에도 속수무책으로 당할 수밖에 없는 것일까. 니시는 암담한 심정이었다.

"자네가 미움을 사고 있는 것만은 분명하군. 조직 생활에서는 인망도 중요하다고."

구로하라가 태연하게 말했다.

"농담할 때가 아닙니다. 이런 기사를 쓰는 인간이나 괴문서를 쓰는 인간이나 절대 가만두면 안 됩니다."

니시가 낯빛을 붉히며 따지자 구로하라가 대꾸했다.

"아예 쓰지 못하게 해야지. 그런 걸 쓸 빌미를 준 쪽도 문제가 있어."

"최소한 항의문은 전달해주십시오."

한치 앞도 보이지 않는 컴컴한 터널로 끌려들어 가듯 우울한 기분이었다.

"부장인 내가 홍보부 직원들과 만들어볼 테니 자넨 자리로 돌아가게."

구로하라가 좋은 말로 수습하겠다고 말했다.

마지못해 자리로 돌아온 니시는 항의문이 완성되었다는 연락을 받고 다시 홍보부로 갔다. 리스크 관리실 담당자 오타黃田라는 뚱뚱하고 험상궂은 눈을 한 사회부 출신 부부장이 "이렇게 보내기로 했습니다"라며 항의문을 보여주었다. 니시는 아연실색했다. 딱 한 줄이었다.

　　　　전일본TV협회는 세무조사가 있을 경우, 전면적으로 협력할
　　　　것입니다.

"이게 뭡니까! 항의문이 아니지 않습니까?"

니시가 흥분해서 말했다.

"홍보부와 의논해 결정된 일이네. 상대를 자극하고 싶지 않아서야."

구로하라가 옆에서 끼어들었다. 구로하라의 눈에 끈적끈적한 독기가 서려 있었다.

"장난하는 겁니까! 이 따위로밖에 할 수 없다면 변호사를 통해 항의하겠습니다."

"그건 곤란합니다, 리스크 관리실과 홍보부의 방침을 따라주셔야지."

오타가 말했다. 오타도 니시와 동갑이었지만 직급은 한참 아래였

다. 그럼에도 마치 쥐가 고양이를 약 올리는 듯한 말투였다.

"이번 일은 제 명예가 걸린 문제입니다. 회사가 뭐라고 하든 항의하겠습니다."

홍보부장이 내뱉듯이 말했다.

"꼭 그래야겠다면 막지는 않겠네. 다만, 개인적인 일이니 회사 FAX와 컴퓨터는 쓸 수 없네. 그렇게 알고 마음대로 하게."

3일 후 발간된 주간실록 기사는 예상을 한참 뛰어넘는 지극히 악질적인 내용이었다.

전일본TV협회의 경영진이 숨기기에 급급했던 검은 의혹이 본지 조사로 드러났다. 전일본TV의 간판 프로 챌린지X에 국세청의 세무조사가 들어간 것이다. 프로듀서 니시 사토루 씨는 챌린지X의 대성공으로 유명인사가 되면서 출세가도를 달려온 인물이다. 그런 그가 누구에게도 말하지 않은 어두운 일면을 안고 있었다. 전일본TV의 모 간부가 은밀히 증언했다.

"작년 겨울이었나, 국세청이 챌린지X 팀을 조사하겠다며 전일본TV로 찾아왔습니다. 국세청의 목표는 니시 사토루 피디라는 정보가 순식간에 퍼졌습니다. 다들 니시 피디가 호화저택에 살면서 큰돈을 번다는 것을 알고 있었기 때문에 납세 건으로 의혹이 드러난 것 아니냐는 반응이었습니다."

한 국세청 관계자가 극비사항이라며 이렇게 밝혔다.

"챌린지X의 내사는 진행 중입니다. 틀림없는 사실입니다. 담당은 도쿄 국세청 과세제2부로, 여러 명의 전문 조사관들이 조사하고 있습니다. 제작비를 두고, 특정 회사와 은밀한 돈 거래가 오간 것 같습니다. 당연히 니시 프로듀서도 조사하고 있습니다. 은밀히 거래된 돈의 규모가 일전의 우미노 프로듀서 사건 때보다 훨씬 크기 때문에 담당 조사관들도 긴장하고 있는 것 같습니다."

모 간부에게 물었더니 처음에는 전일본TV도 조사에 협력하지 않았지만 국세청이 압박을 가하자 이내 백기를 들었다고 한다.

"어차피 무리였을 겁니다. 임원층에서도 완벽히 감출 수 없다는 판단하에 포기 단계에 접어든 것이죠."

아직 내사가 시작된 지 얼마 되지 않은 시점이라 최종적으로 탈세로 고발당할 것인지는 조사를 지켜봐야 알겠지만 전일본TV는 좌불안석, 불안한 나날을 보내고 있다.

니시의 눈에서 주르륵 한 줄기 눈물이 흘렀다. 악랄하기 짝이 없는 기사였다.

기사 내용으로는 우미노 프로듀서 이상의 횡령범이라고 지명된 것이나 마찬가지였다. 챌린지X는 경리 면에서 모범적인 방송으로, 모든 것을 투명하게 공개해왔다. 단 한 번도, 남의 손가락질을 받은 적이 없었다. 전일본TV에 들어온 세무조사를 누군가 니시 개인의 조사라고 오해하고 과장을 덧붙여 주간실록에 흘려 거짓 기사가 만들어졌다고 생각하니 대체 어디에 분노해야 할지조차 알 길이 없었다. 이런 파렴치한 일을 그냥 두고 보아야만 하는 것인가? 내가 누군가에게 미움을 살 만한 일을 했던가? 오직 방송과 방송에 관련된 일에만 몰두해왔는데, 왜! 왜! 크게 부르짖고 싶었다. 문득, 일전에 만난 적이 있는 여성 임원 마에조노 상무의 말이 떠올랐다. '당신 주위에서 질투의 불길이 활활 타오르고 있는 걸 모르겠어요?' 그 말이 가슴을 무겁게 짓눌렀다.

전일본TV의 체질 자체가 뒤틀린 것인지 아니면 지나치게 빠른 자신의 승진이 증오의 대상이 된 것일까.

고향에서 주간실록 기사를 읽고 심한 충격을 받았을 연로한 부모님의 애처로운 모습이 니시의 뇌리를 스쳤다. 돈벌이를 할 만한 길이 많지 않은 규슈의 시골에서 이른 아침부터 밤까지 일하며 니시 남매를 키우고 대학까지 보낸 부모님의 고생은 이루 말할 수 없었다. 니시가 전일본TV에 취직하자 고생한 보람이 있다며 안심하고, 챌린지X를 맡게 되자 크게 기뻐하면서도 걱정의 끈을 놓지 않았다. 지난번 주간실록에 기사가 실렸을 때도 좁은 시골 마을이라 왜 이런 기사가 실렸냐며 동네에서 손가락질 받은 어머니는 '누구한테 원한을 산 것 아니겠냐'고 낙담하며 한동안 눈물로 보냈다는 말을 들었다. 그런데 탈세범이라고 낙인을 찍는 듯한 기사를 보면 어떻게 될까. 어머니를 생각하면 온몸을 옥죄는 슬픔이 니시를 덮치며 눈앞이 캄캄해졌다. 서 있는 것조차 힘들 지경이었다.

홍보부의 연락으로 국세청 과세제2부가 사내 조사에 들어왔다는 말이 사실무근이라는 것이 밝혀졌다. 우미노 프로듀서 사건의 특종 기사를 낸 주간 밀리언은 정확한 실명으로 관계자의 증언을 게재했다. 반면에 주간실록은 '전일본TV의 (모) 간부' 혹은 '(한) 국세청 관계자' 등 언론 매체로서 기본적인 책임도 다하지 않았다. 무엇보다 비밀엄수 의무가 반드시 지켜져야 할 국세청 관계자가 주간실록에 정보를 누설할 리 없으니 날조도 이만하면 범죄 수준이었다.

니시는 억누를 수 없는 분노를 안고 수차례 질문장을 보낸 주간실록의 다지리田尻라는 기자에게 연락을 취했다. 전화를 받은 직원이 끈질기게 신원을 묻는 통에 전일본TV의 니시라고 이름을 밝히자 한참 후 전화가 연결되었다. 통화를 녹음하는 것이 분명했다.

"니시 씨, 본인이십니까?"

"네, 본인입니다. 왜 그런 사실무근의 거짓 기사를 쓰는 겁니까?"

"호오, 이거 유감인데요? 저흰 철저한 사실에 입각해 기사를 썼습니다."

"거짓말도 어지간히 하십시오. 부끄럽지도 않습니까! 나는 국세청 사람이라고는 한 번도 만난 적이 없습니다!"

"그것 참 이상하군요. 분명한 증거가 있으니 말입니다. 괜한 발뺌 마십시오. 그 말이 사실이라면 증명할 방법이 있습니까?"

니시는 말문이 막혔다.

상대는 정상적인 인간이 아니었다. 교활한 수법으로 온몸에 오명을 뒤집어 쓴 느낌이었다. 마음을 굳게 먹고 분노를 터뜨렸다.

"증명? 그건 당신이 할 일이지. 멋대로 사람을 범죄자 취급하는 기사를 썼으니!"

"그럼 그렇지, 증명할 수 없나 보군요."

"제대로 된 근거도 없는 그 따위 취재를 누가 믿을 줄 알고!"

니시가 목소리를 쥐어짜자 다지리는 짐짓 딴청을 부렸다.

"증명할 수 없다면 사실이겠군요."

"비열하기 짝이 없군!"

"어허허, 기가 막히는군요. 비열하다고 하셨습니까? 그러니 당신이 미움을 사는 것입니다."

주간실록의 다지리가 처음으로 빈틈을 보였다.

"그럼 한 가지만 말해주게. 누가 당신네들한테 그런 제보를 한 것인가?"

"그런 걸 말해줄 리 없지 않습니까! 아무튼 한 둘이 아니라는 것만 알고 계십시오. 그런 이야기라면 끊겠습니다!"

다지리는 끝까지 위협적인 태도를 보이더니 전화를 끊었다.

니시는 수화기를 내려놓자마자 의자에 털썩하고 주저앉았다. 말없이 화를 삭이며 창백한 얼굴로 천장을 올려다보았다.

9

프로그램 국장실은 새 주인을 맞아 전격적인 조직 개편에 한창이었다. 전 국장 모기는 프로그램국에서 불상사를 일으킨 책임을 지고 한직으로 쫓겨났다. 새롭게 프로그램 국장이 된 것은 히카와였다. 이전 니시와 같은 이그젝티브 프로듀서였으나 도도 파벌을 일소하는 대규모 인사이동으로 굴러들어온 방송국장 자리를 차지했다. 히카와는 주위를 물리고 구로하라와 마주 앉았다.

주간실록을 손에 든 구로하라가 과장된 몸짓으로 머리에 손을 올렸다.

"이거 참, 난감하게 됐습니다."

구로하라의 거무칙칙한 얼굴은 햇볕에 그을린 것이 아니라 매일 밤 먹고 마시느라 술독이 쌓여 피부색까지 변한 것이었다. 술자리에서는 히카와를 두고 '국장은커녕 프로듀서감도 안 되는 샌님이 구 경영진의 퇴진으로 엉겁결에 팔자가 피었다'며 막말을 일삼던 구로하라가 막상 히카와 앞에서는 아첨을 늘어놓으며 교묘한 계략을 꾸몄다.

"정말이지, 부끄럽기 짝이 없군."

히카와는 '미래의 방송을 생각하는 밤' 모임에서 니시에게 당한 것을 떠올렸다.

"그러게 말입니다. 인망이 부족한 탓이라고만 할 수 있을까요. 걱정이 돼서 밤에도 잠을 이룰 수가 없지 뭡니까."

구로하라가 느물거리며 의미심장하게 말했다.

"뭐야, 아직도 꼬투리 잡힐 것이 있단 말이야?"

히카와가 시기심에 불타는 눈으로 구로하라를 바라보았다.

구로하라는 확신에 가까운 생각이 있었다. 챌린지X의 성공과 아무 관련도 없는 자신이 출세하기 위해서는 니시를 철저히 짓밟아 힘을 빼앗고 남은 피 한 방울까지 쥐어짜내 문제를 크게 키운 뒤 자신들이 위기관리의 프로를 표방하고 나서는 방법이 제일이었다.

"탈세 건은 무죄였지만, 다른 건 캐보지 않으면 모르는 거죠."

"뭐, 그게 사실이야?"

"예, 그동안 제멋대로 활개치고 다니지 않았습니까. 관련회사며 기업에서 한 몫 챙겼을지 누가 압니까. 이후의 일을 생각하면 이참에 철저히 조사해서 병폐를 뿌리 뽑아야 합니다."

"그러다 정말 비리가 드러나면?"

"즉각 처분하지 않으면 국장님께도 불똥이 튀길지 모릅니다. 우미노 사건도 상사가 3년 전에 미리 알았으면서도 은폐한 일이 가장 큰 문제가 된 것 아닙니까."

"하지만 챌린지X는 우리 방송국의 간판 프로네. 전 회장이 적극 지지하던 방송이었는데, 괜찮을까?"

도도의 총애를 등에 업고 자신에게 대항해 체면을 구겼던 일을 백배로 되갚아주겠다며 구로하라는 얼굴을 더욱 일그러뜨리면서 말했다.

"무슨 말씀이십니까, 이제 전 회장 눈치를 보는 사람은 없다고요. 이번 일은 어쨌든 국장님 권한으로, 조사는 제게 맡겨주십시오."

구로하라는 콧구멍을 넓히며 자신만만하게 말하더니 애벌레처럼 몸을 움츠려 히카와에게 다가갔다.

*

복도를 걸을 때에도 니시는 사람들의 시선이 신경 쓰여 견딜 수 없었다. 피해망상이라고 생각하고 싶었지만 전일본TV와 같은 관료 구조에서 스캔들은 치명상이었다. '설령 거짓말이라 해도 빌미를 준 쪽

도 문제가 있다'고 한 구로하라의 말이 가슴에 맺혔다. 범죄자의 오명
을 뒤집어쓴 채 길바닥에 내던져진 심정이었다. 온몸의 신경이 곤두
서는 극도의 불안이 덮쳐왔다.

쓰키자와 미디어국장의 방을 향해 걸었다. 전일본TV에서 오직 한
사람, 마음을 허락한 상대였다.

"오오, 니시 군. 고생 많았지?"

방으로 들어갔다. 쓰키자와는 차기 임원직으로 지명되었지만 심장
이 좋지 않다는 이유로 거절하고 관련회사로 전직이 결정된 상태였
다. 청렴한 쓰키자와답게 욕심 없는 처신이었다.

"정말 죽을 지경입니다. 보기 좋게 당했습니다."

니시가 몹시 지친 듯 말했다.

"자네가 결백하다는 건 다들 알고 있네. 신빙성 없는 기사야. 실제
아무런 문책도 없었지 않나."

"하지만 괴롭습니다."

쓰키자와가 위로하듯 니시를 바라보았다.

"니시, 난 그만하면 됐다는 생각이 드네."

"무슨 말씀이십니까?"

"챌린지X 말이네."

"됐다는 말씀은, 그러니까……."

"이제 그만 끝낼 때가 된 것이 아닐까."

니시는 쓰키자와의 얼굴을 똑바로 응시했다. 잠시 침묵이 흐르고,
니시가 중얼거리듯 대답했다.

"여기서 끝낼 수는 없습니다. 규모가 너무 커져버렸습니다. 챌린지 X에 관련된 사람, 이걸로 생계를 꾸려가는 사람이 너무 많습니다."

"그야 알고 있네. 하지만 자네처럼 앞으로 방송국의 리더가 되어야 할 인재가 상처입고 고통 받는 모습을 보고 있기가 나도 괴롭다네."

"아아, 감사합니다……."

오랜만에 가슴 뭉클한 인간적인 온기를 느꼈다.

"내가 인사부에 오래 있어서 잘 아네. 누가 자기보다 앞서가면 질투에 미치는 자들이 많아. 이 회사는 말이야, 다들 저마다 학창시절엔 우등생이었을 테니까. 격차가 나는 걸 못 견디는 거야. 질투라는 건, 때로는 사람을 완전히 망가뜨리지 않고서는 멈추지 않아. 난 더 이상 자네가 상처 입는 걸 보고 싶지 않네."

니시를 걱정하는 쓰키자와의 진심이 니시의 가슴을 흔들었다.

"적어도 국장님이 임원이 되셨더라면……."

니시는 복받치는 감정을 추스르며 말했다.

"자네가 가르쳐주지 않았나. 슬로다운 말이야. 인생의 속도를 늦춰보자고."

"그랬었죠. 저도 진지하게 생각해보겠습니다. 전처럼 방송에 미쳐서 살던 시절로 돌아가고 싶습니다."

인생 선배로서 따뜻하게 감싸주고 격려하는 쓰키자와 덕분에 니시는 조금은 마음에 안정을 되찾았다.

10

"여보, 이것 좀 봐요. 어떻게 이럴 수가 있죠!"

집에 돌아오자마자 사유리가 부르는 소리에 니시는 허둥지둥 2층으로 올라갔다. 컴퓨터 앞에 앉은 사유리가 몸을 부들부들 떨고 있었다.

"2채널일본의 익명 커뮤니티 사이트에 당신에 관한 글들이 올라오고 있어요."

"그게 뭔데?"

"웹상에 화제를 정해놓고 험담을 늘어놓는 거예요, 당신에 관해서!"

무슨 말인지 이해하지 못한 채 니시는 컴퓨터 화면을 들여다보았다.

12:18 ID 0wAhur2h

니시 천황은 도도의 총애를 받았다. 오만한 태도로 챌린지X를 지휘하고 스태프를 부려먹었다. 돈을 몽땅 가로채고 호화저택까지 지었다. 전일본TV의 병폐는 모두 니시 천황에게 있다!

17:35 ID 0wAhur2h

경리감사를 하면, 부정은 금방 드러날 것이다. 어떻게 그런 대저택을 지을 수 있었는지 의심스럽다. 탈탈 털어라, 볼수록 가관이군.

17:41 ID 0wAhur2h

니시 천황이 가는 길을 누가 막을쏘냐! 오만한 자식. 지역방송국 출신 주제에 잘난 척하기는. 난 도쿄대 출신이다. 구로하라 부장이 불평 한마디 못 하는 한심한 녀석이라, 변두리 출신이 설치는 것 아냐.

18:13 ID z680t6cTo

이봐, 이봐. 너무 심하게 썼다가는 마쓰에松江나 기타미北見로 쫓겨나는 수가 있어.

18:22 ID FwhobzUm0

왜 한마디도 못 하는 건데? 부장 대우라서?

18:23 ID Rncv6y7r

바보 아냐, 니시는 특별직이야. 임원 바로 밑이라고. 니시가 구로하라보다 훨씬 어리긴 하지만.

18:34 ID 0/wd+iAa

니시 피디는 굉장한 다큐멘터리를 만든 데다 21세기 리더 100인에도 뽑혔지만, 수많은 의혹을 생각하면 이런 사람을 따르는 건 위태롭다는 생각이 들어요.

18:36 ID YuyO+5q7

제군은 모르고 있다. 회장 후보는, 무슨 부정을 저지르든 상관없다.

18:38 ID AGE6dGGG
천황이라고 불리는 게 사실이야? 들어본 적은 없는데.

18:56 ID EMevT%Rd
챌린지X는 프로그램국의 썩은 암세포야. 전부 뿌리 뽑아야지.

18:59 ID 83joyT13
질투 공격이잖아, 이 게시판.

19:02 ID TOU/JBA5
저 혼자 엘리트인 척하는 꼴이라니. 어디 날려버릴 좋은 수 없나? 시궁창에 처박아 줄 테다.

20:04 ID dBCHUePB
정면승부는 재미없지. 목을 바짝바짝 조일 건수 없나? 막판에 확 날려버리게.

20:11 ID 7NLsPE+r
니시를 탈세 용의로 체포할 방법은 없는 거야? 잡아라! 잡아! 체포해버려!!

20:15 ID 6/rS＋8VB

그런 독재자가 활개치고 다녔다는 건, 도정일이 위에서 눈감아줬기 때문이야. 그 자식들 매일 밤 먹고 마시고 흥청망청 잔치를 벌였더군.

21:47 ID 0wAhur2h

니시 자식, 당장 체포해서 감방으로 보내버려! 우미노 피디랑 같이 목매달고 죽어라! 죽어버려!

끊임없이 쏟아지는 끔찍한 말의 홍수에 창자가 뒤틀리는 듯한 불쾌감이 치밀었다. 마치 머나먼 섬으로 유배를 떠나는 죄수가 양팔이 묶여 어두컴컴한 바다 위를 헤매는 모습과 지금의 자신의 처지가 다르지 않았다. 납덩이처럼 무거운 슬픔이 날카롭게 가슴을 파고들었다.

챌린지X를 통해 일본인의 숭고한 정신을 잊지 말라고 당부해온 자신이 왜 이렇게 추잡한 말을 뒤집어써야만 하는 것일까. 사회 저변에 깔린 인간의 어두운 본성을 목격한 니시는 혼란스러웠다.

아연실색한 니시에게 사유리가 머뭇거리며 말했다.

"저녁에 인터넷을 보는데 이런 게 있어서, 당신이 상처받을 거란 생각은 했지만…….”

"언제부터야?”

"어제 같아요. 회사 사람이죠? 짐작 가는 사람 없어요?”

"모르겠어. 부하 직원들에게 엄하게 하기는 하지만, 최근 몇 년 동안은 챌린지X에 열중하느라 다른 사람들에게 미움을 살 만한 접점도 없었어."

"인터넷이라는 게, 이렇더라고요. 너무 신경 쓸 것 없어요."

"하지만 이 와중에도 나에 관한 비방과 중상이 계속 올라오는 것 아냐……."

사유리는 아무리 괴로운 일이 있어도 가슴에 담아둘 수 있는 씩씩한 성격이었지만, 니시는 달랐다. 수많은 역경을 겪으며 나름 자신을 단련해왔다는 생각을 했지만 본질적으로 자신은 나약한 인간이라는 것을 깨닫고 있었다. 주간지에 인터넷 공격, 인생의 한 토막이 엉망진창으로 망가지고 심사가 뒤틀리는 느낌이었다. 니시는 힘없이 바닥에 주저앉아 무릎을 껴안고 분을 참지 못해 소리죽여 오열했다.

사유리가 니시의 머리를 가슴에 안았다.

"매일 밤늦게까지, 일요일도 쉬지 않고 열심히 일한 당신인데. 절대 용서 못 해요."

니시의 표정에 슬픔에 휩싸인 어두운 그림자가 드리웠다. 남편의 괴로운 심정을 헤아리며 사유리는 니시의 머리를 몇 번이고 쓰다듬었다.

*

다음 날 아침, 휴대전화 소리에 깜짝 놀라 잠이 깼다. 상대는 니시가 특집제작팀에 있던 시절 부하 직원이었던 사사키佐々木였다. 사사키는 신입 때부터 니시가 여러모로 돌봐주던 디렉터로, 유독 니시를 따랐다. 사사키가 목소리를 낮춰 말했다.

"피디님, 니시 천황 어쩌고 하는 2채널 게시판에 대해 알고 계시죠?"

"아, 그래. 어젯밤에 보고 진저리를 쳤네. 아직도 계속 글이 올라오고 있나?"

"예, 그런데 그게 이번에는 게시판을 만든 범인이 누구누구라는 내용으로 바뀌었습니다. 범인 색출에 나선 모양입니다. 그러더니 조금 전부터 범인이 M·A·S·A·O 아니냐는 글이 내리 올라오고 있습니다, 설마하니 그때 그…….'"

"뭐, 그게 사실이야?"

니시는 할 말을 잃었다.

기쿠가와상 파티에서 사유리에게 술주정을 하고 니시의 집 앞을 어슬렁거리는 등 마사오의 기이한 행동이 떠올랐다. 하지만 믿고 싶지 않았다. 챌린지X가 처음 시작되었을 당시, 팀원 모두가 날이 새도록 이상적인 방송에 관해 격렬한 토론을 나누었다. 그 안에 마사오도 있었다. 시기심도 인간의 업보라고는 하지만 성격파탄자로까지 전락하고 마는 것일까.

"인터넷을 떠도는 이야기잖아, 정확한 사실은 알 수 없어. 충고 고맙네."

니시는 사사키에게 고마움을 표했다.

푸른 하늘에 잿빛 구름이 드리웠다. 유독 뼛속 깊이 사무치는 추위는 마음이 괴롭기 때문일까. 2월의 찬바람이 니시의 옷깃을 매섭게 스쳤다.

니시는 코트 깃을 세우고 걷기 시작했다. 전일본TV의 출입문을 지나 안으로 들어갔다. 그때 반대편에서 편집기사 마사오가 걸어오는 것이 보였다. 니시가 움찔해서 빠르게 다가갔다. 니시의 모습을 본 마사오의 눈에 어두운 그림자가 비쳤다. 마사오가 갑자기 몸을 돌려 모퉁이 저편으로 모습을 감추었다. 니시가 잰걸음으로 달려가 "마사오!"라고 크게 불렀다.

못 들은 척하는 것일까, 마사오는 뒤도 돌아보지 않았다. 도망치듯 빠르게 걸어갔다. 그 뒷모습은 무언중에 '내가 범인이다'라고 말하는 것 같았다. 마사오가 급히 화물용 엘리베이터로 뛰어들었다. 뜻밖의 행동에 놀란 니시가 얼떨결에 엘리베이터를 향해 뛰었지만 이미 문은 닫힌 후였다.

그날 밤, 2채널에 올라오던 니시 천황에 대한 댓글이 사라졌다. 글을 올릴 수 없게 조치를 취한 것이었다.

사유리가 기가 막힌 듯 말했다.

"글을 올리지 못하게 막는 건 2채널 관리자가 아니면 불가능해요. 삭제요원이라고 불리는 권한을 가진 사람이 있다고들 하지만……."

니시는 인간 내면의 깊은 어둠을 떠올리자 등골이 오싹했다.

*

구로하라는 애가 탔다. 니시를 쫓아낼 꼬투리를 잡으려고 백방으로

제3장 운명의 날 289

뒤졌지만, 이렇다 할 것이 없었다. 회사 제작비는 투명하게 관리되고 있었고, 회식비 등을 문제 삼으려고 전표를 뒤져봐도 구로하라가 먹고 마신 금액의 백분의 일도 되지 않았다. 방송제작에 쫓겨 매일 밤늦게까지 일하는 니시가 회사 경비를 쓰고 다닐 시간이 있을 리 만무했다. 관련회사에서 부정한 돈이 들어온 흔적이 없는지, 관련회사로 전출된 후배 요코히라橫平에게 은밀히 알아보게 했지만 수상한 점이 없었다.

"이야, 여기저기 물어봤지만 전부 합법적인 거래일 뿐, 니시는 관여한 흔적조차 없더군요."

요코히라가 잔뜩 움츠리며 비굴하게 구로하라의 안색을 살폈다.

"도움이 안 되는군, 그만 나가봐."

구로하라는 요코히라가 아무 도움도 되지 않는다고 판단하고 쫓아냈다. 부하 직원을 하인처럼 다루는 오만한 자였다.

구로하라는 이렇게 된 이상 자신이 직접 움직여야겠다고 판단하고 관련회사인 전일본TV출판과 미디어 전일본 코퍼레이션을 찾아가 홍보 담당자를 협박했다. 부정한 자금 운용이 없었는지 세부 자료 제출을 요구했지만 거기서도 아무것도 나오지 않았다. 조사는 최대한 소란스럽게 벌여 니시에게 문제가 있는 듯한 인상을 주는 데에는 성공했지만 국장 히카와에게 큰소리 땅땅 쳤으니 이대로 허탕만 치고 끝낼 수는 없었다. 스스로 불을 질러서라도 위기관리의 프로라고 인정받고 싶다는 사악한 음모를 떠올렸다. 하지만 무엇 하나 성공하지 못해 애를 태우고 있었다. 그때 마침 인사부 후나코에게서 연락이 왔다.

"니시 건으로 재미있는 걸 발견했어. 이쪽으로 오게."

구로하라는 드디어 걸렸다 싶어 설레는 마음으로 자리에서 일어났다.

후나코의 부름으로 인사부에 딸린 작은 사무실로 숨어들 듯이 들어가자 커다란 봉투에 종이다발이 들어 있었다. 니시의 각종 강연회 기사로, 서른 장은 돼 보였다. 기사마다 단상 위에서 강연하는 니시의 사진이 실려 있었다.

"인터넷에서 찾아봤더니 엄청 많더군."

"이게 어쨌다는 건데?"

구로하라가 의아한 듯 물었다. 니시에게 강연 의뢰가 쇄도하는 것은 주지의 사실이었다. 구로하라 본인도 자신의 이권처럼 니시의 강연을 이용했다.

"허가라고, 허가."

후나코가 따로 준비해두었던 전일본TV의 취업 규칙서를 구로하라에게 내밀었다.

"여기 써 있잖아. 사원은 상사의 허가 없이 다음 행위를 해서는 안 된다. 업무에 관해 신문, 잡지, 이벤트, 방송 등을 이용한 기고, 출판, 강연 등을 하는 행위. 이거라고, 이거. 강연은 말이야, 상사의 허가가 필요하다고. 니시의 경우, 특별직이니까 국장의 허가가 필요하네. 당연히 허가신청 따위 받지 않았을 테지?"

"오호, 그러고 보니 본 적 없군. 하지만 이 규칙, 있으나 마나 한 거 잖아. 아나운서들도 결혼식 사회부터 강연회까지 아르바이트들 잔뜩 하고 있잖아. 일일이 허가신청을 하라면 곤란한 사람이 한 둘이 아닐 텐데. 정말 이걸로 니시를 보낼 수 있는 거야?"

"프로그램국에서 강연의뢰를 받는 사람이 니시 말고 또 있나? 그러니 취업규칙위반으로 니시만 문제 삼으면 되는 거야. 잘난 척이 하늘을 찌르지 않나, 이 기사 좀 보게. 니시 선생이라는 군, 기가 막혀서!"

후나코는 그렇게 말하면서 니시의 사진이 실린 기사를 손가락으로 가리켰다.

구로하라는 후나코에게 받은 인터넷 기사를 더욱 자세히 알아보기 시작했다. 한 건, 한 건 집요하게 확인했다. 인터넷에서 니시 사토루의 이름을 검색하니 2천 건이 넘는 검색 결과가 나왔다. 영웅이 따로 없군, 구로하라는 공연히 부아가 났다. 한 건이라도 더 많이 찾아낼 생각에 심포지엄이며 회의에서 한 연설까지 악의에 가득 차 강연회 건수를 늘리기 위해 집중했다. 강연회 참가자들이 쓴 온갖 상찬의 말들을 읽으며, 과연 어떻게 요리해줄까 하는 생각에 잔인한 웃음을 지었다.

다음 날, 니시는 프로그램국 국장실에 불려갔다. 히카와 국장과 구로하라, 인사부의 후나코, 리스크 관리실의 아카기赤木라는 사회부 기자 출신 부부장이 모여 있었다.

"방송에 무슨 문제라도……."

히카와가 니시의 말을 자르며 고압적으로 말했다.

"방송이 아니라, 자네 일이네!"

히카와가 타원형 탁자 위에 니시의 강연회 기사를 털썩 내려놓았다.

후나코가 거무칙칙한 얼굴에 누런 이를 드러내며 큰소리로 위협했다.

"니시 군, 무허가로 강연회를 했더군. 취업규칙위반으로 징계처분대상이 된다는 것을 몰랐나!"

"징계? 그게 무슨 말입니까?"

"징계 휴직이나 감봉도 있네!"

니시는 기가 막혔지만 정신을 바짝 차리고 물었다.

"지금까지 한 번도 허가서를 요청받은 적이 없습니다만."

"그게 잘못됐다는 것이야!"

히카와가 나무랐다.

니시 본인에게 주의를 주면 될 일이었다. 그런데 굳이 프로그램 국장에게 고해바쳐 일을 크게 만들 작정이었다. 니시는 이 자리가 자신의 책임을 추궁하기 위해 꾸며진 자리라는 것을 깨달았다.

"왜 그렇게 화를 내시는지 모르겠지만, 제 강연회는 전 회장님 시절부터 회장 직속, 임원 의뢰 그리고 영업 현장에서 시청료 납부를 위해 마련된 강연회였습니다. 양심에 거리낄 일이 없습니다."

"규칙은 규칙이야. 자네는 규칙위반을 했다고!"

구로하라가 거만한 말투로 끼어들었다.

구로하라는 스스로 위기관리의 프로를 표방했지만, 실은 무슨 일이 생기면 상사에게 달려가 먼저 보고하고 책임을 아랫사람에게 미루며 자신은 내빼는 자였다. 니시는 구로하라 당신도 업무에 방해가 될 정도로 강연을 의뢰하지 않았냐고 말할 뻔했지만 꾹 참았다.

히카와가 짜증을 부리다 의자에 팔꿈치를 찧었다.

"시대가 바뀌었어, 시대가. 전처럼 마음대로 해도 되는 게 아냐. 분위기 파악이 그렇게 안 되나!"

자신의 노력을 한 순간에 짓밟는 언사였다. 니시가 발끈해서 되받아쳤다.

"강연회는 경영현장에서도 반겼을 뿐더러 사실상 개인은 물론 수익이 가장 높은 사업소에서도 강연회를 통해 많은 시청료 수입을 획득했습니다. 제 말이 거짓말 같으면 영업부에 확인해보십시오."

"이러니저러니 변명 그만 하고, 지금까지의 강연 의뢰서를 전부 써내도록 하게."

후나코가 입꼬리를 비틀며 웃자 이제껏 잠자코 있던 아카기가 파충류처럼 싸늘한 표정으로 천천히 입을 열었다.

"그리고 강연료가 얼마였는지도 알려주십시오."

"지금은 워낙 갑작스러워서 잘 모르겠으니 나중에 메모로 전달하겠습니다."

니시가 대답하자 아카기가 고개를 저었다.

"메모는 신빙성이 없습니다."

"그럼 어떻게 하란 말입니까?"

아카기가 태연하게 말했다.

"통장을 보여주십시오."

니시는 피가 거꾸로 솟았다. 눈앞에 노골적으로 흥미를 드러내는 야비한 얼굴들이 나란히 앉아 있었다.

"회사가 개인의 통장까지 조사할 권리가 있습니까? 강연회로 수입이 들어오긴 했지만 회사 돈과 아무런 관계도 없지 않습니까? 절 너무 우습게 보시는 것 아닙니까! 저는 도저히 승복할 수 없습니다!"

구로하라가 중뿔나게 나섰다.

"니시 군, 말이 심하군. 국장님께 너무 무례한 것 아닌가? 통장을 보여주면 자네의 결백도 밝혀질 것 아닌가."

니시가 꾹꾹 참고 있던 감정이 봇물 터지듯 터졌다.

"결백이라니, 그게 무슨 뜻입니까! 그쪽이야말로 무례하기 짝이 없군요. 단호하게 거부하겠습니다. 전 전일본TV에 고용되기도 했지만 한 사람의 시민입니다. 이런 말도 안 되는! 더 듣고 싶지도 않습니다! 처분을 하든 뭘 하든 마음대로 하십시오!"

니시는 갈가리 찢긴 마음의 상처를 안고 부들부들 떨고 있었다.

*

그날 갑자기 소나기가 내렸다. 우산이 없던 니시는 비에 흠뻑 젖어 약속 장소로 갔다. 처마 밑에 몸을 숨겼지만 나뭇가지가 휠 정도로 세차게 들이치는 비를 피할 길이 없었다. 살을 에어낼 것처럼 차디찬 겨울비에 두 뺨과 귀가 쓰렸다. 입이 떡 벌어질 만큼 근사한 곳에서 맛있는 음식을 먹고 술까지 잔뜩 마셔서 오늘의 울분을 누군가에게 털어놓고 싶었다. 하지만 전일본TV에 친구라고 부를 만한 사람 따위 없었다. 가끔 어울리는 술친구는 있지만 실상은 상대와 자신의 우위를 다투거나 출세를 위해 들러붙는 가식으로 가득 찬 회사라는 생각이 들었다.

결국 불러낼 상대는 사유리뿐이었다. 니시의 말투가 심상치 않다고 느꼈는지 몇 마디 하기도 전에 곧장 나가겠다고 했다. 니시의 상황이 악화될수록 사유리는 다정해졌다. 그런 마음 씀씀이가 더없이 고마웠다.

빗방울로 뿌옇게 흐려진 거리를 걷는 사람들이 잰걸음으로 니시를 지나쳐갔다. 빗발이 거세게 몰아치면서 차들은 거북이걸음을 하고 있었다. 니시의 기분을 상징하는 듯한 날씨였다. 잔뜩 뒤집어쓴 더러움을 씻어내고 싶었지만 어느새 자신이 묘하게 초초하고 사나워지는 것을 느꼈다. 절대적 수호신이었던 도도를 잃은 지금, 저들의 악랄한 횡포로부터 니시를 지켜줄 사람은 아무도 없었다. 오히려 도도의 은혜로 자유분방하게 일하고 남다른 영광을 손에 넣은 것이 저들의 미움을 사게 되었다. 자신이 설 자리가 점점 없어져 갔다.

"나 왔어요. 늦어서 미안."

사유리가 와서 비에 젖은 니시를 감싸듯 우산을 씌워주었다. 둘이 함께 우산 손잡이를 꼭 쥐었다. 빗물을 머금은 파란색 우산이 꽤 묵직했다.

사유리의 등이 비에 흠뻑 젖어 있었다.

"고마워."

니시가 애써 웃음을 지었다. 사유리의 어깨를 꽉 끌어안고 몸을 바싹 붙인 두 사람은 세차게 쏟아지는 무정한 빗속을 걸어갔다.

최종장 마지막 메시지

1

니시 사토루의 고군분투의 날들이 이어졌다.

챌린지X의 메인 디렉터 3명을 빼앗긴 것이다. 비열한 수법이었다. 정보문화부에는 6개 팀이 있었다. 구로하라가 부장 재량으로 정기적인 팀원 이동을 틈타 인원을 줄인 것이다. 니시는 맹렬히 항의했지만 이미 프로그램국 국장까지 허락한 일이라며 딱 잘라 거절했다. 니시가 하나부터 열까지 가르치고 키운, 가장 역량이 뛰어난 디렉터들을 다른 팀에 뺏기고 말았다.

데스크 노노무라가 구로하라를 비난했다.

"피디님, 구로하라 부장의 수가 너무 야비한 것 아닙니까! 우리 팀에 상의 한마디 없이, 프로듀서의 허가도 받지 않고 어떻게 이럴 수 있습니까. 아무도 이동을 희망한 사람이 없었는데, 다들 우리 프로에 애착을 갖고 있었는데 너무 불쌍합니다."

한편, 데스크로서 느끼는 불안도 이야기했다.

"지금 인원으로는 순번을 짜기도 힘듭니다. 분명 공백이 생깁니다. 무리하게 밀어붙이면 금세 지쳐서 나가떨어질 것입니다. 무엇보다 방송의 질이 확 떨어질 테고요."

니시도 분을 참지 못했다.

"나도 여러 번 말했지만, 국장 뜻으로 결정된 일이라는 소리만 하고 우리 쪽 사정은 들어줄 생각도 없더군."

구로하라는 자기 말을 듣지 않는 니시를 전부터 술친구로 지낸 인사권자 히카와 국장과 한통속이 되어 집요하게 괴롭혔다. 이제는 조직 운영이 아닌 니시를 파멸시키겠다는 욕망을 노골적으로 드러내고 있었다. 도도라는 방패를 잃은 니시를 향한 공격은 인정사정없었다.

노노무라가 걱정스럽게 말했다.

"자칫하면 방송사고가 날 수도 있습니다."

"그 자한텐 방송사고 같은 현장 감각 따위 없어."

니시가 단호하게 말했다. 어지간히 부아가 났는지 노노무라가 말을 이었다.

"부장씩이나 되서 스튜디오에는 얼굴도 한 번 비치지 않고, 방송이 나가도 디렉터나 스태프에게 수고했다는 말 한마디 없습니다. 그래놓고 자기는 제일 먼저 퇴근해서 매일 밤 회사 돈으로 흥청망청, 도저히 용서가 안 됩니다."

두 사람의 이야기를 듣고 있던, 디렉터들 중에 가장 나이가 많은 고바야시小林가 화가 치미는지 불쑥 내뱉었다.

"구로하라 그 자식, 지저분한 소문만 나도는 협잡꾼입니다. 상사한테는 갖은 알랑방귀를 다 뀌면서 부하 직원들에게는 막말을 일삼습니다. 부끄럽지만 저는 그 자식과 동향인 미야자키宮崎 현 출신입니다.

미야자키 사람은 다들 점잖고 좋은데, 그런 민달팽이 같은 자식이 있을 줄은, 고향의 수치입니다."

니시가 고바야시를 진정시켰다.

"자네들의 인사권은 구로하라가 쥐고 있어. 절대 덤벼들거나 하지 말게. 해코지하려고 들 테니까. 정말이지, 어쩌다 그런 인간이 부장이 됐는지 이해할 수가 없어."

"그래도 그렇지, 왜 이렇게까지 우리 프로를 눈엣가시로 여기는 겁니까?"

노노무라가 침통한 얼굴로 물었다.

"챌린지X가 싫은 것인지, 내가 싫은 것인지 나도 잘 모르겠네."

니시가 체념한 듯 말했다. 앞으로 벌어질 일을 생각하면 한숨만 나왔다.

니시가 지휘하는 챌린지X 팀은 디렉터 한 명이 3개월 간격으로 프로그램 한 편을 만들었다. 당연히 실력 있는 디렉터가 있는가 하면 아직 미숙하고 손이 많이 가는 사람도 있었다. 다소 어려움이 예상되는 테마나 시청률 강화에 집중해야 할 기간 혹은 신년 첫 방송과 같이 승부를 걸어야 하는 시기에는 베테랑 디렉터를 투입했다. 그것은 정규방송 프로듀서의 능력을 발휘할 수 있는 기회이자 방송 사고를 피하는 방책이기도 했다. 챌린지X는 방대한 자료 조사, 치밀하고 스토리성이 있는 편집, 잘 다듬어진 코멘트 그리고 스튜디오 녹화가 한데 어우러진 결과물이다. 고된 노동과 엄청난 신경 소모를 요하는 방송이다. 시청자들의 뜨거운 반향이 디렉터들의 기쁨이자 버팀목이었지만, 귀중한 디렉터 3명이 빠진 후 팀의 운영은 더없이 어려워졌다.

"구체적으로 팀을 어떻게 짜야 할까요?"

데스크의 중책 때문인지, 노노무라가 심각한 표정으로 물었다.

"이렇게 된 바에야 어쩔 수 없지 않나. 마지막 주에 특선이라는 명목으로 재방송을 내보내는 수밖에 없겠군. 정말이지, 이 방법만은 쓰고 싶지 않았는데……."

이때 니시는 한 가지 각오를 가슴에 품고 있었다.

다음 방송개편에 맞춰 챌린지X를 끝내자.

편성국을 중심으로 거센 반대 의견이 나오리라는 것은 알고 있었다. 관련회사도 곤란할 터였다. 무엇보다 가장 중요한 시청자들의 기대를 저버리는 일이다. 5년여에 걸친 노력 끝에 이루어낸 영광을 자신의 손으로 무너뜨리고 막을 내리려면 마음을 독하게 먹어야 한다. 괴롭고 힘든 결단이었다. 하지만 히카와 국장이 인사권을 쥐고 프로그램국을 좌지우지하는 이상, 니시의 프로듀서 생명도 위태로웠다. 이대로 잔뜩 더럽혀진 포위망 속에서 방송을 계속 한다면 방송사고의 위험이 높았다.

그렇다고 다른 프로듀서에게 넘길 수도 없었다. 방송에 대한 열정이 없는 사람이 만든다면 흉내는 낼 수 있어도 방송의 생명은 끝이 난다. 니시에게는 고생을 무릅쓰고 자신을 따른 부하 직원들의 장래를 진지하게 생각해야 할 책임도 있었다.

한동안 방송 종료에 대한 결의를 입 밖에 내는 것은 팀원들의 동요를 막기 위해서라도 피할 생각이었다.

달력을 보았다. 5월 19일이었다. 니시는 방송개편 시기인 내년 3월 말까지 10여 개월간 어떤 가시밭길이라도 이겨내겠다며 의욕을 불태웠다.

*

홍보부 요청으로 저명한 저널리스트 모토무라 마사토시元村正敏와 대담을 하게 되었다. 대형 주간지 편집장으로 록히드사건 등의 강경한 내용의 기사를 다뤄온 역전의 용사였기 때문에 요청을 받아들인 것이다. 챌린지X에 관한 마지막 인터뷰라는 생각으로 임했다.

모토무라는 60대 초반 정도일까. 머리숱이 적고 온화한 인상이었지만 안경 너머로 명석한 눈을 빛내며 니시를 바라보았다. 모토무라는 '편집자의 의지'라는 책을 만들기 위해 각계의 저명인사를 만나 이야기를 듣고 있다는 취지를 밝히고 대담을 시작했다.

"챌린지X가 시작한 지 5년여의 시간이 흘렀습니다. 실례지만, 방송 초장기에는 평범한 샐러리맨들의 드라마가 이렇게 오래 인기를 끌 것이라는 생각을 못 했습니다. 하지만 매회 훌륭한 인간 드라마를 발굴해 우리에게 감동을 주고 있습니다. 언젠가 니시 씨가 '미디어는 비판하기만 할 뿐, 회사가 새롭게 창조한 아이디어나 지역민들의 작은 도전을 조명하는 일에는 힘을 쏟지 않았다'라는 말을 하셨죠?"

"다른 미디어에 관해 주제넘게 말하기는 뭐하지만, 한마디하자면 미디어는 비판하는 데는 도가 텄습니다. 하지만 각자의 분야에서 최선을 다하는 사람들에 대한 평가라든지 어떤 도전이든 긍정적으로 바라보고 다루려는 노력이 부족하다고 생각합니다. 텔레비전 방송의 관점에서 보면, 그런 방송은 시청률이 나오지 않습니다. 활자 매체의 경우에는 팔리지 않겠죠. 하지만 그런 점을 극복하고 객관적으로 조명하는 작업에 얼마만큼 힘을 쏟을 수 있을지 생각해보는 것도 미디어의 역할이 아닐까요?"

니시의 미디어 비판에 모토무라는 "흠" 하고 고개를 끄덕이더니 물었다.

"니시 씨는 지금까지 '걸프전쟁의 기록'이나 '에이즈 보고' 등의 훌륭한 다큐멘터리 프로를 제작하셨습니다. 그때의 경험이 지금 프로에도 반영되었나요?"

니시는 오랫동안 가슴에 품어온 자신의 방송철학을 이야기했다.

"걸프전 때에도 전장으로 간 병사의 가족은 구조적으로는 약자, 말하자면 피해자입니다. 약해 에이즈 사건1980년대 혈우병 환자 등이 에이즈 바이러스에 감염된 혈액제제의 사용으로 다수의 에이즈 감염자가 발생한 사건도 세상을 떠난 사람들은 피해자입니다. 그리고 지난 10년을 되돌아보면 수많은 샐러리맨들도 피해자입니다. 성과주의라는 미명 아래, 이제껏 자신들이 해온 일들이 부정되고 회사의 소모품 취급을 받아왔다는 생각이 많은 샐러리맨들의 가슴에 상처로 남아 있습니다. 그렇다고 기죽지 마라, 가슴을 활짝 펴고 힘을 내라는 메시지를 담아 모두 함께 맞서 싸우는 방송을 만들고 싶었습니다."

모토무라는 같은 미디어업계에 몸담은 사람으로서 감명을 받았는지, 한동안 니시를 가만히 응시하다가 이번에는 날카로운 질문을 던졌다.

"니시 씨는 챌린지X의 테마를 '꿈은 이루어진다. 운명은 노력하는 인간을 배신하지 않는다. 역경 속에서도 길은 반드시 열린다'라고 하셨습니다. 우리 같은 중장년층은 가슴이 울컥해지는 말이지만 현실은 너무나 냉혹합니다. 회사에서도, 정치에도 배신당하기 일쑤입니다. 그때가 좋았지 하는 일종의 향수를 자극하는 경향이 있는 것 아닙니까?"

이런 류의 질문은 수도 없이 들었다. 니시는 주저 없이 대답했다.

"이 프로를 시작하기 전까지는 저도 지난 10년을 죽음의 10년, 잃어버린 10년이라고 생각한 부분이 있습니다. 하지만 10여 년 동안 일본인의 정신은 결코 죽지 않았습니다. 트론도 그렇거니와 디지털카메라도 마찬가지입니다. 식기세척기, 비데 등의 세계적인 일본 제품은 거품이 꺼지고 개발비가 바닥났을 때에도 탄생했습니다. 트론 프로젝트 등은 거의 붕괴하고 디지털카메라도 기술진이 전선에서 한 발 후퇴했습니다.

하지만 그들이 포기한 것은 아닙니다. 적어도 세상 사람들이 말하는 일본인 무용론無用論과는 다릅니다. 일본 전체가 못쓰게 된 것은 아니라고 생각합니다. 우리 프로는 향수 따위를 자극하기 위해 만든 방송이 아닙니다. 중요한 것은 어느 시대에 살고 있든 자신이 타자가 되지 않는 것입니다. 늘 당사자라는 마음가짐을 잃지 않는 것입니다. 그러면 분명 빛이 비칠 것입니다. 이건 챌린지X를 만들면서 얻은 확신입니다."

모토무라는 깊이 생각에 잠기더니 화제를 바꿔 질문했다.

"훌륭한 인간이 훌륭한 글을 쓴다고들 하는데, 로터리 엔진을 만든 기술자의 '아랫사람이 따르느냐 그렇지 않느냐는 리더가 고생한 양에 비례한다'는 말도 좋더군요. 사람들은 그런 말에 넘어간다고 생각합니다만."

니시는 모토무라의 진지한 물음에 자신의 신념을 전하고 싶다고 생각했다.

"그 말이라는 건, 다름 아닌 현장의 말입니다. 가전업계에 몸담은 분이라면 가전제품의 유형이나 회로도로 자신의 인생을 말합니다. 경리계통에서 일해온 사람은 대차대조표라든지 경리사무와 관련된 일로 인생이란 이런 것이라는 말을 찾아내죠. 꾸며낸 말이 아닌 자신만의 언어로 표현할 수 있는지가 중요하다고 생각합니다.

뛰어난 리더들의 말은 시각적으로 전달됩니다. 광경이 떠오르죠. 후지 산 정상에 레이더를 만든 기술자는 '일본인들을 지킬 태풍의 요새를 만들자'는 식으로 말합니다. 에리모襟裳 곶의 바다가 사막화해 다시마가 멸종되자, 마을 어부는 '숲을 조성해 다시마가 잡히는 항구로 되돌리자'고 말했죠. 이렇게 말하면 10년 후, 20년 후가 눈앞에 떠오르는 것입니다. 그런 꿈을 위해서라면 목숨을 바치는 것도 나쁘지 않다는 감정이 솟아나죠. 그러지 않고 수치 목표를 내놓는다든지 이런저런 개혁이라는 소리를 해봤자 눈에 보이지 않을 겁니다. 저는 그러한 시각적 광경을, 서툴지만 자신의 언어로 이야기하는 것이 중요하다고 생각합니다."

녹음기를 틀었지만 모토무라는 저널리스트답게 수첩에 빠르게 메모를 하며 니시의 말을 기록했다.

"마지막으로 니시 씨가 생각하는 리더의 조건을 알려주십시오."

니시는 심호흡을 한 뒤 단숨에 말했다.

"리더의 타입은 매우 다양합니다. 흔히, 천사 아니면 악마라고들 하죠. 하지만 인간은 천사도 되고 악마도 될 수 있는 것입니다. 조직 내에서 리더라고 불리는 사람은 대개 중간 관리직이 되는 사례가 많습니다. 그러자면 고민이 이만저만이 아닐 겁니다. 사람들을 어떻게 이끌어나갈 것인지, 득이 되는 일은 뭐고 해가 되는 일은 뭔지, 자신의 거취 문제는 어떻게 해야 할까······. 고민이 없는 리더는 없습니다. 그런 때에 많은 리더들의 가치를 결정하는 기준은 '이것도 운명이다. 어쩌면 조직의 운명이나 천명 같은 것이라, 자신이 리더가 된 것은 여기서 자신의 능력을 시험해보는 것'에 있다고 생각합니다. 상사나 부하직원이 자신을 시험하는 것이 아니라 운명이 자신을 시험하고 있다고 생각하는 것입니다. 실제 그런 상황에 어떻게 행동했는지가 훗날 그 사람의 인생의 가치를 결정할 만큼 중요합니다.

인생의 깊이는 인간적인 방황, 고민, 괴로움을 통해 더욱 풍부해집니다. 챌린지X에 등장하는 리더들은 지극히 평범한 사람들입니다. 고민하고 술 마시고 불평도 합니다. 하지만 중요한 승부의 순간에는 자기 나름의 결단으로 거취를 정하는 사람들이라고 생각합니다."

니시는 스스로에게 말하듯 마지막 말을 맺었다. 시원스러운 웃음을 지으며 모토무라가 두툼한 손을 내밀었다. 두 사람은 굳은 악수를 나누었다.

2

매일 방송에만 몰두했다. 쓸데없는 잡념은 접어두고 방송에만 전념하기로 마음먹었다. 부하 직원들이 자신의 기술과 신념을 이해하고 배워가기를 바랐다.

도쿄 지하철 사린사건1995년 3월 20일 종교단체 옴진리교가 도쿄 지하철에서 가스 테러를 일으킨 사건에 헌신한 구급의료팀, 도쿄 올림픽을 앞두고 수도고속도로 건설에 도전한 기술자들, 천년의 비의秘儀 타타라 제철일본의 전통 제철공법 부활에 인생을 건 장인들. 니시와 팀원들은 이름 모를 사람들의 장렬한 이야기를 장면 하나하나 사력을 다해 만들어갔다.

그날의 시사는 난산이었다.

와카야마和歌山의 사립 공업고등학교에 부임한 영어교사가 열등감에 사로잡힌 학생들에게 용기를 되찾아 주기 위해 합창부를 창설했다. 어설프기 짝이 없던 학생들이 전국대회 우승을 차지하기까지의 날들을 그린 이야기였다. 주인공 교사는 지금껏 방송에서 다룬 적 없는 타입의 남자였다.

교사의 이름은 다카토리 고타高取浩太. 둥근 얼굴에 둥근 안경, 안경 너머로 두 눈이 바삐 움직였다. 간사이閑西 지방 사투리로 속사포처럼 떠들어대는 말투가 경쾌하고 유머도 있었지만 니시는 어쩐지 위화감을 느꼈다.

챌린지X에 등장한 리더들은 대개 과묵하고 매사에 신중한 성격으로, 일을 통해 자연히 몸에 밴 품격이 있었다. 돈도, 지위도, 명성도 얻지 못했지만 진지하게 살아온 인간이 뿜어내는 청신한 호흡이 느껴졌다. 이전에도 공업고등학교를 무대로 럭비와 역전경주 지도자를 다루었던 적이 있지만, 두 교사 모두 엄격함과 부성애가 느껴지고 학생들을 대할 때는 인간미가 넘쳤다. 하지만 이번 다카토리 고타라는 교사는 뭔가가 달랐다.

담당 디렉터는 니시 팀의 홍일점, 사쿠라이 미치코桜井美智子였다. 구로하라에게 실력파 디렉터 3명을 뺏긴 후, 수차례 교섭을 벌여 겨우 보충된 한 사람이었다. 미치코는 곱게 자란 아가씨처럼 온화한 성격이었다. 경험은 적었지만, 순수하고 곧은 성격을 높이 산 니시는 발전 가능성이 높다고 판단했다.

미치코가 설명한 시사 내용은 이랬다.

1979년 작은 공장들이 모여 있는 와카야마의 사립 무로이가오카室井ヶ丘 공업고등학교에 대학을 갓 졸업한 다카토리 교사가 부임한다. 학교는 당시 제2차 오일쇼크의 영향으로 취업도 거의 되지 않는 상태로 학생들은 폭주행위와 폭력에 찌들어 있었다. 개중에는 일반고에 가지 못하고 공업고등학교에 들어올 수밖에 없었던 열등감에 사로잡힌 학생들도 있었다. 공업고등학교에는 합창부가 없었다. 다카토리가 몇몇

학생들에게 학교 문화제에서 합창을 해보자고 제안했지만 '날라리들만 모인 데서 노래를 부르고 싶지 않다'며 거절당했다. 주위 교사들도 공업고등학교에 합창부 따위 필요 없다며 맹렬히 반대한다. 다카토리는 학생들과 서명운동을 펼쳐 겨우 합창부를 설립할 수 있게 되었다. 간사이 지구에서 열리는 합창대회에 출전하지만 문제학교라는 이유로 경찰차가 출동하는 등의 소란이 벌어진다. 그 모든 역경을 극복하고 은상을 수상한 합창부가 그로부터 5년 후 전국 제패를 이룬다는 줄거리였다.

방송 취지는 이해할 수 있었지만, 코멘트가 두서없어서 수정작업이 필요했다. 니시는 순서대로 정리가 필요할 것 같아 미치코에게 무로이가오카 공업고등학교 학생들의 일탈이 얼마나 심각한 수준이었는지 물었다.

지금까지 공업고등학교를 무대로 두 편의 방송을 만들었는데 럭비부 지도자가 주인공인 방송에서는 오토바이 사고건수가 현(県)내 1위를 기록했다는 구체적인 수치가 있었다. 역전경주 일본 1위를 달성한 방송은 시사 때 데스크로부터 문제학교였다는 설명을 들었지만 구체적으로 입증할 수 있는 자료가 없었기 때문에 일반 고등학교로 소개했다.

이번 회에 데스크 노노무라가 내놓은 자료는 기절초풍할 만한 내용이었다.

"다카토리 선생님 말로는, 한 반에 40명이었던 학생이 1년 새 26명으로 줄었다고 합니다."

"뭐, 그게 사실이야?"

"예, 1년 새 학생 14명이 퇴학당했다고 합니다."

"그렇게 심한가?"

니시는 말문이 막혔다.

그러자 미치코가 덧붙였다.

"다카토리 선생님이 조사한 바로는, 1년 동안 학교 전체에서 100명이 넘는 학생이 퇴학처분을 받았다고 합니다."

"보통 1년 새 학생 한두 명이 퇴학을 당해도 부모들 사이에서는 큰 문제가 될 텐데. 비정상적인 숫자야."

눈을 동그랗게 뜬 니시에게 노노무라가 인터뷰 자료를 착착 내밀었다.

"그때부터 계속 근무하는 체육교사는 '이른바 불량 학생들이 많아서, 학교 안 여기저기서 싸움이 벌어지던 상황이었습니다'라고 증언했습니다. 당시 학생들 이야기로는 불량한 애들이 하도 많아서 입학식 때도 자기들끼리 심한 몸싸움을 벌였던 것을 목격했다는 인터뷰도 했습니다."

미치코도 인터뷰 자료를 보며 말했다.

"다카토리 선생님은 타 학교와의 패싸움에, 폭주족에, 오토바이 때문에 경찰서까지 갔던 일까지 있었다고 이야기했습니다. 합창대회 당일, 순찰차를 타고 온 경관이 무대에서 난동을 부리면 안 된다고 경고를 준 일도 거듭 증언했습니다."

"그 정도 증거가 있다면 안심이지만 퇴학생이 1년에 100명이나 된다는 건 좀 충격적이야. 방송에는 문제없지만 학교 측에서 가만히 있을까?"

니시가 물었다.

"다카토리 선생님은 과거지사니 아무 문제없다고 말했지만 혹시 모르니 다시 한 번 확인해보겠습니다."

미치코가 대답했다.

다음 날, 노노무라와 미치코가 니시를 찾아왔다.

"어제 다카토리 선생님께 퇴학생 숫자에 관해 물었더니 갑자기 걱정이 됐는지 80명 정도로 줄여줬으면 한다고 부탁하던데, 괜찮을까요?"

미치코가 단정한 얼굴로 니시를 바라보며 물었다.

"학교 측의 부탁이고 그게 방송의 본질도 아니니까. 교육기관이니까 그럴 수 있지."

니시는 잠시 고민했다. 디렉터 시절, 에이즈에 관한 방송을 맡았을 때 악질 언론으로부터의 2차 피해를 막기 위해 예컨대, 감염자가 사는 지역이 규슈이면 눈 덮인 장면을 넣거나 해서 장소를 특정하지 못하게 하는 방책을 쓰기도 했다.

방송인의 양심으로 보면 학교 측의 요구도 납득할 수 있었다. 미치코와 학교 측의 신뢰관계도 고려했다.

"저쪽 요구를 들어주기로 하지."

니시는 그렇게 판단했다.

스튜디오 녹화 당일이었다.

니시는 부조정실에서 본방 준비를 하고 있었다. 방송 타이틀은 '노랫소리가 울려 퍼진다 일본 최고를 향한 길'이었다. 기술감독이 카메라가 준비됐다는 사인을 보냈다. 디렉터석에 앉은 미치코가 카운트다운을 시작했다. 5, 4, 3—본방, 오프닝 화면이 나가고 스튜디오에 진행자가 등장한다.

짧은 코멘트를 마치자 첫 번째 VTR이 시작되었다. 1979년 당시 불황으로 쇠락한 공장가의 모습과 연간 '80명'이 퇴학하는 무로이가오카 공업고등학교의 황폐한 분위기, 그곳에 부임하는 다카토리 선생과 학생들의 만남이 그려졌다. 첫 번째 VTR이 끝나자 체구가 작은 다카토리가 스튜디오에 등장했다.

진행자의 질문에 다카토리가 대답했다.

"영어를 담당했는데, 학생들은 그런 걸 배워서 어디다 쓰냐며 수업을 제대로 받지도 않았습니다. 어느 샌가 신문 구인광고에 눈이 가더니 학교를 그만두면 뭘 할 수 있을지 진지하게 생각하게 되었습니다. 절더러 소심해서 키가 제대로 자라지 않은 거라는 말까지 하더군요. 그땐 정말 힘들었습니다. 어지간히 말도 안 들었죠."

부조정실 모니터에 비치는 다카토리의 얼굴은 챌린지X에 출연한 기쁨인지 홍조를 띤 웃음이 끊이지 않았다.

두 번째 VTR이 시작되었다. 학생들은 반항하면서도 합창부 창설을 위해 500명 이상의 서명을 직접 받았다. 3년에 걸쳐 동호회를 어엿한 합창부로 키우고 점점 합창에 열중하는 학생들의 진지한 모습이 소개되었다. 스튜디오에는 당시 가르침을 받았던 학생, 나가미네 료지長嶺良治가 등장해 부드러운 분위기 속에서 과거 힘들었던 이야기로 꽃을 피웠다.

마지막 VTR에서는 합창대회에 처음 출전할 당시 순찰차가 출동하고 경관이 찾아와 소란이 벌어지는 내용이었다. 다카토리가 그 일에 대해 이렇게 말했다.

"사람들의 인상이 확 바뀌는 것을 보는 게 통쾌했습니다. 더 안 좋게 보여도 괜찮다 싶을 정도였죠. 다들 깜짝 놀랄걸, 눈 크게 뜨고 보라고 외치고 싶은 심정이었습니다."

힘이 넘치는 남성합창단의 노랫소리가 간사이 지구에서 은상을 수상하고 마침내 전국대회에서 우승하기까지의 노력의 날들이 이어졌다.

마지막으로 화면은 스튜디오로 돌아와 다카토리 선생이 눈물이 그렁그렁한 눈으로 입을 열었다.

"아이들이 세상에 인정을 받게 돼 정말 기쁩니다. 또 한편으론, 처음으로 이렇게 좋은 경험을 하고 앞으로는 어떻게 해야 하나 하는 생각도 듭니다. 무로이가오카 공업고등학교 학생들은 진학하지 않고 곧장 취직하게 됩니다. 시련에 굴하지 않고 꿋꿋하게 세상을 살아갔으면 좋겠습니다."

교육자답게 말을 맺었다. 엔딩 VTR에서는, 무로이가오카 고등학교 합창부가 지역의 자랑거리가 되었다고 소개했다.

마지막까지 녹화를 지켜본 니시는 평소처럼 부조정실에서 스튜디오로 이어지는 긴 철 계단을 걸어 내려왔다. 출연자에게 VTR을 본 감상을 듣기 위해서였다. 챌린지X의 스튜디오 녹화는 연습 없이 바로 진행된다. 이야기를 미리 준비하지 못하게 생각해낸 방법으로, 출연자도 본방에서 처음 VTR을 본다. 데이터나 사실관계에 거짓은 없는지 매회 출연자에게 확인하고 문제점이 있다면 바로 수정하는 방식을 취했다. 출연 당사자에게 양해를 구하면 방송 문제를 미연에 방지하는 안전장치가 되기도 했다.

니시는 스튜디오 중앙으로 걸어가 다카토리에게 방송 출연과 협력에 감사를 표하고 평소와 다름없이 물었다.

"다카토리 선생님, 방송의 사실관계에 무슨 문제점은 없으셨나요?"

다카토리는 흥분이 가라앉지 않은 듯 붉게 상기된 얼굴로 만면에 웃음을 띠고 깊이 고개를 숙였다.

"아주 좋았습니다. 훌륭합니다. 정말 감사합니다."

니시가 도리어 민망했다.

다카토리와 그의 제자가 떠나고 담당 디렉터 사쿠라이 미치코가 밝게 웃으며 니시에게 말했다.

"방영일이 다카토리 선생님 생일이랍니다. 굉장히 기뻐하시던데요."

니시는 어지간히 개인적인 일에 기뻐한다는 생각이 들어 의아했다.

별다른 일 없이 방영일이 다가와 니시는 자리에서 팀원들과 함께 시청했다. 방송을 마치자 디렉터들은 '재미있었다'며 미치코를 격려했다. 방송 홈페이지에는 금세 '감동적이었다', '다카토리 선생님의 열정에 가슴이 찡했다'는 등 반응이 좋았다.

"선생님, 내용은 어떠셨어요?"

미치코가 전화로 묻자 다카토리는 몹시 기뻐하며 거듭 감사인사를 했다.

"사쿠라이 씨도 고생하셨습니다. 아주 훌륭한 방송이었습니다. 아무 문제도 없어요. 정말 감사합니다."

방송이 나가고 나흘이 지난 오후였다. 다카토리가 미치코의 휴대전화로 연락해왔다.

"저기 말입니다, 방송 때문에 입장이 곤란합니다. 전에 이 학교에서 일하던 재수 없는 선생들과 멍청한 졸업생 녀석들이 문제학교 취급을 당한 게 기분 나쁘다는 둥 어찌나 불평을 하는지 말입니다. 저도 교장 선생님한테 혼쭐이 났지 뭡니까. 미치코 씨가 학교에 와서 교장이랑 다른 선생들한테 이야기해주면 안 됩니까?"

"하지만 선생님, 스튜디오에서도 그렇고 방송이 나간 후에도 아무 문제 없다고 하셨잖아요."

당황한 미치코가 말하자 다카토리가 터무니없는 말을 내뱉었다.

"실은 합창연맹에서도 시끄럽게 말들이 많아서 말입니다. 합창대회 때 순찰차와 경관이 출동했다는 얘기, 그건 내가 그냥 한 말이지. 농담이었어, 농담."

미치코는 경악했다. 눈앞이 팽 도는 것 같았다.

"예? 선생님. 몇 번이나 그 얘길 하셨잖아요. 인터뷰에서도 그렇고 옛날 제자 앞에서도 말씀하셨잖아요."

"그렇긴 하지만, 아무튼 농담이었어."

"선생님, 너무하시네요! 방송으로 다 나갔는데 농담이라고 하시면 다인가요!"

미치코가 울먹였다.

"이왕이면 재미있는 게 좋을 것 같아서. 그걸 진짜로 믿은 당신도 문제지."

다카토리의 **뻔뻔한** 태도에 미치코는 지금까지 취재했던 사람과 전혀 다른 사람과 이야기하는 기분이었다. 미치코는 합창연맹에 순찰차 건에 대해 확인하려고 했지만 다카토리가 '내가 벌써 확인했다'며 만류했던 것을 떠올렸다. 그것도 거짓말이었다니 치가 떨렸다.

"왜 그런 거짓말을 한 거죠!"

미치코가 비명처럼 외쳤다.

"방송이 나가는 날이 내 생일이었어. 이런 우연이 어디 있나, 사람들한테 자랑할 수 있잖아.생일에 텔레비전 방송에 나간다고 말이야. 게다가 챌린지X라고 하면 다들 기절초풍할걸. 이 얘기 저 얘기 했다간 방영일이 미뤄질 텐데. 이게 어떤 기횐데, 그건 싫더라고."

이미 정상적인 인간이라는 생각조차 들지 않았다.

전화를 끊은 미치코는 반쯤 정신이 나간 상태로 데스크 노노무라에게 연락해 사정을 설명했다.

"지금 당장 교장에게 연락해서 학교로 가. 가서 사정을 확인해봐!"

노노무라가 지시를 내렸다.

다음 날 오후 2시, 교장과 만날 약속을 잡았지만 취재 당시만 해도 친절했던 교장의 묘하게 사무적인 말투가 미치코를 불안하게 했다.

노노무라에게 보고를 받은 니시는 "말도 안 돼!"라고 소리쳤다.

머리를 크게 맞은 듯한 충격에 좀처럼 믿어지지 않았다. 교육자라는 사람이 자신을 영웅으로 꾸미기 위해 텔레비전 방송 취재에 새빨 간 거짓말을 하다니 도저히 있을 수 없는 일이었다. 시사 때 다카토리 에게서 느낀 위화감이 떠올랐다.

그날 밤 자정 무렵, 다음 날 출장준비를 하고 있던 미치코의 휴대전 화가 울렸다. 다카토리가 또 전화를 한 것이다. 이런 시각에 전화를 하다니, 미치코는 가슴이 떨렸다.

"저기 말이야, 오늘 저녁 7시쯤 오사카의 방송국에서 찾아왔어! 사 카오阪王TV의 줌 업이라는 프론데. 챌린지X를 잘 보았다고 칭찬이라 도 하는 줄 알고, 그만 교문까지 나갔지 뭐야. 그랬더니 챌린지X가 날 조, 조작 방송 아니냐고 묻더라고. 나도 어지간히 당황해서 전일본TV 에도 문제가 있었다고 말해버렸어. 그러더니 몰래 사진까지 찍어 간 것 같아."

"그게 무슨!"

"너무 화내지 마. 뭐라고 했는지도 기억 안 나는데, 중요한 건 그쪽 디렉터 하나가 '힘을 모아 전일본TV를 규탄하자'고 하는 거야. 어떻게 해야 하지?"

어린아이의 이야기를 듣고 있는 기분이었다. 아무 대답도 하지 못 하고 그저 눈앞이 캄캄해서 전화를 끊었다.

긴급사태였다. 미치코에게 연락을 받은 니시는 뜬눈으로 밤을 지새 우고 다음 날 아침 제일 먼저 출근했다. 다른 매스컴까지 번진 이 상, 회사에 보고하지 않을 수 없었다. 구로하라가 출근하자 니시는 사정을 설명했다.

"왜 이제껏 감추고 있었나!"

구로하라가 흐리멍덩한 눈을 번쩍 뜨며 니시를 힐난했다.

"감춘 것 아닙니다. 어제 알게 된 일입니다. 지금 미치코가 오사카로 가는 중이라 아직 정확한 정보는 들어온 게 없습니다."

니시의 이야기를 듣고 구로하라는 국장에게 보고하기 위해 헐레벌떡 계단을 뛰어 내려갔다.

니시가 초조하게 기다리는데 와카야마에서 미치코의 첫 보고가 들어왔다. 우는 목소리였다.

"피디님, 큰일입니다. 학교가 온통 난리예요. 교장 선생님께 항의문이 전달된 모양입니다. 다른 선생님들도 다카토리 같은 허언증 환자를 믿은 제가 잘못이라고 화를 내셨습니다."

니시는 빠르게 지시를 내렸다.

"잘 들어, 줌 업이라는 방송의 취재는 명백한 위법이야. 몰래 촬영한 영상을 방송하지 못하게 다카토리한테 사카오TV로 항의문을 보내라고 해. 방송에 내보낼 경우 방송윤리위원회에 제소하겠다고 쓰면 방송은 막을 수 있을 거야, 서둘러!"

잠시 후, FAX로 무로이가오카 공업고등학교에서 전일본TV로 보낸 교장 명의의 '항의문'이 도착했다.

당시 무로이가오카 공업고등학교가 사실무근이자 과장된 내용으로 그려짐으로써 선생님, 졸업생, 관계자들은 심한 불쾌감을 느꼈다. 또 과거 문제학교였다는 오해를 불러일으킨 것도 유감스럽다. 다음 세 가지 사항에 성의 있는 답변을 요구한다.

　1. 방송내용 중 사실과 다른 점에 대해 정정·사죄한다.

　2. 인터넷 방송 소개글을 수정하고 사실과 다른 부분에 대해 설명을 덧붙인다. 또한 문제를 일으킨 것에 대한 사죄문도 함께 게시한다.

　3. 재방송, 비디오(DVD), 출판하지 않는다.

도저히 받아들이기 힘든 내용이었다. 이 요구대로라면 모든 책임이 방송국에 있다고 인정하는 것이었다.

1시간 후, 미치코에게 전화가 왔다.

"다카토리 선생에게 사카오TV에 항의문을 쓰도록 하는 약속은 받았지만, 교장이 허락해야 항의문을 전달할 수 있다고 합니다. 만약 허락을 받지 못해도 내일 아침 자기 이름으로 보내겠다고 했습니다. 그리고 오전에 줌 업의 취재진이 와서 교장에게 '전일본TV 측에서 날조한 것이 분명하니 다카토리 선생과 학교의 명예를 회복하기 위해 힘을 모아 규탄하자'는 요청이 있었다고 합니다."

"일단 알겠네."

그렇게 답하고 니시는 입을 다물었다.

다음 날 아침, 미치코에게 전화가 왔다. 비장한 목소리였다.

"교장 선생님이 허가하지 않아 다카토리 선생이 사카오TV에 항의
문을 보낼 수 없겠답니다!"

정년이 얼마 남지 않은 미야베宮部 교장은 사건을 축소하고 학교의
체면을 지키는 일에만 급급하다고 했다. 전일본TV에는 항의문을 보
내면서 도둑 촬영을 한 사카오TV에는 보내지 않다니, 좋지 않은 예감
이 들었다.

"방송에 나왔던 제자 나가미네 씨에게도 다카토리 선생이 '일이 커
졌다. 나를 보호해줘라. 전일본TV에 속았어. 입을 맞추자'고 연락했
다고 합니다."

참는 데도 한계가 있었다. 출연자는 무슨 일이 있더라도 보호해야
하지만 증거 인멸을 시도한다면 문제는 달랐다.

"내가 직접 다카토리에게 연락하지."

미치코가 알려준 전화번호로 니시가 다카토리에게 전화를 걸었다.

"누구십니까?"

경계하는 목소리였다. 자신의 이름을 말하고 니시는 다카토리를 다
그쳤다.

"다카토리 씨, 대체 어쩌실 작정입니까? 확실히 이야기해주십시오.
스튜디오 녹화 후 제가 당신에게 확인했을 때 사실관계에는 아무런
문제도 없다고 단언하지 않았습니까!"

다카토리가 은근히 깐족거리며 대답했다.

"내가 그랬던가. 잘 기억이 나지 않는 군요. 긴장해서 아무 말 못 했
던 것 같은데, 아닌가? 순찰차며 경관이며 다 농담이라니까 그러네.

그걸 진짜로 믿은 그쪽 아가씨가 잘못이지."

"당신 뭐하는 사람입니까! 거짓말만 하고 용서 못 합니다. 우리는 지금 당신 거짓말 때문에 심각한 사태가 벌어졌다고요. 당신이 그러고도 선생입니까!"

니시가 호통 치자 전화가 뚝 끊겼다.

시간이 없었다. 니시는 이번에는 무로이가오카 공업고등학교의 미야베 교장에게 전화를 걸었다. 수화기 너머로 희미하게 들리는 말소리가 전화 받는 것을 꺼리는 눈치였다. 한참이 지나서야 겨우 교장이 전화를 받았다.

"챌린지X 프로듀서 니시입니다. 항의문은 잘 받았습니다."

"그렇군요. 그럼 그렇게 대처해주십시오."

"그 전에 이번 방송 말입니다만, 저희도 학교 측 허가를 얻어 취재한 것입니다. 합창부 당사자인 그쪽 학교의 다카토리 선생의 이야기를 듣고 만든 프로입니다. 그것이 허위사실이라면, 저희 쪽에 일방적인 사죄를 요구하는 것은 이치에 맞지 않습니다."

"다카토리 선생에게도 엄하게 주의를 줬습니다."

"문제를 잘못 판단하고 계신 것 같습니다."

"사카오TV가 취재에 나선 이상, 사실이 밝혀지면 저희 학교에서도 전일본TV협회에 사과를 요구할 생각입니다."

니시는 말이 통하지 않아 답답했다.

"사카오TV의 취재는 정식 취재가 아닙니다. 단호히 대응하면 되지 않습니까!"

"그렇습니까? 하지만 그건 사카오TV와 전일본TV 간의 문제지, 우리 학교와는 무관한 일입니다."

"오늘도 사카오TV의 줌 업이 학교로 찾아가 취재를 했다고 하던데, 그쪽 취재에 응해 방송내용을 부정한다면 전일본TV와 무로이가오카 공고가 방송의 사실관계를 둘러싸고 대립하는 구조로 비춰질 것입니다. 매스컴이 몰려들 거라고요."

미야베 교장이 한동안 입을 다물었다.

"어쨌든 저는 더 이상 일을 크게 만들고 싶지 않습니다."

니시는 열심히 설득했다.

"학교 쪽 항의문에는 성의를 다해 대응하겠습니다. 그러니 사카오 TV의 취재에 응하지 마십시오."

교장은 겨우 승낙하고 전일본TV에 보낸 항의문 회답을 기한까지 기다리겠다고 약속했지만 전화로 하는 설득과 위무는 이미 불가능하다고 여겼다. 니시는 문제가 잦아들기는커녕 시시각각 악화할 것이라는 불안감에 떨고 있었다.

전일본TV는 위아래 할 것 없이 온통 소란스러웠다. 날조방송이라는 소리를 듣는다면, 그러지 않아도 불상사가 끊이지 않는 회사가 받을 타격은 치명적이었다. 무슨 일이 있어도 이번 사태를 수습해야 한다는 상층부의 엄명이 떨어졌다.

다음 날 오후가 정보방송 줌 업이 방영되는 날이었다. 간사이 지역 방송으로 도쿄에서는 볼 수 없다. 전일본TV 오사카 지국에서 녹화해 전송하기로 되어 있었다.

국장실로 불려온 니시와 구로하라가 오사카 지국에서 보낸 방송 테이프를 보기 시작했다. 시작부터 위조 챌린지X라는 타이틀이 크게 나왔다. 두 남녀 사회자가 진행하는 프로그램으로 특종기사를 주로 다룬다고 했다.

'공부면 공부, 운동이면 운동, 서클활동까지 성실히 임하는 무로이가오카 공업고등학교를 문제학교라는 식으로 날조한 사기 방송, 챌린지X의 검은 내막을 철저히 파헤친다!'라는 코멘트로 방송이 시작되었다.

끊임없이 거짓 · 날조 방송을 만들었다는 설명이 이어지면서 무로이가오카 공업고등학교 근처 주민의 인터뷰가 나왔다. '착한 애들뿐이에요', '문제학교라는 말은 들어본 적도 없어요' 등등 문제를 일으켰던 시대는 30년도 더 된 과거의 일인데 시기를 속였다는 둥의 거친 편집이 이어졌다.

"가장 큰 피해를 본 선생님이 취재에 협력해주셨습니다. 선생님과의 인터뷰 내용을 들어보시죠."

텔레비전 화면을 뚫어져라 응시하는 니시의 안색이 점점 변했다.

다카토리의 모습을, 밤인데도 조명을 쓰지 않고 밑에서부터 찍었다. 명백한 도둑 촬영이었다. 하지만 얼굴은 뿌옇게 찍고 밑에 A선생이라는 자막까지 넣은 것을 보면 상대의 협력을 받아 촬영한 듯 조잡한 작업이 들어가 있었다. 만든 사람의 수준을 알 만했다. 다음 순간 다카토리의 이야기에 니시는 머릿속이 하�‍‍‍‍얘졌다.

"합창대회 당시 순찰차가 출동했다는 이야기가 사실인가요?"

줌 업의 기자가 묻자 다카토리가 천연덕스럽게 대답했다.

"당연히 농담이죠. 딱 한 번, 농담 삼아 이야기한 적이 있었습니다. 그런데 그걸 꼭 넣고 싶다면서 억지로 집어넣더라니까. 내가 깜짝 놀라서 몇 번이나 빼자고 부탁했지만 전혀 듣질 않더라고."

"뭐라고!"

니시가 저도 모르게 내뱉었다. 새빨간 거짓말이었다. 다카토리가 미치코에게 순찰차 건을 거짓말이라고 이야기한 것은 방송 후 4일이나 지났을 때였다. 구역질이 났다. 세상에 이런 인간이 존재한다니, 악마를 보고 있는 듯한 기분이었다. 동시에 허언증에 걸린 정신이상자를 방송에 출연시켰다는 생각에 절망적인 기분에 빠졌다.

기자가 필요 이상으로 놀라는 척했다.

"그건 지나친 날조로군요. 문제학교라고 소개됐는데 퇴학당한 학생들이 그렇게 많았나요?"

"다들 착한 애들입니다. 퇴학생도 그렇게 많지 않았는데, 최대한 안 좋게 말하라며 전일본TV 쪽에서 강제로 시키더라고."

"선생님도 피해자이시군요."

"그렇다니까요, 피해가 이만저만이 아닙니다."

교장과 다른 교사들의 비난이 쏟아지는 가운데 다카토리는 자신의 보신을 위해 챌린지X에 모든 죄를 덮어씌우려고 했다. 지리멸렬한 부분은 교묘하게 내레이션으로 처리하고 마치 다카토리가 피해자인양 편집했다. 화면이 스튜디오로 바뀌면서 이번에는 게스트 2명이 나와 챌린지X에 대한 철저한 규탄이 시작되었다.

히카와 국장이 잔뜩 화가 난 눈으로 니시를 쏘아보았다.

그 방송이 나간 후, 전일본TV에는 줌 업의 방송 내용이 사실인지 묻는 수많은 언론매체들의 문의가 끊이지 않았다. 한편, 무로이가오카 공업고등학교에까지 찾아가 문제학교라는 방송 내용이 사실인지 추궁했다. 그러자 학교 측에서 한 가지 숫자를 들고 나왔다. 퇴학생 수였다.

"전일본TV가 방영한 내용 중 1년에 '80명'이 퇴학당했다는 것은 사실이 아닙니다. 당시 자료가 여기저기 흩어져 있어 정확하지는 않지만 학교 측의 조사로는 1년간 '71명'의 퇴학생밖에 확인할 수 없었습니다."

한 신문이 크게 보도했다.

'문제학교로 보이도록 퇴학생 수 날조!'

다음 날, 전일본TV에서는 아침부터 사무직 사원들이 불려나왔다. 무로이가오카 공업고등학교가 문제학교였다는 증거를 찾으라는 프로그램국 국장의 명령이었다. 전화번호부에서 학교 주변의 집이나 상점 전화번호를 찾아 폭주족이 말썽을 부리거나 폭력사건이 벌어진 적이 있었는지를 확인하도록 했다. 한마디로, 니시 팀의 취재를 믿지 못하는 히카와 국장의 방침이었다. 하지만 취재를 해봐도 30년 전 일을 확실히 기억하는 사람이 없고 '종종 말썽이 난 것도 같다'라든지 '당시에는 다들 그랬다'는 추상적인 답변만 돌아왔다.

얼굴이 흙빛이 된 미치코가 니시에게 놀랄 만한 정보를 가져왔다.

사카오TV는 대형신문사 아사마이 신문 계열의 방송국이었다. 아사마이 신문과 전일본TV의 사이가 좋지 않은 것은 모두 아는 사실로, 서로가 미디어를 선도하는 일류 방송이라는 의식이 강해 사사건건 대립해왔다. 오키나와沖繩 바다에서 아사마이 신문의 카메라맨이 산호에 상처를 내서 바다가 병들었다고 쓴 날조를 폭로한 것은 전일본TV였다. 한편, 전일본TV에서 방영한 히말라야 기행프로에서 디렉터가 있지도 않은 낙석을 연출한 것을 백일하에 드러낸 것은 아사마이 신문이었다. 그것 말고도 수많은 대립이 있었다. 아사마이 신문은 우미노 사건 이후 전일본TV의 문제를 가장 격렬하게 공격했다.

미치코가 대학 동기였던 아사마이 신문 기자에게 이 문제를 해결할 방법이 없을지 연락하자 그 기자가 이렇게 대답했다고 한다.

"이건 이미 회사 대 회사의 전쟁이야. 우리 쪽에도 전일본TV의 불상사를 적극적으로 공격하라는 지시가 내려왔어. 다른 계열 방송사나 아사마이 신문 산하의 잡지사에도 같은 지시가 내려졌을 것이 분명해. 이번 무로이가오카 공고 건도 도쿄의 방송국이 아니라 지국에 맡긴 건 의분에 못 이겨 나섰다는 인상을 주려는 작전이야."

니시는 머리를 감싸 안았다. 처음 다카토리가 항의를 받았다는 합창연맹의 합창대회 주최 측도 아사마이 신문이었다. 그쪽에서 줌 업에 연락을 했을 가능성도 있었다. 아사마이 신문이 관련되어 있다면, 사건을 더욱 확대하려 들 것이 분명했다. 한편, 무로이가오카 공업고등학교는 체면 때문이라도 다카토리를 감쌀 것이다. 상대가 기업이라면 모를까, 학교인 것이다. 제대로 공격이나 할 수 있을까. 학교 측과

대치해서 이길 승산은 있을까? 도도가 사임한 후에도 시청료 거부 건수는 계속 늘어 70만 건에 달하고 있었다. 전일본TV에 대한 비난 여론이 거셌다. 하나같이 불리한 조건들이 갖추어져 있었다. 니시는 위기를 극복할 방법이 떠오르지 않아 끙끙거렸다.

그날 밤, 전일본TV 대회의실에서 대책회의가 열렸다. 사안의 중대함을 말해주듯 새로 임원이 된 하라구치原口 전무와 우스이臼井 상무 그리고 히카와 국장, 구로하라 국장, 리스크 관리실의 오타 부부장, 홍보부장, 미치타니道谷 부부장 챌린지X 팀의 니시와 노노무라가 출석했다. 바짝 긴장된 분위기가 흘렀다. 니시는 바늘방석에 앉은 기분이었다. 큰 소란이 벌어질 것 같은 분위기를 감지한 니시는 당당하게 극복하는 수밖에 없다는 각오를 다졌다.

전원이 굳은 표정으로 착석하자 하라구치 전무가 게딱지처럼 생긴 얼굴을 찌푸리며 입을 열었다.

"매스컴 대응 문제를 의논하기 전에 먼저 무로이가오카 공업고등학교에서 보낸 항의문에 어떻게 답변할지를 먼저 생각해야 합니다. 말하자면 그걸 바탕으로 매스컴에 대응하면 될 것 같은데, 어떻게 생각합니까?"

하라구치는 시사프로 디렉터 출신이었다. 정치인들을 불러놓고 토론을 시키는 시사프로는 정치인과의 유착도가 높은 전일본TV에는 중요한 방송이었지만 디렉터의 능력이 크게 요구되는 방송은 아니었다. 하라구치는 우유부단한 성격으로 임원 총퇴진 덕분에 지역방송국에서 전무직으로 수직상승한 남자였다.

리스크 관리실의 오타가 부루퉁한 얼굴로 챌린지X에 대한 공격을 시작하더니 큰소리로 호통을 쳤다.

"하여튼 문제가 많은 방송이라니까. 애당초 챌린지X는 지금까지 수차례나 항의를 받았잖아. 사실 확인도 제대로 하지 않다니 창피하기 짝이 없군. 원색적인 뉴스만 다루는 삼류 방송에 휘둘릴 순 없어!"

니시가 발칵 성을 냈다.

"항의가 없었던 것은 아니지만, 그건 출연자에 대한 질투나 근거 없는 소문에 불과했습니다. 그리고 이번 일은 사실 확인을 제대로 했음에도 벌어진 일입니다."

인텔리풍 외모의 홍보부 미치타니가 거만하게 물었다.

"사실 확인을 했다고? 합창연맹에 확인만 했어도 순찰차 건이 새빨간 거짓말이란 걸 알았을 것 아냐. 그런 것 하나 제대로 못한 게 문제라는 거야."

미치타니와 시선이 마주친 순간 불꽃이 튀는 느낌이 들었다. 아픈 곳을 찔렸지만, 니시는 굴하지 않고 말을 이었다.

"디렉터는 확인하려고 했습니다. 나이는 어리지만 취재는 확실히 해내는 야무진 친구거든요. 그런데 다카토리가 자기가 확인했다면서 거짓말로 그녀를 속인 것입니다."

오타가 사납게 물고 늘어졌다.

"변명은 그만하게! 취재를 남한테 맡긴 꼴이군. 사회부에서는 꼬박꼬박 진위를 확인하고 있어. 그리고 합창대회도 아사마이 신문이 주최한 거잖아. 적진에 뛰어드는 일이나 다름없었어. 그런데 취재경험도 없는 젊은 아가씨한테 방송을 전부 맡기는 게 말이 되나? 자네, 책임자로서의 역할을 제대로 하고 있기는 한 건가!"

대책회의는 오타와 미치타니 그리고 니시의 공방전 양상을 띠었다.

오타와 미치타니는 사회부 기자 출신이었다. 도도 회장 시절 찬밥 취급을 당하던 인사들이었다. 두 사람 모두 니시와 동년배였지만 특별직인 니시보다 두 계급이나 아래였다. 도도의 총애를 받아 이례적인 출세를 한 니시는 오타와 미치타니의 비난에 담긴 강한 적의를 느꼈다.

디렉터를 감원하고 방송을 압박해 미치코가 챌린지X에 오게 된 계기를 만든 구로하라는 한마디도 하지 않고 바닥만 쳐다보고 있었다.

우스이 상무가 말했다. 볼품없는 풍채에 촌스러운 남자지만, 어조는 날카로웠다.

"사건이 일어난 이상, 챌린지X의 제작 시스템 자체에 큰 문제가 있다고 판단할 수밖에 없네. 히카와 국장, 방송을 너무 오래 하다 보니 오히려 족쇄가 된 것은 아닌가?"

도도 회장의 잔재를 청산하는 것이 새로운 임원들의 소임인 것 같았다. 방송에, 시스템에 심지어 사람까지……. 아무리 그래도 족쇄라니! 도도가 아끼고 힘써 키워온 방송을 임원이 비판한 것에 니시는 분개했다.

히카와가 고개를 주억거리며 모호하게 말했다.

"내구연수가 경과해서 저도 뭔가 조치를 취하려던 차에 벌어진 일이라……."

오타가 질문의 방향을 바꿔 숫자 문제를 쑥 꺼냈다.

"당신들, 숫자는 어떻게 된 것이지? 80명이라는 건 대체 어디서 나온 숫자인 거야? 학교 측에서는 퇴학생 숫자가 71명이라고 말하고 있어. 어떻게 부풀린 것인지 말해보게."

니시는 숨이 가빠졌다. 생지옥이나 다름없었다. 노노무라가 반론했다.

"당초 다카토리는 한 반에 40명이던 학생이 26명으로 줄었다면서, 퇴학생 수가 1년 동안 100명을 넘었다고 말했습니다. 저희가 교육기관인데 그런 숫자를 밝혀도 괜찮겠냐고 물었더니 80명 정도로 해달라고……."

미치타니가 중간에 끼어들며 빈정거렸다.

"이번에도 다카토리인가. 처음부터 끝까지 다카토리가 문제로군, 당신들. 다른 사람은 취재하지 않았나? 기가 막힌 취재로군. 그러니까 80명이라는 숫자는 엉터리라는 얘기군."

니시는 신경이 곤두섰지만 꾹 참으며 말했다.

"말씀이 너무 지나치신 것 아닙니까? 100명이라는 숫자를 믿은 것은 사실입니다. 80명이라고 한 것은 학교에 피해를 주고 싶지 않은 교사의 마음을 배려한 것입니다. 당사자이자 취재 대상인 학교의 교사가 거짓말을 할 줄은 꿈에도 생각 못 했습니다. 방송을 만들 때에는 상대와의 신뢰관계도 중요합니다."

"몇 개월이나 취재하면서 어떤 사람인지 파악도 못했단 말 아닌가? 대충 아무렇게나 하니까 그렇게 되는 거야. 아까부터 변명만 늘어놓기 바쁘군, 반성을 할 줄 알아야지!"

오타가 자기 앞에 놓인 자료를 흔들어대며 위협적으로 말했다. 두 임원 앞에서 본때를 보이려는 악랄한 행태였다.

"이래서는 문제학교였다고 주장하기 힘들겠군요."

히카와가 두 임원을 향해 간살스럽게 동의를 구했다.

"그야말로 허황된 방송이 아닌가. 다큐멘터리라고 말하기도 부끄럽 군. 해도 너무했네."

하라구치 전무가 신탁이라도 내리듯 말했다. 회사에 다대한 공헌을 한 히트 상품을 임원들이 입을 모아 '하자 상품'이라고 비난하는 일 따위 보통 민간기업에서는 있을 수 없는 일이다. 니시는 견디기 힘든 분노를 억누르며 이를 악물고 말했다.

"상식적으로 판단해주십시오. 학교 측에서 주장하는 71명이라는 숫자도 정확하지 않습니다. 조사해봤더니—, 알려진 바—,와 같은 주석을 달아놓았습니다. 실제로는 더 많을 가능성이 높다고 생각합니다. 혹 학교 측이 주장하는 71명이 사실이라고 해도 1년 새 수십 명의 퇴학생이 속출한 것만으로도 일반 학교에서는 크게 문제가 될 일입니다. 전 퇴학생 71명도 비정상적인 숫자라고 생각합니다."

장내가 순간 조용해졌다. 또다시 미치타니가 찬물을 끼얹었다.

"71명이 퇴학당했다고 문제학교였다고 단언할 수는 없네. 퇴학 이유를 알 수 없으니 증명할 방법도 없고. 문제학교라는 말을 사용한 것 자체가 잘못이란 말이지."

"그런 억지가 어디 있습니까! 그럼 71명이 퇴학한 것이 예삿일입니까? 문제가 있었던 것에 대해서는 다른 체육교사의 증언도 있었고 당시 학생들도 증언한 일입니다!"

니시가 발끈해서 말하자 히카와가 격분했다.

"말조심하게! 이 모든 게 자네 책임이야!"

"그렇습니다. 모든 건 프로듀서인 제 책임입니다."

니시가 되받아쳤다.

"잘난 척하지 마. 그거야 당연한 일 아닌가. 이렇게 터무니없고 엉성하기 짝이 없는 사건을 일으켜놓고. 말은 그렇게 하면서 되레 책임을 피하려고 하고 있지 않나!"

오타가 말꼬리를 물고 늘어졌다. 수습이 안 되는 언쟁을 끝내려는 듯 하라구치 전무가 정리했다.

"어찌 됐든 상대는 학교야. 저쪽 입장을 고려해서 적절한 타협안을 만드는 수밖에 없어. 니시 군이 현장에 가서 교장과 해결책을 찾아보는 걸로 하지."

"알겠습니다. 지금이라도 당장 가보겠습니다."

니시가 다른 방도가 없다는 생각에 눈을 부릅뜨며 대답하자 미치타니가 끼어들었다.

"그건 곤란합니다. 니시 피디야말로 직접 당사자 아닙니까. 게다가 온갖 매스컴들이 어슬렁거리고 있을 겁니다. 니시 씨야 워낙 여기저기 얼굴이 알려져 있으니까요."

오타도 덩달아 한마디 던졌다.

"맞습니다. 유명인사 아닙니까, 히히히."

히카와가 지금까지 한마디도 하지 않고 있던 구로하라에게 말했다.

"그럼 구로하라 자네가 다녀오게."

자신에게 불똥이 튀지 않도록 최대한 말을 삼가고 있던 구로하라가 동요했다.

"예에? 제가 말입니까……."

자기보신밖에 모르는 구로하라의 뒤틀린 성격을 니시는 잘 알고 있었다. 평소 말이 많은 구로하라가 이 자리에서 한마디도 하지 않는 것은 부장인 자신에게까지 책임이 돌아오는 것이 두려워 짐짓 거리를 두고 있는 것이 틀림없었다. 니시는 구로하라를 보내면 더 큰일이 벌어질 것이라고 직감했다. 니시가 다시 한 번 간청했지만 들어주지 않았다.

"아냐, 구로하라가 가보게."

하라구치 전무가 선언했다.

더 이상 임원의 결정에 반발하며 구로하라를 보내면 안 되는 이유를 설명할 말이 없었다. 자신이 속한 전일본TV의 봉건제와 부조리 그리고 임원의 입맛에 맞는 의견에 따르지 않으면 내쳐지고 무시당한다. 니시는 무념무상의 심정이었다.

임원들이 나가자 미치타니가 빈정거렸다.

"택시 불러놨어. 구로하라 부장, 와카야마까지 날아갔다 와. 사회부는 프로그램국과 달라서 불시 출동에는 익숙하지. 워낙 급박한 상황이 많아서 말이지."

걸프전쟁, 약해 에이즈와 다수의 수라장을 거쳐 디렉터임에도 전일본TV 기자 따위는 발끝에도 따라오지 못할 만큼 특종을 가져온 니시는 콜택시 정도로 능력을 과시하는 미치타니와 오타의 인간성을 경멸했다.

모두의 앞에서 모욕을 당한 니시는 몸과 마음에 크게 상처를 입었다.

다음 날 밤 9시, 니시는 국장실에 불려갔다.

잔뜩 못마땅한 표정의 히카와는 입꼬리를 내리며 어디 한번 보라는 식으로 들고 있던 종이를 책상에 던졌다.

"구로하라 덕분에 조금 전 무로이가오카 공업고등학교의 미야베 교장과 이야기가 잘 끝났어. 우리 쪽 언론 발표용으로 홍보부에서 정리한 원고야. 이거면 되겠지?"

종이를 본 니시는 그 자리에서 얼어붙었다.

챌린지X '노랫소리가 울려 퍼진다 일본 최고를 향한 길' 편에 대해 무로이가오카 공업고등학교로부터 방송내용 중 몇 가지 점이 '사실과 다르다'는 지적을 받았습니다. 학교 관계자와 졸업생 여러분께 심려를 끼쳐드려 대단히 죄송합니다.

먼저 '1979년 무렵의 공업고등학교는 말썽이 많았는데, 그 정도가 지극히 경미했던 무로이가오카 공업고등학교까지 획일적으로 그려져 유감이다'라고 하는 학교 측의 지적을 받았습니다. 방송 중 표현이 지나쳐 오해를 불렀습니다.

'퇴학생은 80명에 달했다'는 내레이션에 대해서는 취재 과정에서 100명 혹은 80명 등의 숫자를 들었습니다. 71명이라는 숫자도 들었지만 결국 취재자의 완전한 오해로 '1년 새 80명'이라는 증거가 불충분한 숫자를 방송에 사용했습니다.

합창대회장에 경관이 나타난 장면은 선생님의 증언을 바탕으로 만들었습니다. '농담처럼 한 이야기를 서로 오해한 것 같다'는 선생님의 이야기를 들었습니다. 합창연맹에 문의하는 등의 사실 확인을 게을리 한 점 깊이 반성합니다.

이번 방송은 취재 내용에 사실 관계가 불충분했던 점, 제작자의 오해가 지나쳤던 점을 인정하고 반성하고 있습니다.

이번 주 토요일 특별방송으로 시청자 여러분께 사죄드립니다.

무로이가오카 공업고등학교 관계자 여러분께 심려를 끼쳐드린 점 깊이 사죄드립니다.

완벽한 사죄문이자 제작팀의 실수를 모두 인정하는 내용이었다.

구로하라가 부장으로서 책임을 회피하기 위해 미야베 교장의 요구를 전부 수용하고 니시 팀에 문제가 있었다고 졸속으로 합의한 것이었다.

'80명'이라는 숫자는 오해가 아니라 상대방의 주장을 참작한 숫자였다. 합창대회장에 경관이 찾아온 장면은 '서로 오해한 것'이 아니라 다카토리가 인터뷰 당시 거듭 대답한 사실이었다. 하물며 '지극히 경미'한 문제였다니, 이거야말로 지어낸 이야기였다. 무로이가오카 공업고교에 사죄한다면, 전일본TV에 대한 사죄는? 챌린지X에 상처를 입힌 사죄는 하지 않는 것일까? 학교 측 요구를 고스란히 수용한 내용을 눈앞에 두고 니시는 몸을 던져서라도 구로하라가 와카야마에 가는 것을 말렸어야 했다고 자신을 탓했다.

너무나도 가혹한 처사에 니시는 히카와를 쏘아보며 그 자리에서 거절했다.

"이건 안 됩니다. 일방적으로 챌린지X의 잘못이라고 인정하는 것뿐이지 않습니까. 상대의 주장만 듣고 사실을 오인하고 있습니다! 방송을 지키려는 의지가 있기는 한 겁니까? 저는 도저히 승복할 수 없습니다!"

히카와가 싸늘한 얼굴에 경련을 일으키며 호통했다.

"뭐! 일이 이렇게 된 것도 자네의 관리소홀 때문 아닌가. 덕분에 우리가 이 고생을 하고 있네. 임원들도 이 정도면 됐다고 허락했네. 내일 하라구치 전무가 기자회견을 열어 사죄할 걸세. 임원에게 고개를 숙이게까지 한 거야. 일을 이렇게까지 만들어놓고 이제 와서 무슨 말이 그렇게 많아!"

그것은 한 인간의 마음을 짓밟고 지옥의 밑바닥까지 떨어뜨리는 듯한 목소리였다.

국장실을 뛰쳐나온 니시는 전일본TV의 복도를 빙빙 돌았다. 히카와를 비롯한 간부들의 포악함에 치가 떨렸다. 온갖 생각이 떠올랐다 사라졌다. 미치코에게 무로이가오카 공업고등학교 취재를 맡긴 것은 학교라면 기업의 기술개발 등에 비해 초점을 맞추기 쉽고 비교적 장벽이 낮을 것이라는 판단 때문이었다. 순진한 미치코가 악랄한 인간에게 속았다고 하면 그뿐이다.

하지만 꼭 지켜야 하는 두 가지가 있었다. 매주 챌린지X에 가슴이 뛰고, 열렬한 성원을 보내준 1천만 명이 넘는 시청자 팬이었다. 만약 그 사람들이 챌린지X를 날조방송이었다고 오해한다면, 지금까지 시청해준 5년의 세월이 허무해질 것이기 때문이다.

또 한 가지는, 이 방송에 출연해준 사람들의 명예였다. 열심히 일하며 오로지 꿈을 이루기 위해 살아온 진지하고 사심 없는 마음을 지닌 훌륭한 인물들 사이에 거짓과 기만으로 가득 찬 다카토리를 나란히 놓는 것은 절대 용서할 수 없는 일이었다.

노심초사 기다리고 있던 노노무라에게 원고를 보여주자 침통한 얼굴이 되었다.

"이제 저는 조직에 대한 충성심 따위 싹 버렸습니다. 소중한 간판 프로를 지키기는커녕 당해보라는 식으로 상처 내고 더 시끄럽게 소란을 피우는 이런 비열한 자가 잘난 얼굴로 거들먹거리는 조직에 긍지를 가지고 있던 제가 슬퍼집니다."

니시는 가슴에 품은 결의를 밝혔다.

"노노무라, 내일 아침 하라구치 전무가 기자회견을 하기 전에 우리 쪽에서도 공동 기자회견을 열겠어."

"예? 그런 일을 했다간……."

심상치 않은 기색을 느낀 노노무라가 입을 다물었다.

"이 문서에는 썩은 냄새가 진동하네. 회사의 체면을 지키기 위해 사실을 왜곡해 챌린지X만 희생양으로 삼으려는 거지. 상대가 학교라는 이유로, 여론의 바람을 피하기 위해 위선을 자처하고 있네. 우미노의 부정사건으로 전일본TV는 은폐체질이라며 세상의 비난을 받았지만 지금은 더 나빠졌네. 도도 회장이라면 자사 방송을 지키기 위해 당당히 싸웠을 거야. 기개도 없고 양심도 없어. 보도기관으로서 자신들의 입장을 지키기 위해 거짓말을 하는 것을 두고 볼 수만은 없네."

니시의 눈은 분노로 이글거렸지만 냉정하게 말했다.

"내일 아침 전 언론사에 연락을 해서 나와 미치코가 공동 기자회견을 하겠어! 나 혼자면 전일본TV 프로듀서의 변명으로밖에 들리지 않겠지. 하지만 미치코라면 어떨까? 매스컴은 전일본TV와 나만 공격하고 있어. 거기 젊은 아가씨가 나와서 디렉터로서 필사적으로 사건의 진상을 설명하면 동정심에 이해해주는 매스컴도 분명 있을 거야. 무모한 계획은 아니지 않나?"

"하지만 그런 일을 했다간 회사에 반기를 든 모반자라며 피디님도 무사하지 못할 겁니다!"

"알고 있어. 난 말이야, 젊을 때부터 각오하고 살았어. 아무리 먼 곳으로 쫓겨나든 당장 목이 잘리든 그건 그때 일이야. 조직에 반기를 드는 일이 될지언정 억울한 오욕을 쓰고 싶지는 않네. 내 행동에 후회는 없네. 미치코는 내가 억지로 끌고 나왔다고 하면 불이익은 당하지 않을 거야."

자신이 전일본TV를 그만두는 것은 니시를 의지해 싸우고 있는 동료들에 대한 배신이자 방송을 중간에 내팽개치는 일이기도 했다. 그것만은 피하고 싶었지만, 사람을 사람으로 대하지 않는 회사의 오만함과 허위 발표에는 할 말은 해야겠다는 생각이 들었다. 자신의 직을 걸고 싸우는 수밖에 방법이 없다고, 니시는 각오를 다졌다.

니시는 편집실로 향했다. 사건이 세상에 알려진 후로 엿새가 지나가고 있었다. 미치코는 줄곧 편집실과 회의실에서 대기하고 있었다. 거듭되는 사실 관계 청취와 매스컴이 냄새를 맡고 공격해오는 것을 피하기 위해서였다.

편집실 문을 열자 미치코가 벽에 몸을 기대고 힘없이 주저앉아 있었다. 망연자실한 상태였다. 니시가 내일 발표될 사죄문을 보여주자 부들부들 떨었다.

"말도 안 돼요! 너무하잖아요, 전 정말 그 사람을 믿었는데. 나쁜 인간……."

가슴 깊은 곳에서 새나오는 비통한 목소리였다. 미치코의 원망은 다카토리에게만 집중되어 있었다. 이 사죄문을 만든 인간들의 무도함을 생각할 마음의 여유 따위 없었다. 눈은 충혈 되고 목소리는 갈라져 있었다.

"복사해도 되죠?"

자리에서 일어난 미치코는 크게 휘청하더니 다리가 엉켰다. 깜짝 놀란 니시가 팔을 붙잡아 부축했다.

그러고 보니 미치코는 줌 업이 무로이가오카 공업고등학교를 취재한 이후 엿새 동안 잇달아 충격적인 사실이 밝혀지면서 수차례 사정 청취를 받고 누구보다 마음고생이 심했을 것이다. 밥도 제대로 먹지 못하고 잠도 충분히 자지 못한 것이 분명했다. 얼굴색이 어둡고 눈 밑에는 검은 그늘이 드리워져 몹시 지치고 수척해 있었다. 그저 안쓰러울 뿐이었다.

미치코가 갈라진 목소리로 말했다.

"오늘은 집에 돌아가도 될까요……."

니시는 주저했지만 마음을 굳게 먹고 내일 공동 기자회견에 대한 이
야기를 꺼내려던 참이었다.

그때 미치코가 울음을 터뜨렸다.

"어머니가 걱정하면서, 집에서 기다리고 있어요……."

니시 앞이라는 것도 개의치 않고 엉엉 울었다.

미치코의 어깨가 가늘게 떨리고 있었다. 목이 메는지 몇 번이나 꺽꺽
소리를 내며 울었다. 옷은 다 구겨지고 초췌하게 움푹 들어간 눈에서
는 하염없이 눈물이 흘렀다. 니시는 그 모습을 안쓰럽게 바라보았다.

가슴이 미어져 위로의 말조차 나오지 않았다. 이렇게 순진한 젊은
이가 노골적인 적의를 드러내며 덤벼드는 매스컴에 맞설 수 있을까.
무리라는 생각이 들었다. 포기할 수밖에 없었다.

마지막 희망의 끈이 싹둑 잘리면서 니시는 나락에 떨어지는 심정이
었다.

내일부터 시작될 진짜 지옥의 고통을 떠올리며 니시는 속으로 울고
있었다.

*

다음 날, 하라구치 전무의 기자회견이 열렸다.

줄지어 앉은 기자들 앞에서 방송의 문제점을 잇달아 말하고 무로이

가오카 공업고등학교 측에 사죄하는, 완벽한 사죄회견이었다. 군데군데 흰머리가 섞인 머리에 게딱지를 눌러놓은 것 같은 용모의 하라구치가 깊이 고개를 숙였다.

시청료 거부 건수가 100만 건 가까이 늘면서, 무슨 일이든 고개 숙여 사죄만 하면 되는 줄 아는 하라구치를 비롯한 새로운 경영조직의 체질을 말해주는 것 같았다. 허위를 호도하는 파렴치한 인간, 니시의 눈이 분노로 이글거렸다.

각 민영방송사는 오후 뉴스에서 일제히 챌린지X의 날조 의혹, 짜고 치는 제작 시스템이라고 대대적으로 보도했다. 니시는 일이 없는 디렉터 전원을 배치시켰다. 얼마 지나지 않아 전화가 물밀듯 밀려왔다. 뉴스를 본 시청자들의 전화였다. 분노에 찬 목소리들이었다.

'조작일 줄은 몰랐다. 신뢰를 저버리다니 용서가 안 된다!', '매주 아이와 함께 봤다. 이런 거짓 프로는 다시는 보여주지 않겠다!', '이제껏 시청자를 속였단 말인가! 최악이다!', '이 따위 방송, 당장 때려치워라!'

한마디 한마디가 면도날처럼 니시의 몸과 마음을 무참히 찢어놓았다. 항의전화를 받는 디렉터들의 얼굴도 창백했다. 호된 질책에 그저 고개를 숙였다. 회사가 공식적으로 사죄한 이상, 사정 설명을 할 수도 없는 괴로운 상황이었다. 모두들 분한 얼굴이었다.

니시는 직접 불만을 터뜨리는 시청자뿐 아니라 챌린지X를 즐겨보던 많은 사람들이 배신당했다는 사실에 낙담하는 소리 없는 실망을 떠올리자 더욱 괴로웠다. 괴롭지만 꾹 참고 또 참는 수밖에 없었다.

사랑하는 사람에게 배신당하면 분노는 배가 되는 법이다. 그 마음은 이해할 수 있었다. 처음 방송을 시작한 이래 170편, 한 편 한 편에 혼신의 힘을 쏟으며 차곡차곡 쌓아온 신뢰가 산산조각 나고 노력은 물거품이 되었다는 절망적인 심정이었다.

　취재에서 돌아온 디렉터가 울먹였다.

　"피디님, 아까 전철을 탔는데 앞자리에 앉은 여고생들이 챌린지X는 전부 거짓말이라고 하는 이야기를 듣고 피가 거꾸로 솟는 기분이었습니다. 억울합니다!"

　"오사카 보도국에서 온 전화입니다."

　스태프의 말에 전화를 받자 상대방이 느닷없이 호통을 쳤다.

　"난 오사카 기사야. 당신네 사기 방송 탓에 피해가 이만저만이 아니야! 취재를 나가도 이상한 눈으로 쳐다보고 말이야. 당신, 책임자 맞지? 어쩔 셈이야? 이제 그만 때려치워, 그 방송. 지금 당장 그만두겠다고 약속하란 말이야. 이 한심한 자식!"

　미친 듯이 고함을 질렀다.

　이번 회의 문제일 뿐, 다른 방송은 확실한 취재를 바탕으로 만들고 있다고 설명했지만 그 기자는 소리만 질렀지 도무지 들으려 하지 않았다.

　"예, 그럼 그만두겠습니다."

　그렇게 말하고 전화를 끊었다. 번화가 한복판에서 조리돌림을 당하는 기분이었다. 어리석은 결정을 한 간부들은 챌린지X가 치른 막대한 희생에 대해 속죄해야만 했다.

"챌린지X에 부탁하면, 뭐든 감동적인 이야기로 만들어준다고."

민영방송에서 시사 만담을 주로 하는 개그맨의 '챌린지X에 부탁하면, 뭐든 감동적인 이야기로 만들어준다'는 우스갯소리를 듣고 니시는 저도 모르게 발끈했다.

쇠락 일로를 걷고 있었다. 빛과 그림자는 공존하는 법, 지난주까지 갈채가 쏟아지던 방송이 잇따른 굴욕에 긍지와 오기조차 흔적도 없이 짓밟혔다.

광기와 같던 하루가 끝나갈 무렵, 챌린지X를 격려하는 메일이나 전화도 간간이 들어오기 시작했다.

'한 번의 실패에 위축되지 말고, 다시 좋은 방송 만들어주십시오.'

'우리에게 챌린지X는 다시없는 소중한 방송입니다. 꼭 재기하십시오.'

'이번 사건을 계기로 깊이 반성하고 더욱 분발하시기를 바랍니다.'

니시는 눈물이 터질 것 같은 괴로움을 참으며 회사를 나왔다. 무거운 걸음을 내딛으며 집으로 향하는데 길가의 네온사인이 망가졌는지 깜빡거렸다. 발밑을 구르는 신문지가 밤바람에 날리며 니시의 쓸쓸한 마음을 더욱 사무치게 했다. 보는 눈이 없어지자 눈물이 봇물 터지듯 터져 나왔다.

10년 남짓한 세월, 예술제 수상 디렉터가 된 이래 거칠 것 없는 인생이었다. 사람들의 격찬과 각광을 받으며 살아왔다. 노력은 보상받는다. 그 말을 철석같이 믿었다. 하지만 악의의 급류가 자신을 집어삼키고 아무리 발버둥 쳐도 쉽게 빠져나올 수 없었다. 더욱 세찬 파도에 휩쓸렸다. 어떻게 해야 할까.

휴대전화가 울렸다. 니시가 믿을 수 있는 단 한 사람, 쓰키자와였다. 쓰키자와는 관련회사로 전출된 후에도 가끔 니시를 걱정하며 연락을 했다.

"니시, 힘들겠군. 괜찮나?"

니시가 눈물을 삼켰다.

"예. 솔직히 괜찮다고는 할 수 없는 상황입니다……."

자신이라고는 생각되지 않을 만큼 심약하고 기운 없는 목소리로 대답했다.

"전에도 말했지만, 난 이번 기회에 자네가 챌린지X를 내려놓았으면 좋겠네."

"말씀은 고맙지만, 이제 와서 도망칠 수는……."

"자넨 이미 책임을 다했어. 전일본TV의 간판 프로로 키워내지 않았나. 나머지는 다른 사람에게 맡기게. 챌린지X는 하나의 프로그램일 뿐이야, 내겐 자네가 더욱 중요하네. 이런 일로 자네가 망가지는 걸 보고 싶지 않아. 이제 곧 인사이동 철이겠군, 그만 내려놓게."

니시는 오랜만에 사람의 목소리와 온기를 느꼈다. 전봇대 그늘에 웅크리고 앉아 길가는 사람들의 시선도 아랑곳 않고 통곡했다.

그대로 집에 들어가고 싶지 않아 사유리를 불러냈다. 시간은 새벽 1시를 지나고 있었다. 역 근처에 있는 어두컴컴한 바로 들어갔다.

니시는 베르무트를 진하게 탄 단맛이 감도는 드라이 마티니, 사유리는 계절 과실로 만들었다는 가게의 오리지널 칵테일을 주문했다.

　그러고 보니 결혼 후 두 사람이 술집을 찾은 것은 처음이었다. 니시가 출세를 해도 어디 가서 자랑하지 않고 따뜻하게 곁에 있어 주었다. 어두운 조명에 사유리의 하얀 얼굴이 돋보였다. 니시는 뺨이 홀쭉해져 있었다, 메밀국수조차 제대로 삼키지 못해 액체 상태로 된 것만 먹었다. 10여 일만에 8킬로그램이 빠졌다. 상처 받은 니시를 배려하는 것인지, 사유리는 아무 말 없이 옆 자리에 앉아 따뜻한 미소를 지어 보였다. 은근하고 조심스러운 배려가 마음을 울렸다. 은은한 향수 냄새가 풍겼다. 그 향이 마음의 상처를 가라앉혀 주는 느낌이었다. 니시는 오늘 있었던 괴로운 사건, 쓰키자와의 위로 전화 등의 이야기를 무언가에 홀린 듯 모조리 털어놓았다.

　사유리의 눈앞에 호박색 칵테일이 딸그락 소리를 내며 놓였다. 그 소리와 함께 사유리가 입을 열었다.

　"나도 쓰키자와 씨와 같은 마음이에요. 한시라도 빨리 그만뒀으면 좋겠어요. 더 이상 회사에는 당신을 구해줄 사람이 없어요. 당신은 절대 타협하면서 살 수 있는 사람이 아니잖아요. 몸과 마음이 온통 지쳐 있는 당신을 보는 것이 괴로워요."

　"맞아, 고립무원이지. 주위엔 온통 적만 있을 뿐이야. 이젠 누구도 의지할 수 없어."

　니시의 헬쑥한 옆얼굴을 가만히 바라보며 사유리가 말했다.

　"하지만 알고 있어요. 당신 이런 힘든 상황에도 끝까지 갈 생각이죠? 아무리 상처를 입어도 말예요, 그렇죠?"

뭐라고 대꾸해야 할지 망설였다.

"난 말이야, 진짜 바보인가 봐. 고집불통에 융통성도 없고, 워낙 처세에는 어두웠잖아. 맞아, 난 당신이 알고 있는 딱 그대로의 인간이야. 챌린지X는 심한 타격을 받았지만 조금이라도 안정된 후에 끝내고 싶어. 누구 손에도 넘기고 싶지 않아. 그건 그냥 방송이 아니야. 모두의 희망이라고."

사유리는 천천히 칵테일 잔을 입으로 가져갔다.

"난 아무 재주 없는 평범한 여자지만 말예요, 당신의 재능과 남다른 노력은 누구보다 잘 알고 있어요."

매일같이 쏟아지는 야유와 비난 속에서 오랜만에 듣는 칭찬에 눈물이 솟구쳤다.

"그렇지 않아. 당신은 내게 없는 것을 많이 가지고 있어."

"응, 당신은 방송 제작이 천직이라고 생각해요. 천직을 만날 수 있는 사람이 세상에 얼마나 되겠어요. 가끔 참 부러워요."

사유리는 조용하지만 단호한 어조로 말했다.

"당신은 당신 일에 관한 한, 내가 무슨 말을 해도 들을 사람이 아니에요. 스스로 후회하지 않고, 납득할 수 있는 길을 선택하면 되지 않을까? 난 당신이 무슨 결정을 내리든 끝까지 응원할 거예요."

니시는 몰라보게 강해진 사유리의 옆모습을 지그시 바라보았다.

침대에 누운 니시는 사유리의 몸을 끌어당겼다. 사유리는 애처로울 정도로 비쩍 마른 남편의 가슴과 팔이 느껴졌다. 숨 막히게 꽉 끌어안는 남편의 머리를 사유리는 가슴에 묻었다. 거칠고 불규칙한 심장의 고동이 전해졌다.

정신없이 자고 일어나니 오전 11시가 지난 시각이었다. 니시는 최근에 일어난 일련의 사건을 곱씹으며 분한 마음에 몸부림쳤지만, 백지상태에서부터 다시 시작한다는 마음으로 흥분을 가라앉혔다. 욕실로 들어가 샤워기로 뜨거운 물을 틀어놓고 머리부터 흠뻑 적셨다. 이대로 꽁무니를 뺄 줄 알고, 거듭 자신을 고무시켰다.

집을 나서려고 현관문을 연 순간이었다. 번쩍, 번쩍하고 연속으로 카메라 플래시가 터졌다. 주간지 기자 두 명이었다. 니시가 발끈해서 피하지 않고 다가갔다.

"이런 식의 취재가 말이나 됩니까!"

그렇게 말하는 중에도 기자들은 계속해서 사진을 찍었다. 니시가 가까이 다가오자 움찔한 듯, 젊은 기자 쪽에서 "무로이가오카 공업고등학교 건으로 물어볼 말이 있습니다"라며 눈을 빛냈다.

"내가 살인범이라도 됩니까? 당신들, 당사자의 허락도 안 받고 사진을 찍어도 된다고 생각합니까? 비상식적이기 이를 데 없군! 난 일반시민입니다."

"그건 아니죠. 니시 피디는 저서도 있고 각지에서 강연도 하시지 않습니까? 일반시민과는 다르죠."

"도망칠 생각도 없고 숨을 생각도 없으니 이런 비겁한 방법 쓰지 말고, 회사로 질문장을 보내십시오."

그렇게 쏘아붙이고 앞을 가로막는 기자를 밀치며 빠르게 걸어갔다. 주간지 취재 따위 겁나지 않았다. 될 대로 되라는 심정이었다. 얼음장처럼 차가운 이성으로 잡음에 귀 기울이지 않고 강철 같은 의지로 헤쳐 나가겠다며 마음을 굳게 먹었다.

회사에 도착하자 시청자들의 항의전화는 줄었지만 각종 신문사에서 '오보', '도를 넘은 행위'라며 방송 시스템을 문제 삼은 기사를 실었다. 그래도 날조, 조작이라는 식으로 쓰지는 않았다. 신문사에서도 독자적인 조사를 통해 다카토리 건을 어느 정도 파악하고 있는 것이 아닐까 여겨지지만 어느 신문 하나 구체적으로 다루지 않았다.

주간지 쪽에서는 질문이 빗발치고 있었다. 특히 아사마이 신문 계열의 주간지는 왜 방송을 조작했는지, 어떤 식으로 조작이 이루어졌는지 등 노골적인 질문이 주를 이루었다. 신문에서는 중립을 지키는 척하면서 주간지를 통해 린치를 가하는 비열한 속내가 엿보였다. 그 중에는 오늘 아침 니시를 덮친 주간재팬에서 보낸 질문장도 있었다.

질문장 내용은 '노랫소리가 울려 퍼진다 일본 최고를 향한 길'의 방송내용 중 사실과 다르다고 관계자로부터 항의를 받은 이유는 무엇인가. 주간실록에서 니시 프로듀서의 불투명한 돈의 흐름을 문제 삼았는데 그 사실을 어떻게 생각하는가. 니시 프로듀서는 호화저택을 소유하고 있는데, 그런 생활이 가능할 정도의 수입이 있는 것인가 하는 세 가지였다. 무로이가오카 공업고등학교 이야기만으로는 재미가 없다고 판단했는지 니시의 사생활까지 파헤치려고 했다. 앞으로 주간지의 공격목표가 자신이 될 것이란 사실은 지금까지의 경험으로 각오하던 바였다. 주간재팬은 이전에 대담을 나눈 모토무라가 편집장을 지낸 잡지이다. 니시는 모토무라에게 전화를 걸었다.

"모토무라 씨입니까? 일전에 대담을 나눴던 전일본TV의 니시입니다."

모토무라가 기억을 떠올린 듯 대답했다.

"아아, 오랜만입니다."

니시는 자세한 사정을 이야기했다.

"무로이가오카 공업고등학교 건의 책임은 모두 제게 있습니다. 그 밖의 질문은 이번 일과 상관없는 것입니다. 한 가지 부탁이 있습니다. 부디 제대로 된 조사를 통해 진실한 기사를 써주십시오."

"저희 쪽도 젊은 친구들이 늘면서 본의 아니게 폐를 끼친 것 같군요. 지적해주신 말씀, 잘 알겠습니다."

니시는 홍보부와 힘을 모아 노도처럼 밀려드는 주간지의 질문을 감정을 배제하고 사무적으로 처리해나갔다. 그러지 않으면 도저히 견딜 수 없었기 때문이다.

담배를 태우려고 출입문을 통해 밖으로 나왔다. 돌아보자 전일본 TV 빌딩이 한눈에 들어왔다. 회사의 깃발과 나란히 국기가 펄럭이고 있었다. 민영회사 중에서 국기를 게양하는 회사는 거의 없을 것이다. 일장기가 상징하는 것처럼 공영방송인 전일본TV는 스스로 국가의 일부라는 것을 의식하고 있었다. 건설 당시, 새로운 디자인으로 건축상을 받았다고는 하지만 니시의 눈에는 전면이 유리로 둘러싸인 기이한 건물로밖에 느껴지지 않았다.

그때 점심식사를 마치고 돌아오는 길인지 편성국의 사토佐藤 부부장이 찾아왔다. 챌린지X의 기획은 프로그램국이 반대하는 가운데 새로운 프로그램을 모색하던 편성국의 후원을 받아 세상에 나왔다. 담배를 태우던 니시에게 사토가 다가왔다.

"이런 일이 벌어져 안타깝습니다. 저희는 니시 씨라면 난관을 극복하고 마지막까지 책임을 다할 거라고 생각했는데……."

그 말에 니시의 가슴이 찢어졌다.

챌린지X의 종영을 촉구하는 목소리가 이곳저곳에서 들려왔다. 사실상 편성국을 중심으로 후속 프로그램을 구상하기 시작했다는 말은 니시의 귀에도 들어왔다.

"저희도 챌린지X가 너무나도 큰 인기를 끄는 바람에 후속 프로를 생각지 못한 책임이 있습니다."

장례식장에서 건네는 인사처럼 들렸다.

다음 토요일에는 '여러분의 질문에 답합니다'라는 코너에 구로하라가 출연했다. 무로이가오카 공업고등학교의 전말을 천연덕스럽게 대답했는데, 모두 디렉터의 취재 실책이자 프로듀서에게 관리 책임이 있다는 변명을 늘어놓았다. 아물지 않은 상처를 무참히 후벼 파는 고통을 느꼈다. 평소와 다름없는 작태였다. 조직의 우두머리가 이리저리 몸을 피하고 책임을 미루었다. 속이 빤히 들여다보이는 그런 모습이 전일본TV의 부패상을 그대로 보여주는 듯했다.

도도 회장 시절, 적어도 방송 현장에는 자유롭고 활기찬 분위기가 넘치고 실적에 따라 능력을 인정받을 기회가 있었다. 현장 곳곳에서 방송에 관해 뜨거운 논쟁을 벌이던 광경도 볼 수 있었다. 도도가 실각된 후, 전일본TV는 열악하고 폐쇄적인 환경에 갇혀 방송에 대한 양심마저 부재한 상태였다. 비열한 아첨꾼들이 행세하고 출세를 위해서라면 수단방법을 가리지 않는 탐욕에 찌든 인간이 날뛰었다.

한 주가 지나자 모든 주간지가 일제히 '날조', '조작'이라고 떠들었다. 무로이가오카 공업고등학교 교장의 발표이니 적어도 1년에 71명이나 되는 퇴학생이 나온 것은 확인된 사실인데도 그 숫자는 거들떠보지 않고 챌린지X가 문제학교로 꾸며냈다는 논조뿐이었다.

그중에서도 아사마이 신문은 계열 잡지사 4곳을 이용해 무자비하게 챌린지X를 공격했다. 디렉터와 데스크에 관해서는 입도 뻥끗하지 않고 니시의 이름만 대대적으로 보도했다. 마치 니시 혼자 프로그램을 만드는 것 같은 보도였다.

기사 내용 중 '현역 디렉터의 고발'이라는 박스기사가 있었다. 인터뷰한 디렉터는 니시에게 '이 부분의 이 점을 강조해라', '억지로라도 상대방에게 방송에 필요한 대사를 끌어내라'는 지시를 받았다고 말했다.

더 기가 막힌 기사도 있었다. '또 다른 날조'라는 기사로 이전에 챌린지X에서 다룬 맹도견 이야기가 쓰여 있었다. 일본인이 처음으로 키운 맹도견의 이름은 챔피였다. 건강을 잃고 회사가 도산해 기술자의 꿈을 접어야만 했던 남자가 심혈을 기울여 시각 장애인 청년을 위해 키워낸 개였다. 그런데 오사카의 한 시청자가 자신의 부친이 외국에서 수입한 맹도견이 일본 1호라고 주장했다. 챔피가 일본인이 키워낸 맹도견 제1호라는 사실은 맹도견협회가 인정하고 있는 것으로 아사마이 신문도 기사로 싣고 책으로까지 출판한 내용이었다. 그럼에도 계열사 주간지에서는 오사카에 사는 남성의 개가 일본 제1호로, 챌린지X가 거짓말을 했다고 보도했다.

미디어는 거짓말을 하고 있다. 니시는 그 말 그대로 그들에게 퍼붓고 싶었다.

니시 팀은 구두로 엄중처분을 받았다. 징계처분을 입에 올리는 사람도 있었지만 횡령 등의 불상사를 일으킨 것도 아니었기 때문이다. 임원들 대신 히카와 국장에게 사죄하라는 굴욕적인 처분이 내려졌다.

"심려를 끼쳐드려 대단히 송구스럽습니다."

구로하라, 니시, 노노무라, 미치코 네 사람이 국장실로 불려가 요식행사처럼 고개 숙여 사죄했다. 그러자 히카와가 조롱하듯 말했다.

"자네들은 아직 멀었어. 나도 과거에 학교 관련 프로를 한 적이 있는데 그때도 느꼈지만 학교는 특히나 다루기 어려운 상대지. 자네들의 미숙함이 빚은 결과이니, 특별히 처분을 완화해주기로 했네. 앞으로 그런 주제는 피하도록 하게."

국장실을 나오자마자 노노무라가 격앙된 목소리로 말했다.

"분합니다. 학교를 무대로 한 훌륭한 작품을 몇 편이나 만들었는데. 우리를 풋내기 취급하다니, 분해서 눈물을 쏟을 뻔했습니다."

니시는 노노무라의 쓰린 속을 알고도 남았다.

사건의 재발을 예방하는 차원에서 챌린지X의 국장 시사가 시작되었다. 방송의 구조 같은 것은 제대로 이해할 능력도 없는 히카와가 유독 세세하게 방송에 흐르는 자막 한 줄, 장면 하나까지 불만을 표시하더니 니시를 국장실로 불렀다.

'여기에 자막을 넣게', '저 장면은 문제 있지 않나? 바꾸게' 하는 식으로 사사건건 트집을 잡았다. 국장이 프로그램의 장면 하나까지 지적하는 것은 전례가 없는 일이었지만 임원 승진을 목전에 둔 히카와의 챌린지X에 대한 증오는 무시무시했다.

"따지고 보면, 프로듀서 한 사람이 5년이나 한 프로를 맡고 있는 것 자체가 이상한 일이야."

히카와가 신경질적으로 외치며 싸늘한 눈빛을 니시에게 향했다. 하루라도 빨리 마음속에서 무로이가오카 공업고등학교 사건을 지우고 싶었던 니시는 히카와가 휘두르는 예리한 칼날에 수없이 상처입고 피를 흘렸다.

히카와는 구로하라에게 프로듀서 체제의 재검토를 지시했다.

"히카와 국장이 방송에 안전을 기하기 위해 프로듀서를 2명으로 늘려야겠다고 하더군."

"마음대로 하십시오. 다만, 쉽지 않은 방송입니다. 다른 프로듀서가 일으킨 문제를 제 탓으로 돌릴 생각 마십시오."

니시가 딱 잘라 말하자 구로하라는 입을 다물었다.

결국 적임자가 없다는 이유로 니시 혼자 방송을 속행하게 되었다. 전일본TV의 No.1 프로듀서라고 불려온 니시에게는 참을 수 없는 모욕이었다.

니시는 정신적으로 이상이 생겼다는 것을 느꼈다. 밤이 되면 참을 수 없는 분노가 치솟으며 자신을 파멸시키려는 것들을 죄다 죽여 없애고 싶은 충동에 휩싸였다. 테라스로 나가 유리 재떨이를 바닥에 던져 산산조각 냈다. 자기 얼굴을 주먹으로 때렸다. 이를 너무 세게 갈아서 어금니가 깨졌다. 억울하고 비통한 심정에 지난 5년을 물거품으로 만든 이들에 대한 분노로 정신 착란을 일으켜 사유리에게 매달려 울고 또 울었다.

"언젠가 다 잊고 웃을 수 있는 날이 올 거예요. 괜찮아요."

사유리의 위로에도 괴로움은 커져만 갔다.

이대로 방송 한 편도 만들지 못할 정도로 기력이 바닥나 어디론가 멀리 도망치고 싶은 충동을 느꼈다. 무로이가오카 공업고등학교 방송을 이 세상에서 지워버리고 싶었다. 신이 있다면 방송시간 1분전이라도 좋으니 짠하고 나타나서 이건 세상에 내놓으면 안 될 방송이라고 주의를 준다면 얼마나 좋았을까 하는 부질없는 망상에 빠져 지냈다.

*

니시에게 편지 한 통이 도착했다. 보낸 사람은 홋카이도에 사는 야나기모토 히로에柳本弘江라는 부인이었다. 들어본 기억이 있는 이름이었다. 언젠가 니시의 강연회에 온 여성으로 편지를 받은 적이 있었다. 병으로 일을 그만두었지만 챌린지X를 보며 용기를 갖게 되었다고 쓰여 있었다. 격려의 마음을 담아 비디오테이프를 보낸 기억이 떠올랐다.

편지를 꺼내 읽어가던 니시의 안색이 바뀌었다.

　　니시 사토루 님
　　오랜만입니다.
　　기억하고 계신가요? 전에 니시 씨에게 5편의 비디오테이프
와 격려 편지를 받은 일이 있습니다. 벌써 몇 년도 지난 일이군
요. 병의 후유증으로 오른손을 쓰지 못하게 되면서 고통스러운
생활은 변함없지만, 홋카이도에서 난치병구제단체 활동에 참
여해 하루하루 보람을 느끼며 살고 있습니다.
　　니시 씨에게 받은 테이프는 제 보물입니다. 지금은 DVD레코
더로 녹화하고 있지만 5편의 비디오테이프는 아직도 소중히 간
직하고 있습니다.
　　그런데 '챌린지X'에 가슴 아픈 일이 일어났더군요. 지난주였
나요, '노랫소리가 울려 퍼진다 일본 최고를 향한 길'에 대해 민
영방송 뉴스에서 들었습니다. 고의적인 연출로 평범한 고등학
교를 문제학교로 과장했다고……, 무슨 큰 공이라도 세운 양
기고만장한 보도였습니다.
　　그러지 않아도 지금 전일본TV에는 비판이 폭주하고 있습니
다. 시청료 납부도 줄고 있다고 들었습니다. 특별방송을 통해
부장이란 분이 사죄를 하셨더군요. 지나친 오해가 있었다면서.
　　그게 사실이었을까요. '챌린지X'는 전일본TV의 간판 방송입
니다. 다른 민영방송은 흉내도 낼 수 없는 방송을 만들어왔습

니다. 미디어 내부의 사정은 모르겠지만, 저는 니시 씨를 믿습니다. 니시 씨의 강연을 들었습니다. 그때 말씀하셨죠. '이 프로는 굉장한 노력과 수고가 따르는 방송이다, 방송 전날까지 사실 관계를 확인하고 조사하고 또 확인한다'는 의미의 말씀을 들었습니다. 그런 니시 씨가 손쉽게 방송에 재미를 더하려고 내용을 조작했을까요.

이런 생각도 듭니다. 방송이 나가고 생각지 못한 큰 반향에 학교 측은 깜짝 놀랐다, 30년 전이라고는 해도 연간 퇴학생 수가 80명에 달한다는 것은 불명예이죠. 졸업생이나 학부모들의 항의도 거셌을 것입니다. 당황한 학교 측에서는 제작팀에 책임을 넘겼다. 이런 일이라면 흔히 있는 일이라고 생각합니다. 교육 현장에서 진실을 은폐하는 행위는 종종 벌어지는 일이니까요.

너무나 안타깝게도 전일본TV는 진실보다는 원만한 해결을 택했다…… 라는 생각이 듭니다.

저는 니시 씨가 쓰신 책도 읽었습니다. 앞으로 숙이는 자세가 힘들어서 10분에 한 번씩 쉬어가면서도 다 읽었습니다. 진실한 모습과 말이 얼마만큼 사람의 마음을 울리는지, 무명의 리더들을 통해 느꼈습니다.

그런 모습을 찍어온 니시 씨가 날조와 조작이 판을 치는 방송을 만들었을까요. 아니요, 저는 그렇게 생각지 않습니다. 저는 올해 환갑을 맞습니다. 앞으로 얼마나 더 살지 모르지만, 적어도 자신의 믿음을 굳게 지키며 살아가고 싶습니다.

'챌린지X'의 제작 총괄 니시 사토루의 이름이 사라진다면 더는 이 방송을 보지 않겠습니다. 의미 없는 방송이 넘쳐나는 요즘, 보고 싶은 방송이 없어지지 않기만을 바랄 뿐입니다.

부디 역경에 굴하지 않고 자신의 신념을 지켜주셨으면 합니다. 삿포로札幌의 하늘은 라일락 향기로 가득합니다. 건강에 유의하시길.

야나기모토 히로에 드림

가슴 깊이 울리는 편지였다. 내부에 관한 일은 무엇 하나 알지 못하는 평범한 부인이 그 따뜻한 시선으로 진실을 알려주고 있었다. 니시는 깊이 감사하며 편지를 소중히 넣었다.

3

인사이동이 시작되고 구로하라는 프로그램국 기획실 실장으로 승진했다. 원칙대로라면, 세상을 시끄럽게 한 무로이가오카 공업고등학교를 둘러싼 문제에 가장 큰 책임을 물어야 할 자리에 있었지만 교활한 처세로 사태 수습에 기여한 공로를 인정받아 히카와 국장의 직속 하에 니시 팀을 감시하는 직책을 보장받았다. 니시는 그대로 정보문화부에 머물며 계속해서 챌린지X를 맡게 되었다.

지옥 끝까지 떨어져 그대로 가라앉고 싶지 않았다. 어떻게든 기어올라가 또 한 번 훌륭한 방송이라는 말을 듣고 싶었다.

하지만 현장에서는 오금을 펴지 못했다.

편집 작업이 더디고 판단이 흐려졌다. 다들 자료를 손에 들고 주뼛주뼛 작업을 진행하고 때때로 중단되기도 했다. 무로이가오카 공업고등학교 사건으로 '숫자'에 겁을 집어먹고 이전의 활력을 잃어버린 모습이었다. 그 사건이 아니었다면, 모두 챌린지X의 담당자로서 자랑스럽게 업무에 열중했을 것이다. 미치코가 무자비하게 당하는 것을 곁에서 지켜본 디렉터들에게는 방송에 대한 뿌리 깊은 공포심이 싹텄다. 죄인처럼 고개를 떨어뜨린 채 자신도 그런 가혹한 처사를 당할까봐 위축되어 대담한 구성도 나오지 않았다. 방송이 빛을 잃고 죽어가고 있었다.

니시는 회의실로 디렉터들을 전원 소집했다. 적막한 분위기가 흐르고 모두 힘없이 고개를 숙이고 있었다. 자부심을 짓밟히고 눈빛은 총기를 잃었다. 그런 모습을 보자 니시는 가슴 깊은 곳에서 무언가 뜨겁게 솟구치는 것을 느꼈다. 팀의 리더인 자신이 살아 있는 시체나 다름없는 상태로 팀원들을 어떻게 이끌 수 있겠는가! 니시는 자신을 호되게 질타했다.

그 15명의 얼굴을 둘러보며 니시가 위엄 있는 목소리로 말했다.

"모두, 수고가 많네. 이번 사건으로 이 자리에 있는 한 사람 한 사람 모두 괴로운 심정일 것이라 생각하네. 분하고 비통한 심정, 자신의 일을 부정하는 듯한 불합리한 처사에 울분을 느낀 사람도 있겠지. 나도 마찬가지네. 솔직히 이 회사가 꼴도 보기 싫어. 하루에도 몇 번씩 분

통이 터지네. 하지만 잊지 말게. 챌린지X는 많은 사람들에게 살아갈 기쁨과 힘을 주는 방송이네. 그런 마음으로 이제까지 수많은 역경에도 굴하지 않고 방송을 만들어온 것 아닌가. 깊이 고심하고 모든 시도를 다 해보고 마지막 순간까지 자신을 다그치고 한계를 극복하며 노력하지 않았던가.

하루하루 쌓아올린 170편의 나날에 후회는 없네, 그건 모두가 제일 잘 알고 있을 것이네. 한 번 상처를 입었지만 아직도 많은 사람들이 우리 방송을 사랑해주고 있네. 그 증거로, 사건이 있은 후 지난주도 그렇고 이번 주도 1천만 명이 넘는 사람들이 방송을 봐주지 않았나. 자신이 맡은 일에 보람을 느끼지 못하는 것만큼 괴로운 일은 없네. 챌린지X처럼 자부심을 느끼게 해준 방송이 있었나? 모두에게 부탁이 있네. 가슴을 쫙 펴고 당당하게 앞을 보게. 온갖 잡음과 심한 편견도 있겠지. 그래도 지금까지 그래온 것처럼 당당하게 부딪쳐 이겨내세. 우리의 저력을 보여줍시다. 그리고 이 방송을, 이번 경험을 모두의 인생의 소중한 밑거름으로 삼았으면 하네."

간절한 마음을 담아 이야기했다.

갑자기 미치코가 울음을 터뜨렸다.

"죄송합니다. 저 하나 때문에, 모두의 노력을 물거품으로 만들다니……."

미치코의 오열이 회의실 구석구석까지 울렸다. 딱하고 애처로운 모습이었다. 그때 누군가 말했다.

"신경 쓰지 마."

"운이 나빴을 뿐이야."

"괜찮아, 괜찮아."

디렉터들이 잇달아 미치코를 위로했다. 측은한 마음에 상처 입은 동료를 감싸주고 있었다.

"굴하지 말고, 힘내자고."

수석 디렉터 고바야시의 목소리를 신호로 회의실에 활기가 돌아왔다.

"이번에는 좀 쫄았지."

노노무라가 자리에서 일어나 목소리를 높였다.

"좋아, 다들 기운 내!"

방송이 시작된 이래, 남들은 모르는 고생의 연속이었지만 리더인 자신을 돕고 따라와 준 부하 직원들의 마음이 기뻤다.

니시는 안도하는 심정으로 디렉터들을 바라보았다.

*

가까스로 팀의 사기를 끌어올릴 수 있었다. 이제 니시의 소임은 방송을 만드는 일뿐이었다. 한 치의 실수도 없이 훌륭한 방송을 만들어 보이겠다. 전일본TV 간부들에 대적하는 마음이었다. 방심해서는 안 된다는 긴장감 때문인지 위가 콕콕 쑤셨다. 늦은 밤, 이른 아침까지 작업은 연일 이어졌다. 나이를 생각하면 몸이 버틸 수 없다는 것은 알고 있었지만, 고집이었다.

모니터에 노부인 한 명이 나타났다. 오키나와의 외딴 섬에서 의료위생활동에 반평생을 바친 공중위생간호사였다. 이날, 니시 팀이 몰입하고 있는 방송 제목은 '생명의 섬으로, 엄마들의 끝없는 나날'이었다.

1945년 '본토방위 최후의 보루'로 꼽히던 오키나와는 55만 미군의 가열한 공격으로 수라장으로 변했다. 수도 등의 인프라는 모조리 파괴되고 말라리아를 비롯한 각종 전염병이 창궐했다. 전전戰前 오키나와에 있던 의사의 3분의 2가 사망하고 그런 곤경 속에서 탄생한 것이 공중위생간호사제도였다. 곳곳에서 모인 여성들이 50여 개의 섬으로 건너가 지역 의료에 헌신하는 내용이었다. 거창한 내용이 아니었지만 가슴을 적시는 감동이 있었다.

주인공 요나하 시즈与那覇しず는 혼자 아이 셋을 키우며 공중위생간호사로 요나구니与那国 섬으로 가서 결핵과 디프테리아 박멸에 반평생을 바쳤다. 섬사람들은 '그 집에 결핵환자가 있다'는 소문이 날까 봐 시즈를 집에 들이려고도 하지 않았다. 시즈는 검진가방을 몰래 숨겨 한밤중에 사람들의 눈을 피해 환자를 찾아갔다. 폐결핵 환자와 진지하게 마주앉아 증상을 묻고 직접 종이에 가래를 받았다. 시즈의 막내아들은 중증 소아마비를 앓아 다리를 절었다. 아픈 자식을 돌보며 고군분투했던 것이다. 그 모습에 섬사람들의 마음이 열리고 오랜 시간에 걸쳐 전염병 박멸에 이른 것이다.

'늘 마음속에 성실이라는 말을 새기며 살고 있다'고 이야기하는 노부인의 얼굴에는 고귀함이 깃들어 있었다. 그리고 그런 어머니의 모습을 바라보며 자란 장남은 대학교수로서 광섬유의 일인자가 되었으며 소아마비를 앓은 막내아들은 의사가 되어 내시경 전문의로 이름을 날렸다.

노부인이 몇 번이나 반복한 '성실'이라는 말이 니시에게 기분 좋은 여운을 남겼다.

*

미열이 계속되었다.

저녁 무렵이면 꼭 열이 37도를 넘나들었다. 니시의 평균 체온은 36도였다. 감기인 줄 알고 감기약을 먹었지만 열은 전혀 내리지 않았다. 미열이 남아 있는 노곤한 몸을 채찍질하며 일에 몰두했다.

다음 토요일, 니시는 사유리의 제안으로 신주쿠에 있는 다카노高野 후르츠 팔러에 갔다. 몹시 피곤했지만 니시의 기분을 풀어주려는 사유리의 배려에 따라 나선 것이다. 후르츠 팔러는 케이크와 과일 뷔페로, 순서를 기다리는 사람들로 긴 행렬을 이루고 있었다. 1시간 가까이 기다려 겨우 자리에 앉았다. 화려한 색깔의 케이크가 눈앞에 가득했지만 전혀 식욕이 동하지 않았다. 그러다 오한이 찾아왔다. 몸이 부들부들 떨렸다. 손도 꼼짝할 기운이 없었다.

"당신, 왜 그래요? 괜찮아요?"

니시의 모습이 심상치 않자 사유리가 물었다. 그 목소리마저 몸에 가중되는 느낌이었다.

"응, 몸이 안 좋아……."

더 이상 대답할 기력도 없고 움직이는 것은 더 힘들었다. 현기증이 났다. 하복부에 위화감을 느끼고 화장실로 갔다. 소변을 보려는데 동통疼痛이 느껴졌다. 방광염일지도 모른다는 생각이 들었다. 집으로 돌아가는 길, 약국에서 방광염 약을 사먹고 이불을 폭 뒤집어쓴 채 하룻밤을 보냈지만 다음날 아침이 되자 열이 38도가 넘었다.

기침이나 재채기도 없고 담도 나오지 않았다. 그저 몸이 몹시 괴로웠다. 삐걱삐걱하는 소리가 나는 느낌이었다. 오늘 중으로 낫지 않으면 내일 있을 시사에 차질이 생길 것이란 생각에 가까운 병원을 찾아갔다.

키가 작고 유들유들하게 살이 찐 의사가 니시를 한 번 보더니 이것저것 물었다. 청진기를 대보고 "감기와 피로가 겹친 것 같군요"라고 진단을 해서 링거주사를 맞기로 했다. 2시간 남짓 병실 침대에 누워 천장의 얼룩을 보며 멍하니 있는데 점점 오한이 심해지더니 천장이 빙글빙글 돌았다.

이 병원에서는 안 되겠다.

본능적으로 떠오른 생각에 주사를 맞으면서 사유리에게 전화해 일요일에도 진료를 하는 응급병원을 알려달라고 했다. 주사를 다 맞자마자 택시를 타고 히로오広尾에 있는 응급병원으로 향했다.

"기사님, 빨리 좀 가주세요!"

몸이 산산이 조각날 것 같은 고통과 전신을 찌르듯 솟구치는 열에 고장 난 로봇처럼 바들바들 떨었다. 운전사는 꺼림칙한 얼굴로 니시를 보았다. 그리 멀지 않은 히로오까지 가는 길이 한참 멀게 느껴져 급기야 니시는 뒷좌석에 눕고 말았다.

히로오의 병원 응급외래 앞에 택시가 도착했다. 지갑에서 동전을 꺼내기도 힘들어 잔돈은 필요 없다며 지폐를 건네고 택시에서 내렸지만 걷지 못하고 무릎을 꿇었다.

이런 곳에서 쓰러질 수는 없지. 의식이 몽롱한 상태로 일어나 걸어가자 외래응급실 자동문이 열리고 외래접수라는 글자가 보였다. 바닥과 천장이 눈앞에서 흐려지며 빙그르르 회전했다. 그 자리에서 니시는 의식을 잃고 쿵하는 소리와 함께 바닥에 쓰러졌다.

"주사바늘이 안 들어가."

간호사의 말에 정신이 든 니시가 희미하게 눈을 뜨자 침대 위에서 의사와 간호사 3명에 둘러싸여 있었다. 양복을 벗기고 팔에 주사바늘을 꽂으려는 것이 보였다. 정맥이 잡히지 않는지 팔 대신 손등에 바늘을 꽂았다.

"아내에게 전화를……."

니시가 겨우 입을 열었다. 간호사가 휴대전화를 가져다줘 번호를 누르려고 했지만 무리였다.

"번호를 말씀해주세요."

간호사의 말에 간신히 번호를 말하고는 또다시 의식을 잃었다.

눈을 뜬 것은 다음 날 오후였다. 걱정스러운 눈으로 니시를 바라보는 사유리의 얼굴이 눈에 들어왔다.

"이불을 더 가져다줘. 얼음주머니도."

심한 고열에 몸부림쳤다. 얼음을 대자 겨우 한숨 돌릴 수 있었다.

"어떻게 된 일이야?"

니시가 물었다.

"외래에 왔는데 병원 복도에서 쓰러졌어요."

"그래서?"

"열이 41도까지 올라갔대요."

"그랬군, 그 정도까지……."

이야기하는 중에 담당의사가 간호사와 함께 찾아왔다.

"상당히 무리하셨나 봅니다. 병명은 급성 전립선염입니다. 극도의 스트레스나 피로가 원인입니다. 몸이 약해지면 요도를 통해 세균이 침투해 일어나는 병입니다. 니시 씨 경우에는 백혈구 수치가 3만이 넘었습니다. 보통 4천 정도이니 아주 위험한 상태입니다. 절대 안정이 필요합니다."

의사가 명료하게 선고를 내렸다.

"절대안정이라니, 언제까지 말입니까?"

"최소 열흘 정도는 입원하셔야 합니다."

니시는 몸을 반쯤 일으키며 고개를 숙였다.

"그건 안 됩니다. 해야 할 일이 있습니다. 3일 정도만 입원하면 안 될까요? 통원은 하겠습니다."

의사는 기막힌 표정으로 딱 잘라 말했다.

"다시 재발할 겁니다. 방치하면 염증이 악화해 배뇨곤란에 이릅니다. 최소한 백혈구 수치가 8천 이하까지는 떨어져야 합니다. 만성화,

장기화되는 일이 많은 병입니다. 만만하게 봤다간 후회하실 겁니다. 휴식과 항생제 투여가 필요합니다. 병을 치료하는 것보다 중요한 일이 어디 있습니까?"

6인 병실이었다. 니시는 커튼으로 구분된 침대에서 고열에 시달리며 꼼짝없이 앓아누웠다. 몸도 마음도 만신창이가 된 느낌이었다. 팀원들은 바쁜지 누구 하나 병문안 오는 사람이 없었다. 이렇게까지 소외받고 있었나 싶은 생각이 들며 고독의 나락에 떨어지는 기분이었다. 위아래 할 것 없이 똘똘 뭉쳐서 자신을 외면하고 이대로 매장시키려는 속셈이 아닐까. 회사의 가혹한 처사를 떠올리고 자포자기에 빠졌다. 지금까지 자신이 살아온 길을 막아선 이들의 얼굴이 생생하게 떠올랐다.

부장이면서 집요하게 방송을 방해해온 구로하라, 챌린지X를 흠집내기 위해 방약무인하게 굴고 비열한 말로 상처를 준 하라구치 전무, 리스크관리실의 오타, 홍보부 미치타니. 강연회 건으로 사사건건 괴롭혀온 히카와 국장, 인사부의 후나코. 사악한 본성을 보여준 편집기사 마사오. 그리고 그림자처럼 모습을 드러내지 않는 비열하기 짝이 없는 밀고자들. 너무나도 많았다. 내가 당신들에게 뭘 잘못했나? 단 한 번이라도 방해한 적이 있던가? 미움 받을 짓이라도 한 것인가? 나와 관계없겠지. 난 오로지 방송 제작에만 몰두해온 인간이다! 그런데 이렇게까지 한 개인의 인생을 들쑤시고 파멸시키려는 것을 생각하면 '가해자들'에게 살의에 가까운 격한 감정이 치솟았다. 약효가 퍼지는지 힘겹게 몸을 뒤척이며 몇 번이나 얕은 잠에 빠져들었다.

귀신 형상으로 도끼처럼 생긴 흉기를 휘두르며 사람들을 쫓는 자신이 있었다. 사람 마음을 흙투성이 발로 짓밟은 타락한 이 극악무도한 것들, 복수다! 저주를 퍼붓지만 검은 가면을 쓴 자들은 눈 하나 꿈쩍하지 않는다. 너희 같은 악의 무리들이 제멋대로 설치게 놔두지 않겠다! 누구인지도 모르는 등을 향해 사정없이 도끼를 내리쳤다. 피가 튀겼다. 공포에 떨면서도 다음 사냥감을 찾았다. 호수가 나타났다. 피를 씻어내는 잔인한 살인자로 변한 자신의 얼굴이 수면에 비쳤다. 니시는 땀범벅이 되어 잠에서 깼다.

*

입원 이틀째가 되자 방송이 몹시 궁금해졌다. 스튜디오나 내레이션 녹음은 디렉터들에게 맡길 수밖에 없지만 편집과 내레이션 원고는 자신이 없으면 작업이 중단된다. 불안과 초조가 몰려왔다.

챌린지X는 지금 구로베 댐의 전후편, 2편의 시리즈를 한창 제작하고 있는 중이었다. 재기를 향한 첫걸음을 내딛는 방송이었다. 영화 「구로베의 태양」은 오마치大町 터널 공사만을 무대로 했지만, 구로베 제4댐은 총 1천만 명이 뛰어든 미증유의 대공사였다. 60만 톤이나 되는 자재를 심산계곡으로 옮겨 세계 제4위의 거대 댐을 건설하고 25만 킬로와트의 발전소를 지은 이름 없는 사람들의 수없이 많은 드라마가 있는, 그야말로 일본 기술계의 혼魂으로 불리었다. 팀워크가 저하된 상황 속에서 챌린지X의 저력을 다시 한 번 세상에 알리고 인정받기 위해 기획한 방송이었다.

데스크 노노무라에게 전화로 상태를 알리자 입을 다물었다. 프로듀서 대행으로 팀을 이끌어주길 바랐지만 무로이가오카 공업고등학교 사건의 당사자 중 한 사람으로 자신을 잃었는지 '맡겨주십시오'라는 말은 돌아오지 않았다. 니시는 낙담했다. 너무나 실망스러웠지만 니시에게 의존하는 팀의 체질은 자신의 책임이라고 여기고 마음을 다잡았다.

"내가 없으면, 힘들까?"

"죄송합니다……."

니시가 깊은 한숨을 내쉬었다.

간호사에게 외출을 부탁해보았다.

"4시간이면 됩니다. 부탁합니다."

"그만하고 병실로 돌아가세요! 안정을 취하셔야 해요."

단박에 거절당했다. 의사에게 확인해달라고 부탁했지만 허가해주지 않았다.

방송을 내보낼 것인가, 아니면 치료를 받을 것인가. 잠시 고민했지만 시간을 계산해보자 억지로라도 퇴원하지 않으면 구로베 댐 방송을 내보낼 방법이 없었다. 울고 싶은 기분이었다.

당장 사유리에게 퇴원수속을 부탁했다.

"바보 같은 소리 말아요!"

"이 방법밖엔 없어!"

사유리가 극구 반대했지만 니시는 간청했다. 사유리의 슬픈 얼굴도 외면하고 옷을 갈아입었다. 침대에서 일어나는데 몸이 크게 휘청했다. 꿋꿋이 일어나 병원을 나오자마자 택시를 잡아타고 전일본TV 편집실로 향했다.

올해 첫 대형태풍이 직격한다는 예보가 나오고 바람이 세차게 몰아치는 불온한 날이었다. 도중에 강풍 때문인지 자전거가 도미노처럼 쓰러져 있는 것을 보았다. 날씨 탓인지 어쩐지 기분도 공격적으로 변하는 듯했다.

니시가 편집실에 들어서자 모두 안심하는 분위기였다. 그 모습이 마음에 걸렸다. 디렉터 시절의 자신이었다면 사력을 다했을 것이다. 남에게 의지한다는 것은 상상도 할 수 없었다.

"괜찮으십니까?"

디렉터 구메ㅅ*가 물었다.

걱정이 될 정도라면 왜 자기들끼리 해낼 생각을 않는 것일까. 몸 상태를 생각하면 화도 내고 싶지 않았다. 내게 고분고분하게 굴지 말고 방송에 정면으로 도전하라고 꾸짖고 싶었다.

꾸물거릴 시간이 없었다.

"당장, 보여줘."

구로베 댐 시사가 시작되었다.

첫 편은 자재운송 작전, 두 번째 편은 댐 공사로 명확하게 구분되었다. 일일이 수정해서 새롭게 바꾸고 인터뷰를 넣을 부분을 지적했다. 논리가 들어맞지 않는 부분이 몇 군데나 눈에 띄었다. 화를 내면서 소재 VTR을 꺼내 영상으로 전달되지 않은 부분의 CG합성에 관해 지적했다. 수정된 영상에 맞게 코멘트를 넣는다. 자필로 쓸 여력이 없었

다. 모두 열심히 메모했다. 열이 오르기 시작했는지 머리가 빙빙 돌았
지만 이를 꽉 물고 참았다. 다음 날 아침 집에 돌아가 체온을 쟀더니
또다시 열이 40도가 넘었다. 결국 다시 입원해야 했다.

6인 병실에는 단기 입원환자가 많아서 2, 3일이면 사람이 바뀌었다.
어느 날, 60대로 보이는 한 환자가 텔레비전을 보고 있었다. 흘러나
오는 음악을 듣고 바로 알았다. 챌린지X의 재방송이었다. 이런 곳에
도 팬이 있었다. 감사인사를 하고 싶은 충동이 일었다.

그때 한 남자가 병실로 들어왔다. 순간 헉하고 귀신이라도 본 것 같
은 느낌이었다. 구로하라였다. 단정치 못한 양복 차림으로 수상쩍은
눈빛이었다. 링거주사가 연결된 니시의 침대 맡에 섰다.

"문병 왔네, 몸은 좀 어떤가?"

설마 이자가 단지 병문안을 왔을 리 없다는 생각이 들었다. 돌이켜
봐도 재앙만 가져오는 자였다. 아니나 다를까…….

"할 이야기가 있는데, 괜찮나?"

주위의 시선을 신경 쓰며 목소리를 낮췄다.

니시는 병상에서 일어나 링거액이 걸린 기구를 드르륵드르륵 끌면
서 구로하라를 병원 카페로 데려갔다. 1층에 있는 외래식당 겸 카페
는 저녁식사 전이라 그런지 텅 비어서 더욱 넓게 느껴졌다. 석양이 비
스듬히 떨어져 실내를 환하게 비추었다. 병원 특유의 냄새만 빼면, 아
늑해 보이는 장소였다. 니시는 링거액에 연결된 관이 의자에 걸리지
않도록 조심스럽게 자리에 앉았다.

술독 오른 얼굴을 가능하면 보지 않으려고 몸을 비스듬히 돌리고 앉은 니시에게 구로하라가 입을 열었다.

"실은 말이야, 차후 챌린지X에 관한 일 때문에."

예상은 하고 있었다. 냉랭한 눈빛으로 바라보는 니시에게 구로하라가 말했다.

"챌린지X의 방송 종료가 연말로 결정됐네."

바람이 몸을 스쳤다. 예상하고 있던 일이지만 5년이라는 세월 동안 공들여 키워온 방송이었다. 종료는 명색에 불과할 뿐, 방송 개편은 4월이었다. 개편보다 3개월 먼저 방송을 끝낸다는 것은 사실상 방송 중단이었다. 이제껏 간판 방송으로 1천만 명이 넘는 팬을 가진, 민영 방송까지 포함해 수만 편에 이르는 프로그램 중에서 '자녀에게 보여주고 싶은 방송' 4년 연속 1위로 뽑힌 방송을 중단한다는 결정이었다.

니시가 물었다.

"누구의 결정입니까?"

"누구랄 것도 없네, 하라구치 전무도 그렇고 히카와 국장도 챌린지X에 불신감을 갖고 있어. 적어도 4월 개편 때까지만이라도 방송을 하게 해달라는 내 부탁도 들은 척도 않더라고."

묵묵히 듣고 있는 니시에게 구로하라는 교활한 표정을 지었다.

"최대한 조용하게, 간소하게 끝냈으면 하네. 윗분들도 그렇게 말씀하셨고. 내 생각에도 최종회에는 '시청해주셔서 고맙습니다'라든지 '그동안 감사했습니다' 정도만 자막으로 넣는 게 어떨까 싶어."

마지막까지 방송을 짓밟을 생각이었다. 기가 차서 말문이 막혔다.

니시는 다른 생각을 하고 있었다. 연말까지 3개월 반 정도 남은 시간, 시청자들의 넘치는 사랑을 받았던 챌린지X의 마지막 방송에 어울리는 멋진 피날레를 장식하겠다고 마음먹었다.

"용건은 그게 다입니까?"

니시가 감정 없는 목소리로 말하자 구로하라는 커피를 한 모금 마셨다.

"방송 종료와 함께 팀을 전부 해체해야 하네. 차례로 다음 방송으로 이동시키겠네. 팀원들에 관한 일은 히카와 국장이 내게 직접 맡겼어. 자네가 갈 곳은 이제부터 검토할 생각이라더군."

"저는 됐고, 부하 직원들은 희망하는 부서로 보내주십시오. 그리고 최종회와 잔무정리도 있으니 연말까지 4명은 남겨주십시오."

뭔가 불만이 있어 보이는 구로하라에게 니시가 말을 이었다.

"또다시 열이 오르는 것 같습니다. 그럼 이만 실례하겠습니다."

결별을 고하듯 니시는 힘겹게 일어나 링거액이 연결된 기구를 드르륵드르륵 끌며 자리를 떠났다.

*

재입원한 지 11일 후, 백혈구 수치가 7천대까지 떨어져 겨우 퇴원할 수 있었다. 중간에 무리했던 것이 화를 불러 예정보다 늦게 병원에서 해방되었다. 전일본TV에 돌아오자마자 향한 곳은 편성국이었다. 돌이켜보면, 챌린지X의 탄생에 프로그램국의 반대를 무릅쓰고 힘을 써준 것은 편성국의 직원들이었다. 니시는 최종회 구상을 이야기했다.

"논란이 있었다고는 하지만 5년이라는 시간 동안 전일본TV를 떠받치던 방송이었다는 것만은 변치 않는 사실입니다. 그런 방송이 막을 내리는데, 쥐도 새도 모르게 사라진다면 시청자들도 납득하지 못할 것입니다. 또한 편성국의 여러분들을 비롯해 수없이 많은 스태프들이 힘을 모은 끝에 만들어진 방송입니다. 부디 이 방송이 대단원의 막을 내릴 수 있는 시간을 주십시오. 제 소망은 2시간 연속 스페셜 방송입니다."

니시의 열변에 대한 편성국 사원들의 반응은 즉각적이었다. 애써 연말 편성 시간대를 조정해 12월 28일에 2시간을 확보해주었다. 그 열의에 니시는 새삼 방송 초창기의 고양된 기분을 맛볼 수 있었다. 상층부에 보란 듯이 훌륭한 방송을 만들겠다고 굳게 다짐했다. 팀원 넷을 불러 특명을 전달했다. 니시가 그린 최종회를 향해 모두 움직이기 시작했다.

4

부고가 전해졌다.

나카야시키가 세상을 떠난 것이다. 도도 전 회장의 둘도 없는 친구이자 전일본TV 이벤트의 사장으로 챌린지X 도쿄돔 전람회 실현에 함께 움직인 남자였다. 스스로 암 환자라는 것을 공공연히 이야기하고 다녔지만 너무나도 어이없는 죽음이었다. 도도를 지키고 싶다고 니시의 옷깃을 움켜쥐고 호소하던 나카야시키의 살벌한 모습을 떠올렸다.

인생의 덧없음에 니시는 가슴이 미어졌다.

문상복으로 갈아입고 빈소가 차려진 다나카와高輪의 신사로 향했다. 숨은 제왕이라고 불리던 생전의 권력을 보여주듯 조화가 줄지어 늘어서 있었다. 빈소에 들어서자 백단나무로 만든 관 위에 만면에 웃음을 띤 영정 사진이 놓여 있고, 제단에는 각계 인사들의 헌화가 이어졌다. 선향이 피어오르고 독경소리가 경내를 울렸다. 문상객들 앞에서 장례식 전반을 도맡고 있는 장의위원장은 전일본TV의 전 회장 도도 류타였다. 때때로 말을 잇지 못했지만 힘 있는 어조로 조사를 읽으며 나카야시키의 업적을 기렸다. 10여 개월 만에 본 도도는 재임 당시와 변함없이 당당하고 부리부리한 눈을 날카롭게 빛내면서 향을 올리는 사람들에게 시선을 보내며 짧은 인사를 나누고 있었다. 도도와 거리를 두고 싶은 간부들은 인사도 하는 둥 마는 둥 하고 자리를 떠났다. 검은 옷을 입은 긴 장례 행렬이 계속 이어졌다. 니시는 장례 행렬의 제일 마지막에 섰다. 조용하게 진혼곡이 흘렀다. 나카야시키의 영정 앞에 서서 깊이 고개 숙여 묵례했다. 잠시 동안이었지만 깊고 진한 우정을 나눈 친구처럼 느껴졌다. 인간에 대한 존엄이 넘치는 아쉬운 이별이었다.

도도의 거구 앞에 섰다.

"오랜만에 뵙습니다. 나카야시키 사장님, 정말 안타깝습니다."

"자넨 잘 지냈나?"

맹우의 죽음에 도도의 어조는 어쩐지 힘없이 느껴졌다.

"예. 그럭저럭 잘 지내고 있습니다. 다만, 챌린지X는 연말까지만 방송하고 막을 내리게 됐습니다. 회장님께서 믿고 맡긴 방송을 끝까지 지키지 못해 면목 없습니다."

도도는 모든 사정을 알고 있는 것인지 이때만큼은 눈을 번쩍 뜨며 강한 어조로 말했다.

"내가 한 모든 일을 부정하듯 돌아가고 있더군. 옳은 일도 내가 한 일이라면 전부 딴지를 거는 것 아니겠나. 챌린지X도 내가 있었다면, 무슨 일이 있어도 지켜냈을 텐데!"

"고맙습니다."

작별인사를 나누고 니시는 잃어버린 힘의 무게를 절실히 느끼며 빈소를 떠났다.

*

마지막 싸움을 눈앞에 두고 있었다.

니시는 챌린지X 최종회를 특별한 방송으로 만들고 싶었다. 총 196편, 출연자들의 매력과 스케일 차이로 시청자들의 반응이 엇갈렸지만 전편에 혼신의 힘을 쏟으며 자신의 40대 대부분을 함께 보낸 방송이었다. 아마도 이만큼 사람들에게 사랑받은 방송은 전일본TV의 변질된 체질이며 니시 본인의 나이와 체력을 생각하면 더는 만들 수 없을 것이라는 생각에 석별의 정이 솟아났다. 이 방송을 내려놓으면 메마른 감정과 해소되지 않는 인생의 갈증을 느끼며 살아갈 것이라는 것도 예상할 수 있었다. 그런 만큼 혼신의 힘을 쏟은 최종회를 만들기를 열망했다.

지금까지 등장한 인물들의 한마디 한마디를 방송에 아로새기고 싶었다. 텔레비전 저편에서 방송을 보고 있는 수많은 사람들의 모습과 감정도 궁금했다. 방송에 담긴 정신을 모두에게 전하고 싶었다. 감동이라는 말이 얼마나 훌륭한 것인지 전하고 싶었다.

평소 조용한 성격의 노노무라가 상기된 목소리로 말했다.

"반드시 두고두고 회자되는, 훌륭한 방송으로 만들겠습니다!"

"나도 같은 마음이야."

니시가 강하게 고개를 끄덕였다.

구체적인 작업이 시작되었다. 챌린지X 앞으로 온 수만 통의 편지를 각자 나눠서 읽고 몇몇 특별한 사연을 보낸 시청자를 찾아갔다. 출연자의 명언이나 감동적인 말 수백 개를 추려냈으며 오프닝을 포함한 VTR 제작에 들어갔다. 방송 주제가를 부른 아키시마 미도리에게 거듭 출연을 부탁하자 텔레비전 방송에는 절대 출연하지 않는 그녀가 흔쾌히 승낙해주었다. 방송을 뒤덮은 모든 오욕을 말끔히 씻어내고 싶었다. 지역방송국을 전전하고 걸프전 당시에는 사막에서 목숨을 걸고 촬영에 임했던 시절도 있었다. 20여 년에 걸친 방송 인생에 종지부를 찍는다는 결의로 최종회를 완성해나갔다. 디렉터들에게 개별적으로 지시를 내린 니시가 마지막 투혼을 불사를 각오로 남은 힘을 끌어모았다.

*

12월의 바람이 거리를 휩쓸고 지나갔다. 냉랭한 겨울밤의 한기가 느껴졌다. 올해 마지막 업무를 마무리하려는 사람들의 걸음도 바빴다.

12월 26일, 방영일을 이틀 앞두고 니시 팀은 마지막 작업에 총력을 기울이고 있었다. 황금시간대의 2시간 연속 방송이었다.

촬영은 거의 마친 상태로, 편집 작업에 돌입했다. 편집실 3곳을 동시에 사용했다. 편집실 안은 골대를 향해 뛰는 스태프들의 열기로 숨이 막힐 지경이었다. 챌린지X 방송을 오랫동안 함께한 음향기사와 기술직원들이 빈번하게 드나들며 방송 초창기의 열기가 돌아온 느낌이었다. 니시와 세월을 보낸 스태프들은 방송 마지막에 이르자 남다른 의지를 불태웠다. 니시는 방송 제작이라는 공동작업의 충족감에 흠뻑 젖었다. 전일본TV의 상층부에 현장에서 결투를 신청한 듯한 집념의 불꽃이 타올랐다. 대부분 밤샘작업에 몰두했다.

밤 10시를 지나고 있었다. 목욕을 마친 사유리는 티셔츠 한 장의 가벼운 옷차림으로 음식 준비를 하고 있었다. 아침에 들어오는 남편이 시장할 것을 대비해 만들어두려는 것이었다. 인터폰이 울렸다. 남편이 이렇게 빨리 들어올 리가 없다는 생각에 모니터를 확인하자 검은색 코트 차림의 두 남자가 서 있었다.

"누구세요?"

"주간실록 기자입니다. 묻고 싶은 것이 있어 찾아왔습니다!"

또다시 막무가내식 돌격이 시작된 것일까. 남편이 최종회 방송을 위해 고군분투하고 있는 이때에, 사유리는 화가 치밀었다. 최종회에 맞춰 또 한 번 소란을 일으킬 의도가 분명했다. 평소의 사유리답지 않은 돌발행동이었다. 2층에서 뛰어내려와 현관을 벌컥 열었다. 두 남자는 놀란 표정이었다. 사유리는 남자들이 집에 발을 들이지 못하게 문손잡이를 등지고 서서 물었다.

"대체 무슨 용건이죠?"

"남편 안 계시나?"

무례한 어조로 물어온 것은 수차례 니시에 관한 비난과 중상기사를 쓴 다지리라는 자였다.

"이런 시간에 허락도 받지 않고, 남의 집을 찾아오다니 비상식적인 행동 아닌가요?"

사유리가 의연하게 말했다.

"남편 분의 부정문제에 관해 물어볼 것이 있어요."

"당신들 부정, 부정 해가며 몇 번이나 기사를 썼지만 사실로 밝혀진 게 하나라도 있었나요? 함부로 남의 집에 들이닥치는 짓은 이제 그만 하시죠!"

"새로운 사실을 하나 알게 됐거든요."

여우 같이 생긴 다지리가 눈꼬리를 올리며 비아냥거렸다. 사유리가 발밑을 쳐다보자 천박할 정도로 길고 뾰족한 다지리의 구두가 눈에 들어왔다. 끔찍한 흉기처럼 보였다.

"언제 돌아올지 모르니 돌아가세요."

"저희도 마감 때문에 바쁘거든요. 오실 때까지 기다리죠. 날도 추운데 호화저택에서 커피라도 한 잔 대접해주시면 감사하겠는데."

몰염치한 행태에 눈앞이 아찔한 기분이었다. 두 남자는 두꺼운 코트를 입고 있었지만 사유리는 티셔츠 한 장 걸치고 있었을 뿐이었다. 추워서 소름이 끼치고 몸이 오들오들 떨렸지만 다지리는 개의치 않았다.

"전일본TV 홍보부로 연락하세요. 남편은 방송밖에 모르는 사람이에요."

"그야 시청료를 받아서 만드는 것 아냐, 돈을 받았으면 일을 하는 건 당연한 거지. 당신 남편 혼자 만드는 것도 아니면서 잘난 척하기는."

다지리의 뒤에 서 있던 모난 얼굴에 키가 큰 남자가 독설을 퍼부었다.

"세금이나 다름없는 거야. 그 돈이 누군가의 호주머니로 들어가는 걸 막으려고 우리가 이렇게 고생하고 있는 거라고!"

말투가 점점 난폭해졌다.

사유리는 악다구니를 쏟아놓는 이 자들을 용서할 수 없다는 정의감에 불타올랐다.

"당신들, 잡지를 팔기 위해서라면 무슨 짓이든 하는군요! 거짓으로 휘갈긴 기사로, 한 사람의 명예를 더럽힐 권리가 있다고 생각해요?"

"사회정의를 추구하는 겁니다. 당신 남편이야말로 사회악이거든!"

"남편이 고생고생하며 5년을 지켜온 방송 마지막 촬영이에요. 제발 무사히 끝내게 해주세요. 부탁합니다!"

사유리가 고개를 숙였다.

주변은 모두 주택가였다. 남들이 듣는 것도 아랑곳 않고 사유리가 외쳤다. 남편이 또다시 상처받을까 봐 두려웠다. 주위에서 철저하게 고통 받으며 남편의 정신은 이미 붕괴 직전의 아슬아슬한 상황이었다. 두 남자는 더 이상 집 앞에서 다뤄봤자 소용없다고 판단한 것인지

뒷걸음치기 시작했다. 사유리는 눈물범벅이 된 얼굴로 있는 힘껏 목소리를 짜냈다.

"제발, 제발 부탁합니다!"

빠르게 멀어져 가는 두 남자를 향해 사유리는 거듭 고개를 숙였다.

주택가 어둠을 뚫고 사유리의 간절한 외침이 울려 퍼졌다.

이른 아침, 집에 돌아온 니시는 사유리의 이야기를 듣고 사유리까지 험한 꼴을 당하게 한 것이 몹시 미안했다. 추운 날씨에 40분이나 티셔츠 차림의 여자를 밖에 세워두다니, 자기들은 두꺼운 코트에 몸을 감싸고 악의적인 말로 사유리를 공격했을 것을 생각하면 치가 떨렸다. 주간실록은 니시의 인생에 커다란 타격을 입혔다. 도망칠 수도 없었다. 사람은 태어났을 때부터 자신의 노력과 의지로 어느 정도 인생을 개척하지만, 어쩔 수 없는 운명을 짊어지고 있는 것 같았다.

12월 28일 마지막 방송일 아침을 맞았다. 니시는 차가운 물로 얼굴을 두드리듯 세수를 하고 정신을 차렸다. 진하게 탄 커피를 손에 들고 테라스로 나갔다. 커피를 마신 뒤 담배에 불을 붙였다. 맑게 갠 하늘을 올려다보며 잠시 감회에 잠겼다.

회사에 출근하자 책상 위에는 최종회에 맞춰 니시에 관해 쓴 주간실록 기사가 놓여 있었다. 온갖 거짓기사를 다 모아놓은 것 같았다. 방송 관련 문제, 호화저택, 탈세의혹 등등 지금까지 자신들이 쓴 허위기사를 재구성한 내용이었다.

도저히 참을 수 없었던 것은 '경영위원회 간부는 방송제작비를 유용한 것은 아닌지 노심초사하고 있다고 한다(전일본TV협회 관계자)'는 식의 앞뒤가 맞지 않는 새빨간 거짓말까지 새롭게 꾸며냈다는 사실이었다. 전일본TV의 경영방침을 논의하는 경영위원회의 이름까지 들먹였다. 외부 전문가로 구성되는 경영위원회 간부라면 위원장밖에 없었다. 위원장이 개인의 문제를 거론할 리도 없거니와 주간실록의 취재에 응할 리 없었다. 아무 근거도 없이 쓰고 싶은 대로 쓴 기사였다.

저녁 7시 30분이 지난 시각, 방송이 시작되는 8시까지 30분 정도 남았다.

회의실에 있던 니시는 심신이 피로했지만 방송을 무사히 완성할 수 있었다는 안도감에 한숨을 내쉬고 있었다. 조금 전까지 막바지 편집에 몰두하느라 아직 거친 숨을 몰아쉬고 있었다. 이제는 마음을 비우고 마지막 방송을 지켜보자며 호흡을 가다듬었다.

그때 구로하라가 들이닥쳤다. 방송을 앞두고 무슨 일인가 하니 주간실록 기사를 손에 들고 있었다. 시큼한 술 냄새가 풍겼다. 구로하라가 니시를 쏘아보았다.

"히카와 국장이 이 기사 때문에 걱정이 이만저만이 아닐세. 다른 내용은 그렇다 치고 말이야, 경영위원회 이름까지 나왔어. 자네도 알다시피 히카와 국장이 보통 신경질적인 사람인가? 유독 자네의 스캔들에는 민감하다고."

스캔들이라는 말을 강조하는 구로하라를 니시는 똑바로 쳐다보았다. 이런 상황에까지 주간지 기사를 가지고 트집 잡는 것인가. 구로하라의 원대로 니시는 이 조직 안에서 회복할 수 없는 상처를 입었다. 그런데도 아직 만족하지 못하는 것일까. 얼마나 더 음흉한 계략을 동원하고 상처를 입혀야 직성이 풀리는 것일까. 구로하라가 인간의 탈을 쓴 괴물처럼 보였다.

"전부 근거 없는 날조기사입니다. 일개 주간지에 발목이 잡힌다면 그거야말로 저들에게 빈틈을 보이는 것 아닙니까. 당신도 여태껏 나에 관해 샅샅이 조사해봤으니 알 것 아닙니까. 한 가지라도 문제가 있었습니까? 대답해보십시오."

구로하라는 니시를 몰아세우고 싶어 좀이 쑤셨다. 구로하라는 잔인한 미소를 지으며 고장 난 인형처럼 떽떽거렸다.

"지금까지의 문제뿐 아니라 제작비 유용이라는 경악을 금치 못할 기사까지 실렸던데, 이 정도면 주간실록이 뭔가 증거를 손에 넣었다고 봐도 되는 것 아닌가? 사소한 일이라도 기억나는 게 없나?"

어떻게든 꼬투리를 잡고 싶어 안달이 나 있었다. 니시는 짜증이 치밀었다.

"이제 그만하고 나가십시오. 챌린지X 최종회가 곧 시작됩니다."

구로하라가 끝까지 물고 늘어졌다.

"또 다른 문제가 있는 건 아니겠지? 숨기고 있는 게 있으면, 지금이라도 말하게. 무로이가오카 공업고등학교 건도 다음 날까지 내게 숨겼지 않나? 강연회 건도 어떤 처분을 받을지 아직 해결되지 않은 상태고 말이야. 프로그램국에서는 더 이상 자네 말을 신뢰하지 않는 것 같더군."

거머리처럼 끈질기게 달라붙었다.

시계를 보자 7시 50분이 지나고 있었다. 온갖 굴욕도 꾹 참아가며 마지막 방송을 조용히 지켜보고 싶었던 자신에게 왜 이렇게까지 가혹하게 구는 것일까? 니시가 구로하라를 매섭게 노려보았다. 구로하라는 개의치 않고 더욱 노골적으로 으르렁댔다.

"또 한 번 엄정한 조사를 벌여야 할 것 같아. 이 모든 풍파를 일으킨 주범은 자네란 말이야. 히카와 국장이 내게 전권을 일임했어. 국장의 심기를 어지럽혔다간 자네의 장래도 보장받을 수 없을 것이네. 그래도 상관없나 보지?"

방송 시작까지 5분여가 남은 시각, 니시는 참고 참았던 분노를 터뜨렸다.

"이 썩어빠진 기회주의자 같으니라고! 너 따위는 모르겠지만 내게는 소중한 방송이야. 허구한 날 그 더러운 손으로 우리 방송을 헤집어 놓고. 너란 인간은 양심이란 것도 없나! 당장 꺼져!"

니시가 구로하라의 멱살을 잡고 의자에서 일으켜 벽에 밀쳤다.

"폭력을 휘두르다니, 후회할 짓 하지……"

구로하라가 말하는 중에 니시가 손을 휘둘렀다. 니시가 손바닥으로 구로하라의 뺨을 힘껏 올려붙였다.

철썩! 고깃덩어리를 내리치는 듯한 둔탁한 소리와 함께 검은색 안경이 날아갔다.

"커헉."

지질한 비명을 질렀다. 니시는 미친 사람처럼 구로하라를 벽에 밀어 넣고 멱살을 쥐고 흔들며 또다시 손을 휘둘렀다. 구로하라가 코피를 터트렸다.

입사 이래 처음 휘두른 폭력이었다. 니시는 조금의 죄책감도 느끼지 않았다.

"네가 이러고도 무사할 줄 알아!"

니시가 또다시 손을 올리자 구로하라가 도망치듯 바닥에 몸을 웅크렸다. 덜덜 떠는 구로하라의 꼴사나운 모습을 내려다본 니시가 몸을 날리듯 방을 나갔다. 서둘러 동료들이 방송을 준비하고 있는 곳으로 걸음을 옮겼다.

5

저녁 8시, 챌린지X의 최종회 스페셜 방송이 시작되었다.

화면이 하얗게 바뀌고 최종회라는 검은색 글씨가 선명하게 떠올랐다. 니시는 만감이 교차했다.

첫 장면은 12월의 매서운 추위에 잔뜩 움츠린 사람들의 얼굴과, 만원전철에서 일제히 쏟아져 내린 샐러리맨들이 집으로 향하는 모습이었다. 그때 엄숙한 목소리의 첫 내레이션이 흘러나왔다.

'이 땅위에 반짝이는 별들이여, 챌린지X는 아무도 알지 못하는 무명의 일본인들의 고군분투의 이야기이다. 그들의 진심어린 이야기에 귀를 기울여보자.'

세월의 무게를, 얼굴에 깊이 새긴 등장인물들이 주옥같은 말을 꺼내놓는다. 그들의 이야기는 후세에 남기고자 일부러 꾸며낸 것도 아니고 책상 위에서 머리를 싸맨 끝에 나온 것도 아니다. 역풍에 휩쓸리고 막다른 길을 만났을 때 혹은 마지막 승부만이 남은 순간에 나온 말이었다. 그들의 이야기는 듣는 이에게 깊은 울림을 주었다.

로터리 엔진 개발책임자

"아랫사람이 따르느냐 그렇지 않느냐는 리더가 고생한 양에 비례한다고 생각합니다. 우리는 회사를 위하거나 사리사욕을 채우기 위해 싸우고 있는 것이 아닙니다. 세계 기술자들의 꿈을 위해 싸우고 있습니다. 새로운 기술의 역사를 만든다는 긍지를 갖고 말입니다."

도쿄 타워 건설·기술 감독

"애착이죠, 일에 대한 애착. 자신에게 주어진 책임이라는 게 있지 않습니까. 기술자라면 누구나 가장 중요하고, 좋은 일을 하고 싶다는 욕심이 있을 겁니다. 돈이라든지 명예 같은 데엔 큰 욕심 없어요, 우린."

VHS개발 리더

"회사 내에서는 서열이나 규율이 있으니까 권력이나 완력을 행사하면 사원은 당연히 윗사람 지시에 따르겠죠. 하지만 그건 진정으로 사람을 움직이는 것이 아닙니다. 권력이 아닌 감동으로 사람을 움직이는 것이 진짜 경영자가 아닐까요."

후지 산 레이더 현장감독

"남자는 일생에 딱 한 번이라도 자손에게 자랑할 수 있는 일을 해야 합니다. 후지 산이야말로 그런 일입니다. 후지 산에 기상레이더 탑이 세워지면 도카이도東海道 연선에서도 보입니다. 그걸 볼 때마다 '저걸 내가 만들었다'고 말할 수 있지 않습니까. 저도 이제 제 자식과 손자한테 그렇게 이야기할 수 있게 됐습니다."

혼다 CVCC개발리더

"천재 한 명이 지시를 내리고 그 지시를 따라 일한다면, 결코 지금 필요로 하는 물건을 만들 수 없을 겁니다. 그럼 어떡해야 할까요. 답은 하나입니다. 평범하지만 한 가지 일을 잘 알고 오래 해온 사람들, 그들이 함께 힘을 합쳐 하나의 물건을 완성하는 것입니다. 그 방법밖에 없습니다."

후시미伏見 공업고등학교 럭비부 감독

"네 몸은 너 혼자만의 몸이 아니다. 럭비는 15명이 하나가 되었을 때 비로소 공이 움직인다. 한 사람은 모두를 위해, 모두는 한 사람을 위해. All For One, One For All 그게 럭비다."

세토대교 건설 총책임자

"다리를 지어본 경험이 남들보다 월등히 많다고는 해도, 인생의 가치와는 전혀 별개입니다. 인생의 가치란 무엇일까, 위대한 인생이란 어떤 인생을 말하는 것일까. 너무나도 어려운 문제이죠. 세토대교를 짓는 것보다 훨씬 더 어려운 문제입니다."

　계속해서 무명의 일본인들의 말이 이어졌다.

　무너져 가는 프로젝트를 살려내고 싶다는 말을 꺼냈다.

　젊은이들에게 꿈을 잃지 말라고 호소하는, 리더로서 자신에게 날카롭게 질문을 던지는 말도 있었다. 목표를 달성하고 감격에 겨워 외치기도 했다. 그런 말 하나하나가 가슴 깊이 파고들며 빛을 발했다.

　다음 장면은 1945년 일본의 모습이었다. 도쿄, 오사카, 고베, 히로시마…… 무참히 파괴되어 잔해만 남은 광경이 비쳐졌다. 집 한 채 남기지 않고 초토화된 모습에 가슴이 먹먹했다. 아무것도 남지 않은 땅에서 부흥을 꿈꾸며 괭이를 들고, 삽질을 하고, 삼태기를 짊어진 사람들의 모습이 그려졌다. 니시의 기백이 넘치는 내레이션이 흘러나왔다. '1945년의 일본. 문화도 기술도 모조리 파괴되었다. 전국 각지에서 슬픔에 가득찬 광경이 펼쳐졌다. 그 폐허 속에서 사람들의 가슴에 솟아나는 것이 있었다. 《다시 일어나자!》는 마음이었다. 누구 하나 칭찬하는 사람 없고 빛이 비치지 않아도 일본인들은 오로지 한 길을 걸어왔다.'

　테마곡이 흘러나오고 화면에는 챌린지X에 출연한 등장인물들의 사진이 차례로 소개되었다.

　VHS개발, 세이칸 터널 굴착, 위 카메라 개발, 크라운 승용차 개발, 트랜지스터라디오 개발, 구로베 댐 건설, 국산여객기 YS11 개발, 도쿄타워 건설, 로터리엔진 개발, 후시미 공업고등학교 럭비부 전국고교 1위, 나호토카 호 중유회수작업, 여성 최초의 에베레스트 등정, 바티스타 수술, 세토대교 건설, 여성 소프트볼 은메달, 남극 월동대, 에리모 곶 녹화운동, 전기밥솥 개발, 뉴재팬 호텔 화재 구출.

전후 일본을 지탱해온 이름 없는 영웅들, 5천 명에 이르는 등장인물들의 놀라운 업적을 보여주는 도입부가 압권이었다.

명장면 모음이 시작되었다. 챌린지X의 비약에 커다란 전기를 마련하고 니시 개인은 물론 팀의 성장의 발판이 되었으며 시청자들에게 깊은 감동을 안겨준 수많은 명장면이 잇달아 방송되었다.

이제 스페셜 방송은 챌린지X가 영어, 러시아어, 스페인어, 아랍어 등으로 번역되어 세계 30개국에서 방영되고 있으며 부흥이 한창인 이라크에서도 방영되고 베트남에서는 극장에서 상영하는 모습 등을 보여주었다.

다음은 방송을 시청한 사람들의 인터뷰 장면이었다. 니시에게는 매회가 특별했다. 매주 1천만 명이 넘는 사람들이 시청한 방송이었다. 편지와 메일은 모두 읽었다. 하지만 실제 어떤 사람들이 챌린지X를 보고 있을지 궁금했다. 그들의 모습을 기억에 남기고 싶었다.

기술자, 영업사원, 총무, 경리, 농부, 학생, 주부 다양한 사람들이 저마다 챌린지X에 대한 감상을 이야기했다. 각자의 일과 인생과 순수하게 마주하는 사람들의 얼굴과 목소리였다.

빛이 비치면 반드시 그늘이 생기는 법이다. 빛이 들지 않는 그늘진 곳에서도 열심히 살아가는 사람들이 있었다. 세기말의 절망에 허우적거리던 일본인에게 빛을 비추고 싶다는 일념으로 시작한 방송이었다. 니시는 열정에 불타오르던 날들을 떠올렸다.

인터뷰를 정리해주듯 저명한 도쿄대학교 문화인류학 교수가 말했다.

"챌린지X는 단순한 성공스토리가 아닙니다. 수많은 무명의 일본인들의 연구와 노력의 결정입니다. 시청자들은 그런 모습을 보면서 자신의 직장생활을 떠올리고 그들의 성공보다는 연구하고 노력하는 모습에 자신을 투영하며 감동의 눈물을 흘린 것이라고 생각합니다."

스페셜 방송은 다양한 사람들의 목소리를 엮어내고 상징적인 장면들을 비추면서 흘러갔다. 일본인의 장대한 로망과 챌린지X에 대한 시청자들의 감동이 어우러진 두루마리 그림과 같았다.

엔딩이 다가오고 있었다. 일본을 대표하는 여가수 아키시마 미도리의 주제가가 흘러나왔다. 텔레비전 방송에 출연하지 않기로 유명한 아키시마 미도리가 흔쾌히 출연을 승낙해준 것이다.

"프로듀서로부터 열심히 살아가는 사람들에게 희망의 빛을 비추고 싶다며 주제곡 의뢰를 받았어요. 희망의 빛을 비춘다? 그런데 제가 희망의 빛을 비추는 것이 아니라 그들이 희망의 빛을 뿜어내고 있다는 걸 깨달았죠."

그 말이 끝나자마자 101A 스튜디오에 순백의 실크드레스를 입은 아키시마 미도리가 등장했다.

스튜디오에는 오케스트라가 준비되어 있었다. 어두운 스튜디오를 우아하게 걸어 나오는 뒷모습에 스포트라이트가 비쳐졌다. 뒤돌아서며 그녀는 따뜻한 눈빛으로 여유롭게 노래를 시작했다. 니시는 그 모습에 도취되었다. 환희, 연대감, 희망, 인내, 좌절…… 챌린지X와 걸어온 5년의 세월이 떠올랐다 사라지며 노랫소리가 가슴을 절절이 파고들었다.

니시는 숙연하게 자리에 서 있었다. 노래가 끝나고 반주가 흐르는 가운데 아키시마 미도리가 깊이 고개를 숙이면서 화면은 하얗게 바뀌었다. 진짜 마지막 자막이 올라갔다. 내레이션, 조명, 음향효과, 편집, 구성 그리고 마지막으로 '니시 사토루'의 이름이 천천히 화면을 지나갔다.

밤 10시 00분, 방송이 막을 내렸다.

시청자들의 전화가 빗발쳤다. 니시는 창백한 얼굴로 자리에 앉아 있었다. 사력을 다한 후의 기분 좋은 피로감이 몰려왔다.

"피디님, 전화입니다."

노노무라가 건네주는 수화기를 들자 쓰키자와의 목소리가 들려왔다.

"니시 군, 수고했네. 감동적이었어, 나도 모르게 눈물을 펑펑 쏟았지 뭔가. 조마조마한 마음으로 처음부터 끝까지 눈을 뗄 수 없었네. 그동안 힘든 일도 많았을 텐데, 수고 많았네. 정말 고생했어. 정말 잘했어."

쓰키자와의 진심이 전해지면서 마음이 정화되는 느낌이었다.

"고맙습니다. 정말 감사합니다. 이런저런 일로 걱정만 끼쳐드려서 죄송합니다."

다음 말을 잇기 힘들었다.

"피디님! 메일이 폭주하고 있습니다. 최고기록인 것 같아요. 벌써 1천 건 넘게 왔습니다!"

노노무라가 흥분해서 목소리를 높였다.

니시는 잇달아 프린트되는 메일을 한 장 한 장 읽기 시작했다.

'다시 한 번 힘을 내야겠다는 용기를 준 방송입니다.'

'그 어떤 책보다도 훨씬 가치 있고 훌륭한 방송입니다. 보고만 있어도 마음을 다잡게 됩니다.'

'일본에 대한 자부심, 그걸 보여주셨습니다.'

'처음에는 아무도 알아주지 않던 사람들이 인정받았을 때, 제 일 마냥 기뻤습니다.'

'가슴 깊은 곳에서부터 감동이 물밀듯 밀려왔습니다.'

'이 나이에도 아직 늦지 않았다는 생각을 갖게 해준 방송이었습니다.'

'지금까지 등장한 인물들처럼 실패하고 좌절해도 자신만의 드라마를 만들기 위해, 포기하지 않겠습니다. 누구나 마음속에 챌린지X라는 자기만의 드라마가 있다고 생각합니다.'

'인간의 무궁무진한 가능성을 느꼈다. 어렵고 힘든 세상이지만 인간의 위대함을 새삼 깨닫게 되었다.'

'희망을 잃어버린 이 시대에, 시청자들이 꿈을 잃지 않도록 격려하는 불후의 명방송이었다. 이제 끝났다고 생각하니 감회가 남다르다.'

'5년 동안 어렵고 힘들 때마다 이 방송을 보며 위로받고 다시 일어설 수 있었습니다. 방송이 끝난다니 아쉬운 마음을 감출 길이 없습니다.'

'기립박수! 최고입니다, 그저 감사할 따름입니다!'

니시는 온몸의 떨림이 멎지 않을 정도로 감동적이었다. 눈물이 주르르 흘렀다. 프린트된 메일 다발을 들고 혼자 회의실로 들어갔다. 싸움은 끝난 것일까? 보기 좋게 진 것일까? 결과는 알 수 없었다. 단지 상실감과 함께 한 줄기 빛을 본 듯한 느낌이었다. 눈물이 멈추지 않고 쏟아지더니 결국 목놓아 울기 시작했다.

6

개 짖는 소리에 눈을 떴다. 어느새 거실에서 잠들어 있었다. 사유리가 덮어준 담요를 둘둘 말고 있었다. 개 짖는 소리가 메아리처럼 들려왔다. 시계를 보니 새벽 3시였다.

챌린지X의 방송이 끝난 지 일주일이 흘렀다. 할 일이 없었다. 마침 설 연휴가 시작되면서, 하루 종일 잠만 자고 인간다운 일은 아무것도 하지 않았다. 잉여인간이 된 듯한 기분이었다. 피곤에 찌든 몸은 납덩이처럼 무겁고 머리는 멍했다. 껍데기만 남은 몸으로 스러져갈 것이라고 생각하면 견딜 수가 없었다. 잠깐의 영광을 누린 대가로 질투와 따돌림을 당하고 너무나도 깊은 상처를 입었다.

일요일이었다. 설 연휴도 끝나고 내일부터는 회사에 출근해 5년간 방송된 프로그램의 방대한 잔무정리를 시작해야 한다고 생각하니, 마음이 무거웠다. 연하장에 섞여 백화점과 상점의 세일을 알리는 엽서가 수십 장이나 와 있었다. 그중 1장에 눈길이 갔다. '야시장 세일'이라는 문구가 눈에 띄는 제로마리스라는 신주쿠의 의류매장에서 온 우편이었다. 다양한 특전이 쓰여 있었다. 특히, 니시의 눈길을 끈 것은 '선착순 100분, 당일 합계 1만 엔 이상 구입하신 고객에게 소가죽 장갑을 선물로 드립니다'라는 문구였다. 그 옆에는 새하얀 소가죽 장갑 사진이 함께 실려 있었다. 흰색 소가죽이라니, 특이하다는 생각이 들면서 공연히 욕심이 났다.

시계를 보자 아직 오후 5시가 되기 전이었다. 세일은 오후 6시부터였다. 서둘러 재킷을 걸치고 모자를 눌러쓰며 외출할 채비를 했다. 사유리가 불렀다.

"그런 차림으로, 어딜 가려고요?"

"아, 뭐 좀 사러. 이것만 받아서 금방 올게."

니시는 사유리에게 엽서를 보여주며 장갑을 가리켰다.

"같이 가지 않아도 괜찮아요?"

사유리가 불안한 얼굴로 물었다.

며칠 전에 일어난 일이었다. 사유리와 니시는 메이지신궁을 참배하고 돌아오는 길에 오다큐小田急 선 산구바시参宮橋 역 플랫폼에서 전철을 기다리고 있었다. 문득 돌아보자 니시가 보이지 않았다. 당황한 사유리가 찾아다니는데 플랫폼과 엉뚱한 방향으로 니시가 어슬렁어슬렁 걷고 있는 것이었다. 사유리가 잰걸음으로 다가가 말을 걸었지만 대답이 없었다. 가면을 쓴 것처럼 무표정한 얼굴이었다. 팔을 세게 잡아당기자 니시는 그제야 정신이 든 것처럼 뒤돌아보았다.

사유리는 챌린지X 종영 소식이 솔직히 다행스러웠다. 더 이상 문제가 생기면 남편이 버틸 수 없을 것 같았기 때문이다. 하지만 니시의 마음은 이미 깊이 병들어 있었다. 사유리는 불안해서 견딜 수 없었다.

사유리를 뿌리치듯 집을 나온 니시가 신주쿠 제로마리스에 도착한 것은 6시 조금 전이었다. 야시장 세일은 인기가 많은지 넓은 매장 앞 보도에는 세일 시작을 기다리는 사람들로 가득했다. 행인들이 인도로 걷지 못하자 불쾌한 얼굴로 차도로 내려와 걸어갔다. 니시는 군중 사이로 들어가는 것이 망설여졌다.

"지금부터 신주쿠 제로마리스의 야시장 세일을 개최합니다!"

점원이 큰소리로 외치자 옷을 산처럼 쌓은 커다란 트럭 2대가 덜컹거리며 보도 쪽으로 들어왔다. 그러자 사람들이 일제히 트럭으로 달려들었다. 인도를 점거하고 판매를 해도 되는 것인지 니시가 놀랄 새도 없이 뒤에서 등을 떠밀려 사람들 사이로 밀려들어 갔다. 양쪽에서 서로 옷을 가져가려고 밀치는 젊은 남자들의 어깨와 팔에 쓸리고 부딪혔다. 니시는 울컥 화가 치밀었다. 얼른 1만 엔 이상 물건을 구입하고 흰색 장갑을 받아서 한시라도 빨리 이 자리를 떠나고 싶었다.

트럭에 실린 옷은 젊은 층에서 유행하는 화려한 무늬에 1, 2천 엔정도의 저렴한 옷이 대부분이었다. 세일을 노린 사람들에게 떠밀리며 정신없이 대강 사이즈가 맞을 것 같은 옷을 몇 장 집어든 니시는 얼른 트럭에 몰린 인파를 빠져나왔다. 옷을 손에 들고 주위를 둘러보며 점원을 찾았다. 눈앞에 제로마리스의 명찰을 달고 있는 남자가 지나갔다. 니시는 엽서를 꺼내 사진을 가리키며 점원에게 물었다.

"1만 엔 이상이면, 이 장갑을 받을 수 있는 거죠?"

"네, 드립니다."

점원이 대답하더니 안으로 들어가 장갑을 가지고 나왔다.

"이겁니다."

점원이 내민 것은 평범한 검은 장갑이었다.

"아니, 흰색 아니에요? 사진은 흰색 가죽장갑이었는데."

니시가 내민 사진을 흘낏 본 점원이 대답했다.

"아, 사진이 그렇게 나온 것뿐이에요."

그냥 넘어갔어도 될 일인데 그날따라 점원의 무성의한 말투가 거슬렸다. 니시는 점원을 돌아보았다. 겨울인데도 태닝을 한 것처럼 검게 그을려 있었다. 광대뼈가 튀어나오고 눈꼬리가 쭉 찢어진 얼굴이었다. 단추를 풀어 젖힌 드레스 셔츠 사이로 해골 장식 목걸이가 보였다. 니시는 그 모습에 잠시 멈칫했지만 엽서를 들이밀며 따졌다.

"난 이 흰색 가죽장갑 때문에 일요일에 굳이 여기까지 온 겁니다. 그런 무책임한 말이 어디 있습니까?"

순간 점원의 표정이 확 바뀌더니 니시를 노려보았다. 어깨를 들썩이며 위협적인 태도로 말했다.

"거 참, 말 많네. 이봐, 그렇게 갖고 싶으면 딴 데 가서 사면 될 거 아냐. 안 그래도 바빠 죽겠는데 짜증나게 구네."

그렇게 내뱉더니 빠른 걸음으로 자리를 떠났다.

흰색 가죽장갑에 대한 집착이 순식간에 사라지면서 기운이 쭉 빠졌다. 순간, 사람들의 열기로 눈앞이 빙글빙글 도는 듯했다. 숨이 가빠졌다. 내가 왜 이런 곳에 있지? 오지 말았어야 했다는 후회가 들었다.

병든 마음에 무자비하게 부딪쳐오는 군중을 참기 어려웠다. 숨을 쉬고 싶었다. 숨을 쉬고 싶다는 절실한 마음뿐이었다. 그저 숨을 쉬고 싶었다.

트럭에 몰려 있는 사람들을 헤치고 빠져나오려는 참이었다. 사람들이 벽처럼 가로막아 앞으로 나갈 수 없었다. 갑자기 양옆에서 손이 뻗어져 들어왔다. 남자 두 명이 니시의 팔을 꽉 붙들었다. 왼팔을 세게 잡은 것은 조금 전 니시와 다퉜던 남자 점원이었다. 그가 잔인한 미소를 지으며 말했다.

"내가 이럴 줄 알았지."

다음 말에 니시는 경악했다.

"이 도둑놈, 너 오늘 잘 걸렸다."

"뭐라고?!"

"네가 갖고 있는 것 우리 물건이잖아! 돈도 안 내고 내빼는 게 도둑이 아니고 뭐야!"

니시는 자신이 옆구리에 끼고 있던 옷을 보고 깜짝 놀랐다.

"이건 사려고 했던 거야. 1만 엔 이상 구입하면 흰색 장갑을……."

"어디서 수작이야! 아까 여기서 등을 돌렸잖아. 매장에 등을 돌리고 내빼려던 거잖아."

점원이 의기양양하게 말했다. 니시는 덫에 걸렸다.

경찰서로 연행된 니시는 7300엔 상당의 옷 4벌을 훔친 혐의로 서류 송청되었다. 사유리가 급히 변호사를 찾아갔다. 니시가 선임한 변호사는 기오이紀尾井 초 중앙법률사무소의 야마가타山形 변호사였다. 범죄 피해자구제협회의 부회장과 폭력조직대책회의 위원을 맡고 있는 인권변호사로, 니시가 제작했던 불량채권에 관한 특집방송 때 알게 되어 10년 이상 친분을 쌓아온 사람이었다. 무엇보다 니시의 성품을 잘 알고 있었다. 상황을 들은 야마가타 변호사는 그 자리에서 도쿄 구 검찰청에 상신서를 제출했다.

상신서

피해자 니시 사토루의 본 사건은 억울한 누명을 쓴 것으로 물건을 훔친 사실도, 의도도 없었다.

통상적인 절도 행위는 점포 내에 있는 상품을 점포 측 양해 없이 돈도 내지 않은 채 점포 밖으로 가져갔을 때 그 혐의가 인정된다. 하지만 본건은 사건현장으로 알려진 세일회장이 인도에 있었고 첨부한 사진자료(다른 날의 세일 상황)로 알 수 있듯 인도에는 사람이 넘쳐나고 있다. 이 매장은 보도를 확장된 점포로서 인식하고 있다. 보도의 폭은 6미터이며 니시 사토루는 보도의 거의 중앙부인 3미터 지점에 있었다. 즉, 피해자 니시 사토루는 점포 내에 있었다고 볼 수 있다. 해당 점포 내에 있는 사람을 구속하는 것은 전혀 근거도 없을뿐더러 고의적인 의도까지 엿보인다. 또 상품을 가지고 있는 사람을 절도범으로 구속하려면 '계산은 하셨습니까?' 등의 대금 지불 의사를 확인하는 것이 상식인데 본 사건의 경우 그런 절차도 없이 급작스럽게 구속한 것은 이해할 수 없는 처사이다. 피해자 니시 사토루는 사회적으로도 잘 알려진 인물이며 전과 전력도 없다. 당일에는 5만 엔 이상의 현금과 카드를 가지고 있었으며 대금지불에 아무런 문제도 없었다. 이날 돌연 절도범으로 둔갑해 7300엔이라는 소액의 상품을 훔쳤다는 것은 동기가 지극히 부자연스럽다.

이상의 논점에서 피해자 니시 사토루는 절도범이 아닌 오히려 작위적인 행위로 인한 절도범의 누명을 쓴 피해자이다. 증거 서류를 제출하니 살펴본 후 가능한 한 빨리 불기소 처분을 내려주기를 바란다.

*

니시가 약봉지에 손을 뻗었다. 심료내과에서 처방받은 약이 가득 들어 있었다. 제이 졸로프트, 리마스, 세르신, 데파스, 도랄 등의 알약을 한꺼번에 삼켰다. 한번 복용하기 시작하자 약을 먹지 않으면 불안감이 점점 심해져 약에 의지하게 되었다. 6월 인사이동까지 앞으로 반년 남짓, 병가를 얻을 수 있을지 의사에게 받은 진단서를 꺼내 들여다보았다.

진단서

환자는 양극성 기분장애(조울증)를 앓고 있다, 기분이 저하되고 의욕을 상실하는 '우울증'과 기분이 고양되어 수면시간이 줄고 행위심박(계획을 세우고 실행하고자 하지만 단편적이고 일관성이 없다), 이노성(매사가 자신의 의지대로 되지 않거나 저해되면 불쾌감이나 분노가 생긴다) 등이 나타나는 '조울증'이 주기적으로 되풀이되며 때로는 혼합형 우울장애 증상도 보인다. 또한 관념분일(관념이나 판단이 일정한 방향을 잡지 못하고 잇따라 떠오르는 상태) 증상을 보이기도 한다. 이러한 증상은 환자 본인의 노력으로 제어할 수 없으며 약물요법에 의한 진정효과의 효력이 나타나지 않는 경우도 있다. 이는 심각한 스트레스로 인한 증상으로, 앞서 말한 소견상 환자 니시 사토루는 중단기의 입원 혹은 자택에서의 안정이 요구된다.

　니시는 진단서에서 눈을 떼고 생각에 잠겼다. 이 진단서 내용이 사실일까? 수많은 역경을 헤치며 지력을 발휘해온 내 머리가 이상을 일으켰단 말인가? 이 종이를 회사에 제출하면 다들 어떻게 생각할까? 비밀엄수 따위가 지켜질 리 없었다. 호사가들의 입에서 입으로 퍼지며 소문은 걷잡을 수 없이 커질 것이 불 보듯 뻔했다. 진단서를 앞에 두고 니시는 더욱 우울한 기분에 빠졌다.

　휴가는 끝났지만, 몸 상태가 좋지 않다는 이유로 벌써 8일째 출근하지 않고 있었다. 절도사건에 휘말리면서 세상이 두려워졌다. 밖에는 한 걸음도 내딛고 싶지 않았다. 니시가 벽시계 초침을 바라보았다. '1초가 이렇게 길었어? 빨리 10년, 20년이 휙휙 지나가면 좋을 텐데' 하는 생각이 들었다. 니시의 눈은 이미 과거의 빛을 잃고 있었다. 가면을 쓴 것처럼 무표정한 얼굴로 깊은 한숨을 내쉬었다.

니시는 하루에도 몇 번씩 오욕에 물든 자신의 과거를 반추했다. 탈세, 횡령혐의까지 덧씌운 자들이 이번에는 추잡한 절도범으로 몰 수도 있다. 그들은 내가 범죄자가 되어야만 직성이 풀리는 것일까? 대체 내가 무슨 짓을 했기에 나한테 이러는 것이지? 누구에게랄 것도 없는 분노가 왈칵 치솟더니 몸까지 부들부들 떨렸다.

출근하면 구로하라를 폭행한 일로 문책을 당하게 될 것이다. 무허가 강연 건도 있으니 기회는 이때다 하고 징계처분을 내릴 가능성도 있었다. 리스크관리실 간부가 니시를 처분하라는 입김을 넣고 있다고도 했다. 프로듀서 자리에서 밀려나 한직으로 쫓겨난 사람도 있다고 들었다. 프로듀서가 아니면, 나는 대체 무슨 일을 해야 할까? 방송을 만들 수 없다면 내게 무슨 의미가 있을까?

더는 노력만 하다 스러지는 일생을 보내고 싶지 않았다. 이제 전일본TV에는 미련도 없거니와 돌아갈 곳도 없었다. 마음에도 없는 일을 하면서 유유낙낙 회사에 머무는 것은 무리였다. 걷잡을 수 없는 허무함이 밀려들었다. 문득 고개를 들자 굵은 대들보가 '어서 오라'는 듯이 니시를 유혹했다.

옆에 놓인 바지에서 벨트를 뺀 니시는 의자를 딛고 올라가 들보에 걸었다. 몇 번 당겨서 벨트가 떨어지지 않는지 확인했다. 니시는 삭막한 심정으로 목숨을 부지하는 것과 죽음을 향해 달리는 것 어느 쪽이 더 괴롭고 힘들지 맥락도 없는 생각에 빠졌다. 이 세상에서 더는 행복할 수 없으리라는 생각이 들었다.

충동적으로 시도해보고 싶어졌다. 벨트를 목에 걸고 니시는 의자를 찼다. 몸이 공중에 붕 떴다. 목이 조이며 의식이 멀어지는 것을 느꼈다.

다음 순간, 벨트 버클이 떨어져 나갔다. 순식간에 몸이 바닥에 떨어지며 머리와 허리에 심한 충격이 전해졌다.

쿵하는 소리에 놀란 사유리가 계단을 뛰어올라 왔다.

니시의 모습에 아연실색한 사유리는 그 자리에 얼어붙었다.

"당신 이게 무슨 짓이에요!"

"언제 왔어?"

니시가 중얼거렸다. 그 말을 끝으로 눈을 감은 채 꿈쩍도 하지 않았다.

"여보!"

사유리가 큰소리로 외쳤다.

몸을 흔들어 깨우려다 함부로 움직이면 안 된다는 생각에 얼른 정신을 차리고 119에 전화했다.

"정신 차려요. 금방 구급차가 올 거예요!"

사유리가 자신에게 말하듯 외쳤다. 요란한 사이렌소리와 함께 구급차와 소방차가 도착했다.

"왔어요. 조금만 참아요!"

구급대원 세 명이 뛰어올라와 니시의 귓가에 대고 "괜찮으세요?" 하고 물었지만 반응이 없었다.

사유리가 몸을 바들바들 떨며 말했다.

"의자에서 떨어지면서 후두부와 등을 심하게 부딪쳤어요. 괜찮은 거죠?"

구급대원이 복잡한 얼굴로 말했다.

"뇌진탕이려나. 뇌에 이상이 없으면 다행인데, 허리와 등 쪽 상해 우려가 있습니다."

사유리는 남편의 입술이 급속도로 핏기를 잃어가는 것을 보고 힘없이 주저앉았다.

들것이 들어왔다. 2층에서 직접 옮기려고 했지만 길이 좁아 소방차가 들어올 수 없었다. 구급대원 3명이 니시를 들것에 눕히고 조심조심 가파른 계단을 내려갔다. 밖에는 이웃 사람들이 잔뜩 몰려나와 호기심 가득한 눈으로 쳐다보고 있었다.

사유리도 구급차에 올랐다.

구급대원은 머리 쪽 상해를 먼저 확인하기 위해 뇌신경외과 전문의가 있는 병원에 연락했지만 한밤중이라 어느 곳도 받아주지 않았다. 이쪽저쪽 연락만 하면서 도내를 이리저리 돌았다. 사유리는 어디를 달리고 있는지조차 분간이 되지 않았다.

구급차는 겨우 시나가와品川 구에 있는 뇌신경외과의 양해를 얻어 그쪽으로 직행했다. 쓰러진 지 2시간이나 지나 병원에 도착했다. MRI로 뇌의 이상을 확인하고, 등과 허리 엑스레이를 찍었다.

당직의사가 사유리에게 진단결과를 알렸다.

"다행히 뇌는 괜찮습니다. 두개골도 무사하고요. 뇌진탕을 일으키면서 의식을 잃은 것 같습니다. 다만 허리에 골절이 있습니다. 2번 요추가 부러졌습니다."

사유리는 안도와 충격이 뒤엉켜 의사에게 인사도 제대로 하지 못하고 멍하니 앉아 있었다.

3시간 후, 니시가 의식을 되찾았다.

애처로운 모습에 사유리는 가슴이 미어졌다. 저도 모르게 화를 내고 말았다.

"왜, 그런 바보 같은 짓을 한 거예요!"

니시는 아무 말이 없었다.

"뭐라고 말을 해봐요. 죽어버릴 생각이었어요?"

사유리가 눈물을 쏟으며 니시를 원망스럽게 쳐다보았다.

"미안, 내가 아무래도 제정신이……."

초점 없는 눈으로 니시가 말했다. 한순간이었지만 죽을 생각을 했다는 것이 부끄러웠다. 변함없이 자신의 곁을 지켜준 아내에게 끔찍한 상처를 주고 말았다. 미안하다고, 사죄하고 싶었지만 니시는 말을 잇지 못했다.

허리뼈 골절은 몹시 고통스러웠다. 몸을 조금만 움직이거나 재채기만 해도 극심한 고통이 머리끝부터 발끝까지 전신을 관통했다.

니시는 신음했다. 다행히 복잡한 골절은 아니었다. 깔끔하게 두 동강나서 외과수술도 필요 없었지만 보호대로 허리를 감싸고 몇 개월 내내 뼈가 붙기만을 기다려야 했다.

입원 중에 소식이 전해졌다. 도쿄 구 검찰청에서 니시의 처분을 결정했다. 야마가타 변호사의 상신서가 효력을 발휘한 것인지 니시는 불기소 처분을 받았다. 절도범이라는 오명을 벗게 되어 가슴을 쓸어내렸다.

열흘간 입원한 니시는 사유리의 부축을 받아 병원을 나왔다. 계단을 오르내리는 것이 힘들었다. 체중이 실리면 온몸의 신경이 찢어지는 듯한 고통이 찾아왔다. 심한 통증은 1달 가까이 계속될 것이라고 했다. 걸으려면 지팡이가 필요했다. 신주쿠 게이오京王 플라자 호텔 지하쇼핑몰에 유명한 지팡이 전문점이 있다는 이야기를 듣고 찾아갔다. 유리섬유 소재로 꽃그림이 그려진 화려한 지팡이를 골라 키에 맞게 길이를 조정했다. 부러진 것은 오른쪽 요추 2번이었다. 어느 손에 지팡이를 들어야 할지 몰라 어색하게 지팡이를 짚으며 가게를 나왔다. 여전히 날카로운 통증이 밀려왔다.
하지만 그 생생한 통증 덕분에 정신은 오히려 맑아졌다.

집으로 돌아오자 탁자 위에 우편물이 잔뜩 쌓여 있었다. 그 사이로 흰색 편지봉투 하나가 눈에 띄었다. 쓰키자와의 편지였다. 정성스럽게 접은 편지 봉투를 열었다. 눈이 번쩍 뜨였다. 곧은 성품만큼이나 유려하고 정갈한 글씨, 쓰키자와는 니시의 행동을 예견하고 있는 듯했다.

혹여 자네가 울적한 나날을 보내고 있는 것은 아닌지 걱정이네. 최근에 '일이관지—以貫之'라는 말이 가슴에 와 닿더군. 유연한 마음과 겸허한 태도가 갖춰졌을 때 비로소 하나로 꿰뚫는다는 뜻이네. 양보할 수 있는 것과 그렇지 않은 것을 선택할 때는 유연한 마음을 잃지 말라는 것이네. 자네의 재능을 아끼는 사람들을 위해, 자네의 지도를 필요로 하는 사람들을 위해 그리고 지금껏 만들어온 방송의 명예를 위해 용기를 되찾고 꿋꿋이 일어나기를 바라네.

부디 건강 잃지 말게. 하루 빨리 웃는 얼굴로 다시 만날 수 있기를 고대하고 있겠네.

쓰키자와

쓰키자와의 말이 가슴에 와 닿았다.

총명하고 공정한, 단 한 사람의 상사 쓰키자와의 따뜻한 배려가 그저 고마웠다.

전일본TV에 근무한 지 20년 남짓, 많은 상사를 만났지만 쓰키자와 이외에 마음을 허락한 사람은 없었다. 안타까운 일이었지만, 전일본 TV의 퇴폐에 빠져 출세와 질투에 눈이 먼 자들이 얼마나 많은지를 증명하는 것이기도 했다.

사유리와 니시는 테라스로 나갔다. 아직 거리는 잠들어 있었다. 정적이 흘렀다. 니시는 지팡이를 짚으며 아끼는 목제 의자에 앉았다. 비바람을 맞아 군데군데 깎인 상처가 오히려 멋스러웠다. 사유리는 흰색 철제 의자에 앉았다.

니시는 담배를 태웠다. 연기가 피어올랐다. 마음이 평온했다. 가슴 깊은 곳에 재생의 불씨를 남겨두고 싶었다.

"사유리, 할 말이 있는데. 괜찮아?"

사유리는 바깥을 내다보고 있었다. 고지대에 지어진 집이라 다른 집들의 지붕 기왓장은 물론이고 저 멀리 록본기 힐즈六本木ヒルズ까지 보였다.

"알고 있어요. 당신이 무슨 생각하는지."

니시가 단호한 어조로 말했다.

"응, 당신이 반대하지만 않는다면 전일본TV를 그만두고 싶어."

사유리가 눈을 감고 조용히 니시의 이야기를 들었다.

"난 단지 열렬하고 뜨겁게 '살아 있다'는 걸 실감하고 싶었을 뿐이야. 지역방송국을 전전하면서, 이라크 사막에서 열풍에 허덕이며, 어떤 방송이든 심혈을 기울여 만들었어. 그리고 챌린지X를 만났지. 하지만……, 이젠 지쳤어."

사유리가 입을 열었다.

"당신은 벌써 10년이나 전력질주했어요. 누구보다 열심히 싸워온 것 알아요. 다른 건 몰라도 당신처럼 순수하게 방송에 열중하는 사람은 없을 거예요."

"전부 다 불태워서, 이젠 재밖에 남지 않았어."

사유리가 안쓰러운 눈으로 바라보았다.

"지난 1년간 당신이 상처 받고 전과 같은 빛을 잃고 건강까지 해치는 걸 보면서 남몰래 많이 울었어요. 행복한 눈물이 아니라 괴로운 눈물뿐이었어요. 당신이 얼마나 걱정을 끼쳤는지 잘 알죠? 오히려 내가 먼저 그만두라고 부탁하고 싶었어요."

"전일본TV에서 얻은 모든 것을 버릴 생각이야. 지위도, 명예도 다 필요 없어. 수입도 없어질 테니 이해해줘. 아무것도 없는 상태에서 다시 시작하고 싶어. 물도 마시고 꺾인 날개도 잘 다듬어서, 이 나이에도 다시 '날아오를 수 있을지' 도전하고 싶어."

사유리가 부드러운 눈빛으로 먼 곳을 바라보았다. 검고 부드러운 머리칼을 쓸어 올리며 조용히 고개를 끄덕였다.

저 멀리 전일본TV협회 빌딩이 보였다. 전에 이 테라스에서 저 빌딩의 정점을 향해 야심을 불태웠던 날이 떠올랐다. 빌딩은 아침 햇살에 눈부시게 빛났다. 저 탑에 살면 예리한 유리 파편에 마음을 베인다. 유리에 비친 애처롭고 일그러진 자신이 보였다. 한번 탑을 떠나면 다시는 안을 들여다볼 수 없도록 유리 갑옷에 몸을 감싸고 타자를 거부한다.

니시는 테라스에서 바라본 유리 탑이 산산이 부서지는 착각이 들었다. 하지만 막대한 부를 축적하는, 사람들의 욕망이 빚어낸 아시아의 괴물은 결코 스러지지 않을 것이다. 인간의 간절한 소망과 온갖 추문까지 전부 집어 삼키고도 끄떡없는 모습으로 그 자리에 서 있을 것이다.

니시 사토루는 미동도 없이 우뚝 솟은 유리 거탑을 노려보았다.

해설

변호사 · 전 재판관

모리 호노오森炎

저자 이마이 아키라의 경력을 알면, 이 소설이 자전적 논픽션이라는 사실을 짐작할 수 있을 것이다. NHK방송국 프로듀서였던 저자가 연출한 '타이스 소령의 증언', '사라진 에이즈 보고서', '프로젝트X' 등의 프로그램은 소설 속에서도 이름만 살짝 바꿔 그대로 등장한다. 시부야 구 요요기에 우뚝 솟은 특유의 사옥을 한 번이라도 본 적이 있다면, 유리 거탑의 '유리'가 무엇을 의미하는지도 금방 알아차릴 것이다.

한편 '거탑'의 경우에는 야마자키 도요코山崎豊子의 소설 『하얀 거탑』이 떠오를 것이다. 실제 책을 읽다보면 『하얀 거탑』을 의식한 듯한 표현이 곳곳에 눈에 띈다. '영상 속 한 커트를 수술 집도의처럼 신중히 떼어내 정성껏 내레이션을 썼다. 니시의 눈에는 생기가 넘쳤다', '이식수술을 앞둔 환자에게 장기를 운반하는 간호사처럼 데라사와는 잔뜩 긴장한 얼굴이었다'…….

야마자키 도요코의 『하얀 거탑』은 오사카대학 의학부에서 일어난 실화를 바탕으로 했다. 실화소설이라는 것 자체는 많이 알려져 있지만,

주인공인 나니와浪速대학 의학부 교수 자이젠 고로財前五郎 역시 오사카대학 의학부 제2외과의 고사키 고로神前五郎 교수가 실제 모델이다.

그러니 이 소설도 기법 면에서는 『하얀 거탑』과 비슷하다면 비슷하다고 할 수 있다. 저자가 어느 정도까지 의식했는지는 모르겠지만 『하얀 거탑』과 일맥상통하는 매력이 느껴진다.

아니, 이 소설은 『하얀 거탑』보다 훨씬 매력적이다.

이마이 아키라의 『유리 거탑』은 마치 『하얀 거탑』의 실제 주인공인 고사키 고로가 직접 소설을 써내려 가는 구조이기 때문이다. 야마자키 도요코가 아무리 글재주가 뛰어나고 주도면밀한 조사를 한다고 해도 고사키 고로가 직접 자신의 이야기를 풀어내는 그 생생한 재미를 따라갈 수는 없을 것이다.

이 책 속에는 진정한 의미의 평행세계가 펼쳐져 있다.

독자는 이 책을 통해 외부에서는 들여다볼 수 없는 유리 거탑 내부의 사정 그리고 그 안에서 벌어지는 방송제작의 실태와 복잡한 인간관계를 엿볼 수 있다. 그것은 주인공 니시 사토루의 파란만장한 인생역정이자 일본 언론보도의 실상, 방송제작의 실태이며 또한 거대 공공방송 조직의 현주소이자 그 안에서 아귀다툼을 벌이는 사람들의 군상극이기도 하다.

실제 일화를 옮긴 것이 분명한 호화로운 수상식 장면이나 정재계 인사와의 교우 등도 소설적 재미를 더한다.

'더든 소령의 증언(실제 프로그램명은, 타이스 소령의 증언)'으로 문부성 예술제 대상(실제로는, 문화청 예술작품상)을 수상했을 때의 일화이다. 일본예술회관에서 거행된 수상식 후에 우에노 세이요켄에서 축하 파티가 열렸다. 파티에 참석한 니시 사토루는 평소에는 입지 않는 말쑥한 정장을 빼입고 가슴에는 장미꽃까지 단 채 어색한 듯 고개만 꾸벅거렸다.

'챌린지X(실제 프로그램명은, 프로젝트X)'가 큰 인기를 누릴 때였다. 어느 날, 회장은 니시를 직접 불러 전용차에 태우고 아사쿠사浅草 센조쿠 부근으로 데려간다. 요시와라의 퇴폐업소가 즐비한 거리를 지나 도착한 것은 350년이나 된 유서 깊은 요정이었다. 하얗게 회반죽을 칠한 벽에 둘러싸인 요정의 붉게 주칠이 된 문 너머에서 기다리고 있는 것은, 전 총무대신이었다. 니시는 자신의 방송 팬임을 자처하는 그의 융숭한 대접과 89세의 마지막 아사쿠사 게이샤가 선보이는 기예에 넋이 나가 시간 가는 것마저 잊는다.

'챌린지X'가 기쿠가와상(실제로는, 기쿠치 칸菊池寛상)을 받았을 때에는 쏟아지는 상찬과 스포트라이트도 상당히 익숙해진 후였다. 니시는 스태프 전원을 데리고 시상식장인 오쿠라 호텔로 향하고, 그날을 위해 새로 산 이태리제 양복을 입고 단상에 선다.

야마자키 도요코의 『하얀 거탑』과 비슷한, 장대하고 화려한 스토리가 전개되는 동시에 세부적으로는 인위적이지 않은 생명력이 빛을 발한다. 저자 이마이 아키라의 기운과 숨결이 고스란히 느껴졌다. 거대 조직의 밑바닥에서 지방 방송국을 전전하다 재능만으로는 도저히 오를 수 없을 것 같던 높은 지위에 올라 스스로도 믿어지지 않는 영광을 누리고 안팎의 상찬을 받던 환희의 절정에서 끝내 비탄의 나락으로 떨어지는 한 인간의 반평생이 생생하게 그려지며, 독자들의 유사체험을 유도한다.

흔히, 단숨에 읽어버릴 정도의 재미라고들 하는데 이 소설은 오히려 단숨에 읽어버리기에는 아까운 재미가 있다. 다른 소설과 차원이 다른 생생한 현장감을 곳곳에서 느낄 수 있기 때문이다. 잠시 책장을 넘기던 손을 멈추고, 주인공 니시 사토루의 감정을 직접 피부로 느끼고 공유하고 싶은 마음에 사로잡힌다. 그것은 니시 사토루가 실은 저자인 이마이 아키라이기 때문이기도 하지만 한편으로는, 픽션으로서 현실에 대한 중압감과 안타까움이 아슬아슬한 지점에서 해소되는 이야기 전개에 있기도 하다. 어떤 의미에서는, 마법적인 매력이다.

무엇보다 이 책은 어른들을 위한 소설이다.

누구보다 어른들이 흥미를 느낄 만한 이야기가 펼쳐진다. 이라크 사막에서의 취재 뒷얘기, 인기 프로그램에 얽힌 수많은 일화, NHK 방송국 내부의 기자와 제작자의 역학관계와 파벌 구도, 실제 방송을 만드는 제작현장과 그곳을 누비는 사람들의 면면, 제작을 둘러싼 숨은 비화 등등…….

걸프전 당시의 일화이다. '더든 소령의 증언' 촬영으로 이라크에 들어가기 전, 인접국 요르단에서 잠시 대기하게 된 니시 일행은 같은 방송국 보도기자들을 찾아간다. 그런데 니시 앞에 나타난 기자는 알로하 셔츠에 반바지와 슬리퍼 차림이었다. 호텔 스위트룸 3개를 통째로 빌려 줄곧 거기서 진을 치고 있었던 것이다. 걸프전을 취재하는 언론의 최전선 기지는 인접국의 고급호텔 그것도 호화로운 스위트룸이었다.

이라크에 입국한 후, 니시 일행이 묵게 된 사마와의 호텔은 공습으로 처참하게 반파된 모습이었다. 심지어 니시 일행이 묵을 방은 지붕 일부가 날아간 상태였다. 침대가 부족해 소파에서 잠을 청하게 된 니시의 머리 위로는 **뻥 뚫린** 천장을 통해 밤하늘의 별이 반짝였다.

걸프전 당시 다국적군의 공습, 방송을 통해 본 불꽃놀이와 같은 영상, '프로젝트X'에 등장하는 인물들의 면면…… 그것들은 이미 내 안에서 인생의 '역사' 중 일부가 되어 있다. 이 책은 익숙한 기시감 속에서 새로운 발견의 놀라움을 선사한다.

그것뿐일까, 조직 안에서 소용돌이치는 출세와 권력을 향한 야망, 질투, 갈등은 물론 자기 보신, 생활감, 체념에 이르기까지의 감정이 실제와 다름없이 솔직하고 적나라하게 그려져 있다. 현대 사회를 살아가는 우리는 누구도 이렇게 노골적이고 구차한 삶을 피해갈 수는 없다. 신념을 지키고자 '사표를 낸다' 한들 당장 내일부터 먹고살 일을 걱정하지 않을 수 없다. 설령 신념에 따라 망설임 없이 사표를 낸다고 해도 실생활에서는 어리석은 일일 뿐이다. 어른으로 살아가는 우리의 실상이 그러한데 인간의 추한 모습, 안쓰럽기도 한 부분이 도외시된다면 꿈같은 이야기에 불과할 것이다.

이 책에서는 유리 거탑 안에서 주저하고 타협하며 물러날 수도 물리칠 수도 없어 몸부림치는 인간 본연의 모습이 묘사되어 있다.

니시는 무명의 일본인을 조명한 '챌린지X' 프로그램의 의의를 반드시 지켜내고 싶어 한다. 그런 만큼 '챌린지X'의 도쿄돔 이벤트에 기업의 협찬금을 도입한다는 제안에 난색을 표한다. 니시는 협찬금 도입을 추진한, 회장의 맹우이자 관련회사의 실력자를 만나 거절 의사를 밝히지만 회장이 기업의 협찬금 도입에 찬성한다는 말을 듣고 결의가 흔들린다. 방송 제작자로서 훌륭한 방송을 만드는 일에만 열중해온 한 인간으로서의 의지와 권력을 얻고 싶은 조직원으로서의 생존본능 사이에서 망설인다. 상대는 니시의 생각을 눈치 챘는지 특별직 자리를 대가로 제시한다. 결국 니시는 조용히 고개를 끄덕인다.

조직 내에서 살아가는 인간에게 조직이란, 설령 외부에서는 순조롭게 단계를 밟아나가는 것처럼 보일지라도 마음 편하게 안주할 수 있는 장소가 아니다.

'2만 6천 평에 이르는 광대한 대지에 세워진 전일본TV협회는 한 바퀴 도는 데만 15분 정도가 걸렸다…… 정면 현관에서 바라보는 모습이 가장 위용 넘쳤다. 하늘을 향해 솟아 있는 유리로 뒤덮인 빌딩은 여름빛을 받아 눈부시게 비쳤다. 하지만 그곳은 니시에게 격렬한 전쟁터였다. 니시는 일단 일을 시작하면 퇴근할 때까지 점심도 먹지 않는다…… 쫓겨날 것인가, 살아남을 것인가의 절박함으로 한시도 마음 편할 날이 없었다. 오늘도 죽기 살기로 해보자, 니시는 스스로 맹렬한 투쟁심을 고무시켰다.'

회장의 실각 후, 조직 내 세력구도가 급변하고 주간지와 인터넷에서는 '챌린지X'와 니시 개인에 대한 공격이 빗발친다. 니시에게 낙조의 그늘이 드리웠다. 고립무원의 상태에서 독백처럼 들리는 한 구절이 기억에 남는다.

'사유리는 아무리 괴로운 일이 있어도 가슴에 담아둘 수 있는 씩씩한 성격이었지만, 니시는 달랐다. 수많은 역경을 겪으며 나름 자신을 단련해왔다는 생각을 했지만 본질적으로 자신은 나약한 인간이라는 것을 깨닫고 있었다. 주간지에 인터넷 공격, 인생의 한 토막이 엉망진창으로 망가지고 심사가 뒤틀리는 느낌이었다.'

그렇지만 조직에 몸담고 있는 이상 물러날 수도 쉬어갈 수도 없는 일이었다.

주인공 니시 사토루의 모습을 빌려 방송을 만드는 사람의 자부심과 강렬한 의지를 내보이지만 동시에 조직에 속한 인간으로서의 고민과 나약함도 여과 없이 표출된다. 그것 또한 이마이 아키라가 하고 싶었던 말이자 저자 본인의 실제 모습이었음이 분명하다.

이 책은 어쩌면 잘 짜인 소설은 아닐지 모른다. 물론, 한때 몸담았던 거대조직을 향한 비판의 날을 세운 책도 아니다. 저자가 그의 반평생을, 자랑스러운 과거, 나약하고 부끄러운 모습까지 감추지 않고 그의 프로그램 '프로젝트X'에 담아내듯 세상을 향해 묻고 있는 것이다.

이 책의 제2장 말미에는 다음과 같은 구절이 있다.

'개미 한 마리가 커다란 꽃을 향해 사력을 다해 줄기를 타고 올라간다. 사람들은 그 모습을 추하다고 비난할까, 혹은 아름다운 모습이라고 칭송할까?'

해설

문화평론가

김봉석

NHK의 '프로젝트X 도전자들'

2000년 3월부터 2005년 12월까지 5년 동안 총 191편이 방영된 '프로젝트X'는 그야말로 일본을 뒤흔든 방송이었다. 버블 붕괴 이후 10여 년간 경제 침체와 절망에 빠진 일본인들은 '프로젝트X'를 보면서 힘을 얻었고, 그들이 지나온 과거가 여전히 의미 있음을 확인했다. '프로젝트X'는 위대한 영웅의 이야기가 아니었다. 일본이라는 국가, 사회를 지탱해온 것은 현장에서 일하는 보통 사람들의 열정과 땀이라는 것을 확인시켜준 프로그램이었다.

『유리 거탑』의 주인공인 니시 사토루가 만드는 '챌린지X'는 '프로젝트X'다. 그리고 니시 사토루는 『유리 거탑』을 쓴 이마이 아키라 자신을 모델로 한 인물이다. 그러니까 『유리 거탑』은 사실 이마이의 자전적인 소설이 되는 셈이다. 당대 최고의 프로그램이었고, 책과 만화로도 나와 인기를 끌었던 '프로젝트X'이니 이마이가 회고록을 써도 충분히 화제가 되었을 것이다. 하지만 이마이 아키라는 회고록 대신 소설을 택했다. 이유는『유리 거탑』을 읽어보면 알 수 있다.『유리 거탑』은 '프로젝트X'를 만드는 과정이 얼마나 보람차고 위대한 경험이었는지를 고백하는 동시에 '유리 거탑'인 NHK가 얼마나 봉건적이고 권위주의적인 조직이었으며 이마이를 질투하는 기회주의적이고 공명심에만 가득한 소인배들이 득시글대는 곳인지를 고발하는 소설이기 때문이다.

『유리 거탑』은 니시 사토루가 '타이스 소령의 증언-걸프전 45일간의 기록'을 만드는 이야기에서 시작한다. 걸프전이 벌어지고 뉴스에서 보여줄 영상이 필요했던 전일본TV에서는 디렉터들을 차출하여 세계 각지로 보낸다. 니시는 이라크의 포로로 잡힌 타이스 소령의 부모를 찾아간다. 그들과 가까워지고, 그들의 마음을 얻어 일상을 담아내고, 마침내 속내를 듣는 것에 성공한다. 하지만 약속이 있다. 누군가의 이야기를 다큐멘터리로 만들기 위해서는, 그들과 반드시 지켜야 할 어떤 약속이 존재한다. 전일본TV의 간부들은 그런 '약속'에 아무 관심이 없다. 오로지 자신들의 자리를 지키고 승진하기 위해 발악을 한다.『유리 거탑』은 기회주의적이고 무능력하면서도 욕심만 가득한 방송국의 간부들을 공격하는 소설이다.

'자신이 속한 전일본TV의 봉건제와 부조리 그리고 임원의 입맛에 맞는 의견에 따르지 않으면 내쳐지고 무시당한다.'

'챌린지X'가 시청률 20%를 넘기며 엄청난 성공을 거둔 후 오히려 질투와 시기가 심해진다. 니시 사토루와 '챌린지X'를 아끼던 도도 회장이 물러난 후 공격은 더욱 집요하고 강력해진다. 그들은 전일본TV가 어떤 비전을 가지고 나아갈 것인지, 국민의 세금으로 운영되는 방송을 어떻게 발전시킬 것인지에는 아무 관심이 없다. 오로지 자신들의 안일과 욕망을 충족시키는 것뿐. 반면 니시는 전형적인 예술가다. 자신이 만들어내는 프로그램의 완성도, 그것이 어떻게 대중의 사랑을 받는가에만 몰두한다. 니시도 인간인지라 권력을 얻으면 우쭐하기도 하고 권력의 단맛에 도취되기도 한다. 그럼에도 니시의 중심은 어디까지나 '창작'이다. '챌린지X'를 만들어내는 것이 니시의 가장 큰 기쁨이고, 욕망이다. 『유리 거탑』은 니시 사토루가 전일본TV에서 성장하고 패퇴하는 과정을 절절하게 보여준다. 걸프전 다큐멘터리로 상부의 인정을 받은 니시가 아무도 기대하지 않았던 '챌린지X'로 일본인의 마음을 사로잡은 이유가 무엇인지 말해준다.

'빛이 비치면 반드시 그늘이 생기는 법이다. 빛이 들지 않는 그늘진 곳에서도 열심히 살아가는 사람들이 있었다. 세기말의 절망에 허우적거리던 일본인에게 빛을 비추고 싶다는 일념으로 시작한 방송이었다.'

'챌린지X'는 그저 보통 사람들의 이야기는 아니었다. VHS개발, 도쿄타워 건설, 후시미 공업고등학교 럭비부 전국고교 1위, 바티스타 수술, 뉴재팬 호텔 화재 구출 등 자신의 분야에서 업적을 이뤄낸 사람들의 이야기다. 하지만 일본인들이 그들을 보는 시선은 나의 이웃이었다. 그들은 위대한 재능과 탁월한 감각을 지닌 천재가 아니다. 자신의 분야에서 정진하고, 숱한 고난과 실패를 이겨내고 마침내 하나의 성과를 만들어낸 사람들이다. 천재는 아니지만 자신이 잘하는 일, 해야만 하는 일에 전력을 다하여 뛰어들었고 리더가 된 사람들. 니시는 '챌린지X' 테마를 '꿈은 이루어진다. 운명은 노력하는 인간을 배신하지 않는다. 역경 속에서도 길은 반드시 열린다'라고 말한다. '챌린지X'가 보여준 영웅은, 노력하는 사람이라면 누구나 가능한 영웅이었다.

그러나 일본인이 가장 사랑하는 위인 사카모토 료마坂本龍馬는 메이지유신明治維新을 보지 못한 채 암살당했고, 니시 사토루(이마이 아키라)는 상부의 지시로 프로그램을 종영하고 마침내는 회사를 나오게 된다. 자신이 가장 사랑하는 일에서 밀려나고, 진정한 영웅이 졸렬한 소인배들에게 무너지는 것이다. 『유리 거탑』에서 니시가 위기에 몰리고 점점 피폐해져 가는 모습은 바로 곁에서 보는 것처럼 너무나도 생생하다. 아무런 죄도 없이, 오히려 자신의 미덕과 헌신이 이유가 되어 나락으로 떨어지는 니시를 보고 있으면 절망적인 그리스 비극의 한 장면을 보는 것만 같다. 작가가 그 시절을 얼마나 피를 토하는 심정으로 떠올리며 썼는지가 느껴진다.

자신의 경험을 토대로, 거의 실화를 그대로 옮겨낸 『유리 거탑』은 세금으로 운영되는 방송국이 어떤 괴물로 변했는지를 처절하게 그려낸다. '막대한 부를 축적하는, 사람들의 욕망이 빚어낸 아시아의 괴물은 결코 스러지지 않을 것이다. 인간의 간절한 소망과 온갖 추문까지 전부 집어 삼키고도 끄떡없는 모습으로 그 자리에 서 있을 것이다'라는 『유리 거탑』의 마지막 문장은 일본만이 아니라 한국의 많은 미디어

에게도 그대로 적용되는 말이다. 그래서 더욱 『유리 거탑』을 보는 심
정이 안타깝다. 진심과 성의라는 말이 사라진 세상. 오로지 자신의 욕
망과 명예만이 목표가 되어버린 세상에서 보통 사람이 살아남을 방법
이 너무나 희미하게만 보여서.

유리 거탑 소설 **방송국**

초판 1쇄 인쇄 2015년 2월 20일
초판 1쇄 발행 2015년 2월 25일

저자 : 이마이 아키라
번역 : 김효진

펴낸이 : 이동섭
편집 : 이민규
디자인 : 고미용, 이은영
영업·마케팅 : 송정환
e-BOOK : 홍인표
관리 : 이윤미

㈜에이케이커뮤니케이션즈
등록 1996년 7월 9일(제302-1996-00026호)
주소 : 121-842 서울시 마포구 서교동 461-29 2층
TEL : 02-702-7963~5 FAX : 02-702-7988
http://www.amusementkorea.co.kr

ISBN 978-89-6407-897-6 03830

한국어판ⓒ에이케이커뮤니케이션즈 2015

GARASU NO KYOTOU by Akira Imai
CopyrightⓒAkira Imai, 2013.
All rights reserved.
First published in Japan by Gentosha Inc.

This Korean edition is published by arrangement with Gentosha Inc., Tokyo
c/o Tuttle-Mori Agency, Inc., Tokyo.

이 책의 한국어판 저작권은 일본 幻冬舍와의 독점계약으로
㈜에이케이커뮤니케이션즈에 있습니다.
저작권법에 의해 한국 내에서 보호를 받는 저작물이므로 무단전재와 무단복제를 금합니다.

이 도서의 국립중앙도서관 출판예정도서목록(CIP)은
서지정보유통지원시스템 홈페이지(http://seoji.nl.go.kr)와
국가자료공동목록시스템(http://www.nl.go.kr/kolisnet)에서 이용하실 수 있습니다.
(CIP제어번호: CIP2015001600)

*잘못된 책은 구입한 곳에서 무료로 바꿔드립니다.